SOFIA LUNDBERG

Wo wir uns trafen

AF639691

GOLDMANN

Buch

Die frisch geschiedene Esther lebt auf Lidingö, einer kleinen Insel in den Stockholmer Schären. Sie unternimmt oft lange Spaziergänge am Meer, die jedes Mal auf einer Bank unter einer alten Eiche enden. Dort trauert Esther um ihre kleine Familie, denn immer, wenn ihr kleiner Sohn bei seinem Vater ist, fühlt sie sich besonders einsam. Eines Tages trifft sie dort auf Rut, eine alleinstehende, ältere Dame, die sie tröstet und ihr Mut zuspricht. Im Laufe der Zeit entwickelt sich zwischen den beiden Frauen eine tiefe Freundschaft, und Esther beginnt, sich auf die Spaziergänge zur Bank am Meer zu freuen. Doch eines Tages erscheint Rut nicht am gewohnten Treffpunkt, und – was für Esther noch viel schlimmer ist – sie bleibt verschwunden. Als Esther sich auf die Suche nach ihr macht, kommt sie Ruts Lebensgeschichte auf die Spur, einer Geschichte, die ein dramatisches Geheimnis birgt und die auch Esthers Leben für immer verändern könnte …

Eindringlich erzählt Sofia Lundberg von den Licht- und Schattenseiten des Lebens, der Sehnsucht nach Liebe und der Unvergänglichkeit wahrer Freundschaft.

Weitere Informationen zu Sofia Lundberg sowie zu lieferbaren Titeln der Autorin finden Sie am Ende des Buches.

Sofia Lundberg

Wo wir uns trafen

Roman

Aus dem Schwedischen von
Maike Dörries und Kerstin Schöps

GOLDMANN

Die schwedische Originalausgabe erschien 2019 unter dem Titel »Och eken står där än« bei Forum, Stockholm.

MIX
Papier | Fördert gute Waldnutzung
FSC® C014496
FSC www.fsc.org

Penguin Random House Verlagsgruppe FSC® N001967

8. Auflage
Taschenbuchausgabe Mai 2024

produktsicherheit@penguinrandomhouse.de

Published by agreement with Salomonsson Agency
Redaktion: Maike Dörries und Julie Hübner
Umschlaggestaltung: UNO Werbeagentur, München
Umschlagmotiv: © Trevillion Images/Nikaa
LK · Herstellung: ik
Satz: GGP Media GmbH, Pößneck
Druck und Bindung: GGP Media GmbH, Pößneck
Printed in Germany
ISBN: 978-3-442-49532-0

www.goldmann-verlag.de

Für Dagmar
Meine schöne, liebenswerte Mutter

1.

Es vergeht eine Minute, lange, unzählbare Sekunden. Das Laub der mächtigen Baumkrone raschelt im Wind. Einige Blätter lösen sich und segeln hoch oben durch die Luft, ehe sie zu Boden fallen und eine rotgelbe, tote Decke bilden, die eben noch lebendig war. Im Hintergrund spielt das Meer seine Melodie, rauschend und tosend. Der Wind dringt durch den Stoff ihrer Kleidung, unter die Haut, bis tief in ihre Seele. Kalt. Frierend. Einsam. Nicht einmal die Pferde wollen unter freiem Himmel stehen, sie drücken sich an die Wände ihres Unterstandes hinten auf der Wiese. Wenn sie schnauben, kommen Dampfwolken aus ihren Nüstern und lösen sich dann auf.

Esthers Schuhe sind von dem langen Spaziergang durchgeweicht. Über das Leder ziehen sich scharfe, wellenförmige Ränder, die sich immer weiter hoch fressen. Ihre Strümpfe sind kalt und nass. Sie wackelt mit den Zehen, auf und ab. Die großen Zehen zuerst, dann die anderen. Auch die kleinen. Sie versucht, sie getrennt zu bewegen, aber das will ihr nie gelingen. Wenigstens lenkt es sie für eine Weile ab. Für wie lange, kann sie nicht sagen, vielleicht nur für Sekunden. An den einsamen Samstagen vergeht die Zeit langsamer, an diesen amputierten Tagen, an denen sie zwar immer noch Mutter ist, aber ohne Kind, um das sie sich kümmern muss.

Die Bank unter ihr ist eisig und hart. Ihr Hosenboden ist feucht, ihr Po wird kalt. Sie bleibt trotzdem sitzen, den langen Wollschal um den Hals gewickelt, und lehnt sich gegen den massiven Baumstamm hinter sich. Der dicke Stoff bedeckt Kinn, Mund und Nasenspitze. Sie folgt den vorbeiziehenden Wolken mit dem Blick, die untere Schicht bewegt sich schneller als die obere. Sie beobachtet die sich immer neu bildenden und auflösenden Formationen. Ein Vogel, den der Wind hin und her wirft, lässt sich mit weit ausgebreiteten Flügeln tragen und setzt seinen Weg unbeirrt fort. Was ist das für ein Vogel? Er ist graubraun, hat mächtige gezackte Flügel. Vielleicht ein Raubvogel? Ein Adler? Auf der Jagd nach Feldmäusen. Ihr Blick wandert über das hohe, vertrocknete Gras, wie ein nachträglicher Gruß aus dem Sommer, der erst vor Kurzem weichen musste.

Esther fröstelt bei dem Gedanken an die erbarmungslose Jagd auf die niedliche Feldmaus, die nichtsahnend und friedlich im Gras herumwuselt, um plötzlich im Nacken gepackt, getötet und gefressen zu werden.

Sie friert, ihr Körper zittert. Sie steht auf. Es wird allmählich Zeit, nach Hause zu gehen. Wie immer streicht sie über den Baumstamm der Eiche und das in die Rinde geritzte Herz mit den drei Buchstaben. Das E, mit dem ihr Name beginnt, dicht daneben ein A, das sich an ihr E anlehnt. Darunter ein weiteres kleineres A. Sie fährt mit dem Zeigefinger über die Konturen der Buchstaben, dann lässt sie ihre Hand sinken.

Die Wiese wirkt unendlich und weit, als sie sie mutterseelenallein überquert. Einen Schritt vor den anderen setzend folgt sie dem schmalen Pfad. Entfernt sich immer weiter von der Eiche und der Bank. Kein Kind springt vor ihr her durch das Gras und wedelt mit den Armen. Keine aufgeschrammten Knie müssen verarztet, keine verrutschten Strümpfe hochgezogen und keine Trödler ermahnt werden. Keine Arme, die sich ihr entgegenstrecken, niemand, der getragen werden will.

Es gibt nur die Stille. Vor ihr und hinter ihr. Sogar über ihr. Dort, wo der große Vogel in der Luft schwebt. Esthers Arme hängen schwer herunter, die Schultern sind hochgezogen. Sie atmet und hat viel Zeit, jeden Atemzug genau zu studieren. Sie hat es nicht eilig, nach Hause zu kommen, im Gegenteil. Dort wartet niemand auf sie.

Ich habe irgendwo gelesen, dass ein Todesfall leichter zu verarbeiten ist als eine Trennung. Das hört sich vielleicht merkwürdig an, aber bei einer Trennung gibt es immer ein Wenn und Aber. Ein Todesfall ist definitiv. Und es gibt selten einen Schuldigen. Eine Trennung hingegen ist ein wenig wie eine entzündete Eiterbeule, die einfach nicht abheilen will. Die langsam praller wird, irgendwann platzt und zähflüssige Angst zurücklässt.

Wäre es einfacher, wenn einer von uns gestorben wäre?

Einer von uns. Wieso denke ich so etwas? Das ist so egoistisch. Adrian darf niemals sterben. Und Alex auch nicht. Wenn einer von uns sterben sollte, dann ich. Schließlich habe ich die Familie kaputt gemacht. Ich habe Adrians Kindheit zerstört und ihn zu einem der vielen wurzellosen Kinder gemacht, die jede Woche woanders wohnen müssen.

Ich will öfter schreiben, jeden Tag. Vielleicht geht es mir dadurch irgendwann besser. Vielleicht verstehe ich es dann. Hier kann ich schreiben, was ich will, kein Gedanke ist verboten. Meine Version der Ereignisse. Nur meine. Es sind meine Gedanken, und ich habe das Recht, sie zu denken. Niemand soll dieses Buch jemals in die Hände bekommen, niemand wird meine Gedanken lesen.

Ich bin furchtbar erschöpft. Der alten Erlebnisse so müde, meiner Ängste und Gefühle, die sich wie ein Filter über alles legen, was ich sehe und höre. Über alle Gedanken. Die es mir unmöglich machen, neutral zu sein.

Trotzdem will ich verstehen, wie es so weit kommen konnte. Warum alles so schiefgelaufen ist. Obwohl es auch vieles gab, das gut war.

Ich erinnere mich genau an unsere Hochzeit. Eine fantastische, großartige Hochzeit. Alles war perfekt. Genau so, wie wir es wollten. So wie er es wollte. Ich war überglücklich und stolz, fühlte mich so stark, wenn er zufrieden war.

Wie ich die Vorbereitungen genossen habe. Die Stunden mit meiner Freundin Vera. Ich weiß noch genau, wie wir mein Hochzeitskleid gefunden haben.

Vera stürmte durch die Boutiquen und wählte ein Kleid nach dem anderen für mich aus, alle sehr romantisch, mit viel Spitze und weiten, bauschigen Röcken. Ich schüttelte immer wieder den Kopf, sicher, dass das nicht das richtige für mich war. Wir liefen von einem Geschäft ins nächste, und ich war kurz davor aufzugeben.

Aber dann plötzlich hing es da. Wunderschön, aus dicker glänzender Duchesseseide. Klassisch. Cremeweiß. Mit kurzen Ärmeln und stoffbezogenen Knöpfen auf dem Rücken. Als ich es sah, wusste ich sofort, dass ich das richtige gefunden hatte.

»Alex wird es lieben. Dieses Kleid will ich haben.«

»Du siehst toll darin aus, aber es ist sehr streng. So steif und elegant. Das Wichtigste ist doch wohl, dass es dir gefällt, nicht Alex. Willst du nicht noch ein paar andere Kleider anprobieren? Es sollte sich nach dir anfühlen.«

Veras Hartnäckigkeit machte mich richtig wütend. Ich war mir absolut sicher, das richtige Kleid gefunden zu haben. Exklusiv, elegant und luxuriös. Alles Attribute, die für Alex einen großen Stellenwert hatten. Und ich sah blendend darin aus, fühlte mich stark. Ich drehte mich vor dem Spiegel.

»Das bin ich. Alex sieht mich, wie ich wirklich bin. Er bringt mich dazu, endlich ich selbst sein zu können.«

Vera trat ein paar Schritte zurück, neigte den Kopf zur Seite und betrachtete mich eine Weile.

»Ja, möglich. Du siehst toll aus, natürlich nimmst du es, wenn du dich darin wohlfühlst. Und was machst du mit den Haaren? Trag sie offen. Du hast so schöne, dicke, wellige Haare. Du könntest Blumen einflechten. Wildblumen. Damit würde das Strenge ein bisschen aufgebrochen werden.«

Ich lachte.

»Spinnst du? Soll ich mir etwa Löwenzahn ins Haar stecken? Ich bin doch kein Hippie. Wir heiraten kirchlich, natürlich trage ich die Haare hochgesteckt. So wie hier …« Ich holte eine Zeitschrift aus meiner Tasche und zeigte ihr Fotos mit wunderschönen Hochsteckfrisuren.

»Ich dachte ja nur …« Vera verstummte.

Hatte sie es damals schon begriffen? Hatte sie etwas gesehen, wofür ich blind war? Ich muss sie irgendwann mal danach fragen.

Ich bestellte das Kleid, und wir verließen das Geschäft. Vera hakte sich bei mir unter. Wir gingen in ein Café und tranken Cappuccino. Kicherten, redeten, träumten. Damals aß ich nichts Süßes, genau genommen aß ich so gut wie nichts, weil ich bis zur Hochzeit unbedingt mein Gewicht halten wollte. Es war ungeheuer wichtig, dass alles perfekt war.

»Als wir jünger waren, hast du immer gesagt, du würdest eines Tages barfuß heiraten. Auf einem Felsen mit Blick aufs Meer, Wind im Haar und die Sonne im Gesicht. Erinnerst du dich daran?«, fragte Vera mich lächelnd.

Ich schüttelte den Kopf, wollte mich nicht erinnern.

»Quatsch, das habe ich nie gesagt. Bestimmt war das dein Traum. Das hier ist genau das, was Alex und ich wollen.«

Ich erinnere mich so genau an diesen Nachmittag mit meiner Brautjungfer, meiner besten Freundin, an jedes noch so kleine Detail. Damals sprudelte ich förmlich über vor Glück und Vorfreude auf den großen Tag.

An meinem Finger funkelten bereits Diamanten. Ich konnte nicht aufhören, an meinem Verlobungsring herumzufingern, der aus einem Band hübscher Steine bestand. Den er mir an den Finger steckte, als er um meine Hand anhielt. Auf Knien mit einer Liebeserklärung, die er sich auf einen Zettel geschrieben hatte. Bis ins letzte Detail geplant. Mir zuliebe. Ich konnte es nicht fassen, womit ausgerechnet ich so viel Glück verdient hatte. Ich, die ich mich mein Leben lang einsam gefühlt hatte. Aber das war ich jetzt nicht mehr. Es gab jemanden, der mich wollte. Der mich sah, meine Fähigkeiten, erkannte, wer ich wirklich war.

Ich schlug Purzelbäume vor Glück an dem Strand, wo er mir den Antrag gemacht hatte. Als wir nach Hause kamen, steckte ich mir einen Schleier aus Klopapier in die Haare. Wir alberten herum, sangen laut und schmiedeten Hochzeitspläne. Wir lachten und liebten uns.

Auf dem Weg zum Restaurant am selben Abend erzählte er mir, dass die Kirche bereits gebucht war. Er kannte mich so gut, dass er genau wusste, in welcher Kirche ich heiraten wollte. Das Datum stand fest. Alles war bereit. Er hatte bereits mit der Gästeliste angefangen, die wir gemeinsam vervollständigten. Wir genossen diesen Rausch aus Vorbereitungen und Träumen. Könnte ich nur zurückreisen in die Zeit vor unserer Hochzeit, sie noch einmal erleben. Die Musik, die Freunde, das Glück und die Liebe.

Den Optimismus.

Ich erinnere mich glasklar an den Moment, als wir beim Seiteneingang der Kirche aufeinandertrafen. Seine ausgestreckten Arme, die mich an sich zogen. Das Kleid war genau so, wie er es sich erhofft hatte. Mein hochgestecktes Haar saß perfekt, ein glänzendes, von Haarnadeln mit Perlenköpfen gekröntes Kunstwerk in den wippenden Locken.

Er wirbelte mich im Kreis herum. Nickte zufrieden. Ich fühlte mich wunderschön, den Nacken stolz gestreckt. In mir war kein Funken Zweifel, nur Erleichterung, dass ich endlich die Liebe gefunden hatte. Endlich würde ich heiraten. Ihn heiraten.

Im traditionellen Waffenhaus nahmen wir uns bei der Hand, während über uns die Glocken läuteten, die Finger fest ineinander verflochten. Seine Hand war warm und groß. Ich fühlte mich geborgen. Sein Blick war voller Liebe und Bewunderung.

Zu den Klängen des Hochzeitsmarsches betraten wir die Kirche, gingen den langen Gang zum Altar hinunter. Alle Blicke waren auf uns gerichtet.

Feierlich lächelnd schritten wir voran. In unsere Zukunft.

2.

Es ist noch dunkel, als Esther aufsteht und in ihren Morgenmantel aus weichem Fleece gewickelt in die Küche schleicht. Sie gähnt und reibt sich die Augen. Auf dem Küchentisch steht ein rundes, metallenes Tablett, darauf das Waffeleisen, eine Rührschüssel und ein Schneebesen. Alles sorgfältig am Vorabend vorbereitet. Sie stellt Eier, Butter, Milch, Mehl und Backpulver dazu, rührt behutsam alles zu einem geschmeidigen Teig und fügt am Ende eine Prise Vanillezucker hinzu. Danach schneidet sie die Erdbeeren und eine Banane in kleine Stücke und füllt sie in eine Schale.

Auch der Tisch ist schon gedeckt, sie hat das beste Geschirr genommen, das sie besitzt. Auf Adrians Platz steht ein Becher mit Goldtext. I LOVE YOU auf der Außenseite und MORE THAN ALL THE STARS auf dem Becherboden. Das sagt sie ihm, so oft sie kann. Wie oft hat sie ihn sogar nachts geweckt und ist mit ihm auf dem Arm nach draußen gegangen, um ihm den Sternenhimmel zu zeigen.

»Sieh nur, wie groß alles ist«, hat sie zu ihm gesagt. »Siehst du, wie viele Sterne am Himmel stehen? Ich liebe dich mehr als alle Sterne. Mehr als alles, was es im Universum gibt.«

Wird er jemals begreifen, wie sehr sie ihn liebt? Vermutlich nicht. Sie zündet die Teelichter in den Kerzenhaltern an, die Adrian im Kindergarten gebastelt hat. Alte, mit Perlen und Glitzer verzierte Marmeladengläser. Es sind mittlerweile viele geworden, aber sie dürfen alle auf dem Tisch stehen.

»Ist schon Morgen, Mamimi?« Adrian kommt in die Küche. Seine Decke schleift hinter ihm auf dem Boden, den Teddy hat er sich unter den Arm geklemmt. So nennt er sie, wenn er müde ist, Mamimi. Sie lächelt ihn an und nimmt ihn auf den Arm. Er bohrt sein Gesicht in ihre Halsbeuge.

»Bald«, flüstert sie. »Ganz bald geht die Sonne auf. Siehst du, dort über den Bäumen ist der Himmel schon ganz rot.«

Adrian hebt den Kopf und entdeckt das Waffeleisen.

»Waffeln!«, ruft er schlagartig munter.

»Festfrühstück!« Esther stellt den Kleinen zurück auf den Boden und lächelt. Er wird allmählich schwer, das merkt sie im Rücken. Lange wird sie ihn nicht mehr herumtragen können.

Sie gibt eine Kelle Teig aufs Waffeleisen. Es zischt, und sofort breitet sich der süße Duft in der Küche aus. Adrian läuft zum Kühlschrank und rüttelt an der Tür des Gefrierschranks.

»Eis«, sagt er.

»Nein, nicht zum Frühstück«, sagt Esther und drückt mit dem Fuß die Tür wieder zu. »Nimm lieber Joghurt, der schmeckt genauso gut«, sagt sie, legt die erste Waffel auf seinen Teller und stellt ihm das Glas Joghurt hin.

Sie gibt eine zweite Portion Teig aufs Waffeleisen und schielt auf die Uhr. Noch eine Stunde, bis sie aufbrechen müssen. Jeden zweiten Mittwoch steht sie früher auf, um keinen Stress zu kriegen. Jeder zweite Mittwochmorgen soll perfekt sein. An ihrem Abschiedstag darf nichts schiefgehen.

Adrian mampft selig. Nachdem Esther ihm die zweite Waffel auf den Teller gelegt hat, holt sie das Eis aus dem Tiefkühlfach und zwinkert ihm zu.

»Ein Löffel kann nicht schaden!« Adrian hüpft begeistert auf dem Stuhl auf und ab.

»Eis zum Frühstück, jippie!« Er lacht ausgelassen.

»Das bleibt aber unser Geheimnis«, sagt Esther und legt einen Finger an die Lippen.

Sie gehen zu Fuß zur Vorschule, Esther mit schleppenden Schritten. Sie haben keine Eile, die Zeit reicht sogar, sich am Bahnhof noch einen Zug anzuschauen. Adrian weiß genau Bescheid und erklärt ihr, wie die Oberleitungen und Stromschienen funktionieren. Sie hört aufmerksam zu, stellt Fragen. Er hat auf alles eine Antwort. Was sich so ein kleiner Mensch alles merken kann, wenn es ihn interessiert.

Sie kommen gerade noch rechtzeitig zum Morgenkreis. Die Erzieherinnen und Kinder sitzen schon auf dem Boden. Esther entschuldigt sich, will Adrian zum Abschied umarmen, aber er windet sich aus ihren Armen und sucht sich einen Platz im Kreis, winkt ihr fröhlich zu.

»Bis nächste Woche«, ruft er unbekümmert.

Esther verabschiedet sich und geht in den Flur, stellt Adrians kleinen Rollkoffer an seinen Platz. Darin sind die Sachen, die er für die Woche bei seinem Vater braucht. Sein Teddybär, die Kuscheldecke, eine extra Jacke. Der Tennisschläger und die Turnschuhe. Alles, was nicht in doppelter Ausführung vorhanden ist und immer hin- und hergeschickt werden muss.

Sie wirft einen letzten Blick ins Spielzimmer und sieht, wie Adrian über den Boden rollt und auf Majas Schoss krabbelt. Die Erzieherin lässt sich davon nicht ablenken und singt weiter das Lied für die Kinder. Sie hält ihn fest und streicht ihm beruhigend über den Rücken.

Maja verbringt mehr Zeit mit Adrian als seine eigene Mutter. Sie sieht ihn jeden Tag, nicht nur jede zweite Woche.

Esther schüttelt den Kopf und verdrängt die in ihr nagende Eifersucht, die so wehtut. Sie klemmt die Laptoptasche unter den Arm und läuft los, um den Zug zu erreichen, der sie zur Arbeit bringt. Dabei geht sie im Geiste die Aufgaben auf ihrer To-do-Liste durch, um das unerträgliche Gefühl von Einsamkeit zu verjagen.

3.

Jeder zweite Samstag ist ein freier, aber auch ein leerer Tag für sie. Eine Träne sucht sich ihren Weg über Esthers Wange, als sie am Wasser entlangspaziert, und nicht einmal die wärmende Sonne kann ihren Schmerz verscheuchen oder lindern. Sie fährt sich energisch mit dem Wollhandschuh übers Gesicht, um die maßlose Traurigkeit fortzuwischen, die sie so leid ist, die sie nachts immer noch aus dem Schlaf reißt. Von der ihre Augen so verquollen sind, dass sie am Wochenende niemanden sehen will, obwohl sie alle Zeit der Welt hätte.

Freitage sind ihr viel lieber. Nicht, weil es der letzte Arbeitstag der Woche ist, sondern weil sie sich dann hemmungslos ihrer Trauer widmen kann. Ohne Angst vor dem nächsten Morgen und den mitleidigen Fragen der Kollegen. Freitags kann sie heulen, bis die Augen rot und die Wangen fleckig sind. Bis zum Sonntagabend ist dann alles wieder gut.

Die Handschuhwolle kratzt auf der Haut, aber das ist ein guter Schmerz. Es gibt Tage, da will sie nicht mehr leben. Sie hat mindestens so oft nach Selbstmordmethoden gegoogelt wie nach den Begriffen *Angst* und *Panikattacken*.

Sie weiß genau, wie sie es machen will, wenn sie es eines Tages nicht mehr aushält. Sie wird sich an der Eiche erhängen. Ein Seil an einen der dicken Äste knoten und mit den Füßen die Bank wegstoßen. Dort kommt nur selten jemand vorbei, sie wird in Frieden sterben können. Und endlich frei von Kummer und Schmerzen sein. Frei von Sehnsucht und Traurigkeit.

Sie spürt einen Stich im Magen. Aber wer kümmert sich dann um Adrian? Wer wird jeden Millimeter von ihm so bedingungslos lieben wie sie? Er braucht sie. Sie muss durchhalten. Für ihn.

Sie weiß, dass diese Gedanken, sich das Leben zu nehmen, falsch und egoistisch sind, und versucht, sie zu verdrängen. Aber sie kommen immer wieder zurück.

Die Luft ist kalt und klar. Die Sonne reflektiert glitzernd auf der vom seichten Wind aufgerauten Wasseroberfläche. Die Blätter sind gelb verfärbt, der Herbst geht viel zu schnell vorbei. Ihr Blick wandert über das braune Gras der Wiese zu der mächtigen Eiche. Von einem der Äste hängt ein Seil herunter, nicht für einen lebensmüden Menschen, es ist eine Holzschaukel. Mit einem Fuß auf dem Holzbrett nehmen die Kinder Schwung und schaukeln hin und her. Adrian liebt diese Schaukel. Er quietscht vor Freude, wenn sie seinen kleinen Körper anstößt. Sie lächelt, sieht ihn vor sich, wie er den Kopf in den Nacken legt und seine langen Haare sich in der Luft auffächern. Traurigkeit erfasst sie, als sie sich bewusst macht, dass er nicht bei ihr ist.

Sie hört ihre Atemzüge. Laut und deutlich, tief ein und wieder aus. So schwer, als wäre die Luft aus Blei.

Die Bank unter der Eiche wird von der Sonne beschienen, die Strahlen wärmen noch. Esther streicht mit der Hand über die raue Rinde. Ihre Finger ertasten das E und das A, fahren über die Kontur des Herzens. Es ist nicht das einzige Herz auf dem Stamm. Weiter oben ist noch ein kleineres mit zwei einander zugewandten Rs wie in einem für immer vereinten Monogramm. Es ist kaum noch zu erkennen, die grünmoosige Rinde hat die Widmung schon halb verschlungen.

Auf der anderen Seite des Stamms, die zu der kleinen Vogelbucht hinüber weist, befindet sich ein weiteres Herz. Sie erinnert sich genau daran, kann es aber nicht finden und weiß auch nicht mehr, welche Buchstaben eingeritzt waren. Sie streicht suchend mit der Hand über die furchige Rinde und gibt schließlich auf. Vielleicht war es nicht tief genug eingeritzt, vielleicht hat der Zahn der Zeit es gefressen. Die Liebe verschlungen.

Sie setzt sich auf die Bank und schließt die Augen, lässt die Sonnenstrahlen ihr Gesicht wärmen. Es ist so ruhig. Alles ist so still.

Ich werde niemals den Tag vergessen, an dem wir uns kennenlernten. Es war Frühling, der erste richtig warme Tag. Ich trug ein rot-weißes Kleid, darunter nackte, winterblasse Beine. Ich war wild und fröhlich. Voller Hoffnung und Träume, was die Zukunft mir bringen würde. Es war eine wunderbare Zeit, einzig überschattet von meiner Ungeduld, weil mein Traum von der großen Liebe noch nicht in Erfüllung gegangen war.

Er kam in unser Seminar, um einen Vortrag zu halten. Wir waren sehr gespannt. Eine Schar Künstler mit großspurigen Träumen von einer großen Zukunft. Und da war er, ein junger Künstler, der bereits von seiner Kreativität leben konnte. Er genoss unsere Bewunderung und sonnte sich darin.

Er war schlicht gekleidet, schwarze Jeans und ein graublaues Hemd. Die dunkelbraunen Haare trug er kurz. Er sah mich sofort, daran erinnere ich mich, wir hatten Augenkontakt.

Alexander Lejon. Er witzelte darüber, dass er sich kürzlich, wie einst Simson, seine Löwenmähne geschnitten hätte, aber glücklicherweise säße seine Kraft nicht darin, sondern in ihm selbst, ungebrochen. Und tatsächlich zog er den gesamten Kurs mit seiner Energie und den funkelnden Augen in den Bann.

Ich habe nicht alles mitbekommen, was er gesagt hat, weil ich so damit beschäftigt war, seine Bewegungen zu studieren. Er zeigte uns, wie er mit dem Computer arbeitete, ihn mit seinen Skizzen und Zeichnungen fütterte, die er dann mithilfe eines Computerprogramms namens Photoshop in vollendete

Werke verwandelte. Das Programm war damals noch ganz neu, wir hatten noch nichts davon gehört. Ihm zufolge gehörte Photoshop die Zukunft. Wir senkten die Köpfe, starrten gebannt auf unsere von den Kohlestiften geschwärzten Finger, voller Hochachtung vor dieser uns unbekannten Technik.

Nach seinem Vortrag sah er sich unsere Mappen an. Bei mir verweilte er am längsten und attestierte mir ein besonderes Talent. Meine Arbeiten hätten etwas Lebendiges, würden sich von den anderen abheben. Das machte mich so stolz und glücklich.

Aber dann war sein Besuch beendet und der Zauber vorbei.

Vielleicht wäre es das Beste gewesen, wenn ich ihn nie wiedergesehen hätte. Aber er kam zurück, im Herbst desselben Jahres. Ich hatte mich von meinem Traum einer Zukunft als Künstlerin verabschiedet und studierte Kunst auf Lehramt. Wir gingen im Flur aneinander vorbei, sein Arm streifte meinen, aber er erkannte mich nicht wieder. Ich blieb stehen und grüßte, doch er lief gedankenversunken weiter.

Plötzlich drehte er sich um und kam zurück.

»Wollten Sie was von mir?«, fragte er.

Ich nickte stumm, bekam kein Wort über die Lippen. Er war angespannt, gestresst, sah unablässig auf seine Uhr.

»Ich hab mich wohl verlaufen. Ich muss zu diesem Seminarraum, wie komme ich dorthin?« Er hielt mir einen Zettel unter die Nase.

»Das ist in einem anderen Gebäude, ich bringe Sie gerne hin.«

Seine Gesten und sein Duft waren so vertraut.

»Wir sind uns Anfang des Jahres schon einmal begegnet«, sagte ich.

»Ich treffe in meinen Vorlesungen so viele Menschen.« Er zuckte entschuldigend mit den Schultern.

»Nicht hier an der Uni, in Solhem. Ich habe dort im Frühling einen Kurs besucht. Ich male auch, natürlich nicht so gut wie Sie, nur …«

Er blieb stehen und zeigte auf das Skizzenheft in meiner Hand.

»Jetzt erinnere ich mich wieder. Sie waren die mit den Blumen. Sie hatten lauter Zeichnungen von Blumen in Ihrer Mappe«, sagte er und tippte auf die etwas schlampige Zeichnung einer Sonnenblume auf dem Umschlag.

Ich nickte.

»Was machen Sie dann hier, Sonnenblümchen? Wollen Sie nicht Künstlerin werden?«

Sonnenblümchen, *das klang wundervoll. Noch nie hatte mich jemand mit einem Kosenamen angesprochen. Ich kannte nur meinen richtigen harten Namen. Esther.*

Bevor wir auseinandergingen, sagte er, dass er mich gerne zeichnen würde. Und das war nicht als Frage formuliert. Er lehnte sich vor und riss die Ecke mit der Sonnenblume ab, fragte nach meiner Telefonnummer und notierte sie auf der Rückseite.

»Ich brauche die Ecke mit der Sonnenblume, damit ich weiß, wessen Nummer das ist«, erklärte er und zwinkerte mir zu. Nach meinem Namen fragte er nicht.

Er entschwand in seinen Vorlesungssaal zu einer neuen Gruppe erwartungsvoller Studenten und ließ mich mit einem zerrissenen Skizzenheft und flatterndem Herzen zurück. Er wollte mich zeichnen. Und das tat er. Viele Male.

Mein Alex.

Von diesem Tag an war ich verloren.

4.

Ein Vogelschwarm, der sich aus der Krone der Eiche erhebt, zerreißt die Stille. Esther öffnet die Augen, aufgeschreckt vom Rascheln und Flattern über ihr. Ein paar Blätter segeln zu Boden.

Unten am Wasser steht jemand. Esther kneift die Augen zusammen, um besser sehen zu können. Eine schmale, gekrümmte Gestalt, eine Frau mit langen grauen Haaren, die zu einem Pferdeschwanz gebunden sind. Sie wirft Brotkrümel in die Luft.

Esther steht auf und nähert sich vorsichtig balancierend über die glatten Felsen.

Kaskaden von Brotkrümeln regnen auf eine Schar Enten, die sich gierig darauf stürzen. Die alte Dame greift entschlossen in eine große Tüte in ihrer Hand.

»Gut, dann ist die Bank endlich wieder frei«, sagt sie, ohne sich umzudrehen.

Esther lächelt verunsichert.

»Ja. Sitzen Sie auch öfter dort?«, fragt sie.

Die Frau dreht sich um, lächelt Esther an und hält ihr die Tüte mit den Brotkrümeln hin.

»Ja, das ist der schönste Platz. Kommen Sie, nehmen Sie eine Handvoll und werfen Sie sie den Enten hin. Das ist ungeheuer befreiend.«

Befreiend? Brotkrümel ins Wasser zu werfen? Esther sieht sie fragend an. Die Frau schüttelt die Tüte vor ihrem Gesicht.

»Es ist befreiend, Dinge von sich zu werfen. Stellen Sie sich vor, es wäre etwas, das Sie loswerden wollen. Sie werden sehen, wie gut das tut.«

Sie lacht übers ganze Gesicht, ihre Augen sind in ein Netz aus Lachfalten gebettet. Auch ihre Wangen sind von tiefen Furchen durchzogen. Ihre Haut ist porzellanblass, an den Schläfen schimmern grünlich die Adern durch. Ihre Augen strahlen, als würde das Glück aus ihrem Inneren leuchten. Sie steckt ihre Hand erneut in die Tüte und hält sie dann Esther entgegen.

»Öffnen Sie die Hand«, befiehlt sie.

Esther gehorcht und bekommt eine Ladung Brotbrocken und Krümel. Einige fallen zu Boden und werden von den mittlerweile an Land gekommenen Enten gierig aufgepickt. Furchtlos und hungrig, auf der Jagd nach Leckereien, die es sonst nirgendwo gibt. Esther hebt den Arm über den Kopf, schwingt ihn nach vorne und öffnet die Hand. Die Krümel fliegen durch die Luft. Die Frau hat recht, das fühlt sich gut an. Sie steckt die Hand in die Tüte und versucht es ein zweites Mal. Die Enten zu ihren Füßen streiten laut schnatternd um die besten Happen.

»Den da habe ich Rinaldo getauft«, sagt die Frau und zeigt auf den größten Erpel von allen.

»Schöner Name. Ungewöhnlich.«

Die Frau zieht ihren Handschuh aus und streckt Esther mit einem Nicken ihre kalte, raue Hand hin. Esther erwidert den Händedruck.

»Ich heiße Rut«, sagt sie. »Ich habe Sie schon oft dort oben sitzen sehen.«

»Aber ich Sie nicht.«

»Ich wollte Sie nicht stören, Sie waren so mit ihrer Trauer beschäftigt.«

Esther zuckt zusammen.

»Aber finden Sie nicht, dass es langsam an der Zeit ist, damit aufzuhören? Ihre Augen sehen schon aus wie zwei Fleischklöße«, sagt Rut und nickt ihr zu.

»Warum sagen Sie das?«, erwidert Esther fassungslos, legt eine Hand aufs Auge und fährt mit den Fingern darüber. Vielleicht hat Rut recht, die Augenlider fühlen sich geschwollen an. Fleischklößchenaugen.

Rut schüttelt die letzten Krümel aus der Tüte, ein paar besonders mutige Enten wagen sich fast bis an ihre Schuhe heran. Sie knüllt die Tüte zusammen, steckt sie in die Jackentasche und zieht ihre Handschuhe wieder an.

»Es ist ganz schön kalt geworden, oder?«, sagt Rut lächelnd und zieht die Schultern hoch. Sie scheint nicht vorzuhaben, Esthers Frage zu beantworten.

Die hebt im Gehen die Hand zum Abschied.

»Ja, stimmt, aber unter der Eiche ist es noch angenehm warm, wenn die Sonne scheint und man im Windschatten sitzt. Schönen Tag noch, war nett, Sie kennenzulernen.«

Esther macht es sich auf der Bank bequem und holt ihr Skizzenheft aus der Tasche. Für jeden Tag ohne Adrian malt sie einen Strich auf die Innenseite des Heftes, die mit Strichen übersät ist. Schwarze und blaue, vier gerade Striche und ein diagonaler. Die Einheiten aus fünf Strichen bedecken fast die ganze Seite, mittlerweile schon über dreihundert. Bald muss sie auf die hintere Innenseite wechseln.

Sie hat schon immer gerne geschrieben, solange sie zurückdenken kann, manchmal nur ein Wort oder zwei, manchmal ganze Sätze. Geschichten. Abhängig von ihrer Stimmung. Im Moment schreibt sie Erinnerungen auf, um die Zusammenhänge zu verstehen. Nur die Wahrheit, keine Übertreibungen. Leicht fällt ihr das nicht, es war alles so subtil. Das Böse war nie offensichtlich, weder für sie noch für andere. Aber deswegen war es trotzdem immer da. Manchmal glaubt sie, verrückt zu werden. Dann kommen die Todesgedanken. Es wäre so schön, einfach einzuschlafen, die Augen zu schließen und nie wieder aufzuwachen.

Aber wer könnte Adrian je so lieben, wie sie es tut? Seinetwegen muss sie bleiben, kann ihn nicht im Stich lassen. Nicht jetzt. Nicht in dieser Situation.

Sie wandert mit den Fingern über die vielen Striche. So viele verlorene Tage. Tage, an denen er gelacht, Geschichten erzählt und etwas Neues gelernt hat, an denen er herumgesprungen und gestolpert ist und mit einer Umarmung und einem Kuss getröstet werden musste. Tage, an denen sie nicht für ihn da war. Ob er ihr das jemals verzeihen kann?

Die Traurigkeit ballt sich wie eine kalte Faust in ihrem Bauch zusammen und raubt ihr jede Lebensfreude. Wie ein verklebter Klumpen in ihrem Brustkorb, eine ständige Erinnerung an das, was sie getan hat, was von vielen verächtlich als leichtfertig und egozentrisch betrachtet wird.

Die Frauen sind am schlimmsten mit ihren unbedachten Kommentaren, die sich wie Messer in ihre Seele bohren. Dabei stehen sie vor ihr, den Kopf zur Seite geneigt, und lächeln sie an.

Wie ist denn das Leben als Teilzeitmutter so? Ist das nicht anstrengend?

Esther lehnt den Kopf gegen den Baumstamm und hält das Gesicht in die tief stehende Sonne. Ihr Notizheft liegt schon wieder in der Tasche, kein neues Wort ist heute dazugekommen. Sie ist allein, Rut scheint nach Hause gegangen zu sein. Und auch die Enten sind weitergezogen.

Nur die Vögel leisten ihr noch Gesellschaft, allerdings wird auch ihr Gesang mit jeder Woche dünner, wenn sich der nächste Schwarm Zugvögel auf den Weg gemacht hat. Standvögel und Zugvögel. Standeltern und Zugeltern. Standkinder und Zugkinder. Sie fröstelt bei dem Gedanken.

Als die Sonne hinter den Baumwipfeln versinkt, wird es schlagartig kühl. Sie hat ein ganzes Stück vor sich, und es wird dunkel sein, bis sie zu Hause ankommt. In eine leere, stille Wohnung. Die Tür zu Adrians Zimmer ist geschlossen, damit es nicht so wehtut. Sie bewahrt sein Zimmer genauso, wie er es verlässt, die Spielsachen auf dem Boden verstreut, das Bett zerwühlt. Damit er sich zu Hause fühlt, wenn er das nächste Mal kommt, damit es sich immer wie sein Zuhause anfühlt.

Sie richtet sich auf. Sie muss noch Milchbrötchen mit extra viel Marzipan backen und einfrieren, damit immer genug vorrätig sind, wenn sie sich bei Kaffee und Kakao Geschichten ausdenken. Nur noch wenige Tage, dann läuft die Zeit wieder schneller.

Sie geht zügiger. Seht her, sie ist keine Teilzeitmutter. Sie ist rund um die Uhr Mutter, jede Sekunde ihres Lebens. Seit Adrian das Licht der Welt erblickt hat. Sie gehört zu der Sorte Mütter, die an einem Samstagabend für ihr Kind backen.

5.

Es hat vor Kurzem geregnet, die Straße ist voller Pfützen. Esther weicht ihnen so gut es geht aus, aber ihre Schuhe werden trotzdem nass und schmutzig. Es ist mitten am Tag, aber gefühlt könnte die Sonne jeden Augenblick untergehen. Sie hängt tief über den Baumwipfeln und kämpft sich durch eine schleiergraue Wolkenschicht. Die Stunden, die ihr unter der Eiche bleiben, werden immer kürzer werden. Aber angesichts der fallenden Temperaturen und dem nahenden Dezember ist das vielleicht auch gut so.

Ihr Handy klingelt, wie schon den ganzen Morgen. Bisher hat sie keine Lust gehabt ranzugehen. Jetzt gibt sie auf, bleibt stehen und sieht hinaus aufs Wasser, während sie es aus der Jackentasche zieht.

»Hallo, Mama«, sagt sie.

»Endlich bekomme ich dich zu fassen. Ich habe mir schon Sorgen gemacht.« Die Stimme von Esthers Mutter klingt vorwurfsvoll.

»Ach was, alles in Ordnung, was soll denn passiert sein? Ich hatte einfach viel um die Ohren.«

»Du arbeitest doch nicht das ganze Wochenende, wenn Adrian nicht da ist? Liebes, denk an deine Gesundheit. Du musst auch mal ausgehen, unter Leute kommen und Spaß haben.«

»Hast du was Bestimmtes auf dem Herzen?«

»Ich wollte fragen, wie wir es an Weihnachten machen? Kommt ihr alle zusammen?«

»Ja, wir kommen. Das habe ich dir doch schon gesagt.«

»Ich freue mich so darauf, dich und Alex und Adrian ein bisschen zu verwöhnen.«

»Ach Mama, Alex kommt nicht mit. Wir sind geschieden, das weißt du doch.«

»Ich dachte nur …«

»Hör auf damit. Adrian und ich kommen. Wir sind ›alle zusammen‹. Ich muss jetzt auflegen, ciao.«

Sie beschleunigt ihre Schritte, keucht vor Anstrengung, ihre Wangen brennen vor Kälte. Sie hat sich eine dicke Wolldecke unter den Arm geklemmt, die Mütze ist tief ins Gesicht gezogen, und um den Hals hat sie sich einen kuscheligen Schal geschlungen. Ihre Augen sind wie jeden zweiten Samstag rot und verquollen. Sie ist müde und ausgelaugt vom vielen Weinen. Erschöpft. Der Abschied gestern war schrecklich gewesen. Adrian war zwei Tage länger bei ihr geblieben, weil er mit Fieber im Bett gelegen hatte und nicht wegwollte. Er saß im Kindersitz auf der Rückbank und streckte ihr seine Arme entgegen. »Mama, Mama!«, rief er mit glühenden Wangen, schweißnass im Gesicht.

Alex fuhr unbeirrt los, obwohl Esther hinter ihm herrannte. »Halt an!«, schrie sie hinter ihm her, obwohl sie genau wusste, dass sie sich beruhigen, sich erwachsen verhalten sollte.

Der Wagen fuhr davon, Adrians Weinen verstummte. Aber nicht in ihrem Inneren. Dort hörte sie es immer noch.

Jemand hat die Bank verschoben. Sie steht nicht mehr am Stamm der Eiche. Mühsam zerrt sie die Bank zurück an ihren Platz unter dem eingeritzten Herzen. Nur dort sind sie noch eine Familie, von Liebe umschlungen.

Alex ist mit Adrian übers Wochenende aufs Land gefahren.

Sie besuchen die Eltern seiner neuen Freundin. Zu einer neuen Beziehung gehören auch neue Großeltern. Sie sind selbstverständlich großartig, zumindest wenn Alex über sie spricht. Wohlhabend, erfolgreich, klug und ganz reizend. Sie lachen so viel zusammen. Adrian geht es hervorragend dort. Sie hält den Hörer weit weg vom Ohr, wenn Alex mit seiner Schwärmerei beginnt, damit seine Worte sie nicht zerstören. Seine Superlative, die in ihr nichts als schlechte Gefühle wie Missgunst, Eifersucht, Panik und Schuld auslösen. Sie weiß, dass sie kein Recht dazu hat.

»Bist du jetzt zufrieden? War es das, was du wolltest?«, beendet Alex in der Regel das Telefonat.

Ob sie zufrieden ist? Nein, wie sollte sie?

Sie kriegt keine Ordnung in ihre Gedanken, sosehr sie sich auch bemüht. Stundenlang sitzt sie dort unter der Eiche und grübelt. Sie hätte es früher sehen müssen, alle Zeichen deuteten daraufhin. Aber hätte sie es früher erkannt, gäbe es Adrian vielleicht nicht. Und Adrian ist das Beste, was ihr passieren konnte. Er ist ihr Ein und Alles. Er ist ihr Leben, das, was noch davon übrig ist. Er ist ihre Freude, Liebe und Kraft. Sie kann sich ein Leben ohne ihn nicht vorstellen.

Es musste so sein. Ohne Alex keinen Adrian.

Sie wickelt sich in die Decke, stopft den Rest als Schutz gegen die Kälte unter die Beine. Ein sanfter Wind trägt den Duft von Tang heran, der beim letzten Sturm in rauen Mengen ans Ufer gespült wurde. Hier unter der Eiche findet sie endlich Frieden und kann tief und gleichmäßig atmen.

»Es wird bald wieder regnen. Sehen Sie nur die dunklen Wolken. Sieht eigentlich ganz malerisch aus, wie der stahlgraue Himmel und das tiefblaue Meer aufeinandertreffen.«

Esther zuckt zusammen. Rut sitzt am anderen Ende der Bank, den Blick aufs Meer gerichtet. Wo ist sie jetzt plötzlich hergekommen? Esther muss kurz weggenickt sein.

»Es regnet doch schon die ganze Zeit. Meine Güte, ist das dunkel«, jammert Esther.

Rut rutscht näher zu ihr. Sie trägt eine rote, in die Jahre gekommene Daunenjacke, zerschlissen und mit zerfransten Bündchen. Sie zuckt übertrieben mit den Schultern und spreizt ihre Finger ab.

»An solchen Tagen braucht man den Pinguin«, sagt sie. »Garstig ist wohl das richtige Wort dafür.«

»Pinguin? Hier gibt es doch keine Pinguine.«

Rut lacht laut auf, gerät kurz aus dem Gleichgewicht und bringt die Bank zum Wanken. Sie steht auf und baut sich vor Esther auf.

»So, hier«, sagt sie, presst die Arme an ihren Körper, winkelt die Hände nach außen ab und zuckt mit den Schultern. »Sie waren offenbar nie in einer Skischule? Dort lernen die Kinder das, um sich warm zu halten.«

Esther schüttelt den Kopf und lächelt.

»Probieren Sie es, Sie werden sehen, dass es funktioniert.«

Esther wickelt sich die Decke um die Hüfte, presst die Arme an den Körper, spreizt ihre Hände ab und zuckt mit den Schultern.

»Schneller«, feuert Rut sie an.

Esther schüttet sich aus vor Lachen und lässt sich kichernd auf die Bank plumpsen.

»Ich friere gar nicht«, sagt sie, als sie wieder sprechen kann. »Ich habe doch die dicke Decke dabei.«

»Ja, Sie sind bestens für dieses Wetter ausgestattet. Aber so was hier haben Sie nicht dabei, oder?«

Rut grinst verschmitzt, als sie eine kleine Thermoskanne aus der Innentasche ihrer Jacke zieht. Sie schraubt den Deckel ab, gießt etwas von der dampfenden Flüssigkeit hinein und reicht ihn Esther.

»Ich werde doch nicht Ihren Kaffee austrinken. Der ist für Sie.«

Aber Rut besteht darauf, dass Esther den kleinen Becher nimmt und zaubert mit der freien Hand einen zweiten Plastikbecher aus der anderen Jackentasche.

»Ich habe immer einen zweiten Becher dabei, für den Fall, dass jemand mir Gesellschaft leisten will. Ich heiße Rut. Prost!« Sie stößt mit ihrem Becher gegen Esthers.

»Ich weiß, wir haben uns doch vor ein paar Wochen unten am Wasser getroffen. Ich bin Esther. Freut mich, Rut.«

Rut mustert sie durchdringend.

»Das stimmt.«

Schweigend sitzen sie eine Weile nebeneinander auf der Bank und genießen die Wärme, die sich in ihnen ausbreitet. Esther legt Rut ein Ende der Decke über die Beine. Sie lehnen sich an den Stamm der Eiche.

»Es ist so zugewuchert hier, wir sollten ein paar von den Büschen beschneiden, damit sie uns nicht die Sicht versperren«, sagt Rut und zeigt zum Wasser.

»Das können wir doch nicht einfach machen. Das Grundstück gehört doch sicher jemandem. Der Gemeinde, vielleicht?«

Rut lächelt wieder verschmitzt, steht auf und läuft mit schmatzenden Stiefeln über den feuchten Boden. Esther hört, wie sie vor sich hinmurmelt.

»Der muss weg und der da muss weg und der auch.« Sie dreht sich zu Esther um und stemmt ihre Hände in die Hüfte.

»Los, komm. Sitz nicht so träge da rum. Wir haben was zu tun!«, ruft Rut.

An einem der jungen Bäume lehnt eine Säge. Rut holt sie und hält sie Esther hin.

»So, bitte sehr. Ich bin alt, das musst du erledigen. Du bist jung und stark. Aber säg sie so weit unten ab, dass wir nicht die hässlichen Stümpfe sehen müssen.«

»Ist das dein Ernst?«

»Wir brauchen freie Sicht aufs Meer. Solange ich mich erinnere, ist es immer so gewesen. Dieses Gestrüpp versperrt den Blick auf das Schöne. Los, sägen!«

Esther zögert, dann setzt sie aber doch die Säge an. Das rostige Sägeblatt ist anfangs etwas widerspenstig und bleibt immer wieder in dem kräftigen Stamm stecken. Sie muss die Säge mit beiden Händen halten. Irgendwann gibt das Holz endlich nach, und der Stamm fällt um. Rut tänzelt zufrieden hin und her und bringt Esther mit ihrem Enthusiasmus zum Lachen.

Gemeinsam schleppen sie die dünnen Stämme weg und stapeln sie auf einen Haufen. Rut reibt sich den Rücken und lässt den Ast fallen, den sie in der Hand hält.

»Hast du Schmerzen?«

»Der Rücken«, klagt sie. »Er mag nicht mehr.«

Esther nimmt den Ast, den Rut fallen lassen hat, und wirft ihn auf den Haufen zu den anderen.

»Ruh dich ein bisschen aus, ich mache das hier. Das geht ja schnell.«

Rut schnaubt und streckt die Arme in die Luft.

»Mein Rücken streikt, aber das gilt nicht für mich!«, sagt sie und bückt sich, greift nach ein paar dünneren Zweigen und schleift sie hinter sich her.

Am Ende ist alles abgesägt und aufgeräumt. Esther hat die körperliche Arbeit gutgetan, ihre Wangen glühen, und ihr Unglück ist für eine Weile im Pausenmodus. Dennoch kann sie gar nicht anders, als an Adrian zu denken.

»Adrian wäre begeistert.«

»Wer ist Adrian?«

»Mein kleiner Junge, er ist fünf.«

»Ach, und wo ist er jetzt?«

Esther zieht sich die Jacke enger um den Körper.

»Das ist eine lange Geschichte«, sagt sie.

Rut nickt und sieht wieder hinaus aufs Meer.

»Das ist es meistens«, sagt sie. »Es wird langsam Zeit aufzubrechen, findest du nicht? Es ist ziemlich kalt geworden. Wir können uns das nächste Mal weiterunterhalten.«

Esther gibt ihr die Säge zurück.

»Woher hast du die? Ist das deine?«

»Das ist auch eine lange Geschichte.«

»Ich bin Samstag in zwei Wochen wieder hier. Etwa um dieselbe Zeit. Wie sieht es bei dir aus?«

Rut nickt.

»Ich werde hier sein. Ich habe sonst keine Pläne.«

Erinnerung an eine verlorene Familie

Es war Mittsommer, unser erstes gemeinsames Mittsommerfest. Die Wiesen blühten in voller Pracht. Gelbe, rosa und weiße Blüten strahlten bunt um die Wette und boten sich den Schmetterlingen als gedeckte Tafel an, die von einer Blüte zur anderen flogen und grazil und federleicht auf ihrem nächsten Ziel landeten. Als wir mit nackten Füßen über die Wiese rannten, stoben sie in dichten, wunderschönen Schwärmen auf. Der Boden war trocken und warm. Wir breiteten unsere Badetücher auf den Felsen am Wasser aus, ganz nah beieinander. Wir sprangen immer wieder in das kalte Wasser und wärmten uns danach gegenseitig.

In diesem Sommer musste ich nicht mehr sieben Sorten wilde Blumen pflücken und sie mir unters Kopfkissen legen, um von meinem Zukünftigen zu träumen. Ich hatte ihn bereits gefunden. Das war wunderbar und mein Glück kaum zu fassen.

Wir machten Picknick. Alex hatte alles organisiert und sogar für uns gekocht. Auf echtem Porzellan hübsch angerichtete Leckereien, auf einer Tischdecke mit Spitze. Und Silberbesteck. Wir aßen und unterhielten uns, und es war, als würde die Zeit stillstehen.

Er jagte mich über die Wiese, ich rannte kreischend vor ihm weg. Wir waren fast nackt, ich trug einen neuen weißen Bikini, er Badeshorts. Ich fühlte mich in seiner Gegenwart wohl in meinem Körper. Nicht wie früher, als ich ständig Fehler und Mängel gesehen und gesucht hatte.

Ich tanzte im Kreis, rannte an ihm vorbei, um ihn herum. Er packte mich an der Taille, hielt mich fest. Wir küssten uns, er schob mich vor sich her, bis ich mit dem Rücken den Stamm der Eiche spürte. Seine Hand schob sich in meine Bikinihose und zog sie herunter. Ich protestierte, aber er sagte lachend, dass alle Mittsommer feierten und wir ganz ungestört wären, ich solle ganz entspannt sein. Er küsste mich immer so unbekümmert, nahm sich, was er wollte, und ich liebte es. Ich gehörte ihm.

Danach lagen wir nackt unter dem Baum. Er streckte sich genüsslich, unberührt von seiner Nacktheit und der Tatsache, dass wir gerade miteinander geschlafen hatten. Ich lag neben ihm, mein Kinn auf seiner Brust. Die Schweißtropfen auf seiner feuchten Haut schimmerten im Sonnenlicht. Er duftete nach Sonne und Meer. Ich konnte meinen Blick nicht von ihm losreißen. Er war das Schönste, was mir je untergekommen war.

»Siehst du das Herz da oben am Stamm?«, flüsterte ich.

Für mich war das in den Stamm der Eiche geritzte Herz ein Zeichen. Zuerst hörte er mich nicht, er war eingeschlafen und atmete schnorchelnd durch die Nase. Ich küsste seinen Hals, schmeckte das Salz auf seiner Haut. Er bewegte sich.

»Wer das wohl war und wie sie hießen? Was haben sie hier gemacht?«, sagte ich.

Er schreckte auf und tastete nach seiner Shorts.

»Wo wem redest du? Wer ist hier?«

»Hier ist niemand. Ich rede von dem Herzen, da oben am Baumstamm. Es umschließt zwei Buchstaben, zwei Rs. Ich frag mich, wer das wohl war?«

Er entspannte sich wieder, schloss die Augen und drehte

sich zu mir. Ich schmiegte mich so an ihn, dass mein Körper eine Schale war, in der er liegen konnte.

»Wir machen auch eins«, sagte er und machte sich frei. Seine Shorts hing ihm am Knöchel, er zog sie hoch und band die Schnur am Bund sorgfältig zu einer Schleife. Den Blick auf den Boden geheftet suchte er zwischen den heruntergefallenen Zweigen nach einem geeigneten Stein. Schließlich fand er einen spitzen, mit dem er zwei Buchstaben in den Stamm ritzte. Ein E und ein A. Esther und Alex. Große, deutlich erkennbare Buchstaben.

Ich lag da und sah ihm dabei zu. Ich liebte es, das Spiel seiner Rückenmuskulatur zu beobachten. Er gab sich große Mühe, unsere Buchstaben dort zu verewigen.

»Jetzt fehlt nur noch das Herz«, sagte ich.

Er ließ die Hand mit dem Stein hängen, dann setzte er sich neben mich. Ich nahm ihm den Stein aus der Hand, er lachte.

»Wozu ein Herz, du altmodische Romantikerin? Wir sind doch viel mehr als zwei in einem Herzen eingesperrte Buchstaben. Wir sind stark, wir sind frei.«

Ich hörte ihm nicht zu, sondern sprang auf und fügte ein Herz hinzu. Ein schönes. Ein perfektes. Ich ließ die Spitze unten etwas offen.

»Siehst du, hier kann die Freiheit hinausströmen«, sagte ich und zwinkerte ihm zu.

»So habe ich das nicht gemeint. Du verstehst mich nicht«, murmelte er.

Und damit sollte er recht behalten. Ich habe tatsächlich nicht verstanden, was er meinte. Perfekter als unser erster Mittsommertag zusammen konnte unsere Liebe nicht werden. Er war alles, was ich mit Liebe verband. Und von die-

sem Tag an waren wir in der Rinde verewigt. Er und ich. Für immer.

Wir blieben die ganze Nacht auf der Wiese. Als es dunkel wurde, schmiegten wir uns aneinander, bis der Himmel seine Farben von Rosa zu Lila wechselte und schließlich blasser wurde. Musik, Gesang und Gelächter hallten übers Wasser zu uns herüber, aus den Häusern und von den anderen Mittsommerfeiern in der Bucht. Wir redeten die ganze Nacht, hatten uns so viel zu erzählen.

6.

An diesem Samstag hat Esther eine Thermoskanne dabei. Und frisch gebackene Safranschnecken, mit deren Herstellung sie sich den einsamen Freitagabend vertrieben hat. Der süße, schwere Duft in der Wohnung verdrängte die Stille.

Die Luft ist kalt, der Boden glitzert im schwachen Sonnenlicht. Aber es ist kein Schnee, sondern Eis.

Esther beeilt sich. Heute hat sie ein Ziel vor Augen, keine Einsamkeit und Leere. Sie sieht Rut schon von Weitem am Wasser stehen und den Enten Brotkrümel zuwerfen. Das gefrorene Gras knistert leise unter Esthers Sohlen.

Rut hört sie und dreht sich zu ihr um. Überrascht.

»Was machst du denn hier? Ist schon wieder Samstag?«, fragt sie erstaunt.

»Ja, tatsächlich ist schon wieder Samstag. Die Wochen fliegen nur so dahin.«

Rut steckt ihre Hand in die Jackentasche und zieht eine Tüte mit Brotkrümeln heraus.

»Ich habe eine für dich mitgebracht. Falls du Lust hast, ein paar Krümel zu werfen.«

Esther bedankt sich, steckt ihre Hand in die Tüte und wirft die Krümel hoch in die Luft.

»Du hast recht. Das tut gut«, sagt sie und nimmt eine zweite Handvoll.

»Sag ich doch. Ab und zu muss man einfach etwas wegwerfen. Brrr. Kalt ist es heute. Wollen wir ein Feuer machen und das Gestrüpp und die Äste, die wir letztes Mal abgesägt haben, verbrennen?«

Esther sieht sie skeptisch an.

»Wir können hier doch nicht einfach ein Feuer machen. Das gibt nur Ärger.«

Rut sieht sie amüsiert an und fängt an zu lachen.

»Ärger? Weswegen das denn, bitte schön?«

»Weil wir auf einem fremden Grundstück ein Lagerfeuer machen. Das ist hier doch Gemeindeland, oder nicht?«

»Wenn sich die Polizei die Mühe machen sollte hierherzukommen, verspreche ich dir, alle Verantwortung zu übernehmen. Mach dir keine Sorgen.«

Esther schüttet sich die letzten Krümel in die Hand, holt aus und schleudert sie weit hinaus aufs Wasser.

»So, ihr Süßen, jetzt müsst ihr ein bisschen schwimmen«, ruft sie den Enten zu.

Rut stellt sich neben sie.

»Ich stelle mir immer vor, dass ich alle unangenehmen Gedanken wegwerfe. Die dunklen, mit denen man sich eigentlich nicht beschäftigen sollte. Aber vielleicht hast du solche ja gar nicht?«

Esther atmet tief ein, viel zu hastig. Sie verschluckt sich und muss husten.

»Natürlich habe ich auch finstere Gedanken«, sagt sie japsend und lächelt Rut schief an.

»Dann such dir einen Satz aus, den du loswerden willst. Und wirf ihn weit weg.«

Rut sieht hinaus aufs Wasser und beobachtet die Enten, die erwartungsvoll und geduldig auf die nächste Ladung Krümel warten. Aber Esther bleibt stumm. Rut drückt ihr ein paar Krümel in die Hand.

»Sag den Satz und wirf ihn mit den Krümeln in die Luft und weg«, flüstert sie und streicht Esther über die Schulter.

»Es war meine Schuld«, flüstert Esther am Ende und lässt die Krümel auf den Boden rieseln.

Schweigend stehen sie nebeneinander und starren aufs Meer. Die Enten sind wieder an Land gehüpft und schnappen nach den Krümeln. Die Wellen schlagen glucksend gegen die Felsen. Esther läuft eine einsame Träne über die Wange.

»Ich glaube, wir müssen heute etwas Schwereres werfen als Brotkrümel«, sagt Rut, bückt sich, hebt einen dicken Zweig auf und hält ihn Esther hin. »Wirf den hier auf den Haufen, und dann such dir neue und wirf sie obendrauf. Und mit jedem Zweig wirfst du diesen furchtbaren Satz von dir.«

Esther macht sich sofort an die Arbeit und sammelt so viele Zweige und Reisig, wie sie finden kann. Der Haufen wächst. Rut steht mit einer Flasche Brennspiritus und Streichhölzern daneben und wartet. Dann schüttet sie die Flüssigkeit über die Zweige und zündet sie an.

»Wo hast du bloß das ganze Zeug her?«, fragt Esther neugierig. »Wohnst du in der Nähe?«

Rut zeigt auf einen kleinen Schuppen, der sich am Waldrand unter den Bäumen versteckt und der Esther bisher nicht aufgefallen ist. Die Tür steht offen, und man kann die Holzwände stehen.

»Hast du einen Schlüssel?«

Rut nickt lächelnd.

»Ja, habe ich.«

Esther liegen noch mehr Fragen auf der Zunge, aber Rut dreht sich um und geht zurück zur Eiche.

»Komm, wir tragen die Bank ans Feuer, dann haben wir es schön warm.«

Die massive Kernholzbank ist schwer. Sie schleppen sie wankend und stolpernd über die Wiese, müssen immer wieder Pausen einlegen und neue Kräfte sammeln. Aber am Ende steht sie am knisternden Feuer. Esther packt ihre Thermoskanne und die Tüte mit den Safranschnecken aus. Rut klatscht begeistert in die Hände.

»Safranschnecken!«, ruft sie. »Die habe ich seit Jahren nicht mehr gegessen. Ist schon der 13. Dezember? Haben wir schon Lucia?«

Esther schüttelt den Kopf. »Nein, das ist noch ein paar Wochen hin, aber ich fand sie genau richtig für heute.«

Rut beißt herzhaft in eines der Hefeteilchen und grunzt genüsslich.

»Hm, göttlich. In Italien gibt es Safranpasta, aber ich finde ja, dass es viel besser zu Hefeteig passt«, sagt sie mit vollem Mund.

Esther würde gerne mehr über Italien erfahren, aber Rut hat schon die nächste Frage für sie parat.

»Verrat mir, womit du den furchtbaren Gedanken ersetzen willst?«

»Was meinst du damit?«

»Was willst du ab jetzt statt ›Es war meine Schuld‹ denken?«

»Willst du gar nicht wissen, warum ich mich schuldig fühle?«

»Nein, da wollen wir nicht weiter drin herumgraben. Du hast deshalb schon genug geweint.«

Rut greift in die Tüte und nimmt sich ein zweites Hefeteilchen.

»Freut mich, dass es dir schmeckt«, sagt Esther und nimmt sich auch eins.

Das Feuer fällt langsam in sich zusammen. Esther nimmt einen Ast und stochert in der Glut, will die Zweige vom Rand ins Feuer schieben.

»So einfach war das«, sagt Rut. »Was uns bis vor Kurzem die Sicht versperrt hat, ist bald nichts mehr als Asche. Für immer verschwunden. Herrlich.«

»*Ich hatte keine Wahl*, vielleicht«, murmelt Esther.

»Wie bitte?«

»Der neue Satz, der ›Es war meine Schuld‹ ersetzen soll.«

»Ach nein, das klingt viel zu mutlos. Das kannst du besser.«

Esther fingert an ihrem Handschuh herum, am Daumen ist die Wolle aufgeribbelt, und das Loch wird jedes Mal größer, wenn sie den Handschuh benutzt. Rut legt ihr eine Hand auf den Arm.

»Das ist ein Lüftungsloch. Das kann man stopfen, mit einer Nadel und etwas Garn. Ich mache dir das bei unserem nächsten Treffen. Ich habe früher alle Socken gestopft, darin war ich richtig gut. Und graues Garn habe ich noch zuhauf.«

Esther nickt und klappt ihre Finger über den Daumen.

»Was verbindet dich mit Italien? Hast du dort mal gelebt?«

Statt zu antworten, steht Rut auf und verschwindet in dem kleinen Schuppen. Als sie wieder herauskommt, zieht sie etwas offensichtlich Schweres hinter sich her. Sie ist so weit vornübergebeugt, als hätte sie Gegenwind. Esther springt auf und läuft auf sie zu.

»Warte, ich helfe dir!«, ruft sie.

Es ist ein Feuerkorb, mit dem sich Rut abkämpft. Die alte Frau bleibt stehen und reibt ihre Hände aneinander.

»Ui, ist das nasskalt, ich friere«, sagt sie und schüttelt sich.

Esther steckt ihre Hand in die Jackentasche. »Ich habe ein extra Paar Handschuhe dabei. Adrians magische Handschuhe, die größer werden, wenn man sie überzieht. Bitte, nimm sie!«

»Magische Handschuhe.« Rut lacht. »Das ist mal was. Das wäre doch toll, wenn man Handschuhe hätte, die alles in Gold verwandeln, was man berührt.«

»Ja, das wäre nicht übel. Was hast du mit dem Feuerkorb vor? Soll er bei der Eiche stehen?«

Als Rut nickt, schnappt sich Esther den Korb und trägt ihn hinüber zur Eiche. Rut läuft ihr hinterher.

»Wie stark du bist, dass du den Korb einfach so hochheben kannst. Mütter sind unschlagbar stark«, sagt sie.

Esther kichert und findet gleichzeitig, dass da etwas Wahres dran ist. Sie ist wirklich viel stärker, seit sie Mutter geworden ist.

»Und jetzt tragen wir noch die Bank zurück, damit ich mich wärmen kann, wenn du nicht da bist. Es wird langsam richtig kalt und ungemütlich. Ich will ein warmes Feuer haben, so wie früher, als ich noch ein Kind war.«

»Bist du jeden Tag hier?«

»Nein, nicht jeden Tag. Aber immer, wenn ich in Stockholm bin.« Rut zeigt auf die Felsen am Wasser. »Siehst du die kleine Mulde dort drüben im Felsen? Da hat mein Vater jedes Jahr zu Neujahr ein großes Feuer angezündet. Meine Mutter hatte immer Angst, dass der Felsen eines Tages von der Hitze gesprengt wird.«

Erst jetzt begreift Esther, dass Rut die Besitzerin der Wiese ist.

»Du hast hier mal gewohnt? Wo denn?«

Rut zeigt auf das gelbe, verlassene Haus auf der anderen

Seite der Landzunge. Esther war schon öfter dort und hat durch die Fenster gespäht. Sie hat nie verstanden, warum sich in der traumhaften Lage niemand um das Haus kümmert.

»Das war unser kleiner Hof, auf dem ich aufgewachsen bin. Mein Vater hat die Wiesen und Äcker bewirtschaftet, und jetzt gehört es mir. Meine Schwester hat das Haus nach seinem Tod übernommen, aber sie ist vor ein paar Jahren gestorben. Vor vielen Jahren, um genau zu sein. Sie hatte keine Kinder, deshalb steht es seitdem leer und verfällt mit jedem Jahr mehr. Wahrscheinlich muss es bald abgerissen werden.«

Ein Schatten legt sich über ihre funkelnden Augen.

»Und ich dachte, das Land hier gehört der Gemeinde und das Haus stünde auf deren Abrissliste. Unten am Wasser und auf dem Gelände sind doch immer Leute unterwegs, die dort spazieren oder baden, und die Scheune und die kleinen Nebengebäude …«

»Die hat meine Schwester tatsächlich an die Gemeinde verkauft, das stimmt. Die haben da irgendeine Einrichtung. Manchmal sehe und höre ich Kinder Fußball spielen.«

Esther kann den Blick nicht von dem gelben Haus wenden. Was für ein wunderbarer Ort, um dort seine Kindheit zu verbringen. So nah am Wasser und mit so viel Platz.

»Und wann bist du dort weggezogen?«

»Oh, das ist lange her. Ich bin weggezogen, als ich mich verlobt und später geheiratet habe. So war das damals.«

Es durchfährt Esther wie ein Blitz, und sie dreht sich zum Stamm der Eiche um. Ganz oben ist das Herz mit den zwei Rs.

»Ist das von dir? R wie Rut?«, flüstert sie.

»Ja, das bin ich. Und das andere R steht für Rinaldo. So hieß mein Mann. Und das da bist du?« Rut zeigt auf das Herz mit den drei Buchstaben. Esther lächelt.

»Hm. Das bin ich. Mit Alex und Adrian.«

»Zwei halbe Herzen.«

»Wie meinst du das, ›halbe Herzen‹?«

»Wir beide sind halbe Herzen. Wir stehen in der Kälte und hoffen, dass es besser wird. Zwei halbe Herzen eben.«

Schweigend stehen sie nebeneinander, bis Esther sich fröstelnd schüttelt.

»Es bringt nichts, sentimental zu werden«, murmelt sie. »Wollen wir die Bank zurücktragen?«

»Guter Plan. Danach gehe ich nach Hause in meine kleine Wohnung und mache ein Nickerchen. Es wird bald dunkel.«

»Warum wohnst du nicht in dem Haus?«

»Bist du verrückt? Da kann man nicht mehr wohnen. Außerdem weiß ich nicht, wo der Schlüssel ist.«

»Ich würde es zu gerne besichtigen, willst du nicht nach dem Schlüssel suchen?«

»Vielleicht. Wenn ich Zeit habe.«

Rut macht nicht den Eindruck, als hätte sie übermäßig viel zu tun. Aber Esther verkneift sich eine Bemerkung. Gemeinsam schleppen und ziehen sie die Bank zurück an ihren Platz unter der Eiche und hinterlassen tiefe Furchen in der feuchten Erde.

Zum Abschied umarmt Rut Esther, die noch eine Weile auf der Bank sitzen bleibt und der Stille lauscht. Sie scrollt durch ihre Fotoalben und findet eine Aufnahme von Adrian, der Quatschgesichter macht. Sie vermisst ihn.

7.

Esther hat das weiße Päckchen mit einer glatten roten Schnur umwickelt, einen Knoten gemacht, die Enden aufgerollt und zu einem kleinen roten Ball zusammengesteckt. Ihr Körper kribbelt vorfreudig bei dem Gedanken an die Reaktion auf der Empfängerseite. Das Geschenk steht schon eine ganze Weile auf dem Schreibtisch in ihrem Schlafzimmer, zusammen mit anderen Weihnachtsgeschenken für ihre Mutter, ihre Schwester und Adrian. Für ihn hat sie gestern nach der Arbeit ein Großes gekauft. Das muss sie noch verstecken, bevor er wieder nach Hause kommt.

In acht Tagen ist Weihnachten. Draußen wirbeln Schneeflocken durch die Luft. Esther würde am liebsten im Bett liegen bleiben und sich aus dem Stapel Bücher auf dem Nachttisch eines aussuchen. Wenn Adrian nicht bei ihr ist, liest sie viel. Laut ihrer Freundin Vera viel zu viel. Sie will sich lieber verabreden, ausgehen. Sie findet, dass Esther unter Leute muss, um jemanden kennenzulernen, dass es nicht in Ordnung ist, sich so zu isolieren. Alle haben eine Meinung dazu, wie Esther ihr Leben führen soll. Sie hat keine Lust mehr, ihnen zuzuhören. Deshalb geht sie kaum noch ans Telefon, wenn es klingelt.

Der Anblick des hübschen Päckchens treibt sie schließlich aus dem Bett. Sie zieht sich Skiunterwäsche an und einen Wollpullover. Dann schaltet sie die Kaffeemaschine ein und wischt mit dem Lappen über die Arbeitsfläche, obwohl es nichts aufzuräumen gibt, wenn sie allein ist. Dann kocht sie nicht, begnügt sich mit Butterbroten.

Jetzt macht sie sich eine Schale Joghurt mit Cornflakes und isst im Stehen, während sie darauf wartet, dass der Kaffee durchläuft. Sie füllt ihn in die Thermoskanne um, die sie in die eine Jackentasche der langen, dicken Daunenjacke über der gefütterten Skihose steckt, die sie sich gekauft hat, um mit Adrian im Schnee spielen zu können. Das Geschenk steckt sie in die andere Tasche.

Der Boden unter ihren Stiefeln ist gefroren, der Weg uneben und rutschig. Sie braucht länger für die Strecke als sonst und geht sehr vorsichtig auf der glatten Oberfläche, um nicht hinzufallen.

Ein stabiles Boot mit kleiner Kajüte gleitet durch die Bucht, wahrscheinlich kommt es von einer der Inseln weiter draußen. Bald wird sich die Eisdecke schließen, und der Skipper in dem dicken Overall wird ein paar Monate lang mit den Schärenbooten fahren müssen. Es sieht aus, als ob er ihr mit dem über den Kopf erhobenen Arm zuwinkt. Aber vielleicht streckt er auch nur die steifen Glieder. Sie hebt trotzdem zaghaft die Hand zum Gruß und sieht dem Boot hinterher.

Als sie aus dem gemeinsamen Haus ausgezogen ist, wäre sie am liebsten auf eine der Inseln gezogen. In ein Haus mit Garten und eigenem Bootssteg, an dem Adrian abends angeln könnte. An einem ihrer verheulten Wochenenden hat sie sogar an einer Hausbesichtigung teilgenommen, sich am Ende aber doch für eine Wohnung in der Stadt entschieden. Mit einer Tür, die man zuverlässig hinter sich abschließen kann. Das ist besser so. Damit niemand ungefragt hereinkommen kann.

Die Bank ist leer, als sie ankommt. Rut ist weder unten am Wasser noch am Schuppen. Die Tür ist verschlossen, das Vorhängeschloss mit einer Schicht Frost überzogen. Die Pferde auf der Weide stehen aneinandergedrängt und mit geduckten Köpfen in ihrem Unterstand. Nur ihr Atem verrät sie, der in kleinen Wolken aufsteigt.

Die Bank unter der Eiche ist mit einer dicken Schneeschicht bedeckt. Esther sucht den Boden nach Fußspuren ab, aber alles ist weiß und unberührt. Sie wischt mit dem Handschuh den Schnee von der Sitzfläche und zögert kurz, ehe sie sich setzt und einen Becher dampfenden Kaffee einschenkt. Aber weder das warme Getränk noch ihre dicke Winterjacke schützen sie vor der Kälte, die durch die Kleider kriecht und auf den Wangen brennt. Sie zittert, trotz des wärmenden Getränks. Rut kommt nicht. Das gelbe Haus steht stumm und dunkel am Wasser. Esther geht hinüber und späht durch die Fenster. Sie sieht einen ausgetretenen Linoleumboden und einen umgekippten Holzstuhl, Spinnweben und Rattenkot.

Vielleicht ist Rut verreist? Oder sie verspätet sich wegen der Glätte?

Sie geht zurück zur Bank, setzt sich und stellt das kleine Geschenk, das die Kraft hatte, sie in den vergangenen Tagen aufzuheitern, neben sich auf Ruts Platz.

Aber alles bleibt still und sie allein. Rut kommt nicht, und am Ende steckt Esther das Geschenk wieder ein.

Die altvertrauten dunklen Gedanken verdrängen die Freude. Was Adrian wohl gerade macht? Weihnachtsvorbereitungen mit Alex und seiner Neuen? Oder tobt er draußen im Schnee und freut sich auf Weihnachten? Ist er fröhlich und hat Spaß? Hat er dort einen eigenen Schlitten, und welche Farbe hat der wohl?

Erinnerung an eine verlorene Familie

Wann wir eine Familie geworden sind? Schon lange vor Adrians Geburt, und lange vor der Hochzeit.

Vielleicht vom ersten frisch verliebten Augenblick auf der Wiese an. Oder als wir uns im Uniflur begegnet sind. Als wir uns das erste Mal in die Augen sahen. Das Gefühl von Zusammengehörigkeit war von Anfang an unheimlich stark. Er und ich wurden ein Wir.

Ich weiß noch, wie ich geweint habe, als er mir mitteilte, dass er für ein halbes Jahr nach New York gehen würde. Wir waren gerade ein Paar geworden, ein Wir, und es fühlte sich an, als würde mir ein Arm abgerissen werden. Seine Arbeiten sollten dort ausgestellt werden, und sie wollten ihn mindestens ein halbes Jahr zum Malen dort haben. Eine solche Gelegenheit durfte er sich einfach nicht entgehen lassen, erklärte er mir.

Das verstand ich gut, aber ich wusste nicht, wie ich ohne ihn leben sollte, wollte ihn nicht verlieren. Also bin ich, so oft es ging, nach New York geflogen. Ich habe Extrajobs angenommen, mein Erspartes angebrochen, nur um bei ihm sein zu können. Irgendwie schaffte ich trotzdem mein Unipensum. Wenn Alex in seinem Atelier war, saß ich in der Bibliothek und lernte, schrieb Hausarbeiten und legte Prüfungen ab.

Alex wohnte mit zwei anderen Männern in einer merkwürdigen Wohnung. Alle Fenster gingen auf eine nahe Backsteinwand hinaus, die nur wenige Zentimeter vom Fensterbrett entfernt war. Die Wohnung war dunkel und nie ruhig, Tag und Nacht hörte man die Geräusche von der Straße. Unser Bett stand in einer kleinen Nische, an der seine Mitbewohner vorbeigingen, während wir nackt unter der Bettdecke lagen.

Alex kaufte mir eine Staffelei, und hin und wieder begleitete ich ihn ins Atelier, wenn ich nicht lernen musste. Er sah mein Talent und bestärkte mich. Er war mein Mentor, lenkte mich in die richtige Richtung, schliff die scharfen Kanten meiner Kunst und half mir, meine Motive zu entwickeln. Wir arbeiteten Seite an Seite, zwischen uns ein kleiner Heizofen. Trotz der dicken Jacken und Schals war es so kalt im Atelier, dass wir morgens unseren Atem sehen konnten. Ich war besessen von der Kunst, wollte mein Studium abbrechen. Ich lieh mir Geld von meinen Eltern, um dafür Pinsel und Farbe für uns beide zu kaufen. In diesen Monaten in New York lebte ich meinen Traum, kam der Kunst einen großen Schritt näher. Alex verglich mich immer mit Monet, meinte, dass unser Weltbild aufblühte. Mir war natürlich klar, dass meine Werke bei Weitem nicht an Monets heranreichten, aber stolz machte es mich trotzdem.

Wir lebten. Und wie. Wir lachten miteinander. Wir liebten uns. Wir unterstützten uns gegenseitig. Wir waren füreinander da.

Was ist nur aus diesen Erinnerungen geworden? Wie konnte ihre Kraft versiegen, für immer?

Wenn ich mich anstrenge, höre ich unser Lachen. Wie ein unsterbliches Echo. Die unvergängliche Sehnsucht nach dem, was wir einmal hatten.

Der Abend in einem Hotel in Arizona nach stundenlanger Autofahrt mit nichts zu essen außer Marshmallows, mit denen wir uns kichernd bewarfen.

Oder als wir Sex hatten in einer Strandkabine in Spanien und der Bademeister gegen die Tür hämmerte, während wir tief ineinander verschlungen das Lachen und die Geräusche unterdrückten.

Damals war alles so leicht. Er verkaufte ein Bild, und wir gaben das Geld mit vollen Händen aus. Von der Hand in den Mund.

Ich habe bei meinem Auszug nichts mitgenommen. Keine Fotos. Keine Erinnerungsstücke. Ab und zu schickt er mir eine Aufnahme, um mir vorzuhalten, was ich zerstört habe. Ich bin extrem fotogen. Meine Augen strahlen, ich lache. Bin ich immer so glücklich gewesen? Ich klaue Bananen auf einer tropischen Insel, sitze schlaftrunken in einem Zelt, trinke ein Bier zu viel in einem irischen Pub oder mache einen Luftsprung an dem weißen Strand einer Insel im Paradies.

Täuschen mich meine Erinnerungen?

Wieso habe ich ihn verlassen, wenn wir so viele schöne Jahre zusammen hatten? Wieso habe ich das Leben gegen dieses voller Einsamkeit und Traurigkeit ausgetauscht.

Wenn Adrian nicht bei mir ist, sehe ich mir Fotos von ihm an. Dann drängt sich mir jedes Mal der Gedanke auf, dass ich nicht hätte gehen dürfen. Adrian zuliebe. Und auch mir zuliebe. Um endlich wieder so viel Spaß zu haben wie damals. Und zu lachen, bis mir der Bauch wehtut.

Aber dann kommen die anderen Erinnerungen, die an den finsteren Blick und die Dunkelheit. Wie Mühlsteine zermahlen die guten und die schlechten Erinnerungen mein Inneres zwischen sich. Als hätte ich zwei Menschen gekannt und weiß nicht, wer von den beiden er wirklich ist.

8.

Es ist Heiligabend. Esther und Adrian liegen nebeneinander in Esthers schmalem Jugendbett im Zimmer ihres Elternhauses. Er schläft noch, sie ist schon wach. Das Zimmer ist unverändert, seit sie ausgezogen ist. Die Möbel, die Bilder und Poster an den Wänden, sie schlafen sogar in ihrem alten geblümten Bettbezug, der im Laufe der Jahre fadenscheinig geworden ist.

Im Bücherregal stehen noch die Bücher, die sie bei ihrem Auszug nicht mitnehmen wollte, weil sie für eine erwachsene Frau zu kindisch waren. Die Reihe vom herzensguten Waisenkind Gulla, die sie als Mädchen verschlungen und auch als Jugendliche immer wieder gelesen hat. Oder *Einstichpunkte: Eine wahnsinnige Sucht nach Liebe* über den mysteriösen Tod von Nancy Spungen. Der Einband ist zerfleddert, so oft hat sie das Buch gelesen. Sie erinnert sich hauptsächlich daran, dass sie immer weinen musste. Und dann die Bücher von Torey L. Hayden über traumatisierte Kinder. Als junges Mädchen haben solche Bücher sie fasziniert. Bücher, in denen es um Menschen ging, die irgendwie anders, die Außenseiter waren. Vielleicht ist sie deshalb Lehrerin geworden, um diesen Außenseitern zu helfen, sich auf ihre Seite zu stellen.

Sie hört ein Scharren vor der Tür, dann klopft es. Ihre Mutter betritt das Zimmer, mit Weihnachtsschürze und roten Wangen, ein Tablett in der Hand, auf dem zwei Schalen mit Milchreis stehen, mit einer dicken Schicht Zimt und Zucker bedeckt.

»Ach Mama«, protestiert Esther flüsternd. »Du musst uns doch kein Frühstück ans Bett bringen. Du hast schon so genug um die Ohren. Wir können doch auch in die Küche kommen.«

»Ich freue mich so, dass ihr hier seid, lass mich euch ruhig ein bisschen verwöhnen. Es ist so schön, dass es wieder so ist wie früher. Letztes Jahr war schon schwer. Papa und ich verstehen immer noch nicht, wie es so weit kommen konnte. Ihr wart so ein schönes Paar, Alex und du.«

Esther zieht sich die Decke über den Kopf und bohrt ihr Gesicht ins Kissen. Adrian wacht auf, ist mit einem Satz aus dem Bett und hüpft mit seiner Großmutter durchs Zimmer. Er sucht seinen Weihnachtsstrumpf.

»Hier ist er nicht. Erinnerst du dich noch, wo er immer hängt?«, fragt Esthers Mutter.

Adrian schüttelt den Kopf. Er war gerade mal drei Jahre alt, als er das letzte Mal Weihnachten bei seinen Großeltern gefeiert hat.

»Bei Papa hängt er neben dem Bett«, sagt er mit Nachdruck und reißt Esther die Bettdecke weg. »Mama, aufwachen, wo ist mein Adventskalender-Päckchen?«

Esther zwingt sich aus dem Bett und zieht ihre alte, ausgeleierte Jogginghose an, die ebenfalls im Elternhaus bleiben musste. Adrian ist schon auf dem Weg nach unten.

»Viele geschiedene Paare feiern trotzdem zusammen Weihnachten«, sagt Esthers Mutter, als Adrian außer Hörweite ist. »Unseretwegen darfst du Alex gerne einladen, wenn du es dir anders überlegst. Damit der Arme Heiligabend nicht allein verbringen muss.«

»Mama, bitte!«

»Ich wollte es dir nur sagen. Wir sind ihm nicht böse. Kein bisschen.«

»Das weiß ich. Aber ich will ihn nicht dabeihaben. Können wir bitte aufhören, über ihn zu sprechen? Oder über die Scheidung? Ich will einfach nur gemütlich Weihnachten feiern.«

Esther nimmt einen Löffel vom warmen Milchreis. Er schmeckt, wie er schmecken soll, nach Zuhause.

Aus der Küche hören sie Adrians ausgelassene Jubelschreie, als er sein Adventskalendergeschenk gefunden hat.

»Was schenkt ihr ihm?«, fragt Esther.

»Buntstifte, ganz viele Farben. Er ist doch bestimmt genauso künstlerisch begabt wie sein Vater«, sagt Esthers Mutter und nimmt das Tablett und Adrians Teller mit nach unten.

»Und seine Mutter«, flüstert ihr Esther hinterher und lässt sich aufs Bett sinken.

Während sie den Milchreis isst, sieht sie aus dem Fenster. Draußen fällt leise der Schnee, viel mehr Schnee als in Stockholm. Alles ist heller, ruhiger, schöner. Und die Mieten sind günstiger. Hätten sie nicht diese Zweiwochenregel, würde sie mit Adrian wieder in ihre alte Heimat ziehen, damit er in ihre alte Schule gehen könnte, in der es viel kleinere Klassen gibt.

Sie hört ihren Vater mit Adrian Fangen spielen. Sie toben durch alle Zimmer. Sie geht zu ihnen nach unten und schnappt ihn sich, als er an ihr vorbeistürmt.

»Zeig mir mal, was dir die Wichtel in den Strumpf gesteckt haben«, sagt sie und gibt ihm einen Kuss. Aber er will nicht stehen bleiben, windet sich aus ihrer Umarmung und rennt weiter.

Esther geht ins Wohnzimmer, wo der glitzernde Weihnachtsbaum strahlt und duftet. Der Baumschmuck ist noch der ihrer Kindheit. Sie streicht über eine glänzende Kugel, die ziemlich weit oben hängt. Ihre Mutter hat alle Kugeln, die ihr besonders am Herzen liegen, sicher weit oben platziert. Einige stammen sogar von ihren Urgroßeltern, hundertjährige, sehr empfindliche Schmuckstücke.

Wie Ruts Baum wohl geschmückt ist? Wenn sie überhaupt einen hat. Hoffentlich ist sie nicht allein an Weihnachten.

Unter dem Baum liegen schon alle Geschenke, auf einigen kann sie ihren Namen lesen. Die Aufkleber sind mit Herzen verziert, und sie erkennt die Schrift ihrer Mutter. Esther geht in die Hocke und hebt das eine oder andere hoch, dreht und schüttelt es.

Aus der Küche strömen die wunderbarsten Gerüche ins Zimmer. Der Weihnachtsschinken ist im Ofen, auf dem Herd stehen Töpfe mit Soßen und andere Leckereien. Ihre Mutter bewegt sich zwischen Kühlschrank, Arbeitsplatte und Küchentisch hin und her. Sie drapiert Aufschnitt auf Platten, bereitet Salat vor, schält Eier. Keine Sekunde Stillstand. Und Esthers Vater steht neben ihr, jederzeit einsatzbereit.

Sie beobachtet die beiden, die nah beieinanderstehen, er hat seine faltige Hand auf ihren Rücken gelegt. Seit vierzig Jahren leben sie zusammen in diesem Haus. Ihre Familie, ein Ort der Geborgenheit.

»Guck mal, Mama, ein Monster!«

Adrian kommt mit einem Blatt Papier in der Hand auf sie zugerannt und reißt sie aus ihren Gedanken. Er hat einen großen zotteligen Ball mit zwei länglichen, abstehenden Füßen gemalt. Sie lacht.

»Pass auf, dass du damit nicht die Wichtel verjagst, denn sie haben Angst vor Monstern.«

»Malst du mir einen Wichtel, Mama? Biiiitte!«

Sie nimmt ihm das Blatt aus der Hand und setzt sich auf

den Boden. Mit ein paar schnellen Strichen zeichnet sie ein kleines grünes Männchen mit einer langen Zipfelmütze.

»Wichtel sind nicht grün!«, protestiert Adrian.

»Dann musst du mir andere Stifte bringen. Ich brauche Braun und Rot.«

Adrian holt sie, und kurz darauf hat sie einen Wichtel gezeichnet, der aussieht wie ihr Vater in seinem Kostüm, das unten im Keller hängt, so lange sie sich erinnern kann.

»Der Wichtel bei Papa sieht aber anders aus«, sagt Adrian kopfschüttelnd. »Der hat lauter rote Sachen an, alles ist rot.«

Nur jedes zweite Weihnachten, würde Esther am liebsten sagen, verkneift es sich aber. Sie zieht Adrian zu sich auf den Schoß und gibt ihm einen Kuss.

»Du kleiner, süßer Spinner, du hast doch auch nicht jeden Tag dasselbe an«, sagt sie. »Auch ein Wichtel muss seine Sachen ab und zu mal waschen. Dafür hat er Wechselsachen. So wie wir auch. Mal sehen, was er heute anhat, wenn er kommt. Falls er kommt.«

»WAS? Kommt der Wichtel nicht? Ich war doch das ganze Jahr lieb«, ruft Adrian mit verzweifelt aufgerissenen Augen.

»Ja, das warst du, mein Schatz. Und natürlich kommt er. Komm, wir helfen Oma und Opa in der Küche. Wenn alle anderen da sind, dann geht Weihnachten richtig los«, sagt sie, wissend, dass das nicht stimmt. Sie werden nie mehr alle zusammen sein wie früher.

9.

In der Ferne ist Feuerwerk zu hören. Es ist der Tag vor Silvester, das Adrian bei seinem Vater verbringt. Esther läuft, so schnell sie kann, über die Wiese, der Schlamm spritzt bis an ihre Waden hoch. Mit ihr zusammen feiern alle halben Herzen diesen Tag, den sie ohne ihre Kinder erleben.

Ihr Herz macht einen Satz, als sie Rut schon von Weitem sieht.

»Wo warst du?«, keucht sie außer Atem und lehnt sich gegen den Stamm. Rut zuckt zusammen, sie war offensichtlich weggenickt.

»Da bist du ja endlich. Ich warte schon den ganzen Vormittag auf dich.«

Das Feuer im Feuerkorb ist heruntergebrannt. Rut stochert mit einem Stock in der Asche.

»Holst du noch etwas Brennholz aus dem Schuppen?«, fragt sie. »Wir müssen doch ein Neujahrsfeuer machen.«

»Wollen wir nicht an die Stelle unten am Wasser, wo es dein Vater immer gemacht hat?«

Rut schüttelt den Kopf.

»Nein, wir bleiben hier oben. Unten am Wasser wird es noch eisiger sein als hier oben.«

Die Schuppentür ist offen, das Vorhängeschloss hängt am Rahmen, der Schlüssel steckt. Der Schuppen ist voller Werkzeuge: Rechen, Spaten, eine große Sense. Sie sind alle verrostet, die Holzgriffe abgewetzt. Sie streicht mit der Hand über die Geräte.

Es riecht muffig. Auf einem Regal steht ein Glas voller Samen. Blumensamen vielleicht? Sie schüttelt es, aber durch die Feuchtigkeit sind die Samen zu einem Klumpen verklebt.

An einer Wand ist bis obenhin Holz gestapelt. Esther nimmt so viele Scheite, wie sie tragen kann, und geht zurück zu Rut. Es knistert und sprüht Funken, als sie zwei Scheite in den Feuerkorb legt. Rut hat eine dicke Decke auf der Bank ausgebreitet, und Esther setzt sich neben sie.

»Warst du verreist? Ich habe dich vermisst«, sagt sie.

»Ja, ich bin für ein paar Tage nach Hause gefahren. Nach Hause oder fort, ich kann es nicht sagen. Sie hätten mich gerne länger dabehalten.«

»Zu Hause fort, wo ist das? Und wer sind *sie*? Deine Familie? Ich verstehe nicht, du musst es mir erzählen. Warst du an Weihnachten in Italien?«

»Genau, ich war in Italien. Da war es viel wärmer als hier, richtig schön.«

Über dem Wasser explodiert eine Rakete. Rote Sterne breiten sich am Himmel aus und erlöschen sofort wieder.

»Rinaldo hat an Silvester auch immer Feuerwerk gekauft. Er liebte das Geknalle und meine erschrockenen Schreie. Das fand er so lustig, dass er einfach noch einen Knaller zünden musste.«

»Hört sich nach einem humorvollen Menschen an.«

»Oh ja, das war er. Er hat uns alle zum Lachen gebracht, mich auch.«

»Sah er gut aus? Warst du in ihn verliebt?«

Rut tätschelt ihr kichernd das Bein.

»Und ob, bis über beide Ohren«, sagt sie mit verträumtem Blick.

»Hat er dir hier unter der Eiche den Hof gemacht?«

»Und wie. Er war keiner, der so leicht aufgab. Er kam aus einer sehr vornehmen Familie, italienischer Diplomatensohn. Sie wohnten in Djurgården, und er ist immer mit dem Fahrrad hierhergefahren, den ganzen weiten Weg. Und er war immer elegant gekleidet, Hemd und Anzug und blank geputzte Lederschuhe. Sommer wie Winter. Manchmal hatte er Blumen dabei. Mein Vater fand das unnötig, schließlich war die Wiese ein einziges Blumenmeer.«

Esther dachte an ihre Lieblingsblumen. Manche standen in Vasen bei ihr zu Hause, andere waren auf ihrem Skizzenblock oder der Leinwand und in ihrer Fantasie entstanden.

»Manche Menschen verstehen das mit den Blumen einfach nicht«, sagt sie.

»Stimmt, da gehörte mein Vater auf jeden Fall dazu. Er hatte zwar einen grünen Daumen, aber für ihn war Grünzeug nur zum Essen da.«

»Erzähl mir mehr von Rinaldo. Hast du dich wegen der Blumen in ihn verliebt?«

»Ich habe mich in sein Lächeln verliebt. Und in seine Beharrlichkeit. Er wollte mich unbedingt erobern. Wir haben uns Briefe geschrieben, jede Woche, wo immer in der Weltgeschichte er gerade unterwegs war. Und ich war schier verzweifelt, wenn er mal nicht gleich antwortete.«

»Kam das häufig vor?«

»Hin und wieder. Ich hatte Angst, dass er eines Tages ganz verschwinden würde. Aber das tat er nicht. Er kam immer wieder zu mir zurück. Und dann hatte er kleine Geschenke für mich dabei.«

»Ist er …«

Rut seufzt.

»Schon lange. Er lebt nur noch in meinen Erinnerungen.«

Es fängt an zu nieseln. Die winzigen Tropfen verdunsten zischend auf den glühend heißen Holzscheiten. Rut zeigt in den Himmel.

»Es wird schnell dunkel, bestimmt wird es noch schlimmer.«

»Schlimmer als jetzt kann es doch gar nicht werden«, sagt Esther. »Gut, dass es bald vorbei ist.«

»Was meinst du damit? Das Jahr?«

Esther nickt. Rut legt Holzscheite nach, die unzählige goldrote Funken in die Luft wirbeln. Die Frauen sitzen schweigend auf der Bank unter der Eiche und lauschen dem Feuerwerk in der Ferne.

»Hast du die Briefe noch?«, fragt Esther.

Rut brummt etwas Unverständliches, legt die Hände aneinander und pustet sie warm. Dann wechselt sie galant das Thema.

»Machen wir für heute Schluss und gehen nach Hause. Ich fange an zu frieren.«

»Wenn du mir versprichst, das nächste Mal die Briefe mitzubringen und mir daraus vorzulesen?«

»Ach nein, wozu? Das ist doch nur altes Gefasel von früher.«

»Altes Gefasel? Das hört sich sehr romantisch an.«

»Mag sein, dass es das war. Aber jetzt liegt er unter der Erde, so wie ich sicher auch bald. Brrr, grauenvolle Vorstellung. Das ist meine größte Angst, allein unter der Erde zu liegen und von Würmern gefressen zu werden. Im Dunkeln. Unter einem Grabstein, um den sich niemand kümmern will. Brrr. Was für ein scheußlicher Gedanke. Ich will viel lieber in alle Winde verstreut werden.«

Rut zieht die Schultern bis hoch zu den Ohren und kneift die Augen zusammen.

»Rinaldo ist für immer hier, und das wirst du auch sein«, sagt Esther und zeigt auf das Herz im Stamm hinter ihnen.

»Und er ist hier«, sagt Rut und tippt an ihren Kopf. »Man kann sich gut an den Bildern und Erinnerungen im Kopf festhalten. Damit kennst du dich auch aus, oder?«

»Oh, fast hätte ich's vergessen«, ruft Esther und zieht das weiße Päckchen aus der Jackentasche. Die Schnur ist plattgedrückt und sie pufft sie ein bisschen auf.

»Was ist das denn?« Rut sieht sie überrascht an.

»Das ist dein Weihnachtsgeschenk von mir«, sagt Esther und lacht.»Komm, mach es auf.«

Rut knotet mühsam die Schnur auf. Ihre Finger sind verkrümmt und rot, die Handrücken faltig und von Adern durchzogen. Erst jetzt wird Esther bewusst, dass sie schon ziemlich alt sein muss.

Rut befestigt die silberne Spange sofort in den Haaren.

»Wie wunderschön. Woher wusstest du, dass ich mir so eine gewünscht habe?«

»Das wusste ich nicht«, sagt Esther und streicht über die Haarspange, die perfekt zu den Grautönen von Ruts Haaren passt. »Du hast mir ans Herz gelegt, an etwas anderes zu denken als daran, dass alles meine Schuld ist. Also habe ich mir überlegt, was ich dir zu Weihnachten schenken könnte. Und du hast so schönes Haar. Voilà!«

Rut fährt sich durch das lange Haar, wickelt sich eine Strähne um den Finger.

»Jetzt ist nur noch Asche übrig. Früher waren sie feuerrot. Rinaldo hat immer gesagt, ich sähe im Sonnenlicht aus, als stünde ich in Flammen. Er wollte, dass ich sie offen trage«, sagt sie und sieht auf einmal traurig aus. Dann streichelt sie Esther über die Wange. »So, jetzt sagen wir diesem Jahr auf Wiedersehen und gehen nach Hause. Das nächste wird bestimmt besser.«

Am Anfang habe ich mich hundertprozentig auf Alex verlassen, ich fühlte mich sicher bei ihm. Wir hatten genug Geld. Und Abenteuer. Freude. Und den Enthusiasmus für eine gemeinsame Zukunft.

»Ich habe eine tolle Wohnung gefunden, Gründerzeit, mit langen Zimmerfluchten. Wir kriegen morgen eine Privatbesichtigung und einen guten Preis, wenn wir sofort zuschlagen.«

Er zeigte mir Hochglanzfotos vom Makler. Die Wohnung sah großartig aus, aber mir stockte der Atem, als ich den Preis sah.

»Mehrere Millionen. Das können wir uns nicht leisten. Niemals.«

»Versteh doch, was für eine sensationelle Gelegenheit das ist. Das dürfen wir uns nicht entgehen lassen. Willst du nicht auch, dass unsere Kinder in einem schönen Zuhause großwerden? Die Zinsen sind im Augenblick niedrig, wir können einen Kredit aufnehmen.«

Er bombardierte mich mit Zahlen, um mich davon zu überzeugen, dass genug Geld da war. Versteckt hinter den Zinsen der Banken.

Und er gewann.

Wir haben im Laufe der Zeit einige dieser unglaublichen Gelegenheiten bewohnt. Die Wohnung mit den Zimmerfluchten allerdings nur ein paar Monate, da immer wieder neue Angebote auftauchten, die wir nicht verpassen durf-

ten. Der Couchtisch quoll über vor neuen Berechnungen und Skizzen zur Inneneinrichtung.

Ich habe so oft versucht, ihn zu bremsen. Sagte ihm, dass wir keinen weiteren Kredit aufnehmen konnten. Da kam es zum Streit, er wandte alles gegen mich und sah die Gründe in meiner Persönlichkeit.

»Du bist so ein geiziger und engstirniger Mensch, weißt du das? Das muss angeboren sein. Und missgünstig. Du sagst Nein zu unserer Zukunft. Vielen Dank, jetzt weiß ich, wie du dazu stehst.«

Ich klammerte mich an den Realismus, so lange es ging.

»Unsere Zukunft? Die hängt hoffentlich nicht von einer Wohnung ab? Wir können uns nicht kaufen, was wir uns nicht leisten können. Außerdem haben wir noch gar keine Kinder.«

Das war der Moment, in dem die erste Drohung kam.

»Willst du mir damit sagen, dass ich nicht gut genug für dich bin? Bin ich dir nicht erfolgreich genug? Da musst du dir wohl einen anderen suchen, der deinen Ansprüchen genügt. Hau ruhig ab, viel Glück!«, fauchte er mich an und wandte mir den Rücken zu. Ich war verwirrt, gefangen in seiner schwarzen Wolke aus Zorn.

»Aber … das habe ich doch gar nicht gesagt … Ich will gar nicht wegziehen. Uns geht es doch gut hier. Was redest du da? Ich liebe dich. Aber wir haben im Moment kein Geld für etwas Neues. Später vielleicht, aber nicht jetzt.«

Sein Zorn wurde immer größer.

»Immer machst du alles mit deinem verdammten Pessimismus kaputt. So eine Gelegenheit bekommen wir nie wieder. Wir haben einen Tag Zeit, um uns das zu überlegen, verstehst du? Dann ist die Wohnung weg. Wenn wir diese Chance verpassen, ist das deine Schuld, nur dass du es weißt.«

Er steigerte sich in seine Wut hinein, nicht selten flogen Gegenstände durch die Luft und zersprangen auf dem Boden. Dann verließ er die Wohnung, verschwand. Für Stunden, manchmal für Tage. Ging nicht ans Telefon.

Und mich packten Verlustängste. Ich wollte ihn nicht verlieren. Ich liebte ihn über alles.

Meine Entschuldigungen nahmen immer neue Formen an. Verzeihen war ein viel zu schwaches Wort. Ich wollte ja gar nicht so negativ sein oder ihn in seiner Kreativität bremsen. Und mir wurde nur verziehen, wenn ich ihm zustimmte und klein beigab. Daraus erwuchs ein Muster, das sich im Laufe der Jahre immer stärker verfestigte.

Meistens kauften wir am Ende doch die völlig überteuerten Objekte, die Ursache für diese furchtbaren Auseinandersetzungen waren. Unsere Schulden wuchsen. Und der Stress. Meine Arbeit, die Festanstellung als Lehrerin, war unser Rettungsanker. Aber sie entfernte mich auch immer mehr von meinem eigenen Traum, Künstlerin zu werden, der mit den Jahren verblasste. Er war schließlich der Star, nicht ich.

Meistens nahm ich die Schuld für unsere Auseinandersetzungen auf mich, schraubte meine Ansprüche herunter und bat um Vergebung.

Wenn wir uns wieder vertragen hatten, galt: Wir gegen den Rest der Welt! Randvoll mit der unerschöpflichen Energie des trügerischen Erfolgs.

Ich weiß nicht, wie es so schieflaufen konnte, warum wir solche Schwierigkeiten hatten, miteinander zu kommunizieren. Warum meine Stimme so selten gehört und noch weniger verstanden wurde.

Meine Gedanken sind verknotet. Ich schreibe, um zu begreifen, aber ich kann es selbst noch nicht erfassen.

10.

In Esthers Büro sitzen zwei Lehrerkollegen, Sara und William, und nehmen letzte Änderungen am Stundenplan für den Schulstart am nächsten Montag vor. Sie tauschen Stunden miteinander. Sie müsste selbst dringend an den Rechner, bringt es aber nicht übers Herz, die beiden zu unterbrechen. Das Stundenplanprogramm ist nicht auf allen Schulrechnern installiert, weil die Lizenzen zu teuer sind. Außerdem hat sie Zeit, Adrian ist nicht bei ihr, sie kann den ganzen Abend in der Schule bleiben, um die liegen gebliebenen Sachen fertig zu machen.

»Wir wollten gleich noch auf einen After-Work-Drink irgendwohin, kommst du mit?«, fragt William.

Er hat die Hände hinterm Kopf verschränkt und streckt sich. Er unterrichtet Physik und Chemie und hat schwarze Fingerkuppen von einem Experiment, das er mit den Schülern gemacht hat. Er ist beliebt, einer der besten Lehrer, die an ihrer Schule arbeiten. Und charmant ist er obendrein.

»Oh ja, komm doch mit«, nickt Sara, die als Kunstlehrerin Esthers Stunden übernommen hat, nachdem sie aufgehört hat zu unterrichten.

»Ich weiß nicht. Ich habe noch Berge zu tun.«

»Komm schon, es ist Freitag. So wichtig kann das alles nicht sein.« William lächelt sie an.

»Wo wollt ihr denn hin?«

»Irgendwo in die Stadt, in eine Bar, ein Glas Wein trinken. Hast du eine Idee?«

Esther nickt. Das hat sie. In der Grev Turegatan gibt es eine kleine, hübsche Weinbar. Gute Musik, gutes Essen. Sie war früher oft mit Alex dort.

»Kennt ihr das Caesar? Echt cool und ganz in der Nähe der U-Bahn. Ich war schon lange nicht mehr dort, aber ich glaube, es hat sich nichts geändert.«

»Logo!« William lacht. »Wir sind dabei. Schließlich geht man nicht alle Tage mit der Chefin was trinken.«

Die Bar ist ziemlich voll, als sie dort ankommen. Alle Tische sind besetzt, die Musik ist gedämpft. So, wie sie es am liebsten mag. Sie schiebt sich durch die Menge an den Tresen.

»Drei Glas Rotwein, bitte.«

»Gleich drei Gläser auf einmal?«, sagt eine vertraute Stimme neben ihr.

»Was machst du denn hier? Wo ist Adrian?«, fragt sie.

»Ich komme immer hierher, wenn ich an dich denken muss«, sagt Alex.

Er hat eine Bierfahne und duftet nach dem Parfum, das sie immer so geliebt hat. Er kommt näher, sein Bein berührt ihres.

»Warum bist du nicht bei Adrian? Wo ist er? Hast du ihn etwa allein zu Hause gelassen?«

Er hebt sein Bierglas und prostet ihr zu, seine Augen funkeln. Sie spürt Williams und Saras neugierige Blicke. Alex nickt zu den drei Gläsern auf dem Tresen.

»Prost!«, sagt er.

»Wo ist Adrian?«

»Immer mit der Ruhe. Lina ist bei ihm.«

»Er ist allein mit Lina?«

»Ja, was ist daran auszusetzen? Sie ist schließlich seine Bonusmama.«

»Wenn du nicht auf ihn aufpassen kannst, sollst du zuerst mich fragen. Das haben wir so vereinbart.«

Er legt lächelnd eine Hand auf ihren Arm.

»Ich bin nur kurz ausgegangen. Adrian schläft schon. Warum nehmen wir das nicht als Gelegenheit, uns in Ruhe zu unterhalten. Ohne ihn. Du bist so schön, weißt du das? Ich habe nach wie vor ein Kribbeln im Bauch, wenn ich dich sehe. Geht es dir nicht genauso?«, sagt Alex und lehnt sich vor, als wollte er sie auf die Wange küssen.

Esther bekommt keine Luft, sie schiebt ihn zur Seite, er streichelt ihr sanft über den Rücken.

»Ich bin mit Freunden hier«, sagt sie und reicht William ein Glas.

»Freunde?« Alex hebt eine Augenbraue.

Sie nimmt ihm das zweite Glas aus der Hand und reicht es Sara.

»Das sind meine Kollegen, William und Sara. Und das ist Alex, mein Exmann.«

Alex schüttelt den beiden die Hand. Er witzelt ein bisschen herum, bringt alle zum Lachen, erzählt lustige Geschichten über ihre Chefin. Esther lacht mit. Alles klingt immer so fantastisch und leicht, wenn Alex darüber spricht. Er zieht Esther an sich und hinter sich her auf die Tanzfläche. Der wohlbekannte Duft, die Brust, an die sie sich so gerne geschmiegt hat. Sie lehnt ihren Kopf an seine Schulter, schließt die Augen. Aber da melden sich die anderen Erinnerungen, die sie so gar nicht vermisst. Sie erstarrt.

»Oh nein. So spät ist es schon. Ich muss los, entschuldigt«, sagt sie und weicht zurück.

»Warum denn? Gönn dir doch auch mal ein bisschen Spaß, wenn du Adrian nicht hast«, sagt Alex und legt eine Hand auf ihren Rücken. Warm und schwer und vertraut.

Als Esther geht, wendet sich Alex den beiden anderen zu, als wäre nichts gewesen. Sie kann nicht hören, was er sagt. Sie trinkt den letzten Schluck Rotwein und stellt das Glas auf einen der Tische. Sie winkt William und Sara zu, was sie nicht mitbekommen. Sie hängen an Alex' Lippen, vor allem Sara, ihre Augen funkeln. Die Kunstlehrerin und der große Künstler. Sie ist schwer beeindruckt, das sieht man ihr an. Am Montag wird sie sich bestimmt anhören müssen, wie begeistert die beiden von Alex sind. Esther verlässt unauffällig die Bar.

Wie konnte sie nur so dumm sein, ausgerechnet das Caesar vorzuschlagen?

11.

Das Eis knirscht unter den darüber gleitenden Kufen. Es ist kalt, der Boden von Schnee bedeckt. Esther hätte gerne ihre Serie zu Ende gesehen, aber der Wunsch, Rut zu treffen, ist stärker. Sie läuft am Wasser entlang und sieht den Schlittschuhläufern zu, die mit ihren bunten Rucksäcken übers Eis sausen. Sie laufen paarweise im Gleichtakt, in kleinen Gruppen oder als Familie. Einige fahren schnell, andere langsam. Sie will nächstes Wochenende mit Adrian aufs Eis und hofft, dass es bis dahin noch hält und die Sonne scheint. Der Winter ist viel zu kurz, wenn jedes zweite Wochenende wegfällt. Die wenigen Schneetage sind gezählt.

Eigentlich läuft Adrian nicht gerne Schlittschuh, genau wie sie als kleines Kind. Erst mit den Langlaufschlittschuhen hatte sich ihr eine neue Welt eröffnet. Die Weite, die Seen, die Buchten und immer Wind im Gesicht. Sie wünscht sich, dass Adrian es mit der Zeit so lieben lernt wie sie. Vielleicht sollte sie morgens mal allein fahren gehen. Noch war das Eis dick genug.

Sie sieht den Rauch aus dem Feuerkorb schon von Weitem. Rut ist da und sie hat Feuer gemacht. Esther reibt sich mit den Händen über die Augen. Es ist bestimmt zu sehen, dass sie geweint hat. Hoffentlich sagt Rut nichts dazu, weil das nur neue Tränen auslösen würde. Sie hat heute sehr nah am Wasser gebaut. Die ganze Nacht hat sie sich herumgewälzt und gegrübelt. Ob sie das Richtige getan hat, ob es wirklich so schlimm war, wie sie es in Erinnerung hat? Alex bringt alle zum Lachen, und Esther sehnt sich danach, mal wieder ausgelassen zu lachen. Vermisst es so sehr.

Rut steht unten am Wasser, umringt von ihren Enten. Auf dem dicken Schaffell auf der Bank steht ein brauner Rattankorb, dessen Handgriff mit rotem Band umwickelt ist.

Esther lächelt und läuft hinunter zu Rut.

»Die Armen, sie werden langsam mager«, sagt Rut. »Siehst du die Kleine da, die ist nur noch Haut und Knochen.«

Sie wirft ihr ein paar Brotkrümel zu, aber die Ente bewegt sich nicht.

»Ist sie krank?«, fragt Esther.

»Scheint so. Wahrscheinlich ist sie tot, wenn du das nächste Mal kommst. Die Vögel fressen Plastik, das füllt den Magen, aber nicht mit was Nahrhaftem. Die Überreste von Silvester, Luftballons oder solches Zeug. Was die Leute eben wegwerfen, ohne darüber nachzudenken, wo es landet.«

Esther bückt sich, sammelt ein paar Krümel auf und wirft sie der Ente hin. Erfolglos.

»Gab es hier auch Enten, als du klein warst?«, fragt sie.

»Selbstverständlich. Hier gab es schon immer Enten. Sie waren damals genauso zahm und sind neben uns hergeschwommen, wenn wir Schwimmunterricht hatten.«

»Schwimmunterricht? Hier?«

Rut zeigt auf die andere Seite der Bucht.

»Dort drüben sind wir jeden Sommer geschwommen, Mädchen und Jungen getrennt. Mit Korkgürteln um die Taille, das war sehr ungemütlich, mit denen zu schwimmen.«

»War das nicht viel zu kalt?«

»Doch, sehr kalt. Die Schwimmschule fand immer in der ersten Woche der Sommerferien statt, und wenn wir Pech hatten, regnete es die ganze Woche. Die Jungen haben sich gerne zwischen den Bäumen versteckt, um uns zu beobachten. Wir hatten eine schreckliche Lehrerin, die sie ausgeschimpft hat. Sie war groß und breitschultrig. Und immer wütend. Manchmal hat sie sie mit erhobener Faust verjagt. Und wir haben uns kringelig gelacht.« Rut schmunzelt bei dem Gedanken.

Esther lächelt. Sie sieht den Haufen Mädchen im Wasser förmlich vor sich, mit geflochtenen Haaren und langen Badeanzügen, die über den Sund schwammen.

»Hast du Fotos aus dieser Zeit?«

Rut runzelt die Stirn.

»Vielleicht. Ich habe eine Kiste mit Kindheitserinnerungen. Aber nicht hier. Ich schaue nach, wenn ich das nächste Mal zu Hause bin.«

»Zu Hause hier oder zu Hause dort?«

»Zu Hause hier oder zu Hause dort.« Rut lacht. »Die meiste Zeit bin ich hier, aber ich habe noch vieles in dem Haus in Italien. Ich weiß nicht, wo alles ist. Ich werde nachsehen, versprochen.«

»Wollen wir im nächsten Sommer mal zusammen schwimmen gehen? Ich bin oft hier baden.«

»Nein, dafür bin ich inzwischen zu alt. Mich bekommt niemand mehr ins Wasser.«

»Was ist denn dort oben in dem Korb? Es sieht gemütlich aus an unserem Platz unter der Eiche.«

Rut stopft sich die leere Brotkrümeltüte in die Jackentasche. Als sie sich umdreht, rutscht sie auf dem glatten Stein aus, aber Esther kann sie gerade noch auffangen. Rut sieht sie mit einem sonderbaren Blick an. Als wüsste sie nicht, wen sie da vor sich hat.

»Herrje, was war das denn?«, sagt sie, als sie sich wieder aufrappelt, ihr Blick flackert. »Ich werde langsam klapprig.«

Esther lacht.

»Du bist alles andere als klapprig. Und du bist die klügste Person, die ich seit Langem kennengelernt habe.«

Sie greift nach Ruts Hand, und gemeinsam gehen sie langsam zurück an die wärmende Feuerstelle.

Rut packt den Korb aus. Sie hat Würstchen, Hotdogbrötchen und lange angespitzte Wacholderstöcke. Sie spießt eine Wurst auf und gibt Esther den Grillspieß, den die über die rote Glut hält.

»Du hast schon wieder Fleischklößchenaugen. Was hat dich diese Nacht nicht schlafen lassen?«, fragt Rut.

Esther streicht sich mit der Hand übers Haar und zuckt mit den Schultern.

»Ich weiß es nicht. Das ist schwer zu erklären, weil du so wenig über mich und mein Leben weißt.«

»Dann erzähl mir davon.«

Rut stochert in der Glut. Esther nimmt ihre Wurst, die an der Unterseite schon angebrannt ist, vom Stock, legt sie in ein Brötchen und quetscht Ketchup darüber. Rut hält ihr eine Tube Senf hin, aber Esther schüttelt energisch den Kopf.

»Igitt, nein, Senf ist eine Krankheit«, sagt sie mit vollem Mund.

Sie isst ihren Hotdog und spült alles mit einem großen Schluck Milch hinunter, die Rut ihr eingeschenkt hat. Sie schweigen. Rut legt Holz nach, das Feuer erwacht zu neuem Leben und verdrängt die Kälte.

»Ich habe eine Familie zerstört«, flüstert Esther.

Rut legt eine Hand auf ihre Wange.

»Meine Liebe. Das klingt schrecklich. Das hast du sicher nicht getan.«

»Doch, habe ich. Ich habe ihn verlassen. Es ist meine Schuld, dass es so ist, wie es ist. Ohne Adrian.«

»Sind das die Gedanken, die dir den Schlaf rauben und dich so viel weinen lassen? Bereust du es? Willst du ihn zurück?«

Esther schüttelt heftig den Kopf.

»Nein, auf keinen Fall. Aber vielleicht hätte ich länger aushalten müssen, Adrian zuliebe.«

»Aushalten? Was wäre das für ein Leben? Für mich klingt das nach einer sehr klugen Entscheidung.«

Esther zittert, hält die Hände ans Feuer. Ihr Blick wandert zu dem verlassenen gelben Haus auf der Wiese.

»Warum sitzen wir hier und frieren Woche um Woche, wenn dir das gelbe Haus gehört? Hast du den Schlüssel gefunden?«

Rut zuckt mit den Schultern, dann lehnt sie sich vor und stochert im Feuer, wie immer, wenn sie nervös ist. Die Funken sprühen, als sie einen der Scheite anstupst, als würde sie damit spielen.

Aber einen Hausschlüssel verliert man doch nicht einfach? Esther lässt nicht locker.

»Bist du dir ganz sicher, dass der Schlüssel nicht im Schuppen hängt?«, fragt Esther und seufzt.

»Was soll ich mit einem Schlüssel für ein Haus, das unbewohnbar ist?«

Esther steht auf und läuft los, sie dreht sich um und fordert Rut auf, ihr zu folgen.

»Wir können das Feuer nicht unbeaufsichtigt lassen«, wendet Rut ein.

»Das hast du vorhin auch getan, als du die Enten gefüttert hast. Komm, zeig mir das Haus.«

Rut weigert sich aufzustehen und schüttelt störrisch den Kopf.

»Das nächste Mal, vielleicht. Aber heute nicht«, sagt sie mürrisch.

Esther geht trotzdem. Die gelbe Holzverkleidung ist an einigen Stellen morsch, die Farbe abgeblättert. Aber alle Fenster sind intakt und geschlossen, die Türen verriegelt. Esther rüttelt und zieht an allen Griffen, sucht in allen Ecken und Winkeln nach einem versteckten Schlüssel. Als sie schließlich erfolglos zur Eiche zurückkehrt, ist Rut mitsamt Rattankorb verschwunden. Die Glut ist fast erloschen.

Hoffentlich hat sie Rut durch ihr Verhalten nicht verscheucht.

12.

Vier lange Wochen sind vergangen. Adrian war zwischendurch krank und hatte Fieber, das nicht abklingen wollte. Esther musste an ihrem kinderfreien Wochenende durcharbeiten, um die verlorene Zeit aufzuholen, jede freie Minute nutzen, um ihr Pensum zu schaffen. Wenn Adrian bei Alex ist, begnügt sie sich mit Joghurt zum Mittag, um Geld zu sparen. Ihr Schuldirektorinnen-Gehalt reicht vorne und hinten nicht. Die viel zu teure Miete frisst einen Großteil ihres Einkommens. Außerdem muss sie ihren Studienkredit zurückzahlen. Wie schaffen das andere nur, die viel weniger verdienen als sie und auch alleinerziehend sind? Sie atmet tief ein, genießt die frische Luft, verdrängt die dunklen Gedanken und beschleunigt ihre Schritte.

Die Wiese liegt einsam da, obwohl sie spät dran ist, weil sie lange geschlafen hat. Sie hat gehofft und damit gerechnet, dass Rut schon auf der Bank sitzt. Aber die Bank ist verstellt, und im Feuerkorb ist nur alte Asche. Die Sonne wärmt schon ein klein wenig, trotzdem ist die Sitzfläche feucht. Esther setzt sich auf ihre Handschuhe und sieht aufs Wasser. In der Bucht treiben noch vereinzelte Eisschollen, aber auch die werden bald geschmolzen sein, und dann fängt alles wieder an zu leben. Das Wasser gluckert leise gegen die Uferkante.

Da hört sie ein Knarren und dreht sich um. Sie winkt Rut zu, die das Gattertor öffnet und sorgfältig wieder schließt. Sie streckt dem Pferd, das neugierig auf sie gewartet hat, einen roten Apfel hin. Es schnaubt zufrieden, sein Atem bildet kleine Wolken vor den Nüstern. Esther springt auf und läuft über die schneebedeckte Wiese auf sie zu.

»Hast du den Schlüssel dabei?«, fragt sie gut gelaunt, ohne Rut zu begrüßen.

Rut streichelt das Pferd am Hals und klopft seine Flanke, wobei kleine Staubschwaden aufsteigen.

»Das ist eine Hübsche, Fuchs nennt man diese Farbe wohl. Ich würde gerne wieder reiten wie früher.«

Esther streichelt die Nüstern des Tieres. Es zuckt mit dem Kopf, und sie macht einen Schritt zurück.

»Du bist eine wahre Meisterin der Ablenkung«, sagt sie. »Wem gehören die Pferde eigentlich?«

»Einer Bekannten meiner Schwester, wenn ich mich nicht irre. Die sind sehr nützlich, grasen im Sommer auf der Weide und halten die Gegend ordentlich.«

»Ich dachte, deine Schwester ist schon lange tot?«

»Ja, schon ... aber die Bekannte durfte die Tiere hier stehen lassen. Pferde sind tolle Tiere.«

Die Sonne spiegelt sich golden in den Fensterscheiben.

»Welches Fenster gehört zu deinem Zimmer? Hattest du ein eigenes?«, bohrt Esther weiter.

Rut zieht eine Kette unter ihrer Jacke hervor, die sie um den Hals hängen hat.

»Du bist ganz schön hartnäckig!«, sagt sie und hebt den Schlüssel hoch, der an der Kette hängt.

Esther drückt eine Hand auf den Mund und gluckst erwartungsvoll.

»Ist er das? Ist das der Schlüssel zum Haus?«

»Ja, aber bist du dir auch ganz sicher, dass du diese alte Rumpelbude betreten willst? Vielleicht spukt es dort ja, wer weiß das schon.«

Esther greift nach Ruts Hand und zieht sie hinter sich her.

»Mitten am helllichten Tag spukt es nicht! Komm!«

Rut wird langsamer, je näher sie dem Gebäude kommen. Das gelbe Holzhaus ist von einem Streifen Kies umgeben, der mit Eis und Schnee bedeckt ist. Plötzlich lässt Rut Esthers Hand los und bleibt stehen.

»Das sieht ja schrecklich aus. Mein Vater hat hier jeden Tag geharkt, damit der Weg schön aussieht. Er hat sich um alles gekümmert, nicht nur um seinen Acker und die Beete mit den Kartoffeln. Meine Schwester hat das Haus vernachlässigt.«

»Hier laufen so viele Menschen vorbei, kein Wunder also, dass es etwas mitgenommen aussieht.«

Rut schüttelt den Kopf.

»Hier sieht es überhaupt nicht mehr aus wie früher. Sie haben die Gewächshäuser abgerissen. Alle Büsche sind weg. Die Blumen auch. Hier gab es früher rund ums Haus Blumenbeete, wunderschöne Rosen in allen Farben. Und im Frühling Hyazinthen und Tulpen. Die haben sie alle ausgerissen. Siehst du, der Kiesstreifen führt einmal ums Haus herum. Sie haben dem Haus seine Seele genommen.«

»Vielleicht musste das Fundament trockengelegt werden. Dann muss alles aufgegraben werden.«

Rut hält den Hausschlüssel fest mit der Hand umschlossen, ihre Knöchel sind ganz weiß.

»Was hast du? Fällt es dir schwer?«, fragt Esther, als sie Ruts Zögern bemerkt.

»Ja, das tut es. Ich war nicht mehr im Haus, seit es passiert ist.«

»Du warst nicht mehr hier, seit deine Schwester gestorben ist?«

»Genau. Das hat mich zu traurig gemacht. Sie war zum Schluss meine beste Freundin, wir hätten noch so viel zu bereden gehabt. Wir haben uns Briefe geschrieben, und sie hat mich ein paarmal in Italien besucht. Aber ich habe das Gefühl, dass alle sterben, die ich zu nahe an mich heranlasse«, flüstert Rut.

»Du sitzt hier seit Monaten unter der Eiche, ohne einmal das Haus betreten zu haben?«

Rut nickt.

Esther nimmt ihr behutsam den Schlüssel aus der Hand und zieht ihr die Kette über den Kopf. Dann geht sie die vier Stufen zur Eingangstür hoch. Das Holz knarrt, einige Planken geben nach, als könnten sie jeden Augenblick durchbrechen. Sie steckt den Schlüssel ins Schloss und muss ihn einige Male hin und her drehen, bis es ihr gelingt, die Tür zu öffnen. Drinnen riecht es abgestanden und schimmelig. Esther ist überrascht, dass es im Haus kälter ist als draußen. Einige Bahnen der gelb geblümten Tapete haben sich von der Wand gelöst. An einem Garderobenhaken hängt eine Jacke, darunter stehen ein Paar Stiefel wie in Erwartung des Hausbewohners. Auf dem Boden und auf den Teppichen liegt Rattenkot.

Rut bleibt draußen stehen.

»Willst du nicht mit reinkommen?«, fragt Esther.

»Wie sieht es dort drinnen aus?«

»Abgestandene Luft, verlassen, aber sonst ganz in Ordnung.«

Eine schmale weiße Treppe führt nach oben in den ersten Stock. Man sieht das Holz unter der abblätternden Farbe. Die Treppenstufen sind ausgetreten. Esther streckt den Hals, um besser sehen zu können, was sich dort oben verbirgt. Sie sieht ein Gemälde an der Wand und einen roten Polsterstuhl.

»War dein Zimmer im ersten Stock?«, ruft sie.

»Ja, Dagny und ich haben uns ein Zimmer geteilt«, sagt Rut, jetzt direkt hinter Esther. Sie drängt sich an ihr vorbei die Treppe hoch. Einen Schritt nach dem anderen, den Blick nach oben gerichtet. Die Stufen knarren leise. Esther folgt ihr.

Das Obergeschoss ist eher ein Dachboden mit kleinen Dachfenstern. Rut steuert zielstrebig eines der kleinen Zimmer an und klopft gegen die Wand.

»Suchst du etwas Bestimmtes?« Esther geht neben ihr in die Hocke.

»Hier war früher ein Geheimversteck. Ich habe darin Sachen vor Dagny versteckt. Aber es ist nicht mehr da, wo ist es nur?«, sagt sie und klopft weiter die Wand ab, um den Hohlraum zu finden.

Esther streicht mit der Hand über die vergilbte Tapete.

»Die Wand ist vollkommen glatt, hier gibt es kein Geheimversteck. Bist du sicher, dass es hier war? In diesem Zimmer?«

Rut richtet sich auf, sieht sich um. Der Raum ist spärlich möbliert mit einem Bett und einem Stuhl.

»Vielleicht irre ich mich auch. Hilf mir mal bitte, das Bett von der Wand abzurücken.«

Und tatsächlich, hinter dem Bett befindet sich das Geheimversteck, eine kleine weiß bemalte Klappe. Rut öffnet sie und steckt ihre Hand hinein.

»Wonach suchst du?«

Rut schüttelt den Kopf.

»Ich brauche deine Hilfe, um die Diele anzuheben, die sitzt so fest.«

Esther kniet sich auf den Boden und späht durch das kleine Loch, hinter dem nichts außer Dunkelheit und Staub zu sehen ist. Sie zieht an dem Bodenbrett.

»Bist du sicher, dass sie locker ist? Vielleicht haben sie die auch festgenagelt.«

»Gut möglich. Wenn mein Vater das Versteck entdeckt hat. Aber du bist doch jung und stark, zieh feste daran. Darunter ist das Versteck.«

Esther zieht mit aller Kraft, bis ihre Fingerkuppen brennen. Da endlich gibt die Diele nach, Millimeter um Millimeter, und lässt sich schließlich hochklappen. Ruts Hand fährt blitzschnell in den Hohlraum und angelt eine flache Schatulle und ein Bündel vergilbte Briefe heraus, die mit einem dünnen rosa Seidenband zusammengebunden sind. Die Briefe steckt sie in ihre Jackentasche, die Box drückt sie mit beiden Händen an die Brust.

»Sind das Andenken von dir?«, flüstert Esther und streckt die Hand aus, um die Schatulle zu berühren, aber Rut dreht sich weg.

»Dieses Kästchen darf niemals geöffnet werden. Komm, lass uns gehen, wir haben genug gesehen für heute. Lass uns zur Eiche gehen und Kaffee trinken.«

»Aber wir haben uns doch noch gar nicht im Haus umgesehen«, protestiert Esther. »Erzähl mir, wie es war, hier zu leben.«

»Heute nicht, ein anderes Mal. Ich kann nicht mehr.«

Rut hat es auf einmal sehr eilig. Sie hält sich am Geländer fest und humpelt eilig die Stufen hinunter, durch die Eingangstür und runter zum Wasser. Sie geht gebückt und zieht ihr rechtes Bein ein wenig nach, als hätte sie Schmerzen.

Die Tür lässt sich zuerst nur schwer ins Schloss ziehen, doch dann schließt Esther sorgfältig hinter sich ab. Dann läuft sie Rut hinterher, die auf den Felsen steht und einen Arm über den Kopf schwingt, als wollte sie Brotkrümel wegwerfen.

»Nein!«, ruft Esther und rennt los. »Nicht werfen!«

Rut hält inne, lässt den Arm wieder sinken. Aber als Esther bei ihr ankommt, hebt sie ihn wieder hoch.

»Es ist heilsam, altes Zeug wegzuwerfen. Alten Müll.«

»Zeig mir wenigstens, was in der Schatulle ist, bevor du es wegwirfst«, fleht Esther sie an und streckt den Arm aus.

Aber Rut zieht die Hand mit dem gerade wiedergefundenen Erinnerungsschatz weg. Und Sekunden später fliegt die Box in einem hohen Bogen durch die Luft und landet weit draußen im Schilf, wo die Sonne das erste Eis zum Schmelzen gebracht hat. Es klatscht unüberhörbar, als die Box ins Wasser fällt. Rut lacht laut und reißt beide Hände mit gespreizten Fingern in die Luft.

»Weg ist sie. Bye, bye. Das hat gutgetan. Jetzt werde ich nach Hause gehen.«

»Nach Hause? Ich dachte, wir wollten Kaffee trinken? Was sind das für Briefe, die du eingesteckt hast?«

Rut klopft sich auf die Jackentasche.

»Die sind auch beim nächsten Mal noch da. Ich bin jetzt müde, muss mich ausruhen.«

Sie verabschieden sich. Esther sieht Rut hinterher, die langsam davonhumpelt. Ihre Schultern sind hochgezogen, als ob sie weint.

Esther würde ihr am liebsten nachlaufen, herausfinden, was sie so bedrückt. Aber sie bremst sich. Kaum ist Rut außer Sichtweite, rennt Esther los, zurück zum Schilf. Aber sie kann die Box nirgends sehen, nur Schnee und Eis. Am Ufer liegt ein langer Stock, mit dem sie im Schilf herumstochert. Der Felsen ist glatt, sie verliert das Gleichgewicht und rutscht mit einem Fuß ins Wasser. Im selben Augenblick stößt der Stock gegen etwas Hartes, Metallenes. Mit durchgeweichten Schuhen watet sie am Ufer entlang, spürt das eiskalte Wasser an ihren Füßen.

Die Box schwappt eingeklemmt zwischen zwei Schilfrohren im Wasser. Sie öffnet sie. Der Inhalt besteht nur aus einer Halskette. Einer schlichten, dünnen silbernen Kette mit einem Anhänger in Form eines flachen, glänzenden Herzens.

Ich glaube, Alex hat mich auf ein Podest gestellt. Das begreife ich jetzt erst. Und ich gebe zu, es hat mir sehr gefallen. Wir hatten viele schöne Tage zusammen. Tage, an denen ich von ihm alles bekam, wonach ich mich gesehnt hatte. Bestätigung, Aufmerksamkeit, Geschenke. Ich habe mich nie so schön, so klug und so erfolgreich wie mit ihm zusammen gefühlt. Er hat mich angesteckt mit seinem fundamentalen Glauben an sich selbst. Das hat lange Zeit die schlechten Tage wettgemacht, wenn ich ins Straucheln geriet und auf dem Boden der Tatsachen aufschlug. In der Wirklichkeit. Vor der er sich permanent wegduckte.

Ich lernte, mit seinen Stimmungsschwankungen umzugehen, den Streit über Geld und anderes zu vermeiden, seinen schwarzen Augen zu entkommen.

Ich habe ihn geliebt. Aufrichtig. Oder? Inständig. Warum hätte ich ihm sonst meine ganze Aufmerksamkeit geschenkt? Warum sonst hätte er all die Jahre, die wir verheiratet waren, meine Gedanken so okkupieren können? Was habe ich nur all die Tage, Stunden und Minuten gedacht? Ich war damit beschäftigt, Dinge zu finden, die ihm Freude bereiten könnten. Was ich anziehen sollte. Was er essen wollte. Was wir unternehmen könnten.

Wir waren eine Familie, lange bevor wir ein Kind bekamen. Wir waren eine Symbiose.

Wir haben beide von einer großen Familie geträumt, und selbstverständlich gingen wir es irgendwann gemein-

sam an, ein Kind zu bekommen. Selbstverständlich und geplant.

Er verpasste keinen Termin bei der Hebamme. Er war immer an meiner Seite. Stellte Fragen. Hatte alles unter Kontrolle.

Als Adrian auf die Welt kam, waren da auf einmal zwei Menschen, die ich liebte. Aber meine ganze Fürsorge, mit der ich vorher Alex überschüttet hatte, galt jetzt dem Kleinen. Diesem neuen Leben. Es fühlte sich alles so natürlich und unkompliziert an.

Im Nachhinein weiß ich, dass Alex das ganz anders erlebt hat. Er reagierte wie ein Kind, das sich vernachlässigt fühlt, und die Dunkelheit im Raum wurde immer übermächtiger. Die dunkle Wolke. So nannte ich seine Eifersucht, seine Missgunst. Und das Unbehagen, dass sich bei uns einnistete.

Ich stillte Adrian, eng an meine Brust gedrückt, mit einem Herzen, das vor Glück und Liebe überquoll. Alex saß auf einem Sessel in der Zimmerecke und starrte uns an.

Übertreibe ich?

Nein, genau so war es. Wenn es ihm zu lange dauerte, verließ er das Zimmer. Meistens machte er dabei Lärm, stieß einen Stuhl um, polterte und trampelte oder schlug die Tür hinter sich zu, dass es durch die ganze Wohnung hallte. Adrian zuckte zusammen, erschrak und fing manchmal an zu weinen, was zur Folge hatte, dass ich mich noch mehr um ihn kümmerte.

Ich fühlte mich ständig beobachtet. Als würde ich alles falsch machen. Ich zog mich immer mehr zurück. Konzentrierte mich voll und ganz auf meinen kleinen Schützling und Verbündeten. Ich ging spazieren oder zog mich mit Adrian in ein anderes Zimmer zurück. Alex war beruflich viel unter-

wegs, was ich als Erleichterung empfand, dann konnte ich wieder freier atmen. Ich ermunterte ihn sogar zu seinen Reisen. Wir würden schon zurechtkommen.

»Du bist zu oft allein«, sagte meine Mutter.

»Komm, lass uns mal wieder ausgehen. Du kannst Adrian doch bei Alex lassen«, schlug Vera vor.

Bei Alex lassen? Bei der schwarzen Wolke? Niemals würde ich mein Baby einen einzigen Moment aus den Augen lassen. Ich musste es beschützen.

War diese Angst berechtigt?

Ich habe nie aufbegehrt. Aber ich kämpfte. Ich stand frühmorgens auf, wenn Adrian aufwachte, ging mit ihm spazieren, um keinen Lärm zu machen. Ich kümmerte mich um alles. Waschen, putzen, kochen, Schlaflieder singen, aufwachen, spielen, in sein Bett wechseln, wenn er nachts weinte. Nicht das Kind wanderte nachts durch die Wohnung, sondern seine Mutter.

Mir die Schuld für alles zu geben ist das Einfachste. Wahrscheinlich habe ich die Lawine ausgelöst, weil ich Alex nicht in unsere kleine Welt eingelassen habe.

Vielleicht war die dunkle Wolke nicht von Anfang an da, sondern erst, als er sich von mir ausgeschlossen fühlte.

Die Gedanken drehen sich im Kreis und treiben mich fast in den Wahnsinn. Ich überlasse ihnen viel zu schnell das Feld.

»Du bist zu oft allein«, sagte meine Mutter.

»Gönn dir öfter mal was Schönes«, sagten die Freundinnen.

Irgendwie ist alles beim Alten geblieben.

13.

Endlich bleibt es abends länger hell. Esther ist an zwei aufeinanderfolgenden Tagen nach der Arbeit an der Eiche vorbeigegangen, um Rut zu treffen, aber sie war nicht da. Sie ärgert sich, dass sie keine Telefonnummern ausgetauscht haben. Aber heute ist Samstag, und sie werden sich wiedersehen. Mit trockenen Zweigen von der Wiese hat sie ein Feuer gemacht, und sie hat zwei Decken mitgebracht. Die eine hat sie auf der Bank ausgebreitet, in die andere hat sie sich eingewickelt. Sie hat eine kleine Kühltasche mit Leckereien dabei. Es ist bewölkt, Regen hängt in der Luft. Der in diesem Jahr ungewöhnlich kurze Winter scheint schon im Februar vorbei zu sein. Der schmelzende Schnee hinterlässt matschige Pfützen und angegraute Eisschollen am Ufer. Sie wärmt sich die Hände am Feuer, spürt die feinen Stiche in den Fingerkuppen. Wo Rut nur bleibt?

Zum Stillsitzen ist es ihr zu kalt. Sie nutzt die Wartezeit und sammelt ein wenig Bruchholz.

Sie schlendert den Pfad zu dem verlassenen Haus hinunter und bleibt stehen, als sie hinter einer der Scheiben einen flackernden Lichtschein sieht. Mit dem Blick sucht sie alle Fenster ab, aber keines ist eingeschlagen. Die Eingangstür ist angelehnt, und an dem Schlüssel, der im Schloss steckt, hängt ein Band, das ihr bekannt vorkommt. Offensichtlich ist Rut im Haus.

»Rut? Hallo? Bist du da?«, ruft sie laut und steckt den Kopf zur Tür herein.

Sie hört ein Scheppern, etwas fällt klirrend zu Boden. Esther stürmt ins Haus und sieht Rut auf den Knien Scherben aufsammeln.

»Tut mir leid, habe ich dich erschreckt?«

»Es ist mir einfach aus der Hand gefallen«, sagt Rut und hält eine Scherbe hoch. An einer Schnur um ihr Handgelenk baumelt eine Taschenlampe.

»War es wertvoll?«

»Die Servierplatte haben wir immer an Weihnachten und zu Mittsommer benutzt. Für den Lachs und die Eier. Ich wollte sie mit nach Hause nehmen. Aber ich finde bestimmt etwas anderes zum Mitnehmen.«

»Entschuldige tausendmal, das ist meine Schuld. Ich wollte dich nicht erschrecken«, sagt Esther und legt die Scherben auf den Küchentisch.

Sie sieht sich um. Neben dem Tisch liegt ein Stuhl am Boden, als wäre jemand sehr überstürzt aufgesprungen.

»Hier ist sie gestorben«, sagt Rut leise und zeigt auf den Boden.

»Deine Schwester?«

Rut nickt und zieht die Schultern hoch.

»Ich mag hier nicht sein«, murmelt sie, lässt den Kopf hängen und schlägt die Hände vors Gesicht. Als Esther sie schluchzen hört, streichelt sie ihr sanft über den Rücken.

»Ist es einfacher, dich an früher zu erinnern, an deine Kindheit hier im Haus?«

»Als Rinaldo alle naselang vorbeigekommen ist«, sagt Rut und presst die Lippen aufeinander.

»Genau. Hast du die Briefe dabei? Ich vermute ja mal, sie sind von ihm. Ich war letzte Woche zwei Mal hier in der Hoffnung, dich zu treffen. Und weil ich so neugierig bin. Bitte, erzähl mir von früher.«

Rut zieht den Stapel Briefe aus ihrer Jackentasche. Das Seidenband fehlt. Die vergilbten Briefumschläge sind an einer Seite mit einem Brieföffner aufgeschlitzt. Ruts Name steht mit schwarzer Tinte in schnörkeliger Handschrift auf dem Papier. Rut Backman.

Sie gibt Esther den Stapel.

»Soll ich sie vorlesen?«, fragt sie verwundert.

Rut nickt.

»Ja, ich habe es versucht, aber ich konnte keinen Buchstaben entziffern, meine Augen sind zu alt geworden. Ich hoffe, du kannst es lesen, Rinaldo hatte leider keine schöne Handschrift. Lies du sie vor, dann kann ich zuhören.«

Esther sieht sich die Umschläge genauer an.

»Fang mit dem ältesten an, du erkennst ihn an dem Poststempel auf den Briefmarken«, sagt Rut und nickt ihr aufmunternd zu.

Esther fröstelt. Im Haus ist es tatsächlich kälter und feuchter als draußen. Außerdem riecht es so muffig.

»Hier ist es so ungemütlich. Wollen wir uns nicht lieber auf unsere Bank setzen, ich habe auch etwas zu essen mitgebracht.«

Rut tätschelt liebevoll ihre Hand.

»Du bist ein wunderbarer Mensch, was habe ich doch für ein Glück, dich getroffen zu haben«, sagt sie.

»Ganz meinerseits«, flüstert Esther und nimmt Ruts Hand in ihre.

Das Feuer ist in sich zusammengefallen. Esther legt zwei neue Holzscheite aus dem Schuppen nach und fächert die Glut an, bis die Flammen wieder auflodern. Rut breitet die Decke über ihre Beine, und Esther setzt sich neben sie. Sie muss die Augen zusammenkneifen, um das Datum auf den verblichenen und teilweise verwischten Stempeln zu entziffern. Sie faltet das dünne Papier des ersten Briefes auseinander. Rut legt die Hände in den Schoß und schließt die Augen, als Esther anfängt zu lesen.

Milano, 2. September 1952

Liebste Rut,

die Wiese, an der ich auf dem Nachhauseweg vorbeiradele, ist voller Blumen. Sie erinnern mich an Dich und unsere erste Begegnung auf Lidingö. Du standest im hohen Gras wie eine wunderschöne Mohnblume. Unschuldig in Deinem weißen Kleid, die Augen voller Sonnenschein.

Ich habe leider keine guten Neuigkeiten. Mein Vater besteht darauf, daß ich den Herbst hier verbringe und studiere. Ich bin am Boden zerstört, weil ich mein Versprechen an Dich nicht werde halten können. Mein Versprechen, schnell zurückzukommen.

Es ist noch sehr warm in Mailand, die Luft flirrt in der Hitze. Und trotzdem spüre ich Kälte und Dunkelheit. Ich vermisse Stockholm. Ich vermisse Dich.

»Das war das erste Mal, dass wir so lange voneinander getrennt waren«, sagt Rut niedergeschlagen.

Esther legt den Brief auf den Oberschenkeln ab.

»Hattet ihr euch gerade kennengelernt?«

Rut schüttelt lächelnd den Kopf.

»Nein, er hatte mir schon eine ganze Weile den Hof gemacht, sicher ein Jahr. So war das damals, wenn ein Junge ein Mädchen für sich gewinnen wollte.«

»Und er wollte dich um jeden Preis gewinnen, was?«, fragt Esther lachend.

»Und wie.«

»Hast du ihn vermisst?«

»Ja, natürlich. Er ist zwar auch vorher immer mal wieder zu seiner Familie nach Italien gefahren, aber nie für lange. Plötzlich war er wieder da und kam strahlend auf seinem Fahrrad angeradelt, den ganzen Weg von Djurgården bis Lidingö. Aber dieses Mal blieb er lange weg, viel zu lange. Das war einsam und mühsam.«

»Es ist schrecklich, jemanden zu vermissen. Alex war am Anfang auch oft länger am Stück weg, und ich dachte, ich müsste sterben. Ich nehme an, dass du auch nicht zu ihm fahren und ihn besuchen konntest?«

»Nein, das war damals unmöglich.« Rut lacht. »Ich durfte ihn ja noch nicht einmal besuchen, wenn er in Stockholm war. Wir hatten hier unser eigenes Oakhill.«

»Oakhill?«

»So hieß die italienische Botschaft damals. Dort wohnte er, wenn er in Stockholm war.«

Rut dreht sich zum Baum um und streichelt über die Rinde. Ihr Blick wandert zu dem Herzen mit den zwei Buchstaben, und Esther sieht, wie sich eine Träne ihren Weg bahnt.

»Vielleicht heißt die Botschaft immer noch so, ich weiß es nicht. Die hatten jedenfalls sehr strenge Regeln, da konnte nicht einfach Krethi und Plethi so vorbeikommen.«

»Du bist ja wohl nicht Krethi und Plethi?«

»Doch, das war ich. Wir waren jung, und ich kam aus einer sehr einfachen Familie. Wir hatten nichts zu melden.«

»Die Botschaft befindet sich immer noch auf Djurgården, ich habe die italienische Flagge gesehen.«

Rut nickt.

»Lies weiter, bitte.«

Es gibt so viele Dinge hier in Italien, die ich Dir zeigen möchte, Rut. Ich glaube, es würde Dir gut gefallen. Das Essen schmeckt hier anders. Es gibt von allem mehr, mehr Geschmack, mehr Genuss. Eine einfache Pasta mit Tomatensoße und einem Glas Rotwein schmeckt göttlich. Und das Brot ist wunderbar salzig und knusprig.

Ich wohne bei meiner Tante in einem schlichten Zimmer mit einem Bett und einem Schreibtisch. Das Fenster zeigt auf einen kleinen Platz, eine Piazza, wie wir sagen. Abends beobachte ich die Pärchen, die händchenhaltend auf den Bänken sitzen. Dort will ich auch irgendwann mit Dir sitzen. Das ist für mich Liebe. Eng beieinander auf einer Bank zu sitzen und dem Leben zuzusehen.

Bitte schreib mir schnell zurück, meine Liebste. Erzähl mir, was Du so machst und erlebst. Wie geht es Bertil und seinem Schwein? Traust du Dich, die Halskette zu tragen? Gehst Du auch ohne mich zum Tanz?

Dein Rinaldo

Esther faltet den Brief zusammen und steckt ihn zurück in den Umschlag. Ruts Hände ruhen auf dem kleinen Stapel Briefe auf ihrem Schoß. Sie schluckt, als hätte sie einen dicken Kloß im Hals.

»Wer ist Bertil?«, fragt Esther. »Ein Freund von euch? Und was hat es mit dem Schwein auf sich?«

Rut zeigt kichernd ans andere Ende der Wiese.

»Bertil war mein Vater, und er hatte sich in den Kopf gesetzt, ein Schwein als Haustier zu halten. Er hat ein kleines Gehege gebaut und kam eines Tages mit einem ausgewachsenen Schwein nach Hause. Wir haben es Hamlet getauft. Aber dieses Schwein war so geisteskrank wie sein Namensvetter. Niemand wagte sich in das Gehege, weil es wie wahnsinnig quiekte und auf einen zugerast kam.«

»Was ist aus dem Schwein geworden?«

»Mein Vater hat es ein paar Monate ausgehalten, bis kurz vor Weihnachten, dann haben wir Hamlet geschlachtet und gegessen. Sein Kopf stand mit einer dicken roten Schleife dekoriert auf dem Tisch. Und statt eines Apfels hat Vater ihm den Schädel eines Schafes ins Maul gesteckt.«

»Warum das denn? Wie eklig!« Esther verzieht angewidert das Gesicht, aber Rut kann sich kaum halten vor Lachen.

»Mein Vater hatte Humor. Hamlet und ein Totenkopf. Yoricks Schädel. Verstehst du?«

Esther nickt und lacht mit.

»Natürlich, klar. Trotzdem ziemlich unappetitlich. Ich habe diese Freude an Tiertrophäen nie verstanden. Alex hat auch darauf bestanden, ausgestopfte Tiere im Wohnzimmer hängen zu haben, seine Trophäen. Die Anblicke haben mich echt deprimiert. Darauf kann ich mit Freuden verzichten.«

»Super.«

»Wie meinst du das?«

»Es gibt also auch Dinge, die dir Freude machen«, sagt Rut kichernd.

Esther stupst ihr mit einem Grinsen in den Augen gegen die Schulter.

»Ich vermisse Adrian aber nun mal rund um die Uhr. Da gibt es nichts zu lachen«, sagt sie dann leise.

»Das weiß ich doch«, sagt Rut und streichelt ihr über

die Wange. »Aber du siehst ihn ja bald wieder. Alex und du, ihr seid nur geschieden, und dein kleiner Junge ist nicht tot.«

»Nein, natürlich nicht, warum sagst du das? Natürlich ist er nicht tot. Es geht ihm gut, es ist nur ... es fällt mir so schwer.«

Esther öffnet die Kühltasche und nimmt den Nudelsalat und zwei Teller heraus.

»Wenn wir gegessen haben, gehen wir rüber und harken den Kies, damit es wieder ordentlich aussieht«, sagt sie und lächelt zufrieden.

14.

Adrian spielt mit der Halskette aus der Schatulle, die schon seit Wochen auf Esthers Küchentisch steht. Sie hat sich bisher noch nicht getraut, sie Rut bei einem ihrer Treffen zurückzugeben. Adrian guckt bei jedem Besuch hinein und stellt immer wieder die gleichen Fragen. Und genauso oft hat sie ihm die Schatulle weggenommen, ohne seine Fragen beantworten zu können. Heute hofft sie, endlich mehr über den Inhalt zu erfahren.

Adrians Tasche steht fertig gepackt im Flur. Alex parkt gerade sein Auto unten an der Straße und hupt laut und ausdauernd. Esther greift nach Adrians Hand und geht mit ihm die Treppe hinunter.

Der Abschied, der ihr jedes Mal schier das Herz zerreißt, fühlt sich ausnahmsweise nicht so schlimm an wie sonst. Vielleicht liegt das ja daran, dass er ein paar zusätzliche Tage bei ihr war und die Trennung bis zum nächsten Besuch nicht so lang ist. Sie winkt ihm auf dem Rücksitz von Alex' Auto hinterher, bis er nur noch ein verschwommener Fleck hinter der Scheibe und die Bewegung seiner Hand nicht mehr zu erkennen ist. Dann zieht sie sich die Handschuhe an und die Mütze über die Ohren und läuft in Richtung Wasser und dem Weg zur Wiese. Ihr fällt auf, dass sie nicht mehr ununterbrochen nur an Adrian denkt, dass da auch Platz für anderes ist. Es ist sehr ungewohnt, dass es sich irgendwie okay anfühlt, wenn er zu seinem Vater fährt und sie ein paar Tage für sich hat. Was ist sie bloß für eine Rabenmutter, dass sie so fühlt?

Rut sitzt schon auf der Bank unter der Eiche, vor ihr brennt ein Feuer im Feuerkorb. Der Wind trägt Esther den Rauch entgegen, als sie über den gefrorenen Boden geht.

Ruts Hände liegen auf ihren Knien. Sie hält eine Schneeglöckchenknospe zwischen Daumen und Zeigefinger. Ihre Augen sind geschlossen, der Kopf ist an den Stamm der Eiche gelehnt. Esther setzt sich vorsichtig neben sie. Rut murmelt etwas, und Esther legt sanft eine Hand auf die der alten Frau. Da öffnet sie die Augen und hält die kleine Knospe hoch.

»Sieh nur, das erste Schneeglöckchen in diesem Jahr. Ich hab es drüben an der Hauswand gefunden, wo Schnee und Eis weggeschmolzen sind.«

Esther nimmt Rut den wenige Zentimeter großen Schneeglöckchenspross aus der Hand, bei dem nur die vordere Spitze der Blütenknospe zu sehen ist.

»Ich wollte dir zeigen, dass sie zu sprießen beginnen«, sagt Rut. »Wenn die Wiese von Schlüsselblumen übersät ist, wirst du dich besser fühlen, das verspreche ich dir.«

Esther legt die Blume zurück in Ruts Hand.

»Ich fühle mich heute schon viel besser. Es war nicht so schlimm wie sonst, als Adrian gefahren ist, ich habe nicht geweint.«

Rut nickt.

»Die Zeit heilt Wunden. Sicher nicht alle, aber einige.«

Esther nimmt die Schatulle aus ihrer Tasche. Rut versteift sich.

»Wie ... Was macht die hier?«, fragt sie aufgewühlt.

»Ich habe sie aus dem Wasser gefischt«, sagt Esther und lächelt verlegen.

Rut erwidert das Lächeln mit einem ernsten Blick und spitzt die Lippen.

»Das ist ja wohl die Höhe. Ich will sie nicht mehr«, sagt sie dennoch kopfschüttelnd und wendet das Gesicht ab.

»Wir können sie ja noch einmal wegwerfen. Tut mir leid, ich war so schrecklich neugierig. Von wem hast du sie bekommen? Ist das die Kette, von der Rinaldo geschrieben hat?« Esther hält die Kette hoch. Das Silber ist schwarz angelaufen.

»Das ist Vergangenheit und gehört in eine andere Zeit.«

»Was für eine andere Zeit?«

»Darüber will ich nicht reden. Sie ist mit sehr unschönen Erinnerungen verknüpft, die gelöscht und weggeworfen gehören. Ich möchte mich lieber an die schönen Dinge erinnern.«

»Aber es ist doch nur eine Halskette.«

»So ein *Nur* gibt es nicht. Alles, was wir aufbewahren, ist mit jemandem oder etwas verknüpft. Und wenn du eine unschöne Erinnerung loswerden willst, musst du alles wegwerfen, was irgendwie damit verbunden ist. Ich hätte mich schon vor langer Zeit von der Schatulle trennen sollen. Die Kette gehört mir, aber eigentlich war sie für jemand anderen bestimmt. Es ist alles anders gekommen, und darum will ich nichts mehr davon wissen. Wirf sie weg oder behalte sie. Ich will sie jedenfalls nicht mehr sehen«, sagt Rut mit einem tiefen Seufzer.

Esther legt die Kette widerspruchslos zurück in die Schatulle und schließt sie.

»Tut mir leid«, flüstert sie. »Es war falsch, sie aus dem Wasser zu holen.«

Rut nickt und zieht den Stapel Briefe aus der Tasche.

»Möchtest du, dass ich dir aus den Briefen vorlese?«, fragt Esther.

»Ja, das würde mir eine große Freude machen. Lies mir den nächsten Brief vor«, sagt sie.

Milano, 15. Oktober 1952

Liebe Rut, meine allerliebste Rut,

laß mich Dir als Erstes sagen, wie sehr ich Dich vermisse. Die Sehnsucht läßt nicht nach. Ich träume von der Wiese und den Blumen. Von der Eiche. Von Dir in Deinen hübschen Kleidern. Von Deinem in der Sonne wie Feuer glühenden Haar.

Mir geht es hier gut. Ich habe in allen Fächern Bestnoten. Der Präfekt nennt mich den Stolz der Institution und sagt voraus, daß ich die Welt ab dem Tag meiner Entlassung in Erstaunen versetzen werde. Hört sich das nicht phantastisch an, Rut? Ich werde Großtaten in der Welt vollbringen, das verspreche ich Dir.

Esther lässt den Brief sinken.

»An Selbstbewusstsein scheint es ihm nicht zu mangeln«, sagt sie und erntet ein Lachen von Rut.

»Oh ja, selbstbewusst war er. Damals. Lies weiter.«

»Alex und Rinaldo haben eine gewisse Ähnlichkeit miteinander.«

»Ist Alex auch so selbstbewusst?«

»Und ob. Egal, wie schlecht es für ihn läuft oder wie viel Gegenwind er hat. Er hat immer vorhergesagt, dass er eines Tages ein großer Star sein wird, was die Welt bisher nur noch nicht begriffen hat.«

Esther nimmt den Brief wieder auf, räuspert sich und liest weiter.

Heute Morgen saß eine schneeweiße Taube auf meinem Fenstersims. So schön war sie, daß ich mir eingebildet habe, Du wärest gekommen, um mich zu besuchen. Ein Engel. Eine weiße Taube zwischen den Tausenden grauen und braunen Tauben in der Stadt.

Dieser Brief ist eine kleine Vorwarnung für Dich: Ich habe einen Brief an Deinen Vater geschrieben, den ich einen Tag später als den Brief an Dich auf die Post bringen werde.

Vom heutigen Tag an gerechnet in zwei Monaten habe ich eine Kirche für uns gebucht. Ich weiß, wie sehr Du Dir eine Sommerhochzeit auf der Wiese wünschen würdest, unter der Eiche. Aber so lange kann ich nicht mehr warten. Ich will Dich jetzt. Das Beste daran, daß wir hier in Milano heiraten, ist, daß Du dann bald bei mir sein wirst.

Ich freue mich auf Deine Ankunft.

Dein Rinaldo

»Ist das etwa sein Heiratsantrag? Wie unromantisch! Bist du gefahren?«

Als Esther das zusammengefaltete Blatt zurück in den Umschlag geschoben hat, schnappt Rut ihr den Brief aus der Hand und wirft ihn aufs Feuer.

»Das war es«, sagt sie zufrieden mit einem Nicken zu dem Briefstapel. »Lies den nächsten vor.«

Esther sieht Rut stirnrunzelnd an und streckt instinktiv die Hand zum Feuer aus, um den Brief zu retten, aber es ist zu spät. Die Flammen fressen sich bereits durch das rot glühende Papier.

»Warum hast du das getan? Willst du den Brief nicht aufbewahren? Das ist doch eine schöne Erinnerung«, fragt sie aufgewühlt.

Rut streicht mit der Hand über die Briefe auf ihrem Schoß und schaut ins Feuer.

»Doch, ja, aber für just den da ist es nun zu spät. Das war ein Reflex. Ich genieße es, dass du mir die Briefe vorliest. Meine letzte Lektüre liegt schon sehr lange zurück.«

Esther nickt.

»Dass er die Kirche schon gebucht hatte, war mir völlig entfallen. Ganz schön dreist. Er war sich meiner sehr sicher.«

»Genau wie Alex«, murmelt Esther. »Zwei Männer, die sich nehmen, was sie haben wollen. Und es auch noch kriegen.«

»Als er das damals geschrieben hat, war ich völlig hingerissen«, sagt Rut. »Ehrlich gesagt ich fand den Antrag äußerst romantisch. Ganz schön forsch, aber auf eine erfrischende Art. Ich konnte nicht mehr schlafen, bis mein Vater einige Tage später den angekündigten Brief bekam. Aber er war alles andere als erfreut darüber.«

»Wieso? Wie hat er reagiert?«

Rut faltet ihre Hände im Schoß und sitzt schweigend da, als würde sie nachdenken.

»Er wollte, dass ich mir das aus dem Kopf schlage. Weil ein Mann, der einen solchen Heiratsantrag macht, ein Ehemann werden würde, der nie zuhört.«

Sie wirft einen Blick auf Esthers Jackentasche, und die legt eine Hand auf die Schatulle.

»Dann hast du die Schatulle versteckt, damit dein Vater dir die Halskette nicht wegnimmt?«

Rut nickt.

»Ja, und dort ist sie dann in Vergessenheit geraten.«

»Aber du hast doch sicher hin und wieder daran gedacht?«

»Ja, anfangs hat es mich schon geärgert, dass ich sie in dem Versteck vergessen habe. Es war so ein zauberhafter Moment, als ich sie bekommen habe.«

Rut zeigt zu dem Gattertor.

»Es würde mich nicht wundern, wenn er plötzlich auf seinem Rad dort auftaucht, mit seinem strahlenden Lächeln. Je älter man wird, desto gegenwärtiger wird einem die Jugendzeit wieder«, sagt sie.

Esther streicht ihr über den kalten Handrücken und wickelt die Hände fürsorglich in die warme Decke ein.

»Und all die Erinnerungen willst du wegwerfen?«

»Ja. Rinaldo hat mir damals die Kette mit den Worten überreicht, dass sie für unsere ungeborene Tochter wäre, ich sie aber so lange stellvertretend tragen dürfe.«

»Wow. Vor dem Heiratsantrag?«

Rut antwortet nicht. Ihr ernster Blick ist auf einen Punkt weit draußen auf dem Meer gerichtet. Ohne Esther anzusehen, tätschelt sie ihre Hand und schaut auf den Briefstapel.

»Lies weiter«, sagt sie.

Esther untersucht die Poststempel und beginnt mit dem nächsten Brief.

Milano, 2. November 1952

Rut, meine Rut.

Gerade erreicht mich die Antwort Deines Vaters, und ich bin verzweifelt. Er verweigert mir Deine Hand. Weißt Du davon? Daß er Dir dein Glück vorenthält? Denn das bist doch nicht Du, die Nein sagt, oder? Sag, daß das nicht wahr ist, weil sonst mein Herz bricht. Bitte, antworte mir. Und bitte sag mir, daß Du mich immer noch liebst.

Dein Rinaldo

»Das wird ja richtig dramatisch. Hast du ihm geantwortet? Er klingt wirklich sehr verzweifelt.«

Rut streicht mit den Fingern über das dünne Briefpapier. Sie rollt eine Ecke zwischen Daumen und Zeigefinger auf.

»Auf diesen Brief habe ich nicht geantwortet, wenn ich mich nicht irre. Ich hatte nicht den Mut, mich meinem Vater zu widersetzen. Möglicherweise war ich mir auch selber nicht ganz sicher. Aber Weihnachten kam Rinaldo zurück, um mit seiner Familie zusammen zu feiern. Er ist auf dem Rad durch das Schneetreiben hierhergefahren. Meine Schwester hat sein Fahrradlicht durch die Dunkelheit irren sehen, spät am Abend vor Heiligabend, darum waren wir noch wach.«

Esther zeigt in Richtung der Allee.

»Ist er von dort gekommen?«

»Ja, er kam aus der Stadt, Raureif in Haaren und Bart.«

»Wie der Weihnachtsmann«, sagt Esther.

»Ja, genau. Hier hat er sein Rad gegen die Eiche gelehnt.«

Esther sieht ihn vor sich, den jungen, Wind und Wetter trotzenden Mann, um seine große Liebe wiederzusehen. Der zitternd sein Rad an den Baum lehnt und sich die Hände reibt, damit sie wieder warm werden.

»Er hat kleine Steinchen an mein Fenster geworfen, um mich zu wecken«, erzählt Rut weiter.

»Was gar nicht nötig war.«

»Genau, weil Dagny und ich in unserem Zimmer noch so viel für Weihnachten vorzubereiten hatten. Ich habe in aller Eile mein Haar gebürstet und Vaters dicken, warmen Pelz übergezogen, bevor ich zu ihm rausgeschlichen bin. Er hat mich in seinen Armen aufgefangen, als ich mit um die Beine flatterndem Nachthemd auf ihn zugelaufen bin, und mich im Kreis herumgewirbelt, einmal, zweimal.«

»Aah, wie im Film.«

Rut nickt und lächelt bei der Erinnerung. Der Wind raschelt mit einer plötzlichen Brise in den Zweigen der Eiche und weht ihnen die Haare ins Gesicht. Esther schiebt ein paar Strähnen hinters Ohr und zieht die Mütze tiefer in die Stirn.

»Wo bleibt der Frühling? Vor ein paar Wochen war es schon so schön«, klagt sie, schlingt die Arme um den Oberkörper und bewegt die Schultern.

»Früher um diese Zeit kam es mir viel kälter vor. Wir hatten strenge Winter damals«, entgegnet Rut. »Meine Beine waren die reinsten Eiszapfen, aber ich konnte mich einfach nicht von ihm losreißen, wollte ihm so nah wie möglich sein. Der arme Rinaldo hat wahrscheinlich noch mehr gelitten in seinem dünnen Wollmantel. Wir haben eine Ewigkeit dort an die Eiche gelehnt gestanden. Ich habe mich so sicher gefühlt in seiner Umarmung.«

»Habt ihr da eure Initialen in die Eiche eingeritzt?«, will Esther wissen.

»Du bist ganz schön neugierig«, sagt Rut und lacht. »Nein, es war stockfinster, der dunkelste Tag im Dezember. Aber er hatte ein Weihnachtsgeschenk dabei.«

»Erzähl!«

»Einen italienischen Weihnachtskuchen, den er aus Mailand mitgebracht hatte. Süß und mit vielen getrockneten Früchten. Ich habe ihn in meinem Zimmer unter dem Bett versteckt und über die Weihnachtstage verteilt kleine Stückchen davon gegessen. Ich habe mich nicht getraut, irgendwem von dem Geschenk zu erzählen. Außer Dagny natürlich, sie hat auch was abbekommen.«

»Wie ging es weiter? Habt ihr euch an dem Weihnachtsfest nochmal gesehen?«

»Nein, er musste schnell zurück nach Mailand. Aber wir haben uns das ganze Frühjahr Briefe geschrieben. Zu denen kommen wir sicher bald, sie liegen auch in dem Stapel.«

Das Holz im Feuerkorb ist zu einem grauen Aschehaufen heruntergebrannt. Der Wind wirbelt kleine Flocken auf und zerstreut sie über die Wiese. Rut steht auf und reibt sich die Oberarme.

»Erinnerungen können ganz schön anstrengend sein«, sagt Esther.

»Erinnerungen und Gedanken.«

»An was denkst du gerade?«

Rut sieht sie traurig an. Sie bewegt die Schultern auf und ab, um sich zu wärmen. Esther nimmt ihre Hand.

»Ich weiß, wie schwer es ist, über solche Dinge zu reden. Ich habe auch einen Gedanken, der mich permanent quält.«

Rut hebt den Blick.

»*Ich hätte es früher erkennen müssen*«, sagt sie hellseherisch.

»Woher weißt du das?«, sagt Esther erstaunt.

»Es ist so leicht, Vergangenes zu bereuen und zu denken, man hätte alles anders machen und vernünftiger handeln müssen. Aber was bringt einem das? Manche Dinge begreift man nun mal erst im Nachhinein, wenn sie hinter einem liegen. Wir werden durch unsere Erfahrungen geformt. Und soll ich dir was sagen? Es gibt so viele bessere Gedanken als den, dass man es hätte früher erkennen müssen.«

»Die da wären?«

Rut drückt Esthers Hand.

»Das musst du selbst herausfinden«, flüstert sie.

Erinnerung an eine verlorene Familie

Ist Vermissen selbstlos? Oder vermisst man im Grunde genommen nur sich selbst? Ich vermisse Adrian in jeder Sekunde, die er nicht bei mir ist, aber vielleicht vermisse ich auch nur mich selbst. Mich als Mutter. Als die Frau von jemandem. Vielleicht sehne ich mich nach der Zeit, als mein Leben noch mit Sinn gefüllt war. Wie habe ich die Planerei geliebt, die Kocherei und das Tischdecken, hübsch mit echten Kerzen. Das gemütliche Beisammensein, die Tasse Tee vor dem Kamin, das Kuscheln auf dem Sofa und den Familienfilm.

Wer bin ich, wenn ich nicht Mutter bin?

Ich stecke kleine weiße Zettel in meine Geldbörse, auf denen ich Dinge notiert habe, die mich glücklich machen, um meine Gedanken positiv zu beeinflussen. Ein Barfußspaziergang an einem Sandstrand. Salzlakritz. Wind im Gesicht. Eingekuschelt in eine Wolldecke ein Buch lesen. Eine tolle Ausstellung im Museum.

Sobald mir etwas Neues einfällt, schreibe ich es auf einen weißen Zettel. Meine Geldbörse ist schon ganz prall von all den Dingen, die mein Leben lebenswert machen. Es gibt so viel Schönes, über das man sich freuen kann.

Ich denke nicht mehr an den Strick an der Eiche, spüre nicht mehr die Schlinge um meinen Hals. Meine Augen sind nicht mehr jeden zweiten Samstag geschwollen. Ich habe eine Freundin, die mich zu verstehen scheint, sie bedeutet mir sehr viel. Rut. Eine alte, sehr weise Frau.

Vielleicht gibt es ja doch mehr als die Sehnsucht.

15.

Vor Esthers Schlafzimmerfenster ist es dunkel, nur der Mond gießt sein eiskaltes Licht in die Nacht. Der große schwarze Müllsack im Wohnzimmer füllt sich langsam, aber sicher mit Dingen, einem Haufen Dinge, die sie wegwerfen will. Sie durchsucht Schreibtischschubladen, Regale und den Abstellraum. Trennt sich von einem alten Federmäppchen, einer Handtasche, einem Paar Schuhe. Befreit sich von allem, was Alex ihr geschenkt hat. Ihr laufen Tränen über das Gesicht, als sie an die damit verbundenen Erlebnisse denkt.

Sie sieht sich im Wohnzimmer um, legt die Hand an eine Statue, die sie gemeinsam in Thailand gekauft haben, und zieht sie wieder zurück. Damals ging es ihnen noch gut, da waren sie noch glücklich. Die kann bleiben, weil sie positive Erinnerungen weckt. Außerdem würde Adrian sofort auffallen, wenn sie nicht mehr da ist. Er hat sie zu seinem Maskottchen erklärt, das ihn beschützt.

Der Sack wird immer voller. Ein paar Pullover und Blusen aus dem Kleiderschrank, Kleider, die sie nicht selbst ausgesucht hat und nicht mehr anzieht. Sie hält ein perlmuttfarbenes, körperbetont geschnittenes Etuikleid vor sich hoch, das sie nie getragen hat, weil es viel zu eng ist und nie gepasst hat. Alex hat damals steif und fest behauptet, sie habe ihm die falsche Größe genannt, und er war richtig sauer wegen des rausgeschmissenen Geldes. Sie hat ihm zu erklären versucht, dass die italienischen Konfektionsgrößen kleiner ausfielen als die schwedischen, aber er hat ihr gar nicht zugehört. Das Ganze endete im Streit, und das Kleid hing seitdem im Schrank. Für den Tag, an dem sie endlich schlank genug dafür war. Die Erinnerung sticht wie ein Dorn im Fleisch. Jetzt endlich würde sie es entsorgen. Sie stopft es in den Sack.

Ihr Blick wandert zu dem Bild neben dem Buchregal, das sie zusammen in dem New Yorker Atelier gemalt haben. Eine Leinwand, zwei Künstler. Eine verschwommene Brücke über einem Fluss, zartrosa Blüten und die Konturen eines Berges im Hintergrund. Er war der Berg, sie die Blüten, hatten sie scherzhaft gesagt. Er der Große und Starke, sie die Zarte und Schöne. Eigentlich war auch das eine gute Erinnerung, aber vielleicht sollte sie es trotzdem von der Wand nehmen.

Es gibt so viele gute Erinnerungen. Aber ebenso viele schlechte. Wie gerne würde sie glauben, dass alles Schwere und Schlechte nur ein Missverständnis war, dass das nicht Teil seines wahren Ichs ist. Nicht der echte Alex.

Sie nimmt das Bild von der Wand und stellt es in den letzten Winkel der Garderobe, hinter den Wäschekorb. Schließt die Tür.

Sie atmet aus, als sie den Sack zuknotet und vor die Tür stellt. Jetzt ist alles, was sie an ihn erinnert, weg. Alle Geschenke, die eigentlich eher eine Art Bestechung waren und sie blind für die Wirklichkeit gemacht haben.

Sie schleicht in Adrians Zimmer. Er liegt quer im Bett, die Arme über den Kopf gestreckt. Sein kleines Gesicht sieht so friedvoll aus. Sie schiebt seine Beine ein Stück zur Seite und legt sich neben ihn. Er murmelt etwas im Schlaf, als sie ihm über die Stirn streichelt und ihr Gesicht an seine Wange legt. Nur noch zwei Tage, dann ist er wieder weg.

Alles in ihr sträubt sich. Sie will ihn immer bei sich haben.

Irgendwann schläft sie ein. In Adrians Bett, in ihren Kleidern. Wie sie es oft getan hat, als sie noch als Familie zusammen gewohnt haben.

Eifersucht ist buchstäblich das, was das Wort sagt – eine eifernde Sucht. Sie war von Anfang an da. Und sie war so schwer zu verstehen.

Ich erinnere mich an ein Fest, eine Silvesterparty. Ich fühlte mich an diesem Abend, in dem das alte Jahr in ein neues überging, wunderschön in meinem langen grünen Seidenkleid, das eine Freundin für mich entworfen und geschneidert hatte. Es saß wie angegossen und so perfekt, dass der zentimetergroße Höhenunterschied meiner Hüften keine Falten über der Taille warf. Mein Haar war mit einer Spange mit glitzernden Kristallen in einem French Twist hochgesteckt, mein Gesicht sorgfältig geschminkt.

Wir hatten uns schon lange auf diesen Abend gefreut, den wir zusammen genießen wollten. Ich fühlte mich schön und begehrt.

Alex hatte seinen Arm um mich gelegt, als wir ankamen, aufrecht und so stolz, als wollte er allen zeigen, dass wir ein Paar waren. Er führte mich mit fester Hand durch das Lokal, und dicht aneinandergeschmiegt begrüßten wir unsere Freunde.

Während des Essens wurden wir an unterschiedliche Tische platziert. Ich spürte den ganzen Abend seinen Blick auf mir, erwiderte ihn in regelmäßigen Abständen mit einem Lächeln.

Mein Tischherr erzählte sehr lebendig und interessant über seine Reisen rund um die Welt. Als die Tafel aufgehoben wurde, blieben wir sitzen, und während ich gebannt seinen Reiseberichten lauschte, übersah ich den Blick aus der Entfernung. Sicher habe ich auch gelacht, ich erinnere mich nicht mehr genau. Aber an den festen Griff um meinen Oberarm erinnere ich mich umso besser, der mich von meinem Stuhl hochzog. Leicht angeschickert vom Wein, entschuldigte ich mich bei meinem Tischherrn, den Kopf nach vorn geneigt und am Arm nach hinten gezogen. Dann drehte ich mich um und machte ein paar Tanzschritte auf Alex zu in der Erwartung, von ihm auf die Tanzfläche gezogen zu werden, die sich zu füllen begann.

Aber das war nicht sein Ziel.

Er hielt mich so fest, dass es wehtat. Seine Finger bohrten sich in meine Haut, seine Nägel kratzten mich.

Er zog mich mit einem so heftigen Ruck in einen leeren Raum, dass meine Haarspange aufging. Ich erwachte schlagartig aus meinem Rausch, als ich seinem Blick begegnete.

»Du blamierst mich zu Tode«, sagte er knapp.

»Was meinst du damit?«

»Vor aller Augen schmeißt du dich an diesen Kerl ran. Hat er dich beeindruckt? Willst du mit ihm ins Bett?«

Die Frage überrumpelte mich total und verschlug mir die Sprache. Ich war bis über beide Ohren verliebt in Alex und hätte niemals was mit einem anderen Mann angefangen.

»Wie kannst du das glauben? Natürlich will ich das nicht«, sagte ich mit einigermaßen fester Stimme.

Sein darauf folgender Wutausbruch ließ Panik in mir aufsteigen. Er drückte mich gegen die Wand. Dann machte er auf dem Absatz kehrt und ging zur Tür.

»Alex, geh nicht. Es tut mir leid, das war gedankenlos von mir.«

Mir schossen Tränen in die Augen, mein Magen verkrampfte sich.

»Verzeih mir, bitte, verzeih. Ich liebe dich, nur dich. Ich will mich mit niemand anderem mehr unterhalten, nur mit dir.«

Er blieb stehen, aber es waren noch sehr viel mehr Entschuldigungen und Schmeicheleien nötig, um ihn zu besänftigen. Ich gab nicht auf. Es war bald Mitternacht. Meine Frisur war aufgelöst und die Mascara in schwarzen Schatten um meine Augen verschmiert.

»So kannst du nicht auftreten, wenn wir mit den anderen anstoßen. Beeil dich«, zischte er mit einem Nicken in meine Richtung.

Ich lief mit gesenktem Kopf und auf den Boden gerichtetem Blick zu den Toiletten, wo ich mir mit einem angefeuchteten Blatt Klopapier vorsichtig die verlaufene Mascara abwischte. Dann steckte ich die Haare wieder hoch und lächelte den Spiegel und die anderen Frauen an, die davorstanden.

»Du lieber Himmel, du schwitzt ja, hast du so wild getanzt?« Vera lachte und musterte mich von Kopf bis Fuß. »Ich hab dich gar nicht auf der Tanzfläche gesehen. Was für ein Fest, was für ein grandioser Abend!«

Draußen rief jemand, dass es nur noch wenige Minuten bis Mitternacht waren. Wir holten unsere Mäntel. Alex wartete an der Tür auf mich, ich legte vorsichtig eine Hand auf seinen Arm.

»Du siehst bezaubernd aus«, flüsterte er.

Ich schaute mit glänzenden Augen zu ihm hoch.

»Es tut mir leid«, flüsterte ich.

»Du bist so naiv, nicht zu begreifen, dass alle dich haben

wollen. Denn die Schönste von allen ist meine Frau«, sagte er und zog mich an sich.

Er hatte echten Champagner besorgt, eine exklusive Marke. Wir waren jung, und das war ein Luxus, der auffiel. Er schoss den Korken hoch in den schwarzen Nachthimmel und hielt die Flasche so, dass das beige Etikett deutlich zu sehen war. Wir stießen an und küssten uns. Lachen und Hurrarufe hallten durch die Nacht. Er war nicht mehr wütend, und ich war erleichtert. Wie immer. Als wäre ich diejenige, die etwas falsch gemacht hatte.

Aber nicht ich war schuld, sondern die Eifersucht.

16.

Die Sonne hat den ganzen Vormittag geschienen und den Stamm der Eiche gewärmt. Esther versteckt ihre Augen hinter der Sonnenbrille. Sie ist müde nach dem gestrigen Abendessen mit den Mädels. Das soziale Leben zehrt mehr, als es gibt. Die alten Freundinnen hatten mit zur Seite geneigten Köpfen gefragt, wie es denn so sei, ihr neues Leben, und wie es Adrian ginge. Ob sie die Freiheit genießen könne, ob sie irgendwelche Dates habe, wie es sei, Sex mit anderen zu haben. Ob es auf der anderen Seite des Zauns wirklich so viel besser sei. Ob es das wert sei.

Wert?

All die Fragen wurden mit einem Lächeln im Gesicht gestellt, von Personen mit einfühlsamer Körpersprache, vorgebeugt, neugierig. Sie kamen mit eigenen Vorschlägen, was Esther alles mit den Männern ausprobieren könnte, die sie traf. Sie hörte geduldig zu.

Es kam die Frage, wie es denn sei, endlich mal wieder morgens auszuschlafen und den ganzen Tag im Bett lümmeln zu können. Filme zu gucken und sich mit Süßigkeiten vollzustopfen. Das sehnsuchtsvolle Raunen in der Gruppe wurde von einer Stimme unterbrochen.

»Das hört sich traumhaft an. Trotzdem würde ich gegen nichts in der Welt einen kleinen Fuß oder Kinderpo in meinem Gesicht beim Aufwachen eintauschen wollen.«

Danach erzählten alle von Alltagsfreud und Alltagsleid mit ihren Kindern.

»Ich hab im Bett nicht mehr Platz als eine Ölsardine, echt wahr. Jonas auf der einen Seite, Felix in der Mitte, Saga mit dem Po an mich rangedrückt. So viel Platz bleibt da für mich …« Die Freundin gestikuliert und zieht die Wangen ein. »Der einzige Vorteil ist, dass ich nicht rausfallen kann. Sollten wir noch ein drittes Kind kriegen, müssen wir wohl ein ganzes Zimmer zum Bett umbauen.«

»Stefan hat vorgeschlagen, mal ein Wochenende wegzufahren, um endlich mal auszuschlafen. Aber Vidar ist noch zu klein für zwei Nächte ohne uns. Ich würde ihn auf keinen Fall jetzt schon jemand anderem überlassen.«

Alle lachten. Außer Esther. Aber jetzt lässt du ihn doch auch allein, wollte sie schreien. Sitzt hier und trinkst Wein. Und du lässt ihn allein, wenn du zur Arbeit gehst, zur Massage, ins Fitnessstudio. Warum bitte bist du so viel besser als ich?

Esther entschuldigte sich und sprang so abrupt von ihrem Stuhl auf, dass er um ein Haar umgekippt wäre.

»Willst du schon gehen? Du kannst doch morgen ausschlafen! Komm schon, have fun!«, protestierten die Freundinnen.

Wo bleibt Rut, wieso kommt sie nicht? Esther sieht sich um, aber die Wiese ist so menschenleer wie die Felsen am Wasser. Der Geräteschuppen ist abgeschlossen. Oben am Waldrand sind die Pferde zu sehen. Esther sitzt jetzt schon fast eine Stunde auf der Bank und friert gehörig. Sie schüttelt sich. Der harte Sitz ist unangenehm kalt. Inzwischen hat sie Ruts Telefonnummer, und nun schickt sie eine Nachricht an sie: *Ich bin hier*, und wartet geduldig auf eine Antwort. Die nicht kommt.

Auf der anderen Seite der Wiese, am Gattertor, taucht eine Familie auf. Die Eltern halten Händchen, ihre Kinder laufen vor ihnen her. Esther folgt ihnen mit dem Blick. Sie kommen auf sie zu, offensichtlich auf dem Weg zu der Schaukel an der Eiche. Das kleine Mädchen greift das Holzbrett und zieht es nach hinten. Der ältere Junge schubst sie weg. Sie landet direkt vor Esther auf dem Po.

»Hallo«, sagt Esther lächelnd und begegnet ihrem überraschten Blick. »Hast du dir wehgetan?«

»Hallo«, antwortet das Mädchen mit heller Stimme. »Warum sitzt du hier ganz allein? Wo ist dein Kind? Hast du es verloren?«

Esthers Hals schnürt sich zusammen, und sie bekommt keinen Ton heraus. Tränen brennen in ihren Augen.

Die Mutter des Mädchens kommt und zieht die Kleine auf die Füße, klopft ihr mit harter Hand den Dreck vom Hosenboden, schimpft. Dann dreht sie sich zu Esther um.

»Entschuldigen Sie, sie ist manchmal etwas vorlaut. Sie hat Sie hoffentlich nicht gestört«, sagt sie und schaut schnell weg, als sie die Tränen auf Esthers Wangen sieht. Sie nimmt die Kinder an die Hand und zieht sie unter lautem Protestgeschrei hinter sich her.

Esther schließt die Augen und lehnt den Kopf nach hinten gegen den Stamm. Es riecht nach feuchter Erde. Als die Tränen versiegt sind und sie die Augen wieder öffnet, ist die Wiese wieder leer. Das Geschrei und Lachen der Kinder ist verstummt.

Esther gibt sich geschlagen und steht auf. Rut antwortet nicht auf ihre Nachricht und scheint nicht mehr zu kommen. Auf dem Weg zum Gatter stellt sie sich vor, dass Adrian vor ihr herläuft, mit flatternder Jacke wie ein kleiner Superheld. Sie zieht das Handy aus der Tasche und wählt Alex' Nummer.

»Hallo, mein kleiner Schatz. Mama hier«, sagt sie, als Alex das Telefon weitergereicht hat und sie Adrians muntere Stimme hört.

»Ist schon Abend?«, fragt er.

»Nein, es ist noch nicht Abend. Ich wollte nur mal hören, was du so machst und ob du Spaß hast. Heute Abend rufe ich noch mal an und sage Gute Nacht, wie immer.«

»Gute Nacht, mein Schatz«, sagt Adrian kichernd.

17.

Sie sieht so klein und zerbrechlich aus. Das graue Haar, das sie ausnahmsweise offen trägt, wird mit jedem Windstoß verwirbelt. Sie steht auf den Felsen, und die Enten watscheln ungeduldig um ihre Füße herum. Sie kennen Rut, wissen, was sie zu geben hat. Die dicke Jacke hängt schief auf ihren knochigen Schultern.

Esther läuft zu ihr. Rut hatte eine hartnäckige Erkältung, sie haben sich in der Zwischenzeit Nachrichten geschrieben, fast täglich.

»Hallo, wie geht es dir? Bist du wieder gesund?«, fragt Esther atemlos. »Ich habe dich vermisst.«

Rut räuspert sich, sie sieht blass aus.

»Noch nicht ganz. Die Kälte und die Feuchtigkeit fressen sich in meinen Körper. Aber ich wollte es nicht versäumen, dich zu treffen.«

»Gib auf dich acht, damit du wieder ganz gesund wirst. Du machst meine einsamen Wochenenden erträglich. Mit dir komme ich gut durch die Zeit ohne Adrian.«

Rut wendet den Blick ab.

»Ach, was du da redest. Ein bisschen Auszeit tut jeder Mutter gut. Hör auf, dich selbst zu bemitleiden. Deinem kleinen Adrian geht es bestimmt gut.«

Esther nickt. Rut schlingt fröstelnd die Arme um den Oberkörper.

»So ein ungemütliches Wetter. Ich freue mich auf den Frühling. Und ich sehne mich nach Italien, der Wärme. Vielleicht sollte ich eine Weile dorthin fahren«, sagt sie mit einem Augenzwinkern.

»Nein, bleib hier. Jetzt dauert es nicht mehr lange. Spür doch, wie die Sonnenstrahlen wärmen, wie das Licht zurückkehrt. Du hast mir vor zwei Wochen schrecklich gefehlt, als ich hier war. Plötzlich war wieder alles so leer und trist.«

»Ich habe den Beutel mit den Brotkrümeln vergessen«, sagt Rut und breitet so plötzlich die Arme aus, dass die Enten erschrocken aufflattern und über die Felsen davonwatscheln. Ein paar gleiten ins Wasser.

Esther lacht und hält Rut eine Stofftasche hin.

»Ich habe zwei Hefeschnecken für jede von uns dabei. Wollen wir eine opfern?«

Rut nickt und streckt die Hand aus.

»Gib her«, sagt sie eifrig.

Esther bricht die Hefeschnecke in der Mitte durch und gibt Rut das größere Stück. Sie werfen kleine Krümel. Am Horizont ballen sich ein paar schwere graue Wolken, aber über dem Wasser bricht die Sonne durch und malt grelle Strahlenstreifen an den Himmel.

»Das sieht nach Regen aus«, sagt Esther.

»Ja, vielleicht. Oder die Sonne gewinnt. Sonnenstrahlen vor dunklem Wolkenhimmel machen das schönste Licht. Die Wolken haben keine Chance, das spüre ich. Sie regnen über dem Meer ab, bevor die Sonne sie wegschiebt und die Regie übernimmt.«

Rut schaut schweigend übers Wasser. Plötzlich lacht sie.

»Rinaldo und ich sind auch mal in ein richtiges Unwetter geraten.«

»Wart ihr mit dem Boot unterwegs?«

»Ja, mit dem Ruderboot. Rinaldo ist gerudert, als junger Mann war er stark. Mitten auf dem Sund hat der Himmel seine Schleusen geöffnet. Es donnerte und blitzte, war lebensgefährlich. Wir haben an einer kleinen Insel angelegt und unter den Bäumen Schutz gesucht.«

»Das hört sich heimelig an. Wildromantisch. Habt ihr gekuschelt?«

Rut schnauft.

»So heimelig war es dann auch wieder nicht.« Sie schüttelt den Kopf. »Wir haben ein paar Stunden auf der Insel festgesessen, und es war kalt und nass. Blitze durchschnitten den Himmel, das Unwetter war genau über uns. Als es sich einigermaßen beruhigt hatte und wir an Land zurückrudern konnten, stand Vater am Ufer und nahm uns in Empfang. Fuchsteufelswild war er. Weil mein Kleid so nass war, dass er alles darunter erkennen konnte. Und Rinaldo auch, wie er laut betonte.«

»Bertil, der Beschwerliche« sagt Esther lachend.

»Oh ja, er hat kein Blatt vor den Mund genommen.«

Rut verfüttert das letzte Stück Hefeschnecke an die Enten, die sich gierig darauf stürzen und mit den Flügeln flattern.

»Ich habe ein Bild dabei«, sagt Rut leise mit verheißungsvollem Blick.

»Ein Foto? Von dir und Rinaldo? Oh ja, zeig es mir, bitte!«

»Alles zu seiner Zeit«, sagt Rut und klopft sich zufrieden auf die Tasche.

»Also zuerst noch Kaffee und Feuer«, seufzt Esther und hakt sie unter.

»Ach ja, Kaffee und eine warme Decke, das wäre was gewesen, wenn wir das auf der Insel dabeigehabt hätten.«

»Aber ein ganz klein bisschen heimelig war es schon, oder? Gib zu, dass ihr gekuschelt habt.« Esther blinzelt und stupst Rut in die Seite.

»Du Nervensäge. Natürlich haben wir das, um uns zu wärmen. Du weißt ja, wie das mit einer jungen Liebe ist. Man kann die Finger nicht voneinander lassen, wie sehr man es auch versucht.«

Esther lacht. Und erinnert sich.

»Alex und ich sind auch einmal in einen Regenguss geraten«, sagt sie.

»Habt ihr auch gefroren?«

»Nein, es war auf einer Insel in Westindien. Wir hatten bei einem jungen Mann einen Reitausflug am Strand gebucht, obwohl wir eigentlich beide keine großen Reiter sind. Aber wir waren jung und wild und wollten es ausprobieren. Dummerweise waren die Pferde mindestens genauso wild. Wir sind über den Strand galoppiert und steile Felssteige hinuntergeritten. Und plötzlich hat es sintflutartig angefangen zu regnen, wir wurden bis auf die Knochen nass ...«

Esther blickt über das Wasser und sieht plötzlich wieder traurig aus.

»Das klingt doch nach einer sehr schönen Erinnerung.«

Rut streckt die Hand aus und stützt sich bei Esther ab, als sie sich vorsichtig auf die Bank sinken lässt.

»Oh ja. Ich habe viele schöne Erinnerungen. Genau das macht es ja so schwer. Es war nicht alles schlecht, längst nicht, so vieles war einfach nur schön.«

»Hast du ein Foto von der Reise?«, fragt Rut. »Dann bring es doch nächstes Mal mit.«

»Nein, ich habe so gut wie keine Bilder behalten. Die habe ich ihm gelassen, als wir uns getrennt haben.«

»War das eine kluge Entscheidung?«

»Musst du gerade sagen, die alles wegwirft und verbrennt. Für mich gibt es auch viele Dinge, an die ich nicht erinnert werden möchte. Gute und schlechte. Erinnerungen, die an den unerwartetsten Stellen auftauchen.«

Rut zieht ein altes, abgegriffenes Foto aus der Tasche. Die Ecken sind verknickt und das Bild vergilbt. Sie hält es in der Hand.

»Du musst lernen, die guten Erinnerungen zu akzeptieren. Freu dich über alles Schöne und Gute, das ihr zusammen hattet. Er wird immer ein Teil von dir sein, ob du es willst oder nicht. Immerhin habt ihr ein Stück Leben zusammen verbracht.«

»Das ist nicht so einfach.« Esther knetet die Hände auf ihren Knien.

Rut hält ihr das Foto hin. Wie jung sie darauf aussieht. Sie trägt ein langes hellrosa Kleid mit Faltenrock. Das kurze Haar ist wellig gelockt. Rinaldo hat den Arm um ihre Wespentaille gelegt. Seine Hand auf ihrem Bauch sieht riesig aus. Er trägt eine weit geschnittene Anzughose und ein ordentlich bis zum Hals zugeknöpftes Hemd mit einer gepunkteten Fliege. Sein glänzend braunes Haar ist zurückgekämmt. Esther betrachtet neugierig das Bild, froh über den Themenwechsel.

»Wie hübsch du bist. Ihr seht so elegant aus. Wo wart ihr da?«

»Das war kurz nach meiner Ankunft in Mailand.«

Rut wendet das Foto, um nach der Jahreszahl zu suchen, die in handgeschriebenen Ziffern auf der Rückseite steht. 1953.

»Dann bist du also doch gefahren. Erzähl.«

Rut hebt ihre Hand, aber Esther ist schneller und bremst ihre Bewegung.

»Willst du das etwa auch verbrennen? Tu das nicht.«

»Siehst du irgendwo ein Feuer? Und außerdem gefällt mir das Foto, das werde ich behalten.«

Rut steckt das Bild zurück in die Tasche. Esther zieht ein paar der unter der Bank gestapelten Scheite hervor und legt sie in den Feuerkorb.

»Hast du Streichhölzer?«

»Nein, ich glaube nicht.«

Esther gießt Kaffee in einen Becher und schaut hinüber zu dem gelben Haus. Ob es dort Streichhölzer gibt? Als sie gerade vorschlagen will, dort nachzuschauen, reicht Rut ihr eine Streichholzschachtel, die sie in ihrer Tasche gefunden hat.

Esther summt eine Melodie, als sie ein Zündholz anstreicht und an das zerknüllte Zeitungspapier zwischen den Holzscheiten hält. Sie bläst vorsichtig in die Glut, bis die Flammen auflodern und sich mit ihnen die Wärme ausbreitet. Rut reibt die kalten Hände über dem Feuer.

»Und jetzt erzähl mir von Mailand. Wann bist du dorthin gefahren? Und wann habt ihr euer Herz in die Eiche geritzt? Ich will alles wissen«, sagt Esther.

Rut kramt das Briefbündel heraus und reicht es Esther. Die Briefe liegen noch in der gleichen Reihenfolge wie beim letzten Mal. Esther öffnet den obersten.

Milano, 10. Januar 1953

Rut, mein Engel.

Endlich habe ich eine Arbeit und eine hübsche Woh-

nung für uns gefunden. Sie liegt mitten in Milano, in einem Wohnblock mit dem herrlichsten aller Innenhöfe, ein kleines Pflanzen- und Blumenparadies. Sogar eine Fontäne gibt es. Und eine Bank, auf der wir abends sitzen und plaudern können. Zwei große Zimmer und eine praktisch eingerichtete Küche.

Ich weiß, Du willst Dich nicht gegen Deinen Vater auflehnen, aber bitte laß nicht zu, daß er sich Deinem Glück in den Weg stellt. Komm hierher zu mir, setz Dich gegen ihn durch. Ich werde mich in den nächsten Tagen bei Dir melden und mehr erzählen.

Er wird es mit der Zeit akzeptieren, das verspreche ich Dir Ich werde meinen Vater, den Botschafter, bitten, sich um Deine Familie zu kümmern, damit es ihnen an nichts fehlt.

Ich werde den Fahrschein so für Dich buchen, daß Du mit mir zusammen zurückfahren kannst. Komm mit leichtem Gepäck, es gibt so viele schöne Kleider hier in Milano. Ich will Dir alles schenken, was Du Dir wünschst und noch mehr.

Laß uns ein gemeinsames Leben erschaffen. Leben wir unseren Traum.

Dein Rinaldo

Ruts Hände liegen fest gefaltet auf ihren Knien. Die Knöchel sind ganz weiß. Esther lässt den Brief sinken.

»Du hast es tatsächlich getan«, stellt sie fest.

Rut nickt.

»Aus Liebe machen wir die verrücktesten und wunderbarsten Dinge«, sagt sie leise.

Sie steht auf und streckt sich zu dem Herz am Stamm der Eiche hoch, erreicht es aber nicht.

»Das Herz habe ich allein in den Baum geritzt, am Abend vor meiner Flucht. Es war kalt und dunkel wie jetzt, aber ich wollte uns an diesem Platz verewigen. Mich und Rinaldo. Egal, was die Zukunft bringen würde, von der ich nicht das Geringste wusste. Ich war ganz schön nervös.«

»Ich finde das unfassbar mutig und sehr romantisch, dass du für die Liebe ausgerissen bist.«

Rut trinkt einen großen Schluck von dem kalten Kaffee und stellt den Becher neben Esther auf die Bank.

»Wollen wir ins Haus gehen?«, fragt sie. »Ich würde gerne nachschauen, ob es dort noch Fotos von meinen Eltern gibt.«

Esther springt auf und rührt mit einem Stock zwischen den Holzscheiten herum, damit das Feuer verglüht. Rut ist schon losgegangen. Sie hinkt. Esther läuft hinter ihr her und bietet Rut ihre Hand als Stütze an.

Am Haus angekommen, lässt Esther Ruts Hand los und geht mit jedem Schritt zwei Stufen die knarrende Verandatreppe hoch. Rut folgt ihr, indem sie sich an dem Geländer nach oben zieht. Oben angekommen, streift sie die lange Kette über den Kopf und übergibt Esther den Schlüssel.

»Am besten schließt du auf, das hast du ja schon mal gemacht.«

Rut stützt sich erneut auf das Geländer und zeigt in die Ecke der Veranda.

»Da stand früher ein Schaukelstuhl, die Spuren auf dem Boden sind noch zu sehen.«

Esther geht in die Hocke. Rut hat recht, da sind zwei längliche, vertiefte Rillen in den Brettern.

»War das der Platz deiner Mutter?«

»Nein, sie hat nie still irgendwo gesessen. Das war Vaters

Platz. Er war Pfeifenraucher, und der Rauch ist abends immer in mein Zimmer gezogen. Ich muss heute noch an ihn denken, wenn es irgendwo nach Pfeifenrauch duftet. Merkwürdig, wie Düfte und Gerüche sich in der Erinnerung einbrennen.«

Rut schaut in allen Schränken nach. Sie öffnet Türen, schiebt Ziergegenstände beiseite und blättert alte Unterlagen durch. Manche Sachen zeigt sie Esther und erzählt ihr kurze Geschichten zu den Gegenständen. Als sie ein rotes Spielzeugauto findet, hält sie inne. Sie rollt damit auf dem Boden hin und her, die Reifen quietschen.

»War das deins?«

»Meins und Dagnys, es gehörte uns beiden. Wir haben es geliebt und uns darum gestritten. Und eines Tages war es plötzlich verschwunden. Dagny hat gesagt, dass sie nicht wüsste, wo es ist.« Sie lacht und schüttelt den Kopf. »Und hier taucht es wieder auf. So ein Biest, das kann nur sie versteckt haben«, sagt sie. Sie hält Esther das Auto hin.

»Hier, für dich, wenn du es haben magst. Vielleicht hat Adrian ja Freude daran.«

»Willst du es ihm nicht persönlich schenken, wenn ihr euch mal seht?«

Rut nickt, sucht weiter in dem Schrank und wird schließlich fündig. Ein Bilderrahmen mit einem Foto von der ganzen Familie. Sie drückt ihn an ihre Brust.

»Darf ich es sehen?«, fragt Esther leise und stellt sich neben sie.

Rut dreht den Rahmen um. Mutter, Vater und zwei kleine Mädchen, dicht zusammen. Rut und ihre Schwester haben große weiße Schleifen im Haar und schauen ernst in die Kamera.

»Dieses Bild wollte ich immer gerne haben. Damals war ein richtiger Fotograf zu uns rausgekommen, um es aufzunehmen.«

Rut stützt sich auf Esthers Schulter ab und steht auf.

»Das wird hübsch aussehen über meinem Bett. Da kann ich es mir jeden Abend vor dem Einschlafen ansehen«, sagt sie und schlurft zur Tür.

Meine Gedanken begaben sich auf Wanderschaft. Ganz langsam verwelkte die Liebe in mir. Es ist schwer, einen zornigen und anklagenden Menschen zu lieben.

Vielleicht hat Alex instinktiv gespürt, dass wir eine Grenze überschritten hatten, den Punkt, an dem manche Dinge nicht mehr repariert werden konnten. Wir hörten auf, uns zu entschuldigen. Und sein Misstrauen wuchs.

Die Nächte waren am schlimmsten. Alex' Attacken kamen nachts, wenn alle anderen schliefen, wenn es dunkel und still war. Er war kreativ, wie Künstler es eben sind. Und im Schlepptau folgte seine lebhafte Fantasie, die die Gedanken und die Ängste anfeuerte und Szenarien entwarf, die nicht mehr in der Realität verankert waren.

Er durchsuchte meine Jacken und Taschen, überprüfte meine Quittungen und Notizen, analysierte jedes Gekrakel auf irgendeinem Zettel. Hastig hingekritzelte Herzen und Sterne. War ich glücklich, war ich verliebt? Er rief alle Telefonnummern an, die er irgendwo fand. Das habe ich erst im Nachhinein erfahren. Seine Nummer tauchte auf dem Display auf, aber er legte jedes Mal schnell auf, wenn er hörte, wer antwortete. Er rief meine Kollegen an, die Eltern der Kinder in Adrians Kindergartengruppe.

Manchmal glaubte ich, dass er meine Gedanken lesen konnte, die verbotenen. So muss es gewesen sein. Als meine Gedanken, ihn zu verlassen, Form annahmen, wurden die Nächte zu einem nicht enden wollenden Albtraum. Er weckte mich immer wieder auf, mehrmals in der Nacht. Aus den unterschiedlichsten Gründen.

»Warum hast du nicht Gute Nacht gesagt?«, fuhr er mich dann an. Oder: »Ist das die Nummer von deinem Lover? Warum hast du ein Herz darum gemalt?«

Und dann drückte er mir einen zerknitterten Zettel in mein verschlafenes Gesicht. Eine simple Notiz von der Arbeit. Ich habe schon immer und überall gezeichnet. Das ist die Kunst in mir, die rauswill. Wenn jemand das hätte verstehen müssen, dann doch er.

Es waren traumatische Nächte. Dieser Stress. Diese unsägliche Folter, ständig geweckt zu werden.

Bei der Arbeit konnte ich mich ausruhen. Dort wurde mein Selbstbewusstsein gestärkt, tankte ich neue Kraft. Ich begann, meinen Aufbruch zu planen. Ich war mir im Klaren darüber, dass ich mein Gehalt brauchte, um alleine durchzukommen. Ich war gezwungen, einen guten Job zu machen.

Als mir dann die Stelle als Schulleiterin angeboten wurde, habe ich zugesagt, obwohl mich das noch weiter von dem entfernte, was mir so wichtig war. Meine Kunstklasse, die mir so viel bedeutete. Die Farben und Pinsel und Düfte. Die kreative Schaffensfreude. Der Luxus, mich während meiner Arbeitszeit meiner eigenen Kunst widmen zu können.

Wir waren mehr oder weniger immer von meinem Einkommen abhängig. Aber ich habe nie aufgehört, von meinem künstlerischen Schaffen zu träumen. Mehr zu sein, als nur die Muse des großen Künstlers, die Schülerin. Ich weiß, dass ich es kann.

18.

Adrian schlurft durch den Schotter. Esther geht vor ihm. Ab und zu dreht sie sich um und treibt ihn an. Er protestiert, nörgelt und setzt sich irgendwann einfach auf den Boden.

»Ich mag nicht mehr, warum gehen wir so lange?«

Esther kehrt um, geht neben ihm in die Hocke und streichelt ihm über die Wange.

»Komm, Schatz, jetzt ist es nicht mehr weit«, sagt sie.

Er schüttelt trotzig den Kopf, schiebt die Unterlippe vor. Er schmollt.

Esther nimmt ihn auf den Arm. Sie hält ihn vor dem Bauch, damit das Gewicht gleichmäßig auf ihre Hüften verteilt ist. Dann verschränkt sie ihre Finger unter seinem Po und geht weiter.

Er hat die Arme fest um ihren Hals geschlungen und bohrt sein Gesicht in ihre Halsbeuge. Sie fühlt seine feuchte Nase und die Wärme seines Atems an der Haut.

»Wir wollen zu der Schaukel«, flüstert sie kurzatmig. »Erinnerst du dich an die Schaukel an der Eiche, auf der du so gerne geschaukelt hast?«

Manchmal sind sie zu dritt dorthin spaziert. Aber das ist lange her. Früher. Als sie noch eine kleine, aber schon nicht mehr ganz intakte Familie waren.

Am Gattertor setzt Esther Adrian wieder ab. Als er sieht, wo sie sind, hüpft er aufgeregt auf der Stelle. Er erinnert sich. Esther öffnet das Gatter, und Adrian rennt los, vorbei an den

Pferden, die ihm mit den Blicken folgen und schnauben. Esther folgt ihm, sie lacht. Es ist alles so leicht, wenn er dabei ist. Adrian hängt sich bäuchlings über das Brett, statt sich mit den Füßen darauf zu stellen, und läuft los, um Schwung zu holen. Er lacht glucksend und juchzt laut vor Freude, als er auf der Schaukel hin und her schwingt.

Esther bleibt stehen. Unter ihren Füßen sprießt der Frühling. Das Gras wird langsam wieder grün, am Zaun leuchten ein paar gelbe Krokusse, und der Wind ist nicht mehr so eisig.

Hinter ihr kreischt das Gattertor. Sie dreht sich um. Es ist Rut, die kommt, wie versprochen. Sie bleibt stehen und sieht Esther erstaunt an.

»Dein Gesicht ist ganz verändert«, sagt sie.

»Wie meinst du das?« Esther streicht sich mit der Hand über die Stirn und fährt sich mit den Fingern über die Mundwinkel, um eventuellen Schmutz wegzuwischen.

»Du siehst glücklich aus. Deine Haut ist glatter. Deine Augen sind nicht geschwollen.«

Esther lacht.

»Hab ich es nicht gesagt, dass mit der Wärme und den Blumen auf der Wiese alles erträglicher wird?«, fährt Rut fort und beschreibt einen Bogen mit der Hand. »Und jetzt sind sie da, die ersten Blumen.«

Esther lächelt und zeigt zu der Eiche, wo Adrian auf der Schaukel hin und her schwingt.

»Ja, das ist herrlich, aber nicht der einzige Grund. Der Kleine da, das ist mein Sohn«, sagt sie mit strahlenden Augen.

»Ist er dieses Wochenende bei dir?«

Esther nickt.

»Ja, ich bin ein Glückspilz. Jeder Extratag ist wie ein Lottogewinn.«

»Dann solltest du mich wohl mal vorstellen.«

Esther nimmt Ruts Hand und zieht sie mit sich. Auf dem Weg zur Eiche winkt Rut Adrian zu. Er hat sich inzwischen auf die Schaukel gesetzt und legt lachend den Kopf so weit in den Nacken, dass er fast auf dem Kopf hängt. Seine Haare schleifen über den Boden. Esther geht zu ihm und hebt ihn von der Schaukel, worauf er lautstark protestiert und versucht, sich aus ihrer Umarmung zu winden.

»Nur ganz kurz, ich muss dir was zeigen«, sagt sie beschwichtigend.

Sie nimmt seine Hand in ihre und geht mit ihm um den Stamm der Eiche herum. Dort nimmt sie ihn wieder auf den Arm und legt seine kleine Hand auf ihr in den Stamm geritztes Herz.

»Da hast du uns drei in einem Herzen«, flüstert sie ihm ins Ohr. »Erinnerst du dich daran?«

»Mama und Papa«, sagt Adrian und folgt mit dem Finger den Buchstabenlinien. »E und A.«

»Und der kleine Adrian«, sagt sie.

»Das bin ich!«, ruft er laut.

»Du und deine Familie.« Esther stellt sich auf die Zehen und zeigt zu dem Herzen darüber. »Und das da oben ist eine andere Familie. Rut und Rinaldo. Komm, sag Rut Guten Tag. Die Eiche, in die wir unser Herz geritzt haben, gehört ihr.«

Sie setzt sich neben Rut auf die Bank und hebt Adrian auf ihren Schoß. Er mustert die alte Frau neugierig.

»Gehört der Baum wirklich dir?«, fragt er beeindruckt.

Rut nickt.

»Der ist schön, oder?«

Adrian nickt und rutscht von Esthers Schoß, um zurück

zur Schaukel zu laufen. Es knackt in der kahlen Baumkrone, als er sich auf das Brett wirft. Rut folgt ihm mit dem Blick.

»In dem Alter sind sie wild.«

»Ja, man kann kaum an etwas anderes denken, das ist schön.«

»Sich gute Gedanken zu machen kann auch schön sein.«

Esther nickt.

»Ich versuche es. Es klappt schon etwas besser, aber manchmal werde ich rückfällig. Dann wird alles so unsicher.«

»Es passiert schnell, dass die Unsicherheit das Steuer übernimmt. Es ist nicht leicht, der Vergangenheit zu entkommen, wenn sie sich mal im Kopf eingenistet hat.«

Esther seufzt frustriert.

»Ist es so? Dass sie sich eingenistet hat?«

»Ich denke schon. Aber eigentlich hat sie in deinen Gedanken nichts mehr verloren. Du solltest dich fragen, warum das so ist. Ein wenig loslassen. Adrian geht es gut, das siehst du doch. Das da ist ein glückliches Kind, er leidet keine Not.«

Sie hat recht. Esther beobachtet Adrian. Die Schwünge der Schaukel werden immer höher, zu hoch. Er klammert sich an dem Seil fest, stehend, dreht sich um seine eigene Achse und singt ein Lied, unterbrochen von kurzen spitzen Schreien.

Esther erntet wütende Proteste, als sie die Schaukel anhält und ihn herunterhebt. Er zappelt so wild mit den Beinen, dass sie kaum das Gleichgewicht halten kann.

»Beruhig dich«, ermahnt sie ihn. »Ganz ruhig.«

Rut gesellt sich zu ihnen.

»Magst du mit mir die Enten füttern gehen? Sie lieben

Brotkrümel«, sagt sie und beugt sich auf Augenhöhe mit Adrian vor.

Adrian reißt sich aus Esthers Griff los und rennt, statt zu den Enten zu laufen, zurück zur Schaukel, die von ihnen weg schwingt.

»Lass ihn, er hat seinen Spaß. Mich stört das nicht. Wenn wir losgehen, kommt er sicher gleich hinterher.«

Rut hakt sich bei Esther unter und spaziert mit ihr zu den Felsen. Esther kann sich nur schwer entspannen, wirft ständig Blicke zurück zu der Eiche und Adrian.

»Jetzt verstehe ich deine Gestik und Mimik viel besser. Adrian ist auch an deiner Seite, wenn er nicht bei dir ist«, sagt Rut und wirft den Enten eine Handvoll Brotkrumen hin.

»Wie meinst du das?«

»Dein flackernder Blick, wie du wachsam alles um dich herum beobachtest und auf Geräusche reagierst. Ich dachte, das wären vielleicht die Nerven, aber jetzt ist es mir klar. Du bist Mama.«

Esther lacht.

»Ja, rund um die Uhr, auch wenn er nicht bei mir ist. Ob ich mich jemals daran gewöhnen werde, ihn nicht um mich herum zu haben?«

»Die Frage kannst nur du allein beantworten. Eines Tages bestimmt. Hast du nicht gesehen, ist er ein Teenager, und da sind sie dann nicht mehr so knuddelig. Aber so lange solltest du nicht damit warten, wieder anzufangen zu leben. Um deinetwillen nicht weniger als um seinetwillen.«

»Jaja, ich weiß. Aber das ist nicht so einfach. Wollen wir nicht über andere Dinge sprechen? Ich will mehr über dein Leben hören, das ist viel spannender«, sagt Esther und setzt sich auf den felsigen Untergrund.

Sie schlingt die Arme um die angezogenen Knie und legt das Kinn darauf ab.

»Aber das gehört auch in die Vergangenheit.«

»Schon. Aber können wir nicht diese kleine Zeitreise machen? Ich kann gut ein bisschen Romantik gebrauchen.«

»Nein, heute spielen wir mit Adrian. Die hier spare ich für ihn, falls er doch noch kommt«, sagt Rut und steckt die halb volle Krümeltüte in die Tasche.

Vor dem gelben Haus toben Kinder, die scheinbar einen Ausflug machen. Sie spielen Fußball auf dem Rasen. Sie haben ihre Jacken ausgezogen. Der Ball fliegt hoch durch die Luft. Auf der Treppe sitzen ein paar erwachsene Zuschauer. Rut heftet ihren Blick auf ihr altes Zuhause.

»Fühlt sich das merkwürdig an? Dass da Fremde vor deinem Haus sind? Soll ich ihnen das sagen?«, fragt Esther.

Rut zieht die Schultern hoch.

»Das ist nur noch eine Bruchbude. Es ist so lange her, dass ich dort gewohnt habe. Aber an den Morgen, als ich es verlassen habe, erinnere ich mich, als wäre es gestern. Über der Wiese und dem Meer hing Nebel. Es war bitterkalt, und am Horizont war das erste Dämmerlicht zu erahnen. Ich habe die Tür so leise wie möglich hinter mir zugezogen. Wie viel Mut doch in so einem jungen, verliebten Menschen steckt. Dass ich mich getraut habe, die Reise anzutreten und all das hier für immer zu verlassen.«

Rut winkt Adrian zu, der angerannt kommt, und zieht den Krümelbeutel wieder aus der Tasche.

»Hast du deine Eltern danach etwa nie wiedergesehen?«

»Ich weiß auch, wie sich Sehnsucht anfühlt. Wie schmerzhaft sie ist«, sagt Rut, ohne auf Esthers Frage einzugehen, und wendet sich Adrian zu.

Esther sieht ihnen beim Spielen zu, wie Rut mit ihm herumalbert. Irgendwann zaubert sie das rote Spielzeugauto aus der Tasche. Adrian reißt es ihr förmlich aus der Hand und fährt damit über den felsigen Untergrund. Rut läuft brummend in Schlangenlinien hinter ihm her.

Zwischendurch frage ich mich, wie er reagieren würde, wenn er dieses Buch in die Hände bekäme. Wenn er lesen könnte, wie ich mich an die Dinge erinnere. Seite um Seite voller wirrer Gedanken.

Er wäre empört.

Nichts wäre so, wie er es in seinem Gedächtnis abgespeichert hat. Es würde ihn in seinem Urteil bestätigen, dass ich verrückt, krank, paranoid bin. Unser Leben war doch so fantastisch. Bis ich es zerschlagen und diese wunderbare Familie zerstört habe.

Vielleicht ist es keine gute Idee, alles aufzuschreiben. Es könnte ja auch Adrian sein, der meine Schreibereien irgendwann findet. Ich will auf keinen Fall, dass er das hier liest, dass er diese Dinge über mich erfährt. Niemand soll etwas davon erfahren.

Nur noch ein paar Gedanken, dann verbrenne ich das Buch. Und mit ihm alle Erinnerungen. Wegwerfen, wie Rut sagen würde, wirf den alten Kram einfach weg. Ich will auf keinen Fall ein Opfer sein.

19.

Wo vor zwei Wochen noch vereinzelt gelbe Sonnenflecken zu sehen waren, blüht es jetzt flächendeckend. Gelbe und lila Krokusse strahlen um die Wette auf dem kahlen Erdstreifen um den Eichenstamm. Das Gras hat es noch nicht überall ans Tageslicht geschafft. Es duftet intensiv nach feuchter Erde, modrig-süß. Esther trampelt durch den Blütenteppich. Gelb-grün-lila Blätter fliegen durch die Luft.

Sie hat abgenommen, ihr schmeckt kein Essen mehr. Die angsterfüllten Leerräume der Nacht halten sie wieder wach.

Eine Hand legt sich auf ihre Schulter, zieht sie nach hinten. Eine Stimme redet besänftigend auf sie ein, ihre Beine beruhigen sich.

»So, ja, ganz ruhig«, sagt die vertraute Stimme, die sie schon so viele Male getröstet hat.

Sie dreht sich langsam um, sieht in Ruts ernstes Gesicht. Die alte Freundin hat einen blumengemusterten Schal über die Haare gelegt und schützt ihre Augen mit einer dunklen Sonnenbrille. Sie zieht Esther in ihre Arme, hält sie fest. Esther kann die Tränen nicht mehr zurückhalten, schnieft und schluchzt.

»Was ist denn passiert?«, flüstert Rut und streicht ihr über den Rücken. »Warum um Himmels willen bist du so traurig?«

»Ich fühle mich kein bisschen besser, wie du versprochen hast!«

»Habe ich so etwas versprochen? Komm, setzen wir uns erst einmal. Und dann erzählst du mir, was passiert ist.«

Esther stolpert zu der Bank. Sie hat heftige Bauchschmerzen. Sie setzen sich nebeneinander. Stumm. Die Sonne bricht durch die Wolken, streckt ihnen ihre wärmenden Strahlen entgegen. Irgendwann zieht Esther ihr Handy aus der Tasche und hält es Rut hin. Ein Foto von Adrian füllt den Bildschirm. Sein Haar ist glatt gekämmt, mit Seitenscheitel, er trägt ein weißes Hemd. Zahnlückiges Lächeln. Hinter ihm ist ein weißes Haus und ein Osterstrauß mit roten, blauen, gelben und grünen Federn zu sehen. Rut kneift die Augen zusammen und lächelt.

»Uih, schick sieht er aus. Mit Hemd. Ein richtiger Prinz«, sagt sie.

Esther schaltet das Handy aus und legt es auf ihr Knie.

»Er ist dort, und ich bin hier. Und das fühlt sich kein bisschen besser an, da kann die Blumenwiese blühen, wie sie will«, sagt Esther mit tieftrauriger Stimme.

Rut zieht ein abgegriffenes Notizbuch aus der Tasche und hält es mit beiden Händen fest.

»Das verstehe ich gut. Die Trauer ist an den Feiertagen am stärksten. Warum fährst du nicht heim zu deiner Familie? Leben deine Eltern noch?«

Esther nickt, zieht die Nase hoch. Sie kann die neuen Tränen nicht zurückhalten.

»Ja, aber ich will nicht ohne Adrian dorthin. Ich will nicht, dass sie mich in diesem desolaten Zustand sehen, die Scheidung macht ihnen großen Kummer.«

»Dann lad ein paar Freunde ein. Du hast doch Freunde?«

»Ja, aber die meisten haben Familie.«

Rut runzelt die Stirn.

»Was spielt das für eine Rolle? Organisier ein nettes Essen für die, die zu Hause geblieben sind. Die Familie kann ja mitkommen. Feier Ostern ohne Adrian. Das geht. Und wenn keiner will oder Zeit hat, kannst du immer noch mich einladen.«

»Du verstehst das nicht.«

»Was verstehe ich nicht?«

»Was, wenn ich mitten beim Festessen zu heulen anfange?«

»Ja und? Wenn deine Freunde echte Freunde sind, werden sie es schon verstehen und für dich da sein.«

Esther schnaubt und schüttelt den Kopf.

»Das können sie nicht verstehen. Und du auch nicht. Keiner versteht das, alle glauben, dass es schon irgendwann vorübergeht, wenn man nur nach vorne schaut«, murmelt sie.

Rut schlägt das Buch auf, das sie in den Händen hält, blättert zwischen den vergilbten Seiten hin und her. Sie kneift die Augen zusammen, um besser zu sehen, schließlich hält sie Esther das Buch unter die Nase.

»Steht da April?«, fragt sie, und Esther nickt.

Esther dreht das Buch um und schaut sich die Vorderseite an.

»Was ist das für ein Buch? Ein Tagebuch?«

»Lies«, sagt Rut und schließt die Augen.

Esther tut, was Rut sagt. Es ist ein kurzer Text, geschrieben mit schwarzer Tinte, die in den Schnörkeln verklumpt ist.

4. April 1954

Am späten Abend werden sie um die gedeckte Tafel in der guten Stube sitzen. Ohne mich. Ich habe eine Karte mit einem Ostergruß geschickt. Die schönste Karte, die ich fin-

den konnte, mit Blumen drauf, von denen ich weiß, daß sie sie lieben.

Lesen sie die Karte laut vor? Oder wird Vater sie ungeöffnet und ungelesen in der Anrichte verschwinden lassen?

Es ist jetzt bald ein Jahr her, daß ich weggegangen bin. Sie wollen noch immer nichts von mir wissen und antworten auf keinen meiner Briefe.

Ob die Sehnsucht jemals vorübergehen wird? Bis jetzt ist Ostern für mich hier nur Hunger.

Esther lässt das Buch sinken.

»Meine Güte, wie traurig. Warst du nicht glücklich in Italien?«

»Doch, schon. Aber ich habe meine Familie vermisst. Meine Gedanken waren in der Zeit nicht immer die muntersten.«

»Ich lese auch manchmal in meinem Tagebuch und versuche zu begreifen, wie es so weit kommen konnte. Es tut gut, in der Zeit zurückgehen zu können.«

Rut nickt und streicht mit einer Hand über den Umschlag in Esthers Hand.

»In den ersten Jahren habe ich sehr viel geschrieben. Ich habe alles aufbewahrt. Ich würde mich freuen, wenn du mir mehr davon vorliest. Du hast eine schöne Stimme, und es tut mir gut, meine Gedanken, die ich so lange in mir eingeschlossen habe, mit jemandem zu teilen.«

»Das war früher ohne die ganze Technik und digitale Fotos sicher einfacher. Manchmal tut es einfach nur weh, wenn Alex Bilder schickt, weil die Sehnsucht und Gewissheit dann so greifbar wird, dass Adrian eine neue Familie hat. Vielleicht wäre es leichter, nicht zu wissen, was sie gerade tun.«

»Ach, und schon wieder so ein verquerer Denkansatz.

Betrachte es doch mal aus der Perspektive, dass es deinem Jungen, den du vermisst, gut geht, wo er ist. Adrian sieht so glücklich aus auf dem Bild, gönnst du ihm das nicht? Siehst du das nicht?«

Esther sieht sich das Foto auf ihrem Handy noch einmal an. Betrachtet ausgiebig ihren Sohn.

»Ihm gönnen …«, sagt sie schließlich. »Glaubst du, er merkt das?«

»Natürlich spürt er deine Unruhe. Sie schließt ihn ein wie ein Schutzschild, euch beide. Was beunruhigt dich eigentlich so?«

»Ich weiß es nicht. Oder doch. Dass er anfängt, ihm zu widersprechen.«

»Wem? Wem sollte er denn widersprechen?«

»Alex. Dass Adrian anfängt, Widerworte zu geben. Alex kann so zornig werden, wenn etwas nicht nach seiner Nase läuft, seine Augen werden dann ganz schwarz. Er schließt dann alle anderen aus. Und was bitte macht das mit einem Kind? Ich will nicht, dass Adrian anfängt zu kuschen, um Alex nicht zu erzürnen. Ach, das ist schwer zu erklären. Lesen wir lieber weiter. Dein Leben gefällt mir besser.«

»Pass auf, was du sagst«, warnt Rut sie. Ein Zittern geht durch ihren Körper, ihr Kopf wackelt, und sie zieht die Schultern hoch.

Esther blättert in dem Tagebuch. So viele handschriftliche Seiten. Sie kann sich nicht entscheiden, wo sie anfangen soll. Rut nimmt ihr das Buch aus der Hand.

»Und jetzt versprich mir, dass du ein paar Leute zum Essen einlädst. Du musst irgendwas machen. Oder fahr zu deinen Eltern. Igel dich nicht ausgerechnet an Ostern alleine ein«, sagt Rut bestimmt.

»Du bist doch hier. Wollen wir nicht noch ein bisschen bleiben?«

»Ich bin eine alte Frau, falls dir das noch nicht aufgefallen sein sollte. Ich kann gut alleine sein, mein Leben ist eh bald zu Ende. Aber du, du bist jung, du sollst leben, nicht alleine sein. Tu, was ich dir sage.«

»Ich hab doch dich, ich bin nicht allein.«

»Da hast du recht. Und ich hab dich.«

»Wir können zusammen Ostern feiern.«

»Du und ich. Und die Eiche.« Rut lacht.

»Skål, zum Teufel.« Esther gießt Kaffee nach und stößt ihren so überschwänglich gegen Ruts, dass er überschwappt.

Rut beugt sich seitwärts zu einer Tasche neben der Bank und nimmt ein kleines grellbuntes Papp-Osterei heraus, das sie Esther überreicht.

»Für Adrian hab ich auch eins«, sagte sie und nimmt ein weiteres großes Papp-Ei aus der Tasche. »Aber das hier ist für dich, weil ich befürchte, dass du sonst nichts kriegst.«

Als Esther die beiden Hälften aufklappt, offenbart sich ein Berg Schokopralinen. Sie schiebt eine in den Mund und hält Rut eine Eihälfte hin.

»Mhm, es geht doch nichts über Schokolade. Bitte, nimm dir auch was.«

»In Italien waren auch die Eihälften aus Schokolade und nicht aus Pappe wie die hier.«

»Erzähl mir mehr von Italien. Von deiner Ankunft dort und warum du solches Heimweh hattest«, sagt Esther mit dem Mund voller geschmolzener Schokolade. Sie zieht die Füße auf die Bank und schlingt die Arme um ihre Knie.

»Interessiert dich das wirklich?«

»Ja, jedes Detail! Du hast an der Stelle aufgehört, wo du dich an einem frühen, nebelverhangenen Morgen aus dem Haus geschlichen hast. Wie ist es weitergegangen?«

Rut sieht das Buch an.

»Ich bin tatsächlich gefahren. Ich war jung und bis über beide Ohren verliebt.«

»Du hast alles hinter dir gelassen, nur mit einer Tasche und einer Fahrkarte?«

»Ich bin meinem Herzen gefolgt, und das Ziel hieß Rinaldo. Er hatte den Chauffeur der Botschaft bestochen, der mich mit dem nagelneuen Alfa Romeo Volante des Botschafters vor dem Gatter erwartete. Ich habe mich wie ein Filmstar gefühlt, als ich an jenem frühen Morgen durch Stockholms Straßen und die noch schlafende Stadt zum Flughafen chauffiert wurde.«

Esther schlägt das Tagebuch auf und streicht mit einem Finger über die Zeilen.

»Und das hier hast du geschrieben, nachdem du in Mailand angekommen bist?«

»Nein, mit dem Schreiben habe ich angefangen, als das Heimweh mich einholte und die einsamen Tage kamen. Das hat eine Weile gedauert. Am Anfang habe ich mich in einem Glücksrausch befunden, meinem Liebesrausch.«

»Hat er dich am Flughafen erwartet? Sag, dass es so war! Und du bist ihm entgegengerannt und hast dich in seine Arme geworfen.«

Rut schüttelt lachend den Kopf.

»Jetzt geht aber deine Fantasie mit dir durch ... Nein, er war nicht dort, weil er arbeiten musste. Aber er hat wieder einen Chauffeur geschickt, der ein Schild mit meinem Namen hochhielt. Der hat mich dann in eine fast leere und kahle Wohnung ohne richtige Möbel gefahren. Es gab nur ein Bett, zwei Sprossenstühle und einen wackeligen Küchentisch.«

Rut nimmt Esther das Tagebuch aus der Hand.

»Liebe ist gut, solange sie währt«, sagt sie leise und drückt das Buch an ihre Brust.

»So weit bin ich noch nicht. Es tut noch zu weh, alle Erinnerungen brennen und schmerzen. Wahre Liebe währt doch ewig, oder? Und hört nie auf?«

Rut lacht so impulsiv, dass sie sich fast verschluckt.

»Aber Esther. Wenn ich dich so reden höre, zweifle ich wirklich an deinem Verstand«, sagt sie. »Da kannst du dich ja gleich begraben lassen bei deinem Lebensmotto: nichts fühlen, nicht trauern, nichts vermissen. Willst du nicht leben?«

Esther schaut zu dem dicken Ast der Eiche, an dem die Schaukel und das Tau hängen.

»Nein, manchmal will ich das tatsächlich nicht mehr«, murmelt sie.

»So kann das nicht weitergehen. Das verstehst du doch?«

Esther sitzt reglos da, mit geschlossenen Augen. Sie denkt nach.

»Wir sind vom Thema abgekommen«, sagt sie nach einer Weile und öffnet die Augen. »Erzähl mir von dem Innenhof. War er so fantastisch schön, wie Rinaldo ihn beschrieben hat?«

Ruts Augen funkeln. Sie bläst Luft zwischen den Lippen aus.

»Hm, ja, der Innenhof war so märchenhaft wie angekündigt. Ich bin im Frühjahr angekommen, da hatte die Magnolie gerade ausgeschlagen, mit großen weißen himmlisch duftenden Blüten. Die Gerüche und Geräusche waren so anders als hier. Und es gab eine Bank, auf der ich oft gesessen habe.«

Esther tätschelt die Sitzfläche zwischen ihnen.

»Das dürfte aber kaum so gemütlich wie hier gewesen sein«, sagt sie mit einem Zwinkern.

»Oh doch«, sagt Rut ohne jedes Zögern. »Und nicht so kalt unterm Po. Die Abende waren herrlich lau. Und am schönsten war es, wenn Rinaldo von der Arbeit kam und sich zu mir setzte. Wir konnten stundenlang reden.«

»Worüber?«

»Über das Leben. Unsere Zukunftsträume. Über Kinder, und wie wir uns unsere Familie vorstellten. Manchmal haben wir auch einfach nur gelesen. Immer das gleiche Buch, damit wir hinterher darüber reden konnten. Dieses Teilen von Erlebtem fehlt mir. Die Nähe.«

»Das hört sich gut an.«

Esther lehnt den Kopf gegen den Eichenstamm. Die Sehnsucht fühlt sich etwas leichter an. Sie ertappt sich dabei, dass sie den Augenblick genießt und schmunzelt über das innere Bild von Rut und Rinaldo auf der Bank in Italien. Sie schließt die Augen und saugt die Meerluft in ihre Lungen, lauscht dem stillen Glucksen der Wellen an den Felsen.

Jeden Morgen in der U-Bahn appellierten sie an mich, die roten Schilder mit dem weißen Text zwischen den Werbeplakaten für Handys und Putzmittel. 020–50 50 50. Ich konnte die Nummer längst auswendig und hatte sie auf meinem Handy gespeichert, unter dem Buchstaben X.

Für dich, wenn du Drohungen und Gewalt ausgesetzt bist.

An manchem Morgen war alles so groß. So bedrohlich. So einsam.

Auf der Heimfahrt war es anders. Da war ich stark, voller Lachen und Energie von der Arbeit und den Freunden dort.

Die Tage vergingen, Wochen, Monate.

Aber irgendwann habe ich die Nummer gewählt. Mitten in der Nacht. Ich habe hinter vorgehaltener Hand ins Handy geflüstert, versteckt in einer Ecke auf dem Dachboden, im Schein der Straßenlaterne, die den weiß lackierten Holzboden beschien.

»Hallo, ich …«

»Was ist passiert? Wie kann ich Ihnen helfen?«

»Es war nicht hart, nur ein Schubser gegen die Wand.«

Die Stimme am anderen Ende war ganz ruhig.

»Gegen die Wand, sagen Sie. Mögen Sie mir erzählen, was genau vorgefallen ist?«

»Vielleicht überreagiere ich ja. Es war wirklich nicht hart. Er war nur so wütend. Es hat eigentlich nicht mal wehgetan.«

»Hatten Sie Angst?«

»Er war so wütend. Schwarzer Blick. Wie immer, wenn ich widerspreche oder etwas ablehne. Dann gibt es Streit. Und wenn ich dann nicht nachgebe …«

»Schlägt er Sie?«

»Nein, nein, er schlägt nicht. Nicht so, dass es blutet oder blaue Flecke gibt. Es ist nur … Es ist, als ob …«

»Aber Sie sagen, dass er sie geschubst hat?«

»Ja, geschubst, aber nicht geschlagen. Ich bin ja selber schuld, ich hab nicht nachgegeben. Ich hab ihm widersprochen.«

Die Stimme am anderen Ende blieb ruhig.

»Erzählen Sie, was passiert ist. Von Anfang an.«

»Ich überreagiere bestimmt. Es tat ja nicht mal weh.«

»Glauben Sie das? Rufen Sie deshalb an? Weil Sie überreagieren?«

»Ich darf nur nicht widersprechen, dann ist alles gut. Aber bei jedem Nein gibt es Streit. Und wenn ich nicht nachgebe …«

»Dann schlägt er Sie.«

»Nein, nicht schlagen, ich sag doch, dass er nicht schlägt. Nicht mit Fäusten. Er schubst mich höchstens, schreit oder geht. Manchmal spricht er tagelang nicht mit mir.«

»Er schubst Sie also, aber er schlägt nicht.«

»Ja, aber manchmal bin ich halt selber schuld. Weil ich nicht nachgebe. Wenn ich ihm im Weg stehe, muss er mich eben beiseiteschubsen, um vorbeizukommen. Danach geht er einfach, lässt mich allein.«

»Wie fühlen Sie sich da?«

»Panisch.«

»Panisch?«

»Ja, das macht mir Angst. Angst um ihn. Angst, verlassen

zu werden. Ich hätte nicht anrufen sollen, tut mir leid. Andere sind viel schlimmer dran, viel schlimmer. Ich lege jetzt auf.«

Die Antwort kommt wie aus der Pistole geschossen.

»Es ist gut, dass Sie anrufen. Vertrauen Sie Ihrem Gefühl, dass etwas nicht in Ordnung ist. Sonst hätten Sie nicht diese Nummer gewählt. Wir können Ihnen helfen. Wir haben Peergruppen.«

Ich habe wortlos aufgelegt.

Und ich habe oben auf dem Dachboden geschlafen. Auf dem Holzboden neben dem Regal mit den Fotoalben voller Erinnerungen an all das Fantastische.

20.

»Vertrauen Sie Ihrem Gefühl, dass etwas nicht in Ordnung ist.«

Diese nächtlichen Worte von einem unbekannten Menschen haben Esther wie eine sichere Hand gehalten. Sie sagt sie sich noch immer vor, wenn sie mal wieder nicht schlafen kann. Wenn die Angst in ihrem Körper aufsteigt und ihr das Atmen schwerfällt. Oder wenn sie andere über Scheidungen reden hört, dass die Paare sich heutzutage viel zu leichtfertig trennen, sich langweilen, glauben, dass das Gras auf der anderen Seite grüner ist. Und wie einem die Kinder leidtun können, die wochenweise zwischen den Eltern hin- und herpendeln. Dann würde sie am liebsten schreien: *Vielleicht ist ja etwas nicht in Ordnung, auch wenn es von außen nicht zu sehen ist. Wollt ihr das nicht begreifen?*

Es ist ein warmer Tag. An den Bäumen und Büschen sprießen die Knospen. Sonnenstrahlen bohren sich durch die Jalousien und wecken sie früh am Morgen. Die Vögel zwitschern immer intensiver.

Der Schotterweg zur Wiese, der im Winter so verlassen ist, bevölkert sich zunehmend. Händchenhaltende Paare. Familien mit Kindern auf neuen, glänzenden Fahrrädern. Ihr Körper fühlt sich leicht an, die Kleider werden luftiger, die Luft schmeckt anders. Sie knotet sich die Jacke um die Taille, und ihre winterblassen Arme leuchten in dem grellen Licht.

Beim Gatter wird sie von einem der Pferde begrüßt. Sie

streckt den Arm aus und streichelt ihm über das braune, warme Maul. Sie sind inzwischen gute Bekannte.

»Hallo, du«, flüstert sie der hübschen Stute zu. »Der Frühling ist zurück.«

Sie zuckt bei dem plötzlichen Schnauben des Pferdes zusammen und geht weiter zur Eiche. Rut sitzt bereits auf der Bank, die Hände im Schoß gefaltet, die Augen geschlossen. Neben ihr liegt das Tagebuch. Als Esther es aufheben will, legt Rut eine Hand auf ihre und hindert sie daran, es aufzuschlagen.

»Lass uns erst mal ein bisschen genießen. Die Sonne tut so gut. Spürst du die Wärme? Siehst du, wie malerisch das Meer glitzert?« Sie nickt Richtung Sund, wo kleine offene Boote in gemächlichem Tempo übers Wasser gleiten.

Esther nickt und folgt den Booten mit dem Blick.

»Unternimm irgendwas Schönes, du bist viel zu jung, um dich zu verkriechen. Das ganze Leben liegt noch vor dir, du kannst jemanden kennenlernen, mehr Kinder kriegen«, sagt Rut.

»Ist es so offensichtlich, dass heute wieder ein trauriger Tag ist?«

»Ja, inzwischen kenne ich dich so gut, dass ich dir das direkt ansehe.«

»Vielleicht wird es besser, wenn ich dir etwas vorlese«, sagt Esther und streicht mit der Hand über den Buchdeckel. »Natürlich nur, wenn du einverstanden bist, mir deine intimsten Gedanken zu zeigen.«

»Da bin ich mir nicht so ganz sicher. Aber es ist sehr unterhaltsam, sich anzuhören, was ich früher so gedacht habe. Also, lies gerne, wenn du willst.«

Esther blättert zwischen den sehr unterschiedlich voll beschriebenen Seiten hin und her, gerade stehen unter jedem

Datum nur ein paar Zeilen. Sie überfliegt die handschriftlichen Notizen.

»Leise lesen gilt nicht«, brummelt Rut und stupst sie gegen ihr Bein.

»Ja, Moment. Ich suche noch eine Stelle. Ich versuche, mir vorzustellen, wie du ausgesehen hast, als du in der Wohnung so weit weg von zu Hause gelebt hast. Wenn du Tagebuch geschrieben hast. Wie lief es mit dem Italienischen? Hast du es schnell gelernt?«

»Es ging ziemlich zäh und langsam voran. Es fiel mir schwer, und Rinaldo hat ja fließend Schwedisch gesprochen. Und ich habe all die Jahre immer Schwedisch geschrieben und gedacht.«

Esther räuspert sich und beginnt zu lesen.

10. April 1954

Ich ziehe einen Tomatensetzling in einem Topf auf dem Küchenfensterbrett. Bis jetzt ist es nicht mehr als ein schmächtiger Spross mit zwei winzigen Blättern. Es wird eine echte Herausforderung, aber ich bin wild entschlossen, ihn dazu zu bringen, Früchte zu tragen. Rinaldo behauptet, ich sei sentimental, und daß meinem Kopf die Stadtluft wohl nicht bekommt, weil ich versuche, Vaters Gewächshaus in Miniatur nachzubilden. Vielleicht hat er ja recht. Aber ich möchte so gerne mein eigenes Gemüse ernten. Rinaldo kann meinen Wunsch nicht ganz nachvollziehen, wo auf den Märkten schließlich Gemüse zuhauf angeboten wird. Aber er wird mich spätestens an dem Tag verstehen, wenn er die erste sonnengereifte Tomate erntet und probiert, das süße Fruchtfleisch auf seiner Zunge schmeckt. Ein Heim ohne lebende

Pflanzen ist kein richtiges Zuhause. Welcher Mensch will schon in einer leblosen, leeren und kalten Schale wohnen?

Aber vielleicht hat er in dem Punkt ein bisschen recht, daß ich sentimental bin.

Vaters Tomaten in seinem Gewächshaus zuhause sprießen jetzt bestimmt auch. Er kämpft immer mit den kalten Nächten und dem Frost. Deckt die Töpfe jede Nacht mit einer Decke ab. Ich sehe ihn oft vor mir in seinen hohen Stiefeln und den erdverschmierten Hosenbeinen. Die Hemdsärmel hochgekrempelt und immer mit einer Bauernweisheit auf den Lippen. Meine verkümmerte Pflanze würde ihn bestimmt amüsieren.

»Und, hast du Tomaten geerntet?«

Rut zuckt mit den Schultern.

»Ich finde viel interessanter, wie viel Energie ich investiert habe, um über meine kleine Tomatenpflanze zu schreiben. Ich hatte damals wohl noch nicht viel zu tun und habe die meiste Zeit darauf gewartet, dass Rinaldo von der Arbeit kam.«

»Auf deinem Sprossenstuhl.« Esther lacht.

»Ja, oder auf der Bank im Innenhof. Hausfrau zu sein ist kein Traumzustand, das kann ich dir sagen.«

Esther sieht Rut an, die immer noch mit geschlossenen Augen dasitzt, das Gesicht der Sonne zugewandt. Um ihre Augen hat sie Lachfalten, auf der Stirn Sorgenfalten. Das Leben und die Gefühle haben über die Jahre ihre Spuren hinterlassen.

»Wie verbringst du deine Tage, wenn du nicht hier mit mir zusammen bist? Kommst du jeden Tag hierher?«

Rut öffnet die Augen und sieht Esther erstaunt an. Bei der ruckartigen Bewegung rutscht ihr eine Haarsträhne in die Stirn. Sie streicht sie mit dem Finger beiseite und lacht.

»Ich tue das Gleiche wie jetzt, nehme ich an. Dasitzen und nachdenken. Oder ich kruschtele ein bisschen im Haus herum. Ich bin dir sehr dankbar, dass du mich überredet hast hineinzugehen. Es ist jetzt viel leichter, dort zu sein. Es fühlt sich wieder ein bisschen wie zu Hause an, obwohl keiner der Menschen, die dorthingehören, noch dort ist. Und was ist mit dir? Wieso kommst du immer wieder hierher?«

Esther zögert. Über der riesigen Krone der Eiche ballen sich die Wolken, die Sonne kann jeden Augenblick hinter ihnen verschwinden. Sie schielt auf ihre Uhr.

»Ich komme deinetwegen hierher. Um mit jemandem reden zu können. An den Tagen, wenn die Sekunden viel zu langsam vergehen.«

»Die Tage ohne Adrian.

»Ja, diese Tage werden mit dir zusammen erträglicher. Die Zeit vergeht etwas schneller, ich komme auf andere Gedanken. Aber natürlich habe ich auch zu Hause Sachen zu erledigen und sitze nicht die ganze Zeit nur hier herum. Irgendwer muss sich ja ums Putzen und um die Wäsche kümmern. Was zu tun gibt's immer.«

»Pflichten. Und schon wieder bist du an dem Punkt.«

»Mag sein. Aber das ändert nichts an der Tatsache, dass die Dinge getan werden müssen. Und wer außer mir sollte es sonst machen? Wenn ich es nicht erledige, stauen sie sich vor mir auf.«

»Manches muss getan werden, keine Frage. Aber man muss nicht permanent darauf herumreiten.«

»Nein, wahrscheinlich kostet es viel zu viel Energie, so zu denken. Da hast du wohl recht.«

Esther lehnt den Kopf an den Eichenstamm und atmet in ruhigen und tiefen Atemzügen ein und aus.

»Manchmal sehe ich ihn vor mir«, sagt Rut und zeigt ans felsige Ufer.

»Wen? Rinaldo?«

»Nein, meinen Vater. Ich sehe ihn über sein Land laufen und in der Erde buddeln. Er ist immer noch hier. Vielleicht bin ich deshalb so gerne an diesem Platz.«

»War er freundlich?«

»Oh ja, er war ein sehr freundlicher Mensch. Zwischendurch sehr streng, aber herzensgut.«

»Alex war nicht immer freundlich«, sagt Esther leise und mit Tränen in den Augen.

Rut tätschelt ihren Oberschenkel und streicht ein paarmal mit der Hand darüber.

»Das habe ich mir fast gedacht. Hat er dich geschlagen?«

»Ich weiß es nicht genau.«

»Wie kannst du das nicht wissen? Das weiß man doch?«

Esther steht so hastig auf, dass die Bank wackelt. Rut stützt sich mit einer Hand am Stamm ab.

»Was ist jetzt los?«, fragt sie.

»Ich bin es so leid, dass keiner mich versteht.«

»Was verstehen wir nicht?«

»Dass ein Schubs … Dass alles andere gut war … Dass ich diejenige bin …« Esther ringt mit den Worten.

Rut klopft mit der Hand neben sich auf die Bank.

»Sei so gut und setz dich wieder hin. Es ist nicht gut für dich zu stehen, wenn du so aufgewühlt bist.«

Esther bleibt trotzdem stehen. Sie bricht kleine Rindenstücke von dem Stamm.

»Tief in seinem Innern ist Alex ein guter Mensch, das will ich nach wie vor glauben. Er hat viele tolle Dinge getan, wir hatten so viel Spaß zusammen«, sagt sie.

»Aber …?«

»Sobald ich irgendetwas infrage gestellt habe, wenn ich widersprochen oder nicht nachgegeben habe, dann war er plötzlich wie verwandelt, ein ganz anderer Mensch. Ein Fremder, der mir Angst gemacht hat.«

»Und dann hat er dich geschlagen?«

Esther nickt bedächtig und streicht sich mit Zeige- und Mittelfinger über die Stirn.

»Nicht häufig. Aber es kam vor. Ich habe noch immer einen Knubbel auf der Stirn, wo er mich mit dem Hochzeitsalbum getroffen hat, als ich ihm gesagt habe, dass ich die Scheidung will.«

»Hat er dich damit beworfen?«

»Er war außer sich. Hat mich angebrüllt, dass ich damit eine Familie zerstöre. Es war nur eine kleine Platzwunde, aber groß genug, dass es geblutet hat. Das Album fiel neben mir zu Boden, aufgeschlagen. Wir strahlten auf den Bildern, sahen so glücklich aus. Das war wie Hohn.«

»Aber es war nicht das erste Mal, oder? Nicht nur, als du dich scheiden lassen wolltest?« Rut runzelt die Stirn, ihre Augenbrauen stoßen über der Nasenwurzel zusammen.

Esther bleibt die Antwort schuldig. Sie hat sich wieder gesetzt und schlingt die Arme fest um den Oberkörper.

»Es ist gut, dass du es geschafft hast, ihn zu verlassen und jetzt in Sicherheit bist«, murmelt Rut.

»Ja, ich schon, aber Adrian nicht.. Was passiert, wenn er anfängt, seinem Vater zu widersprechen? Wenn er älter wird und einen ausgeprägteren eigenen Willen bekommt. Wie wird Alex darauf reagieren? Oder wird Adrian sich genauso anpassen und ducken, wie ich es lange Zeit getan habe? Sich unterordnen? Das treibt mich sehr um.«

»Du hast keine Wahl, es ist, wie es ist«, sagt Rut bestimmt und greift nach Esthers Hand.

»Ich habe keine Wahl«, murmelt Esther.

»Und du bist nicht so allein, wie du denkst. Wenn du magst, kannst du mich in meine Wohnung begleiten. Wir können heute Abend zusammen kochen, wir beide.«

»Nein, ich ...«

»Muss ...«, sagt Rut.

Sie lachen beide. Esther legt den Kopf auf Ruts Schulter und schaut übers Wasser.

»Ja, ich muss wirklich nach Hause. Ich bin heute Abend mit einer Freundin verabredet. Wir wollen was essen und später vielleicht einen Film gucken.«

»Das ist doch wunderbar«, sagt Rut. »Eine Verabredung, das hast du dir verdient.«

Esther nickt und zieht an dem einen Jackenärmel.

»Ich wäre gerne wieder so, wie ich war, bevor ich Alex kennengelernt habe«, murmelt sie.

»Was heißt das?« Rut richtet sich auf, und Esther hebt den Kopf.

»Na ja, unschuldig. Glücklich.«

Rut legt eine Hand an Esthers Wange.

»Ich bitte dich, so darfst du nicht denken. Das ist simple Chemie.«

»Chemie? Was hat die damit zu tun?«

»Ganz grundlegend. Wenn zwei Substanzen aufeinandertreffen und miteinander reagieren, werden sie nie mehr so sein wie davor.« Rut hebt die Hände in die Luft und lacht. »Das habe ich in der Schule gelernt und finde es sehr anwendbar auf viele Lebenslagen.«

»Aber etwas glücklicher darf ich doch wieder werden?«

»Na sicher. Sehr glücklich. Das hast du verdient. Geh aus und genieß das Leben in vollen Zügen. An dem, was gewesen ist, kannst du nichts mehr ändern, zerbrich dir nicht den Kopf darüber.«

21.

Esther läuft durch wirbelnde Schneeflocken die Treppe zum Bibliothekseingang hoch, zwei Stufen auf einmal nehmend. Das Wetter ändert sich täglich, von einer Stunde auf die andere. Echtes Aprilwetter. Von wärmender Sonne und Frühlingsgefühlen zu eisigem Wind, in dem sich die Haut über den Wangen strafft. Die Flocken schmelzen, sobald sie den Boden berühren, nur die Zweige der Bäume sind weiß gepudert. Sie fröstelt, als sie durch die Tür tritt, und schüttelt sich den Schnee von der dünnen Jacke.

In der Bibliothek gibt es eine Lindingö-Sammlung mit jeder Menge Bilder und alter Zeitungen. Die Mutter von einem von Adrians Freunden hat ihr den Tipp gegeben. Sie sucht nach Bildern von Ruts Hof und findet tatsächlich ein paar. Auch eines von Ruts Vater Bertil Backman. Auf einem Schwarz-Weiß-Foto in der Tageszeitung der Insel steht er feierlich mit vor der Brust verschränkten Armen und ernstem Gesichtsausdruck. Gerader Rücken und Nacken. Der Artikel handelt von dem chaotischen Bootsverkehr auf dem Sund, über den er sich sehr empört hat, wie der Artikel verrät.

Esther ist ganz aufgeregt über den Fund. Sie bestellt einen Ausdruck des Bildes und bekommt ein läppisches weißes DIN-A4-Blatt mit einer unscharfen Kopie.

Draußen scheint jetzt die Sonne und wärmt erstaunlich. Von dem eben noch gefallenen Schnee ist nichts mehr zu sehen. Auf dem Markt kauft sie eine Tüte Trockenfrüchte und

Nüsse, joggt die kurze Strecke zu ihrem Auto und fährt zur Eiche.

Rut ist noch nicht da. Esther spießt die Kopie von Bertils Foto auf einen Zweigfortsatz am Stamm, dass es wie ein Bild über der Bank hängt. Das Papier flattert leise im Wind. Sie setzt sich und wartet. Wartet und knabbert Nüsse. Eine nach der anderen verschwindet in ihrem Mund, sie kann nicht aufhören, bis die Tüte fast leer ist. Als Rut schließlich kommt, bleibt sie vor Bertils Bild stehen und schiebt eine Hand in die Tasche.

»Das gibt's doch nicht«, sagt sie und zieht eine identische Fotografie aus der Tasche.

Esther streckt die Hand danach aus und vergleicht die beiden Bilder.

»Das ist genau das Foto. Wie kann das sein?«

Rut lacht.

»Das sollte ich dich wohl eher fragen. Wie bist du an den Artikel gekommen? Wo hast du ihn gefunden?«

»Ich war heute Morgen in der Bibliothek und hab mir die Lidingö-Sammlung angeguckt, da gab es ein paar Bilder von eurem Hof. Und Zeitungsartikel. Der hier war in der Datenbank.«

Rut sieht sich das Foto genauer an. Es ist vergilbt, die Ecken eingerissen und so geknickt, dass es aussieht, als hätte Bertils Hemd eine dicke Querfalte.

»Das war das einzige Foto, das ich all die Jahre in Italien dabeigehabt habe. Und jetzt habe ich es mitgebracht, um dir zu zeigen, wie mein geliebter Vater aussah, den ich so vermisst habe. Ich hätte besser auf ihn hören sollen.«

»Warum bist du nicht nach Schweden gefahren, um deine Familie zu besuchen?«

»Das habe ich irgendwann getan, aber viel zu spät. Da waren Mutter und Vater schon nicht mehr da, nur noch meine Schwester. Wir hatten uns all die Jahre über geschrieben, und es war natürlich wunderbar, sie wiederzutreffen. Danach haben wir uns dann öfter gesehen, sie hat mich auch ein paarmal in Italien besucht. Bis sie plötzlich und unerwartet gestorben ist und ich wieder allein war.«

Rut dreht sich zu Esther um und legt eine Hand auf ihre Schulter.

»Es rührt mich sehr, dass du den Artikel gefunden hast. Und es ist gut, weil du eine kurze Zeit mal an etwas anderes als den Idioten gedacht hast.«

Esther nickt.

»Nachdem ich dir davon erzählt hatte, von seinen Übergriffen, habe ich mich unmittelbar erleichtert gefühlt. Als hätte sich ein Knoten in mir gelöst, den ich in mir eingeschlossen hatte. Mein Geheimnis.«

»Ich bin auch froh, dass du dich geöffnet hast. Du hast keinen Grund, dich schuldig zu fühlen, es war richtig zu gehen. Auch wenn es nicht oft passiert ist. Ein einziges Mal ist schon einmal zu viel«, sagt Rut bestimmt.

»Das weiß ich auch, aber genau diese Tatsache, dass es nicht so oft vorkam, macht mir zu schaffen. Ich vermisse die schönen Momente, die es immer auch gab.«

Esther denkt an die Umarmungen, das Lachen, die große Verliebtheit. Sie schüttelt den Kopf, als ließen sich so die Gedanken abschütteln, die darin herumschwirrten.

»Die Sehnsucht verblasst vielleicht auch irgendwann. Oder zumindest stumpfen die damit verbundenen Gefühle ab«, denkt sie laut weiter.

»Was spielt das für eine Rolle? Die Hauptsache ist doch wohl, dass es dir irgendwann wieder besser geht.«

»Aber ich will nicht abgestumpft und hart werden. Ich will diese intensiven Gefühle, auch wenn es schwer ist. Ich möchte verstehen, warum ich ihn vermisse, obwohl ich weiß, dass die Beziehung toxisch war, dass ich nicht bleiben konnte. Wie kann das sein?«

Rut verstummt mit der Fotografie in beiden Händen. Eine Weile sagt keine von ihnen etwas.

Esther zieht ein Bein auf die Bank und schlingt die Arme ums Knie, legt die Stirn darauf. Die Bank neigt sich nach vorn.

»Weißt du, was das Problem mit bösen Menschen ist?«, fragt Rut.

»Dass sie böse sind, nehme ich an.«

»Oh nein. Das Problem besteht darin, dass die Bösen glauben, sie wären die Guten. Sie sind felsenfest davon überzeugt. Und wenn sie nur überzeugend genug auftreten, glauben alle anderen das auch.«

Esther lacht.

»Wenn das so einfach wäre. Haben wir nicht alle sowohl gute als auch schlechte Seiten?«

»Wir doch nicht!« Rut stößt Esther sanft mit dem Ellenbogen gegen den Arm und lacht.

Esther legt den Kopf in den Nacken und schaut den vorbeiziehenden Wolken hinterher. Wie Beziehungen, die kommen und gehen. Im Laufe eines Lebens trifft man auf so viele Menschen. Eltern, Kinder, Freunde, Lebenspartner.

»Wie viele Kinder habt ihr bekommen? Rinaldo und du. Davon hast du nie erzählt«, sagt Esther.

Rut wischt mit der Hand über die Sitzfläche.

»Wo ist das Tagebuch?«, fragt sie.

Es ist von der Bank gerutscht und lehnt am Stamm

der Eiche. Esther hebt es auf und bläst Erde und Blattreste weg.

»Lies vor, was unter dem 12. Januar steht«, sagt Rut mit ernster, erwartungsvoller Miene.

Esther blättert das Büchlein durch, vor und zurück, kann das von Rut genannte Datum aber nicht finden. An den aus der Klebebindung aufragenden Risskanten ist zu sehen, dass mehrere Seiten rausgerissen sind.

»Das Datum gibt es nicht«, sagt sie.

Rut nimmt Esther das Buch aus der Hand und blättert ebenfalls hin und her, um festzustellen, dass Esther recht hat.

»Der Tag fehlt tatsächlich, aber nicht die Erinnerung daran, die ist hier«, sagt Rut und tippt sich an den Kopf.

»Wurde an dem Tag dein Kind geboren?«

»Nein. An dem Tag habe ich den ersten Tritt gespürt.«

Rut legt eine Hand auf ihren Bauch. Esther sieht ein sanftes Lächeln, das plötzlich verschwindet.

»Am gleichen Tag, an dem auch die größte Tomate an meiner Pflanze reif geworden ist. Ich erinnere mich an jedes Detail, groß wie klein. Als Rinaldo heimkam, hat er die Tomate einfach abgepflückt und hineingebissen. Da habe ich angefangen zu weinen und konnte kaum etwas sagen vor Schluchzen über die verlorene Frucht, aus der ich uns einen Salat machen wollte. Genau in dem Augenblick habe ich das erste Flattern des kleinen Wesens in mir gespürt.«

Ein zustimmendes Summen kommt über Esthers Lippen.

»Oh ja, ich erinnere mich auch an das fantastische Gefühl des ersten vorsichtigen Tritts. Ich habe mich so lebendig gefühlt. Aber ich könnte dir nicht mehr sagen, an welchem Datum das war.« Sie nimmt ihr Handy aus der Jackentasche und öffnet die Foto-App, klickt ein Foto von Adrian kurz nach der Geburt an. Er hatte dickes Haar und Pausbacken, und große, erstaunlich klare und wache Augen. Sie hält es Rut hin, die die Augen zusammenkneift, um besser sehen zu können.

»So ein goldiger Fratz«, sagt sie und lacht.

»Was hast du bekommen?«

»Ein Mädchen. Grace. Sie hatte genau solche rosigen Pausbacken. Und so ein glucksendes Lachen, das schönste Lachen auf der Welt.«

»Hast du ein Foto von ihr? Wo lebt sie heute? In Italien?«

»Ich bräuchte deine Hilfe im Haus, bevor du gehst. Ich komme nicht an das obere Fach im Küchenschrank heran, wüsste aber gerne, ob dort noch unser altes Weihnachtsservice steht. Könntest du mit deinen jungen Knochen für mich nachschauen?«

»Willst du meine Frage nicht beantworten?«

Rut schüttelt den Kopf. Esther schiebt das Handy zurück in die Tasche.

»Das alles war es wert«, murmelt sie.

»Was meinst du?«

»Dass ich Adrian bekommen habe. Das alles war es wert, ich könnte mir ein Leben ohne ihn nicht mehr vorstellen.«

»Siehst du, noch ein Grund, dich zu freuen. Nur die guten Erinnerungen zählen, die anderen können gerne verbrennen.«

»Aber du verbrennst auch die guten Erinnerungen. Das soll einer verstehen«, sagt Esther kopfschüttelnd und hilft Rut, von der Bank aufzustehen. Dann hakt sie die Freundin unter und zieht sie nah an sich. »Komm, gehen wir auf Schatzsuche im verlassenen Haus. Ich helfe dir.«

Erinnerung an eine verlorene Familie

Ich weiß, wie Möbel sich anfühlen.

Das drückende Brett eines Bücherregals zwischen den Rückenwirbeln. Der grelle Nervenschmerz, der in Beine und Arme ausstrahlt.

Ein Türpfosten, der die Schultermuskeln so zerteilt, dass die Delle mehrere Minuten zu sehen ist.

Die Kante des Sitzkissens eines Sessels in den Kniekehlen, die den Körper nach hinten kippen und den Kopf gegen die weiche Polsterung fallen lässt.

Es waren nur Schubser, aber sie haben mich viel gelehrt. Über Möbel. Und über Angst.

22.

Aus dem braun vertrockneten Frühlingsgras an den Wegrändern strecken sich die ersten gelben Blüten und grünen Blätter des Huflattichs der Sonne entgegen. Esther pflückt so viele, bis sie sie nicht mehr in der Hand halten kann. Sie lächelt über das himmlische Gefühl, dass endlich wieder Frühling ist.

Der Strauß in ihrer Hand strahlt ihr wie eine große Sonne entgegen. Sie fühlt sich glücklich. Huflattich ist ausschließlich mit guten Erinnerungen verbunden. Die Radtouren in ihrer Kindheit. Auf den ebenen, frühjahrsgeputzten Fahrradwegen in der Neubausiedlung, in der sie gewohnt haben. Die Abenteuer ohne ihre Mutter. Das auf die Erde geworfene Rad mit weiter schnurrendem Hinterrad. Die Freunde, das Lachen. Die spontanen Fußballwettkämpfe auf Rasen, die die Hosenbeine gelb und die Wangen rosig färbte. Der Strauß, den sie immer auf dem Heimweg pflückte. Für Mama. Zur Besänftigung.

Esther läuft zu der Eiche. Sie läuft schnell, um zu erzählen. Rut ist schon dort. Sie steht am Wasser und harkt trockenes Laub zusammen. Esther streckt ihr den Huflattichstrauß entgegen.

»Endlich habe ich es verstanden. Es ist nicht meine Schuld«, keucht sie kurzatmig.

Ihr Herz pocht nach dem Sprint. Sie beugt sich vor und stützt sich mit den Händen auf den Knien ab. Rut führt den Strauß an die Nase.

»Sie duften nach nichts«, sagt sie und nimmt einen tiefen Atemzug.

»Nein, sie sind hauptsächlich hübsch, wie kleine Sonnen. Als ich sie für dich gepflückt habe, ist mir aufgegangen, dass es so viele schöne Erinnerungen gibt, die nichts mit Alex zu tun haben. Es gibt ein Leben ohne ihn. Und ich weiß, dass ich ihn, so wie die Situation war, verlassen musste. Das war die richtige Entscheidung.«

»Siehst du, es wird leichter, wenn man auf die richtige Gedankenbahn kommt«, sagt Rut lachend und lehnt die Harke an einen Baumstamm.

»Wenn die Blätter weg sind, kommt auch bald das grüne Gras«, sagt sie und zeigt auf die geharkte Fläche.

Esther fährt vorsichtig mit dem Fuß über die dünnen grünen Halme.

»Du hast recht, es fühlt sich alles ein bisschen besser an, wenn die Natur wieder grüner wird.«

Rut reicht Esther die Harke, die sich sofort an die Arbeit macht.

»Als Kind habe ich eine Öre für jeden zusammengeharkten Laubhaufen bekommen«, erinnert sich Rut und zeigt auf das Gras. »Danach war die Wiese übersät von lauter kleinen Blätterhaufen, ich war ja clever. Aber Vater hat sie hinter mir zusammengeharkt und die kleinsten nicht durchgehen lassen.«

»Du erzählst viel über deinen Vater. Was ist mit deiner Mutter? Wie war sie?«

»Menschen sind ein bisschen wie Pflanzen.«

»Was meinst du damit?«

»Manche Blumen sind wunderschön, wenn sie auf der Wiese wachsen. Aber gepresst zwischen Buchseiten werden sie braun und unansehnlich. Andere Pflanzen sehen in der Natur nichtssagend aus, aber wenn man sie presst, werden die Farben und die Strukturen bewahrt.«

»Also, wie war sie? Ist sie eine schlechte Erinnerung und darum verblasst?«

Rut schüttelt den Kopf und hält einen zierlichen Blaustern hoch.

»Ganz im Gegenteil. Sie war eine Wiesenblume. Liebreizend, freundlich, schön. Sie hat das Essen gekocht und sich um uns gekümmert. Ich kann mich nicht erinnern, dass sie jemals zornig war oder nörgelig. Vater hingegen konnte poltern wie ein Gewitter.«

»Und trotzdem ist er es, an den du denkst und von dem du erzählst. Merkwürdig.« Esther dreht die Harke um und zupft die Blätter von den Zinken.

»Ja, er war gutmütig, auch wenn er klare Grenzen gezogen und die Richtung vorgegeben hat. Vielleicht ist er mir so besonders im Gedächtnis, weil ich das Gefühl habe, ich hätte gründlicher auf ihn hören sollen. Mutter war wohl zu lieb, und wenn man zu lieb ist, bemerkt einen niemand.«

»Zu lieb.« Esther zieht die Augenbrauen hoch.

»Ja, das ist nicht gut.«

»Ich bin es so unendlich leid. Warum bekommen immer nur die Energischen und Harten Raum und Aufmerksamkeit? Das ist so ungerecht«, sagt sie gereizt.

»Ja, gib acht. Womöglich erinnert Adrian sich auch irgendwann nur noch an seinen Vater.«

Rut lacht, und Esther schlägt ihr sanft auf die Schulter.

»Sieh zu, dass du dich auch an deine Mutter erinnerst. Sie hat es verdient. Ich will mehr über sie wissen. Wie hieß sie, zum Beispiel?«

Rut lässt den Zweig, den sie aufgehoben hat, auf die Erde fallen und sieht mit einem Mal ernst aus.

»Du hast recht. Auf einigen der herausgerissenen Seiten

geht es um sie. Alva war ihr Name. Ich musste mich von ihnen trennen, weil es zu schmerzhaft war, an sie zu denken. Ich habe mich schrecklich einsam gefühlt in Mailand. Und zu keinem Zeitpunkt habe ich mich so vollkommen wie sie gefühlt, so selbstlos. Ich war einfach nicht für ein Leben als Hausfrau geschaffen.«

»Wer ist das schon?«

»Ist dir schon mal diese gewisse Distanz bei perfekten Menschen aufgefallen?«

»Was meinst du?«

»Mutter war immer für uns da, immer hilfsbereit, hat sich um alles so perfekt gekümmert. Und trotzdem kannte ich sie kaum. Ich weiß so wenig über sie, was sie gedacht oder gefühlt hat.«

Esther nickt nachdenklich.

»Ich weiß, was du meinst. Diese Menschen sind wie durch einen Filter abgeschirmt. Wie in einer Seifenblase.«

Esther denkt an ihre Mamagruppe, diese Frauen, die einfach nur perfekte Hüllen waren, an die sie nie heranreichen konnte. Mehr als ein freundliches Lächeln und netter, oberflächlicher Small Talk war da nicht drin. Sie war selbst keinen Deut besser, war eine von ihnen gewesen. Sie hatte alle Mahlzeiten für Adrian selbst zubereitet und sich stoisch an Zeiten und Routinen gehalten. Beim leisesten Weinen ihres Kindes fühlte sie sich total gestresst und erfolglos. Ihr Kind sollte keinen Grund zum Weinen haben, ihrem Kind sollte es an nichts fehlen. Ihr Kind sollte niemals leiden müssen.

»Irgendwann nimmt man sie als gegeben hin, diese perfekten Menschen. Und nimmt sie nicht mehr wahr«, sagt Rut und weckt Esther aus ihren Gedanken.

»Zum Glück bin ich nicht mehr perfekt und muss mir darum keine Gedanken machen«, sagt Esther.

Sie rafft ihre Jacke vor dem Hals zusammen. Ihr ist kalt. Rut zieht ihre kleine Thermoskanne aus der Jackentasche.

»Höre ich da etwa schon wieder Selbstmitleid durch? Gerade warst du doch noch so glücklich. Am besten trinken wir jetzt erst mal einen Kaffee. Heute ist er extra stark, das wird dir guttun.«

Rut nickt in Richtung Eiche, und sie setzen sich in Bewegung. Stumm. Dicht hintereinander auf dem Trampelpfad, der so trocken ist, dass Staub aufwirbelt.

»Mutter hat dafür gesorgt, dass die Bank hier aufgestellt wird«, sagt Rut und lässt sich darauf sinken.

Sie schraubt den Deckel der Thermoskanne ab und gießt Kaffee in einen Becher. Esther legt die Hände darum und pustet über das heiße Getränk.

»Hat deine Mutter schon hier gesessen?«, fragt sie und schlürft geräuschvoll einen Schluck Kaffee.

»Mit Vater zusammen. Immer Hand in Hand. Das war ihr ganz privater Platz, an dem sie ungestört waren. Wir haben uns immer gefragt, worüber sie wohl gerade sprachen.«

»Habt ihr ihnen hinterherspioniert?«

»Manchmal haben wir uns ganz nah rangeschlichen, bis Vater aufsprang, uns brüllend über die Wiese jagte, und wir laut juchzend davonliefen.«

»Und deine Mutter?«

»Sie saß auf der Bank, ruhig und sanft. In ihrem Kleid. Sie hat immer Kleider mit weiten Wollröcken getragen. Außer im Sommer.«

»Was hat sie da getragen?«

»Weiße Baumwollkleider. Auf dem Land sehr unpraktisch.

Sie mussten mit der übrigen Kochwäsche in einem großen Kessel über einem Feuer auf dem Kiesplatz vor dem Haus mit einem großen Holzlöffel in der kochenden Seifenlauge umgerührt werden. Ein echter Knochenjob.«

»Als Hausfrau war es früher nicht ohne. Von wegen Waschmaschine. Wir sollten uns wohl nicht zu laut beklagen«, sagt Esther.

»Oh ja, das war eine echte Plackerei. Vielleicht war sie deshalb so sanft, weil sie völlig erschöpft war. Aber dabei war sie so wunderschön. Zumindest habe ich sie so in Erinnerung. Das Haar in einem strengen Knoten hochgesteckt, die Wangen rosig und ihre Augen voller Liebe. Du hast wirklich recht, ich sollte öfter an sie denken. Mich an sie erinnern. Weil sie es verdient hat.«

Esthers Blick wandert am Stamm der Eiche hinauf auf der vergeblichen Suche nach dem dritten Herzen, das ja vielleicht Ruts Eltern dort eingeritzt hatten.

So sitzen sie da, Schulter an Schulter, Arm an Arm, trinken Kaffee und betrachten die glatte Wasseroberfläche und die Vögel, die darauf herumschwimmen.

23.

Es ist ungewöhnlich warm, und Esther trägt eine Shorts. Ihre Beine leuchten weiß in der grellen Frühlingssonne. Die Bäume haben noch nicht ausgeschlagen, aber die Knospen können jeden Augenblick aufspringen. Die Büsche sehen aus wie von einem hellgrünen Schleier überzogen, und es duftet süß nach Gras und Erde. Der Banksitz fühlt sich warm unter ihren Schenkeln an. Das raue Holz schabt an ihrer Haut. Sie sitzt jetzt schon eine ganze Weile dort, allein mit ihren Gedanken. Der Schuppen ist abgeschlossen, auf der Wiese sind keine Gerätschaften zu sehen. Rut ist nicht da und scheint auch nicht mehr zu kommen. Die Zeit vergeht.

Esther geht hinunter ans Wasser, schüttelt die Schuhe von den Füßen und taucht die Zehen ins kalte Nass. Die eisige Kälte schießt ihr wie ein plötzlicher Schmerz hoch ins Bein. Sie stampft auf den Boden und wippt auf den Ballen auf und ab, um sich aufzuwärmen, und muss lachen, als sie daran denkt, dass Adrian genauso auf den Boden stampft. Er hatte immer so einen Überschuss an Energie in den Beinen, als er noch kleiner war, dass er nicht still stehen konnte. Wenn man ihn festzuhalten versuchte, hüpfte er auf der Stelle und zog die Knie bis an die Brust hoch.

Sie lässt den Blick schweifen. Sie würde Rut so gerne von den vielen schönen Erinnerungen erzählen, die sie in sich aufgestöbert hat, glückliche Erinnerungen aus der Zeit vor Alex. Denn die gibt es.

Ihre Kindheit war voll davon. Unter einem Rasensprenger

durchzulaufen. In Mamas Küche noch ofenwarme Kekse zu essen und selbst eingekochten Erdbeersaft zu trinken, gehört dazu. Geheimnisse mit den besten Freundinnen zu teilen, von denen niemand etwas wissen durfte. Und die Jugendzeit. Die erste Liebe, die unendlichen Küsse. Die ganze Nacht durchzutanzen. Die Rucksackreisen mit grundsätzlich zu wenig Geld.

Nun komm schon, Rut, würde sie am liebsten rufen. Sie schaut zum Gattertor und zu dem leeren Weg dahinter. Ein Auto hat Reifenspuren im Gras hinterlassen. Vielleicht die Pferdebesitzerin, die Futter gebracht hat.

Rut kommt nicht, und sie antwortet auch nicht, als Esther ihre Nummer wählt. Keine weisen Worte dämpfen die Unruhe, die in ihr aufsteigt. Sie muss allein gegen die Gedanken ankämpfen.

Sie schlüpft wieder in ihre Schuhe. Der unter den feuchten Fußsohlen klebende Sand reibt wie feines Schmirgelpapier, als sie in einer der Reifenspuren zu der Eiche und der leeren Bank geht. Das platt gefahrene Gras richtet sich schon wieder auf, bald wird die Spur nicht mehr zu sehen sein.

Esther nimmt auf der Bank Platz, lehnt den Kopf gegen den Stamm und schielt hoch zu ihren Herzen. E plus A, R gegen R gelehnt. Eine vergangene Liebe, die wie eine Narbe in etwas Lebendigem weiterlebt. In der Eiche. Und in ihr.

Wenigstens das kleine A ist ihr erhalten geblieben. Ganz bald wird ihr Kleiner wieder ihr Sofa mit Kuscheleinheiten und Nähe füllen. Bis dahin sind es nur noch ein paar wenige, einsame Tage.

Esther beugt den Oberkörper über die Oberschenkel und lässt den Kopf hängen. Sie schließt die Augen und lauscht dem Glucksen der Wellen. Als sie die Augen wieder öffnet, sieht sie ein Notizbuch auf der Erde unter der Bank liegen. Es ist aufgeschlagen, als hätte es jemand absichtlich dort fallen gelassen. Ist das Ruts Tagebuch? War sie hier und ist wieder gegangen? Esther schaut sich um. Vielleicht ist Rut ja nur kurz ins Haus gegangen und kommt gleich zurück.

Das Buch ist feucht geworden, die Seiten sind ganz wellig. Sie nimmt es in die Hand, es fühlt sich dick an. Ein ungeöffneter Umschlag rutscht heraus und landet im Gras. Esther hebt ihn auf. Die schnörkelig geschriebene Adresse auf der vorderen Seite ist von der Feuchtigkeit verwischt und daher unmöglich zu entziffern. Ein R ist zu erkennen, aber für Rut ist der Name zu lang. Vielleicht Rinaldo? Sie schiebt den Umschlag zwischen die letzte Seite des Buches und den Buchdeckel und blättert dann wie zufällig darin. Auf der Innenseite der Umschlagklappe steht in Ruts hübscher Handschrift *Mailand, Como 1955–1960.*

Sie klappt das Buch zu, streicht über den aufgequollenen Buchdeckel und schiebt es dann in die Tasche.

Sie sucht überall, im Schuppen, beim Haus. Sie ruft Ruts Namen, aber sie ist nicht da.

Esther legt eine Hand über das Buch in ihrer Jackentasche, fühlt die Konturen. Aber sie nimmt es nicht heraus, will es nicht ohne Rut lesen. Bei ihrem nächsten Treffen. Vorher nicht.

24.

Die Bäume sind jetzt grün, aber die Temperaturen sind wieder gesunken. Esther läuft mit über den Kopf gezogener Kapuze den Trampelpfad entlang. In der Tasche liegt Ruts Tagebuch. Ein paarmal war sie kurz davor, darin zu lesen, hat sich dann aber beherrscht. Rut soll ihr persönlich von der Zeit nach dem ersten schweren Jahr in Mailand erzählen und von der Geburt ihrer Tochter Grace. Sie will alles wissen. Warum Rut die Schatulle mit der Halskette ins Meer geworfen hat, und welche schlimmen Erinnerungen damit offenbar verknüpft sind, dass sie sich so gar nicht gefreut hat, sie wiederzufinden.

Seit ihrem letzten Treffen ist fast ein Monat vergangen, in dem Rut weder auf ihre Nachrichten noch auf Anrufe reagiert hat. Eigentlich wollte Esther schon am letzten Samstag mit Adrian auf die Wiese kommen, aber er war nicht gut drauf gewesen und hatte Fieber gehabt. Bestimmt hatte Rut unter der Eiche auf sie gewartet. Ihr Handy muss kaputt oder verloren gegangen sein. Hoffentlich ist sie jetzt da. Esther läuft schneller und schwingt mit den Armen wie beim Joggen. Sie sieht ihre zu Fäusten geballten Hände im Augenwinkel vor und zurück pendeln, als würde sie mit einem unsichtbaren Gegner boxen.

Ein Stück vor dem Gattertor bleibt sie stehen. Am Wegrand parken Autos, und auf der Wiese spazieren Menschen herum und reden leise miteinander. Zeigen hierhin und dorthin und sehen sich um. Jemand lacht.

»Das ist Privatgelände«, sagt sie zu einem Mann im Anzug, der breitbeinig in der Gatteröffnung steht und den Weg versperrt.

»Ja, und das soll es auch bleiben. Privatgelände«, sagt er und dreht sich mit strahlendem Lächeln zu ihr um, um ihr eine Hochglanzbroschüre zu überreichen. »Willkommen. Das hier ist das, was wir eine *Once-in-a-lifetime-opportunity* nennen«, fährt er in stark schwedischem Englisch fort. Er lacht.

Esthers Herz setzt einen Schlag aus, als sie das Foto auf dem Deckblatt und den Text sieht.

Einzigartiges Seegrundstück in grandios stadtnaher Lage.

Sie liest die Worte wieder und wieder. Schüttelt energisch den Kopf.

»Da stimmt was nicht. Das stimmt doch vorne und hinten nicht«, sagt sie aufgewühlt und wedelt mit der Broschüre vor dem Gesicht des Mannes herum.

»Was bitte soll daran nicht stimmen? Das ist absolute Top-Lage«, sagt er ernst. »So etwas ist mir in meiner Karriere als Makler noch nicht untergekommen. Der Eigentümer lebt im Ausland, darum ist das Grundstück unverbaut. Einzigartig, wie gesagt. Schauen Sie es sich gerne an.«

Esther schluckt, ihr Hals ist wie zugeschnürt, sie kriegt kein Wort heraus. Bei der Eiche spielen ein paar Kinder. Ein Junge hüpft gerade von der Bank. Zwei Mädchen klettern auf der Schaukel herum.

»Wo ist Rut?«, bringt sie schließlich heraus.

Der Mann sieht sie fragend an.

»Wer?«

»Rut, wo ist sie? Sie ist doch die Eigentümerin. Und sie muss doch hier irgendwo sein.«

Er schnauft, genervt über die auf sie vergeudete Energie.

»Sie sind gar nicht wegen der Besichtigung hier?«

»Nein, ich bin mit Rut, der Eigentümerin befreundet. Wir treffen uns immer samstags hier. Trinken Kaffee und plaudern. Wo ist sie? Warum sollte sie das Grundstück verkaufen?«

»Tut mir leid, aber da liegt wohl ein Missverständnis Ihrerseits vor. Offenbar hat sie Ihnen nicht die ganze Wahrheit gesagt. Das Grundstück gehört keiner Rut. Ich vertrete Mr. R. Ricci. Ein sehr freundlicher Herr, der niemals in Schweden gelebt hat. Ich kenne ihn nicht persönlich.«

»Ihn? R. Ricci. Sind Sie sicher, dass es ein Mann ist? Das R könnte auch für Rut stehen. Ihr Mädchenname ist Backman, aber vermutlich hat sie bei der Heirat den Namen ihres Mannes angenommen. Ich kenne nur ihren Vornamen.«

Er lächelt ein paar neue Interessenten an, ehe er sich ungeduldig zu Esther umdreht.

»Ich habe definitiv mit einem Mann telefoniert. Und jetzt muss ich mich um die Interessenten kümmern. Wenn Sie keine Besichtigung machen wollen, kann ich Ihnen nicht weiterhelfen. Im Gegensatz zu vielen anderen, wie Sie sehen.«

Der Mann geht mit dem gerade eingetroffenen Paar hinunter ans Wasser. Esther starrt auf die Broschüre in ihrer Hand, blättert sie langsam durch und liest etwas von Baurecht und Wassergrenze.

Das darf doch nicht wahr sein, dass die Wiese und das gelbe Haus tatsächlich verkauft werden sollen! Warum? Die Eiche gehört Rut, die beiden gehören zusammen. Was, wenn die neuen Besitzer sie fällen und sie nie mehr unter dem eingeritzten Herz sitzen kann?

Esther läuft hinter dem Makler her und bremst ihn mit einem Griff um seinen Arm aus. Er strauchelt und dreht sich ungehalten zu ihr um. Seine eben noch so freundlichen Augen funkeln.

»Ich kenne keine Rut, habe ich gesagt«, fährt er sie an.

Das Paar neben ihm geht weiter. Er folgt ihnen mit angespanntem Blick.

»Umso dringender, dass Sie erfahren, dass dieses Haus und das Land Rut gehören. Wir sind gemeinsam im Haus gewesen, sie besitzt einen Schlüssel. Wo ist sie?«

»Wenn Sie befreundet sind, sollten Sie das ja wohl wissen. Fahren Sie zu ihr. Hier hat sie jedenfalls nicht gewohnt, das Haus ist unbewohnbar«, sagt er.

Esther starrt ihn an. Natürlich wohnt Rut nicht in dem verlassenen Haus. Aber wo genau wohnt sie? Darüber haben sie nie gesprochen.

»Können Sie mir die Telefonnummer von diesem R. Ricci geben?«

Der Makler schüttelt den Kopf.

»Nein, ganz sicher nicht. Die ist geheim. Kaufen Sie das Grundstück, dann können Sie mit ihm sprechen, wenn Sie den Vertrag unterschreiben.« Er lacht höhnisch, muss husten und schielt auf ihre ausgetretenen Joggingschuhe. »Aber dafür müssen Sie schon ein paar Millionen berappen.«

Der Makler kehrt ihr den Rücken zu. Sie schaut zur Eiche. Die Kinder haben die Bank weggezogen und umgekippt. Sie läuft zu ihnen.

»Was macht ihr denn da?«, schimpft sie. »Die Bank steht schon ewig hier, ihr macht sie noch kaputt. Wo sind eure Eltern?«

Die Kinder starren sie an, als wäre sie eine Irre. Genau wie der Makler. Sie spielen weiter und ignorieren einfach, dass sie da ist.

Sie sieht sich um, dreht sich im Kreis. Überall sind Menschen, die leise miteinander reden und ihr Traumhaus mit großen Schritten ausmessen. Sie zeigen, machen Pläne.

Was habt ihr hier zu suchen?, würde sie ihnen am liebsten entgegenschreien. *Verschwindet gefälligst. Das ist Ruts Land. Rut sollte hier sein. Niemand sonst.*

25.

Esther bleibt auf der Wiese, bis sie die nacheinander zuschlagenden Autotüren der Eindringlinge hört. Der Makler sammelt die Schilder ein. Bevor er geht, schaut er erwartungsvoll zu ihr hinüber, ob sie auch geht. Sie sieht es, kümmert sich aber nicht darum.

Als er endlich verschwunden ist, wird es wieder still. Die Sonne wärmt ihre Wangen. Es ist abends jetzt wieder länger hell. Sie will nicht nach Hause, will hier auf Rut warten. Sie muss doch irgendwann kommen und nachschauen, was mit ihrem Grundstück passiert. Wer könnte der Mann mit dem Namen R. Ricci sein? Rinaldo ist doch schon lange tot, oder? Ein anderer Verwandter von Rut?

Sie setzt sich auf die Felsen am Wasser. Das Tagebuch in ihrer Tasche schlägt auf den Boden, und sie zieht es heraus. Sie klappt es auf und schaut auf Ruts schöne Handschrift.

10. Mai 1955

Zeit für ein neues Tagebuch. Ab jetzt wird alles besser. Das habe ich beschlossen. Heute beginnt unser neues Leben. Rinaldo hat mir endlich zugehört, er hat verstanden, daß wir aus dieser furchtbaren Stadt wegziehen müssen, wo alles nur Lärm und Asphalt ist. Wir haben Geld von seinem Vater geerbt. Viel Geld. Und das haben wir in unsere Zukunft investiert.

Wir haben ein neues Zuhause, idyllisch gelegen am Ufer

eines grün schimmernden Sees. Die Rasenfläche fällt sanft bis zum Wasser ab, wo eine Steinmauer einen kleinen Hafen bildet, mit einer Treppe, die runter zu der blanken Oberfläche führt. Wir wollen uns ein Boot anschaffen, das hat Rinaldo versprochen. Mit dem wir abends hinausrudern und die Sonne hinter den Bergen versinken sehen können.

Das neue Haus ist groß. Größer als unser Haus auf Lidingö. Wie ich mir wünschte, daß Mutter und Vater uns hier besuchen und sehen könnten, wie es mir geht. Wie gut wir es haben und wie unrecht Vater hatte.

Es ist ein hellgelbes Steinhaus mit zwei Etagen und einem Dachgeschoss. Ein bisschen wie eine quadratische Torte mit Sahnehaube. Die Aussicht aus den deckenhohen Fenstern ist atemberaubend. Davor sind blau angestrichene Fensterläden, die man schließen kann, wenn die Sonne zu stark wird.

Gelb und blau, wie die schwedische Flagge. Rinaldo hat laut gelacht, als er das gesehen hat, und meinte, daß die Entscheidung damit gefallen sei. An dem Abend kam er nach Hause und hat mich mit dem Schlüssel in einer kleinen Schachtel überrascht.

Von nun an will ich glücklich sein. Mein Leben könnte nicht vollkommener sein. Und in meinem Bauch strampelt die Kleine, als würde sie Freudensprünge machen. Ich werde nicht mehr so ausführlich schreiben können, es ist noch so viel zu erledigen. Ich sitze in der Küche, auf einem der Sprossenstühle. Wie ich diesen Platz hasse, der für mich nur mit Warten, Sehnsucht und Einsamkeit verbunden ist. Gut, daß fast alles gepackt ist.

Meine Tomatenpflanzen tragen üppig Früchte, obwohl sie in der Stadt wachsen mussten. Vor unserem Umzug werde ich alle ernten und einen Salat mit cremigem Mozzarella und

Olivenöl machen. Und in unserem neuen Zuhause werde ich die Pflanzen aus den Töpfen in die Erde umpflanzen. Endlich werde ich wieder barfuß durch Gras laufen. Wie ich mich darauf freue.

Esther drückt das Buch an die Brust. Sie hat Ruts Stimme im Ohr, auch wenn sie nicht da ist, um ihre Fragen zu beantworten und die Hintergründe zu erklären. Esther wüsste gerne, wo das Haus lag, ob es weit weg von Mailand war. Wie es dort duftete. Und wie sie ihren ersten Abend im neuen Zuhause verbracht haben. Sie liest weiter.

16. Mai 1955

Das Haus ist noch nicht eingerichtet, aber wir haben jeden Raum eingeweiht. Mehr sage ich nicht, weil das Dinge sind, die man nicht niederschreibt.

Esther kann sich ein Grinsen nicht verkneifen. Sie denkt an Alex' und ihre gemeinsamen Umzüge. In jedem neuen Zuhause hatten sie erst einmal in jedem Zimmer Sex. Sie verscheucht Alex aus ihren Gedanken und liest weiter.

Die Möbel aus der Mailänder Wohnung passen in die Küche. So beengt, wie es dort war, so groß ist hier alles. Hohe Räume und Schlafzimmer von der Größe unserer guten Stube daheim. Hohe Sprossenfenster. Ich genieße es, fühle mich wie eine Schlossdame.

Rinaldo hat versprochen, daß wir zur Geburt der Kleinen fertig eingerichtet sein wollen. Ich kann es noch nicht ganz fassen, daß wir plötzlich so viel Geld haben, und ertappe mich bei dem Gedanken, daß ████ eine glückliche Fügung war. Dann schäme ich mich zutiefst, daß ich so etwas auch nur ansatzweise denke.

Der Satzteil vor der glücklichen Fügung ist dick durchgestrichen. Esther sieht sich die Zeile aus unterschiedlichen Winkeln an und versucht zu erkennen, was Rut verbergen wollte, ohne Erfolg. Vielleicht hat sie ja geschrieben, dass der plötzliche Tod von Rinaldos Vater eine glückliche Fügung war, weil der ihnen all sein Geld vererbt hat.

Esther schaut auf die gekräuselte Oberfläche des Sundes und beschließt, das Tagebuch zuzuklappen und nach Hause zu gehen. Rut wird heute nicht mehr kommen.

Das Gras auf der Wiese ist von den vielen Besuchern platt getreten. Sie schaut über das Gelände und stellt sich ein neues Haus vor, mit verglastem Wintergarten. Was für ein Traum. Was für ein traumhafter Ort zum Wohnen.

26.

Die Südseite der Wiese ist abgesperrt. Ein Plastikband mit kleinen laminierten Schildern verkündet, dass hier Privatgelände anfängt. Adrian rüttelt an dem Gatter, das mit einer schweren Eisenkette und einem Vorhängeschloss verriegelt ist.

Esther seufzt. Der Makler scheint noch einmal hier gewesen zu sein. Vielleicht noch am selben Abend, um sie auszuschließen. An dem Gattertor hängt ein Schild mit dem Logo der Maklerfirma, darunter steht ZU VERKAUFEN. Und eine Telefonnummer. Sie reißt es ab, faltet die laminierte Seite zusammen und steckt sie in die Tasche.

Adrian rüttelt noch einmal am Gatter. Er ist bei ihr, obwohl das nicht sein Wochenende ist. Ein Geschenk. Ein Jackpot-Tag.

»Ich will schaukeln, Mama, warum ist abgeschlossen?«, beschwert er sich.

»Das ist jetzt ein Grundstück, das verkauft werden soll, damit jemand dort ein Haus bauen kann. Wir dürfen wohl nicht mehr dorthin«, sagt Esther und sucht das Gelände nach der vertrauten zierlichen Gestalt ab. Aber da ist niemand, auch nicht unten am Wasser. Nicht einmal die Enten lassen sich auf den Felsen blicken. Werden die neuen Eigentümer die Vögel füttern oder verscheuchen, um die Felsen am Wasser von ihren Ausscheidungen sauber zu halten?

Sie pinnt ein Blatt Papier mit einer Heftzwecke an der Stelle fest, wo gerade noch das Maklerschild gehangen hat. Darauf steht ein kurzer, einfarbig schwarzer Text.

VERMISST

Ich suche eine ältere Frau mit dem Namen Rut. Sie war eine regelmäßige Besucherin dieser Wiese. Liebe Rut, wenn du das hier liest, melde dich umgehend bei mir, ich kann dich telefonisch nicht erreichen. Und alle anderen, die Rut kennen und wissen, wo sie sich aufhält, mögen mich bitte kontaktieren!

Die dicken schwarzen Blockbuchstaben sind auch noch aus ein paar Schritt Entfernung zu erkennen.

»Was steht da, Mama?«

»Da steht, dass ich Rut suche. Ich weiß nicht, wo sie gerade ist. Ich will auch noch einen Zettel in Rudboda aufhängen, wo sie möglicherweise wohnt. Jedenfalls ist sie immer aus der Richtung gekommen.«

»Und wo ist sie jetzt?«

»Wenn ich das wüsste ... Sie ist einfach nicht mehr gekommen und übers Telefon nicht erreichbar. Ich weiß, dass sie früher Backman mit Nachnamen hieß, aber nicht, ob sie bei der Heirat den Namen ihres Mannes angenommen hat. Oder wo sie wohnt. Nur, dass der Mann, den sie geheiratet hat, Rinaldo hieß.«

Adrian hört nicht mehr zu. Er steht am Wegrand und platscht mit seinen Gummistiefeln in den Wasserlachen, die von dem nächtlichen Regenschauer geblieben sind. Er hüpft wie ein Frosch vorwärts und spritzt sich die Hosenbeine mit der schlammigen Brühe voll.

Esther schaut zu der Eiche. Die Bank liegt immer noch umgekippt im Gras, die Beine in die Luft gestreckt.

Vielleicht ist das Tagebuch das einzige Andenken, das sie an Rut hat. Und die Erinnerungen an sie. Warum ist sie verschwunden, ohne etwas zu sagen? Und warum hat sie nie erwähnt, dass das Grundstück verkauft werden soll? Ist sie zurück nach Italien gefahren? Oder ist sie plötzlich krank geworden? Ist ihr etwas passiert?

Esther folgt Adrian, der herumrennt und hüpft, als würde er mit einem unsichtbaren Freund spielen.

Sie muss Rut finden, um ihr für ihre klugen Worte zu danken, für das Vertrauen und das Lachen über den Herbst, Winter und Frühling. Fast ein ganzes Jahr. Das kann doch nicht einfach vorbei sein. Nicht auf diese Weise. Irgendwie muss Esther ihre alte Freundin davon überzeugen, das Land nicht zu verkaufen. Der Makler hat gesagt, der Verkäufer wäre Italiener. Das R könnte für Rinaldo stehen, Rinaldo Ricci. R. Ricci. Sohn des italienischen Botschafters in Oakhill. Aber hat Rut nicht erzählt, dass Rinaldo gestorben ist?

Plötzlich hat sie eine Eingebung und weiß, was sie tun kann. Sie läuft los und greift nach Adrians Hand. Er stemmt sich dagegen, protestiert.

»Komm, beeil dich. Wir müssen in die Stadt«, sagt sie und zieht ihn hinter sich her.

»Ich will aber nicht«, bockt er.

»Das ist jetzt egal, wir müssen in die Stadt. Mama muss dort was erledigen.«

Das Auto parkt nicht weit entfernt, sie drückt den Türöffner, sobald sie den Wagen hinter der Kuppe sieht. Es klickt, und die Lichter blinken orange. Adrian ist dreckig und nass. Er klettert grinsend und mit hochgestreckten, matschverschmierten Armen in den Kindersitz, ohne etwas anzufassen. Sie durchsucht das Handschuhfach nach Papiertüchern und wickelt Adrians Hände schließlich, als sie keine findet, in ihren Schal ein.

»So jetzt bist du gleich wieder trocken und warm«, sagt sie und drückt ihm einen Kuss auf den Kopf.

Bei dem Blitzstart aus der Parklücke stiebt eine Schotterwolke unter den Reifen auf. Sie stellt die Wärme auf die höchste Stufe, damit sie nicht frieren müssen.

Adrian schläft während der Fahrt ein. Esther schaltet Musik ein. Hinter dem Freilichtmuseum Skansen geht sie vom Gas und hält nach der italienischen Fahne Ausschau, die sie erst vor Kurzem hier irgendwo gesehen hat. Und da bauscht sie sich auch schon hoch oben auf dem Dach. Aber das Tor ist geschlossen. Weil Sonntag ist. Sie parkt den Wagen am Straßenrand, steigt aus und sucht vergeblich nach einem Schild mit den Öffnungszeiten, also klickt sie sich auf ihrem Handy auf die Website der Botschaft. Sie öffnet wieder am Montag um halb zehn. Also morgen. Sie klickt auf ihren Schulkalender und überfliegt die eingetragenen Termine. Die Lehrerkonferenz, die sie selber leitet, kann sie nicht ausfallen lassen. Danach trägt sie einen für alle Kollegen sichtbaren Außer-haus-Termin ein. Zwei Stunden müssten eigentlich reichen.

Adrian ist aufgewacht und ruft etwas von der Rückbank. Sie läuft zurück zum Auto und schaut hinein. Er friert noch immer, seine Lippen sind ganz blau. Sie zieht ihre Strickjacke aus und deckt ihn damit zu.

»Wollen wir Süßigkeiten kaufen und zu Hause einen Film gucken?«, schlägt sie vor.

Adrian beginnt zu strahlen. »Jaaaa, wir sind die besten Gemütlichmacher«, sagt er lachend und streckt die Hände in die Luft.

»Und ob wir das sind. Die besten Gemütlichmacher. Du und ich«, sagt sie und küsst ihn auf die Stirn.

27.

Esther hat gerade das Licht gelöscht und sich mit Adrian im Arm hingelegt, als das Telefon klingelt. Sie fährt zusammen und streckt sich nach dem Handy. Es ist spät, aber immer noch dämmrig vor dem Fenster. Endlich sind die Frühlingsabende wieder länger hell.

Der ältere Mann, der sich ihr vorstellt, räuspert sich und sagt, dass er Rut kennt. Esther setzt sich ruckartig auf. Adrian rollt auf die Seite, knötert leise und dreht sich um. Sie antwortet flüsternd, um ihn nicht zu wecken.

»Wissen Sie, wo sie ist?«

»Rut und ich waren Schulkameraden«, erklärt der Mann.

Esther schleicht aus dem Zimmer. Sie macht Licht im Flur und setzt sich an die Wand gelehnt auf den Boden.

»Schulkameraden. Aber Sie haben sie danach noch mal gesehen?«

»Ja, sie war ja regelmäßig auf der Wiese, wo Sie den Zettel aufgehängt haben. Da haben wir uns ab und zu unterhalten.«

»Wann haben Sie sie das letzte Mal gesehen? Ich habe sie schon über einen Monat nicht mehr dort angetroffen.«

»Dass sie zwischen Italien und Schweden hin- und herpendelt, wissen Sie, oder?«

»Ja. Glauben Sie, dass sie gerade dort ist? Und einfach ihr Handy hier vergessen hat?«

Der Mann lacht.

»Das weiß ich nicht. Aber sie wohnt, glaube ich, ganz bei uns in der Nähe. Sie hat einen lila Koffer, so einen kleinen, den man hinter sich herzieht. Meine Frau fand ihn sehr hübsch, erinnere ich mich, sie hat ihr lange aus dem Fenster hinterhergeschaut.«

»Wann war das?«

»Vor ein paar Wochen, einem Monat, vielleicht, ich weiß nicht so genau. Die Tage vergehen so schnell und so gleichförmig, wenn man Rentner ist.«

Esther atmet aus. Wahrscheinlich ist Rut tatsächlich nach Italien gefahren und hat ihr Handy vergessen.

»Meine Frau und ich haben Ihren Zettel bei unserem Abendspaziergang gesehen. Wissen Sie, dass das Grundstück verkauft werden soll? Das finde ich sehr bedauerlich. Bestimmt bauen sie so einen großen Klotz dahin, der uns die ganze schöne Aussicht verstellt«, sagt er.

»Das ist Ruts Wiese«, sagt Esther.

»Ja, hier ist sie aufgewachsen, Backmans kleine Rut. Ich habe sie erst gar nicht wiedererkannt nach all den Jahren. Aber irgendwie kam mir die Stimme bekannt vor, als wir das erste Mal ins Gespräch gekommen sind. Stimmen verändern sich nicht so sehr. Sie ist immer noch hübsch, aber Sie hätten sie als junges Mädchen sehen sollen. Alle Jungs sind hinter Rut her gewesen.«

»Ach ja? Hatte sie viele Bewunderer?«

»Jede Menge. Aber der Italiener hat den Sieg davongetragen, dieser Snob. Sie ist mit ihm durchgebrannt, danach haben wir sie nicht mehr gesehen. Bis sie vor einiger Zeit plötzlich wieder da war.«

»Wissen Sie, wo in Italien sie gelebt hat? Oder welchen Nachnamen sie nach der Hochzeit hatte?«

»Keine Ahnung. Ich weiß so gut wie nichts über sie. Es war wohl dumm, dass ich angerufen habe.«

Esther versinkt in Gedanken. Sie kann sich Rut nur schwer in Italien vorstellen. Wohnt sie bei ihrer Tochter Grace, hat sie Enkel? So viele unbeantwortete Fragen, dass sie nicht weiß, was sie tun soll.

»Hallo!«

Sie zuckt zusammen.

»Ja, ich bin noch da, Entschuldigung.«

»Ich geh ja mal davon aus, dass sie ganz zurück nach Italien geht, wenn sie die Wiese verkauft hat. Schade, es war immer nett, mit ihr zu plaudern. Ich war auch einer von ihren Bewunderern, wissen Sie, aber sagen Sie das bloß nicht meiner Frau, da wird sie nur sauer.«

Esther lacht.

»Ja, man schließt Rut leicht ins Herz. Sie bedeutet mir auch sehr viel.«

»Ich drücke die Daumen, dass Sie sie finden. Vielleicht kommt sie ja mal wieder zu Besuch.«

»Das hoffe ich auch. Danke für Ihren Anruf.«

Esther legt auf und atmet tief ein. Es kann nur so sein, dass Rut zwischen zwei Treffen zurück nach Italien gefahren ist. Auch wenn sie sich wundert, dass Rut ihr nichts von ihren Plänen erzählt hat. Die Unruhe legt sich ein wenig. Sie schleicht zurück ins Schlafzimmer und schlüpft zu Adrian unter die Decke.

Er schläft oft bei ihr, sie hat ein Doppelbett und genügend Platz. Und sie bringt es nicht übers Herz, ihn in sein Bett zu schicken, auch weil sie es selber gemütlich findet, ihn bei sich zu haben. Sie kuschelt sich an ihn, das Handy in der Hand. Adrian ist noch vier Tage bei ihr, dann fährt er wieder für vier Tage zu seinem Vater. Zu ihrem eigenen Erstaunen stellt sie fest, dass sie sich darauf freut, ein paar Tage für sich zu haben und inzwischen auch die Tage zählt, an denen sie kochen, spülen, aufräumen und sich kümmern muss. Vielleicht sollte sie die Auszeit nutzen und sich ein paar Urlaubstage gönnen?

Sie muss Rut wiedersehen, es gibt noch so viele Fragen. Und es ist noch nicht alles gesagt zwischen ihnen. Zuerst einmal muss sie herausfinden, wo sie wohnt. Anhand der wenigen Hinweise, dass Ruts Mädchenname Backman war und dass sie in Mailand und in Como gewohnt hat.

28.

Esther blättert in dem Notizbuch, liest darin, vermisst Rut auf jeder Seite. Und nachdem sie einmal entschieden hat, ohne Rut weiterzulesen, kann sie nicht mehr aufhören. Sie schmiert Adrian einhändig ein Brot und hält das Tagebuch in der anderen, ihr Blick ist auf die Seite geheftet. Die Butter ist ungleichmäßig auf der Scheibe verteilt, die sie Adrian hinschiebt. Sie merkt es nicht einmal, liest gebannt weiter.

25. Mai 1955

Ich sitze auf unserer großen Terrasse mit Aussicht über den See und die Berge dahinter. Es ist so schön. Ich hoffe, ich gewöhne mich niemals an diese traumhafte Landschaft und nehme sie irgendwann womöglich gar nicht mehr wahr. Es ist hier fast so schön wie zuhause, aber nur fast.

Mein Bauch wird immer runder. Und er bewegt sich. Bald kommt das Baby, es kann jeden Tag so weit sein. Wenn ich das Tagebuch auf den Bauch lege, fällt es von den Bewegungen herunter. Verrückt, daß da in mir drin ein kleiner Mensch ist.

Werde ich aufhören, meine eigene Mutter zu vermissen, wenn ich selber Mutter bin? Ich hoffe es.

Ich fühle mich hier wohl, das ist es nicht. Aber Rinaldo ist so selten zuhause. Er fährt jeden Montagmorgen mit dem Auto nach Mailand und kommt erst am Freitagabend zurück, oft sehr spät. Die Wochentage sind lang und einsam. Die Be-

diensteten sind immer da, aber sie sind nicht sehr gesprächig. Sie arbeiten hart und kümmern sich um alles, während ich nichts zu tun habe. Ich warte nur. Warte aufs Wochenende, das ich mit Rinaldo zusammen genießen kann.

Wenn das Kind da ist, wird es anders werden. Dann habe ich immer Gesellschaft.

Ich habe heute einen langen Brief an Mutter und Vater geschrieben, in dem ich sie angefleht habe, mir zu verzeihen und uns zu besuchen, um ihr Enkelkind kennenzulernen. Ich habe ihn zur Post gebracht und warte jetzt gespannt auf die Antwort.

Es gibt einen wunderschönen großen Baum auf dem Grundstück, der mich ein bisschen an die Eiche erinnert, auch wenn es eine andere Sorte ist, ein Ahorn. Ich will eine schöne Bank darunter stellen, eine gusseiserne Bank. Für Mutter und Vater, wenn sie uns besuchen. Damit sie sich wie zuhause fühlen.

Etwas Kaltes tropft auf Esthers Knie. Sie springt auf und reißt das Tagebuch hoch. Milch rinnt über die Tischkante, vor Adrian liegt das umgekippte Glas. Sie stöhnt laut und holt einen Lappen.

Zu allem Überfluss schlägt Adrian auch noch mit der flachen Hand in die Milchlache.

»Hör auf! Das ist nicht witzig!«, schimpft Esther und hält seine Hand fest.

Adrian verstummt. Er legt verschämt die Hand aufs Knie und starrt auf den Boden. Esther atmet tief ein.

»Tut mir leid, dass ich geschimpft habe, aber die Wand muss neu gestrichen werden, wenn Milch daran spritzt«, erklärt sie und wischt mit dem Lappen über den Tisch. Die

Milch wird aufgesaugt. Sie wringt den Lappen in der Spüle aus und ärgert sich über die fleckige Bluse. »Und jetzt muss ich mich umziehen«, sagt sie sauer, ehe sie sich wieder setzt und das Buch zur Hand nimmt. Wenigstens einen Tag will sie noch weiterlesen. Sie schielt zu der Uhr an der Wand. Doch, das schafft sie noch.

10. Juni 1955

Es ist ein kleines Mädchen geworden. Mein kleines Mädchen. Jetzt ist sie da. Ich fasse mich ganz kurz, weil sie all meine Zeit in Anspruch nimmt. Ich muß sie immerzu ansehen, zähle ihre winzigen Zehen, ihre Finger. Sie liegt in meinem Arm und sieht mich mit ihren großen, dunklen, funkelnden Augen an, obwohl sie noch so klein ist. Rinaldo hat sie noch nicht gesehen. Er weiß noch gar nicht, was für einen Schatz er hier zuhause hat. Er ist noch in Mailand, aber ich habe ihn gebeten, so schnell zu kommen, wie er es möglich machen kann. Ich erwarte ihn heute Abend. Ich habe ihr weiße Spitze angezogen. Sie sieht so süß aus mit ihrem dicken, schwarzen Haar. Er wird sie lieben. Er wird sie vergöttern. Unsere Tochter. Unsere Liebe. Sie ist jetzt da.

Esther schlägt das Buch mit einem Knall zu, und Adrian zuckt zusammen.

»Was ist passiert?«, will er wissen.

»Wir müssen los, ich kann nicht mehr weiterlesen.«

»Ist das ein spannendes Buch?«

»Ja, sehr spannend.«

Ruts kurze Einträge, die sie vor so langer Zeit geschrieben hat, machen Esther Freude. Ihre geschwungene Handschrift fordert ihren Platz auf den Seiten. Sie hatte ganz offenbar Heimweh, in Gedanken scheint sie immer daheim auf Lidingö gewesen zu sein. Esther fragt sich, ob ihr Heimweh eher der Eiche und der Wiese galt oder den Menschen. Den Menschen natürlich. Ihrer Mutter. Dem Vater. Der Schwester. Alva, Bertil und Dagny.

Aber nun hatte sie eine eigene Tochter. Esther fragt sich, warum Rut ihr so gar nichts über Grace erzählt hat. Merkwürdig.

Adrian spielt etwas auf dem Handy, er hat den Ton an, und es piept und klackert. Sie schaut wieder auf die Uhr.

»Jetzt müssen wir uns aber sputen!«, sagt sie und zieht ihn ungeduldig vom Stuhl und hinter sich her in den Flur.

Er protestiert und zeigt zu seinem noch nicht fertig gegessenen Brot. Sie lässt ihn los und läuft zurück in die Küche.

»Hier, tut mir leid, du musst es auf dem Weg zum Kindergarten essen, wenn wir nicht zu spät kommen wollen«, sagt sie, als sie zurück in den Flur kommt.

Adrian wirft das Brot auf den Boden. Es landet natürlich mit der Butterseite auf dem Teppich. Esther tut so, als hätte sie es nicht gesehen. Sie hebt ihn auf die Hüfte und läuft die Treppe hinunter. Er ist schwer, und sie gerät außer Atem, Schweißperlen treten ihr auf die Stirn.

Ein paar Stunden später sitzt sie gestresst im Wartezimmer der italienischen Botschaft. Adrian hat den ganzen Weg zum Kindergarten geschmollt. Sie auch. Und natürlich hat sie vergessen, die Bluse zu wechseln. Der Stoff ist von den Milchflecken über dem Bauch ganz steif. Dank des Blumenmusters sieht aber vermutlich außer ihr niemand, dass sie sich bekleckert hat.

Sie hat an der Rezeption nach einer Kontaktperson gefragt, die ihr Informationen über frühere Botschafter geben kann, und gesagt, dass sie nach einer speziellen Person sucht. Seitdem wartet sie. Die zwei frei geschaufelten Stunden ticken davon. Sie beantwortet ein paar Mails von ihrem Handy aus und erhält eine Erinnerung an ihren nächsten Termin. Sie steht auf und geht auf eine Frau zu, die gerade auf dem Flur vorbeigeht.

»Entschuldigung, können Sie mir vielleicht weiterhelfen? Ich habe nicht mehr viel Zeit.«

Die Frau nickt und fragt, womit sie helfen kann.

»Ich suche Informationen zu dem Sohn eines ehemaligen Botschafters hier im Haus. Rinaldo, vermutlich Rinaldo Ricci. Er hat in den Fünfzigern eine Weile hier gewohnt, ehe er zurück nach Mailand gezogen ist.«

Die Frau lacht.

»Aus der Zeit arbeitet hier natürlich niemand mehr, das liegt zu lange zurück. Da kann ich Ihnen auch nicht weiterhelfen«, sagt sie und geht.

Esther läuft hinter ihr her und hält sie auf, ehe sie hinter der nächsten Tür verschwindet.

»Können Sie wirklich gar nichts machen, es ist sehr wichtig. Vielleicht kennt ja irgendwer noch jemanden, der etwas von damals weiß.«

»Okay, lassen Sie mir Ihre Nummer da, dann melde ich mich, falls ich etwas herausfinde.«

»Wann?«

»Wie dringlich ist es?«

»Sehr dringend. Ich muss eine verschwundene Person finden.«

»Informationen über den Botschafter dürfen wir nicht herausgeben. Und seinen Sohn nach so langer Zeit ausfindig zu machen, das ist …« Sie schüttelt den Kopf.

»Sagen Sie jetzt nicht *unmöglich*«, sagt Esther bestimmt. »Mir wäre schon geholfen, wenn sie mir wenigstens bestätigen könnten, dass er Ricci hieß. Rinaldo Ricci. Er hat eine Frau mit dem Namen Rut Backman geheiratet. Eigentlich ist es Rut, die ich suche. Und ich glaube, dass ich sie finde, wenn ich weiß, wo Rinaldo hingegangen ist.«

Die Frau sieht sie interessiert an.

»Rut und Rinaldo. Das sind doch die beiden, die durchgebrannt sind. Das war so romantisch, dass die Leute lange darüber geredet haben. Die Geschichten kenne ich auch.«

Esther nickt aufgeregt. »Genau. Eines Frühlingsmorgens ist sie von zu Hause weggelaufen, weil ihre Eltern gegen die Heirat waren.«

»Wenn ich mich recht erinnere, wurde der Chauffeur, der sie zum Flughafen gefahren hat, anschließend gefeuert. Das war ein großer Skandal, als herauskam, was er getan hatte. Der Vater des Mädchens soll unten vorm Tor ein Mordstheater gemacht haben.«

»Das kann ich mir lebhaft vorstellen.«

»Der Botschafter war auch außer sich. Ich überlege nur, wer mir das alles erzählt hat«, sagt sie mit gerunzelter Stirn.

Esther greift mit beiden Händen nach ihrer Hand.

»Denken Sie scharf nach, bitte.«

Die Frau macht einen Schritt zurück und zieht ihre Hand aus Esthers Griff.

»Ich glaube, es war Viola aus der Küche. Setzen Sie sich kurz, ich geh sie fragen.«

Esther bleibt an Ort und Stelle stehen. Ihr Herz pocht. Sie reagiert auf jede Bewegung im Raum, jede neu eintreffende Person. Sie schreibt eine Nachricht an die Schule, dass sie es nicht zu ihrem nächsten Termin schafft. Als sie das Handy wieder in die Tasche schiebt, sieht sie eine ältere Dame auf sich zukommen. Ihr folgt die junge Frau. Esther läuft auf sie zu.

»Das ist Viola«, sagt die Frau mit einem Nicken zu der älteren Dame. »Sie spricht nur Italienisch, darum bleibe ich zum Dolmetschen da.«

Sie setzen sich, und Viola erzählt in kurzen Sätzen, gestikuliert mit den Händen. Die jüngere Kollegin übersetzt.

»Ich kannte Rinaldo nicht persönlich, er hat lange vor meiner Zeit hier gewohnt. Aber es wurde erzählt, dass er ein sehr lebhafter Junge war, der ständig Unfug angerichtet hat.«

»Hieß er Ricci mit Nachnamen?«, fragt Esther.

Viola nickt. »Ja, so hieß er. Irgendwann ist er zurück nach Italien gegangen, um dort zu studieren. Er ist nicht mehr nach Schweden zurückgekommen. Aber offenbar hat er den Chauffeur des Botschafters bestochen, ein Mädchen zum Flughafen zu fahren, in das er verliebt war. Rut. Der Chauffeur wurde entlassen und wäre fast wegen Entführung angeklagt worden.«

»Aber sie ist doch freiwillig mit ihm mitgefahren?«

»Ja, ist sie. Die zauberhafte Rut, hieß es. Sie hat jedenfalls ordentlich für Aufregung gesorgt. Den Eltern hat sie nur einen kurzen Abschiedsbrief hinterlassen. Sie waren es, die Anzeige wegen Entführung erstattet haben.«

»Und wie ist es ausgegangen? Ist er verurteilt worden?«

»Nein, weil dann bekannt wurde, dass die beiden geheiratet hatten. Das war damals ein großer Skandal.«

»Ich finde das eigentlich sehr romantisch, eine wunderbare Liebesgeschichte«, sagt die jüngere Frau nacheinander in beiden Sprachen, damit Viola ihren Kommentar auch versteht.

Viola schüttelt den Kopf.

»Dieser Rinaldo hatte es faustdick hinter den Ohren. Und dann das. Der Botschafter ist kurze Zeit später gestorben, Knall auf Fall, Herzinfarkt. Ich glaube, das war der Schock.«

»Oh, das wusste ich nicht. So viel hat sie nicht erzählt«, sagt Esther.

»Kennen Sie Rut gut?«, fragt Viola. »Was ist aus ihr geworden? Lebt sie noch in Italien?«

Esther zuckt mit den Schultern.

»Ich weiß es nicht. Ich habe keine Ahnung, wo sie gerade ist. Ich habe sie immer an den Wochenenden draußen auf Lidingö getroffen. Irgendwann ist sie nicht mehr aufgetaucht, und das Grundstück, das ihr gehört, soll verkauft werden. Ich glaube, dass sie zurück nach Italien gegangen ist, und bräuchte eine Adresse, um sie zu kontaktieren.«

Viola hebt den Kopf.

»Ich weiß, wo sie gewohnt haben«, sagt sie eifrig, was die jüngere Frau ebenso eifrig übersetzt.

»Wo? Sagen Sie es mir!«

»Sie haben, wohl vom Erbe des Botschafters, eine Luxusvilla am Comer See gekauft, direkt am Wasser. Offensichtlich haben einige der Angestellten sie dort besucht. Ich bin mir ganz sicher, dass es Comer See war.«

Esther richtet sich auf.

»Irgendwas mit Como, ja, das stand auch in ihrem Tagebuch. Dann ist sie vielleicht wirklich nach Hause gefahren. Und vermutlich heißt sie Rut Ricci. Sie haben hier in der Botschaft nicht zufälligerweise noch irgendwo die Adresse archiviert?«

»Nein, die archivierten Sachen aus der Zeit sind ausgelagert, tut mir leid. Und ich bezweifele, dass die Adresse des Botschaftersohns jemals irgendwo schriftlich hinterlegt war.«

»Zumindest können Sie mir bestätigen, dass sie am Comer See lebt, vielleicht kriege ich dort ja raus, wo genau.«

»Wenn sie noch dort lebt.«

»Das tut sie, da bin ich mir ziemlich sicher.«

Esther verabschiedet sich überschwänglich von den beiden Frauen und stürmt aus dem Gebäude und Richtung Straßenbahnhaltestelle weiter unten an der Straße. Sie tippt hastig auf ihrem Display herum, loggt sich bei ihrer Bank ein und überprüft den Kontostand. Dann sieht sie sich Flüge nach Mailand und Bergamo an, beide Flughäfen sind in der Nähe des Comer Sees. Unter dreitausend Kronen ist kein Angebot zu finden. Da muss sie sich dann eben an Adrians Papa-Tagen wieder mit Dickmilch begnügen.

29.

Stille in der Leitung. Esther schaut auf das Display, um zu sehen, ob das Gespräch unterbrochen worden ist. Ist es nicht.

»Hallo?«

Alex räuspert sich.

»Das hat mir jetzt kurz die Sprache verschlagen«, sagt er.

»Aber kannst du? Ich kriege am Sonntag keinen Rückflug, erst am Montag. Diese Reise ist sehr wichtig für mich. Ich weiß, dass ich zugesagt habe, Adrian ab Montag zu nehmen, weil dann deine freien Tage beginnen, aber könnten wir diesmal vielleicht eine Ausnahme machen?«

Alex lacht gekünstelt.

»Das hätte ich im Leben nicht gedacht, dass du Adrian irgendwann mal nicht bei dir haben willst.«

Esthers Magen krampft sich zusammen.

»Natürlich will ich Adrian bei mir haben«, presst sie hervor.

»Und warum verspielst du dann die Chance auf ein paar Extratage mit ihm? Was ist denn so viel wichtiger als er? Hast du jemanden kennengelernt?«

»Nein, natürlich nicht. Hör schon auf, diese Reise ist einfach wichtig für mich.«

»Eine Geschäftsreise?«

»Nein, nicht direkt.«

»Ah ja, und was bitte ist dann wichtig daran? Wenn du nur mal wieder saufen und ficken willst?«

»Vergiss, dass ich gefragt habe. Meine Mutter kommt sicher gerne hierher.«

»Okay, dann frag sie. Ich habe einen späten Termin und kann ihn nicht nehmen.«

Esther atmet tief ein und aus, um sich zu beruhigen. Saufen und ficken. Warum lässt er sich immer wieder neue absurde Anschuldigungen einfallen? Um ihr ein schlechtes Gewissen zu machen, sie fertigzumachen. Oder hat er recht? Es ist völlig untypisch für sie, einen Extratag mit Adrian, diese wertvollen Stunden, für irgendetwas anderes zu opfern.

Der Zweifel beginnt an ihr zu nagen. Sie hat den Flug bereits gebucht und bezahlt. Vier Tage Italien. Vier Tage für die Suche nach Rut, im besten Fall vier Tage zusammen mit Rut.

Adrian krabbelt mit zwei Autos über den Küchenboden, fährt ein Rennen in scharfen Kurven um ihre Füße herum. Das eine ist das rote Holzauto, das Rut ihm geschenkt hat. Esther schiebt die Füße so hin und her, dass er dazwischen seine Ralley fahren kann. Sie legt das Handy auf der Spüle ab und bewegt sich langsam zum Kühlschrank, hebt ein Bein und steigt über Adrian hinüber, als er zwischen ihren Beinen durchkriecht. Adrian lacht, als sie ihre Füße anhebt, damit er darunter durchfahren kann.

»Ein bisschen weniger wild, sonst trete ich noch aus Versehen auf eins drauf«, sagt sie.

Adrian zieht schnell die Autos weg, drückt sie gegen seinen Bauch und sieht zu ihr hoch.

»Lässt du mich allein?«

Sie bückt sich, nimmt ihn in den Arm und küsst ihn auf die Stirn.

»Nein, mein Schatz, natürlich lasse ich dich nicht allein.

Ich fahre ein paar Tage weg, wenn du bei Papa bist, das wirst du gar nicht merken.«

Sie lässt ihn weiterspielen und geht zu ihrem Computer. Das Rückflugticket für den Sonntag ist viel teurer als das für Montag gebuchte. Mit ein paar Klicks bucht sie es um. Und wieder verschwinden tausend Kronen von ihrem Ersparten.

Am Abend bleibt sie neben Adrian liegen, bis er eingeschlafen ist. Sie schnuppert an seinem Nacken und starrt auf die selbst gebastelte, auf eine Angelschnur gezogene Rakete unter der Zimmerdecke, die mit einem aufgeblasenen Ballon als Düsenantrieb zum Fliegen gebracht wurde. Das ist schon lange her. Jetzt hängt die Rakete dort eigentlich nur noch als Erinnerung an den Spaß, den sie hatten. Morgen will sie Ballons kaufen, damit sie die Rakete mal wieder starten können.

Sie gibt Ruts Namen in die Suchmaschine ein, findet aber keine Adresse. Auf Facebook sucht sie ebenfalls vergeblich. Das wird sie wohl vor Ort klären müssen, irgendjemand muss ihr dort doch weiterhelfen können. Hoffentlich ist es keine totale Schnapsidee, nach Italien zu fliegen.

Sie öffnet die Wetter-App und gibt Como ein. Es scheint warm zu werden, schön warm. Sie geht zum Kleiderschrank und zieht einen ganz hinten verstauten Karton mit Sommersachen heraus. Die Kleider und Blusen sind verknittert. Sie legt ihre Lieblingsstücke in einem Haufen aufs Bett. Dann bügelt sie den ganzen Haufen gründlich durch, faltet die Sachen zusammen und legt sie in die Reisetasche, die sie offen neben dem Doppelbett stehen lässt. Alex' und ihr altes Bett, in dem sie zusammen geschlafen haben. Miteinander geschlafen haben. Eigentlich wäre die Zeit reif für ein neues Bett, aber es ist noch relativ neu und war viel zu teuer. Im Moment kann sie sich noch kein neues leisten.

Auf dem Nachtschrank liegen zwei Notizbücher. Ihr eigenes und Ruts. Tagebücher aus zwei Leben, zwei Epochen. Beide von der Zeit gezeichnet. Die Seiten sind zerfleddert und wellig.

Sie nimmt zuerst ihr eigenes, schlägt es auf und kaut auf dem Bleistift. Dann unterstreicht sie hier und da etwas, erinnert sich, denkt an Alex' Worte am Telefon. Wie es ihm schon immer gelungen ist, ihr ein schlechtes Gewissen zu machen, wenn sie mal etwas nur für sich unternehmen wollte. Und wie dumm und naiv sie war, das nicht schon bei ihrer ersten Begegnung zu merken.

Sie wirft das Buch gegen die Wand, die Erinnerungen an ihr gemeinsames Leben. Stattdessen nimmt sie Ruts Tagebuch und liest darin weiter.

13. Juni 1955

Sie lallt vergnügt vor sich hin, und ich kann mich gar nicht sattsehen. Dieses kleine Wesen. Rinaldo hat sie auch endlich gesehen. Er ist schnell nach Hause gekommen, mußte aber gleich darauf schon wieder fahren. Gerade genügend Zeit für einen kurzen Blick auf sie. Er hat sie auf die Stirn geküßt, aber sie nicht im Arm gehalten. Hat er den Duft ihrer Haut gerochen? Ich glaube nicht.

Er strahlt Autorität aus in seinem Anzug. So weit weg von dem schneidigen Burschen, der mit dem Rad nach Lidingö gekommen ist, mit hochgekrempelten Hemdsärmeln, einem strahlenden Lächeln und zerzaustem Haar. Jetzt ist es glatt nach hinten gekämmt.

Er ist immer mit dem Kopf woanders. Es müssen immer irgendwelche Berichte gelesen oder geschrieben werden. Ich verstehe mich nicht auf das, was er macht. Aber er erzählt mir auch nichts von seiner Arbeit. Er tätschelt mir den Kopf und sagt, daß ich das ohnehin nicht verstehen würde, weil es viel zu kompliziert ist.

Woher will er das wissen, wenn er es nicht einmal probiert?

Aber ich bin wohl auch mit meinen Gedanken woanders. Darum spielt es keine so große Rolle.

Ich nenne sie Grace. Die Engelsgleiche.

Mein Platz ist jetzt hier. Ich habe alles, was ich brauche. Und doch habe ich nichts. Nur ein leeres Haus. Menschen, die vor mir einen Knicks machen. Die ich herumkommandieren und über die ich schalten und walten kann.

Wo ist das Lachen? Wo das Leben? Wird das von nun an immer so sein? Ach, Grace, werde schnell groß, damit ich jemanden habe, mit dem ich reden kann.

Esther klappt das Buch zu, das leise Echo von Ruts Stimme. Sie hat sich als frischgebackene Mutter also auch einsam gefühlt. Wie es vermutlich allen jungen Müttern geht, wenn sie ihr Kleines zum ersten Mal im Arm halten, mit der Lebensaufgabe vor Augen, die zwischendurch unmenschlich übermächtig erscheinen kann.

Adrian wimmert leise neben ihr. Er kuschelt sich näher an sie und bohrt seinen Kopf unter ihren Arm, legt ein warmes Bein über ihren Bauch. Sie streichelt ihm den Rücken. Er schläft schon eine Weile.

»Hast du einen Albtraum?«, flüstert sie und küsst ihn auf den Kopf. Seine Haare sind schweißfeucht, aber sein Körper ist entspannt. Er schläft tief.

In wenigen Stunden wird sie ihn im Kindergarten abliefern und sich von ihm verabschieden, ihm mit einem unechten

Lächeln »viel Spaß bei Papa« wünschen. Um sich dann auf dem Weg zum Zug die Lippen wundzubeißen, um die Tränen zurückzuhalten, die nach draußen wollen.

An etwas anderes denken, immer an etwas anderes denken. Hart arbeiten, fokussieren. Die Trauer und die traurigen Gedanken wegschieben. Jede zweite Woche, Jahr um Jahr.

Alex wirft ihr vor, ihre Familie zerstört zu haben. Obwohl er das oft sagt, ist sie jedes Mal gleich unvorbereitet. Die harten Worte treffen sie jedes Mal unerwartet, immer genau in Phasen, in denen sie das Gefühl hat, dass sie wieder freundlich miteinander umgehen können. Sie hasst ihn dafür, dass er immer wieder Salz in die Wunde streut. Was die Erinnerung an die erlebten Übergriffe weckt, die allein schon die Scheidung rechtfertigen und für sich genommen schon Grund genug waren zu gehen.

Und wieder einmal treibt es ihr die Tränen in die Augen. Als sie hastig aus dem Bett steigt, fällt Ruts Tagebuch auf den Boden. Ein paar Seiten fallen heraus und verteilen sich auf dem Boden. Ruts geheimste Gedanken. Esther geht in die Hocke und sammelt die Seiten auf. Dabei liest sie einzelne Sätze.

Ich habe die Safranpasta gemacht, die er so mag. Das Essen war kalt, als er endlich nach Hause kam. Aber er hat sie gegessen, sogar mehrmals nachgenommen.

Es wurde getanzt. Und wie ich getanzt habe, heute tun mir die Füße weh. Aber das Lachen klingt in meinem Herzen nach.

Esther sieht sich die letzte Seite genauer an. Sie haben getanzt. Sie will weiterlesen, will alles lesen, um mit Ruts Erinnerungen ihre eigenen zu überlagern.

Sie legt sich auf dem Kopfkissen zurecht und sucht nach dem Kontext, aus dem die Seite herausgefallen ist.

16. August 1958

Gestern Abend war Fionas großes Fest. Das ganze Haus war mit Rosen geschmückt. Große Sträuße in den Vasen neben der Tür, kleine Gefäße auf allen Tischen. Und hübsch gebundene Blumengirlanden über der Terrasse.

Alles war sehr exklusiv. Typisch Fiona. Die Vorbereitungen für diese großartige Veranstaltung muß sie Ewigkeiten gekostet haben. Sie muß immer die Beste sein, immer herausragen.

Das Essen wurde unter freiem Himmel serviert, an runden Tischen mit weißen Tüchern. Sogar das Wasser vor der Villa war mit Booten mit Kandelabern und echten Kerzen dekoriert, die durch die Nacht dümpelten.

Es gab elf Gänge, die Teller vor uns nahmen gar kein Ende. Gefüllt mit den himmlischsten Gaumenfreuden. Und der Wein. Eine sorgsame Auswahl gehaltvoller, körperreicher Weine.

Auf dem Steg, vor der schwarzen Kulisse der Berge, spielte ein Orchester. Jazzklänge schallten über den See.

Es wurde getanzt. Und wie ich getanzt habe, heute tun mir die Füße weh. Aber das Lachen klingt in meinem Herzen nach.

Rinaldo war nicht dabei. Er ist auf einer seiner Geschäftsreisen. Es werden immer mehr.

Wenn er wüsste, wer alles mit mir tanzen wollte. Ich habe

jede Gelegenheit genutzt, alle Hände ergriffen, die sich nach mir ausstreckten. Ich habe mich so wunderbar lebendig gefühlt.

Tanzen auf einem Steg zu den Klängen eines Orchesters. Esther lacht. Sie streckt sich nach ihrem Handy und sucht nach Bildern vom Comer See. Sie sieht die Berge, den See, viele traumhaft schöne Steinvillen. Die Umgebung, in der Rut jung war und getanzt hat. In der ihre kleine Grace aufgewachsen ist. Irgendwann schläft sie ein, mit dem Handy in der Hand und einem Lächeln auf den Lippen.

30.

Esther schüttelt Adrian sanft, um ihn zu wecken, aber seine Augen bleiben geschlossen. Sie streichelt ihm über die Wange. Seine Mundwinkel wandern nach oben, sein Körper versteift sich. Er will nicht aufstehen.

»Aus den Federn mit dir, du Schlafmütze«, flüstert sie und zieht ihn in Sitzhaltung hoch.

»Ich will nicht«, jammert er und windet sich aus ihrem Griff. Er rollt sich wie ein Igel zusammen und drückt den Kopf aufs Kissen. »Ich schlafe.«

»Ich weiß, dass du schläfst. Aber du musst jetzt aufstehen, damit du rechtzeitig in die Kita kommst und ich meinen Flug nicht verpasse«, sagt sie streng.

Sie versucht, ihn aus dem Bett zu heben, aber er rollt sich schnell so zusammen, dass nur noch sein Po und die Beine zu sehen sind. Die Schlafanzughose rutscht zu den Knien hoch.

»Bitte, Adrian, zieh dich an. Wir müssen gleich los«, drängelt Esther.

»Ä iiii iii!« Die wütenden Worte werden von seinem Kissen erstickt, Esther hört nur die Vokale.

»Okay, dann gehst du eben im Schlafanzug«, sagt sie, packt ihn an der Taille und zieht ihn hoch. Er strampelt so wild mit Armen und Beinen, dass sie um ein Haar die Balance verliert, es aber bis in den Flur schafft, wo ihre gepackte Reisetasche steht. Sie geht in die Hocke und zieht ihm seine Turnschuhe an. Er beruhigt sich ein bisschen und spielt mit ihrem Haar, wickelt eine Strähne um seinen Finger.

»Warum fährst du weg, Mamimi?«, fragt er vorwurfsvoll.

Esther sieht ihn an, küsst ihn auf die Wange.

»Weil ich Lust darauf habe. Und du fährst doch heute zu Papa, da wirst du mich gar nicht vermissen.«

Sie geht in die Küche, schmiert dick Butter auf eine Scheibe Brot und reicht sie Adrian.

»Soll ich echt im Schlafanzug gehen?«, fragt er lachend und macht die Tür auf.

»Ja, komm. Heute ist es mal so. Deine Kleider liegen im Rucksack, du kannst dich im Kindergarten umziehen.«

Adrian ist natürlich schon zu alt für die Karre, aber sie hat sie für Notfälle wie diese im Radschuppen stehen lassen. Sie setzt ihn auf den schmutzigen Sitz und schlängelt sich durch die zwei Türen nach draußen. Den Rollkoffer zieht sie hinter sich her. Wagen und Koffer bewegen sich in unterschiedliche Richtungen über den Schottergang. Adrian zerkrümelt seine Brotscheibe und streut die Krümel wie eine Spur hinter sich. Sie hat keine Energie, sich mit ihm zu streiten, will nur los.

Nachdem sie sich von ihm verabschiedet hat, bleibt sie wie üblich noch eine Weile draußen vor dem Fenster stehen. Er schlurft als eins der ersten Kinder an diesem Morgen durch den Raum. Die Knie seiner Schlafanzughose sind ausgebeult, der Bund hängt tief über der Hüfte. Sein langes Haar ist im Nacken verfilzt. Er schaut ihr nicht hinterher, das macht er nun schon eine ganze Weile nicht mehr. Esther hebt die Hand und winkt, aber das sieht niemand. Dann greift sie nach dem Koffer und läuft zur Bahn.

Esther hat den Rücken von Ruts Tagebuch mit Klebeband repariert und die losen Blätter wieder hineingeschoben. Rut hat nur kurze Fragmente aus ihrem damaligen Leben zu Papier gebracht. Sorgfältig datiert. Vielleicht sollte Esther mit dem Weiterlesen warten, bis sie Rut gefunden hat und sie es wieder zusammen lesen können. Vielleicht ja unter dem schönen Baum am See, der Rut an die Eiche daheim auf Lidingö erinnert hat. Ob sie die gusseiserne Bank gekauft hat, die sie sich gewünscht hat?

Esther bekommt sogar einen Sitzplatz in der Bahn. Für die Rushhour ist es noch zu früh. Da kann sie es sich dann doch nicht verkneifen, ein bisschen weiterzulesen.

20. August 1955

Er ist eingeschlafen, endlich. Ich kann von hier aus sehen, daß das Licht im Schlafzimmer gelöscht ist. Ich habe Grace mit raus ins Gewächshaus genommen und sitze mit ihr in dem Rattansessel. Sie schläft in meinen Armen. Die Tür ist abgeschlossen.

Das Gewächshaus ist eine echte Oase, randvoll mit Leben und Düften. Die Tomaten sind reif. Vater wäre stolz auf mich. Wenn sie doch nur beide hier bei mir sein könnten. Und Dagny auch. Damit sie sehen können, was ich alles geschaffen und gepflanzt habe. In dem feuchtwarmen Klima gedeiht fast alles.

Grace hat Schweißperlen auf der Stirn. Selbst so spät am Abend ist es noch tropisch warm. Ich habe ihre Kleider aufgeknöpft und eins der Fenster zum Wasser hin geöffnet. Es zieht angenehm kühl herein. Bald gehen wir wieder ins Haus. Bald.

Der Wein ist schuld daran, daß wir hier sitzen. Nur der Wein.

Esther blättert weiter, aber an dem Tag steht nichts weiter. Was meint Rut damit, dass der Wein schuld ist? Woran? Sie schreibt so kurz angebunden, dass sie als Außenstehende den Sinn nicht verstehen kann. Was hat es mit dem Wein auf sich?

Ich suche ständig nach Zeichen, ohne darüber nachzudenken. Es ist wie ein Rückenmarksreflex, dieses ständige Bedürfnis nach Bestätigung.

Das macht das Schwere leichter hantierbar und rechtfertigt die Entscheidungen, die mir alles andere als leichtgefallen sind.

Gebt mir ein Zeichen, dass es richtig war, ihn zu verlassen, denke ich ohne einen konkreten Adressaten meiner Bitte vor Augen. Den ich offensichtlich für so allmächtig halte. Ist das Esoterik oder einfach nur Unsinn? Ich weiß es nicht. Es ist wie ein Spiel. Ich denke: Wenn jetzt ein Blatt herunterfällt, war es richtig. Und wenn das Blatt tatsächlich herunterfällt, bin ich beruhigt. Jemand hat mich erhört. Das Blatt ist heruntergefallen. Es war nicht meine Schuld.

Das erste Mal habe ich in einer Kirche für ein Zeichen gebetet. Der große, prächtige Kirchenraum kam mir irgendwie passend dafür vor. Gebt mir ein Zeichen, dass es richtig ist zu gehen, wiederholte ich immer und immer wieder wie ein Mantra. Alex war schon den ganzen Morgen schlecht gelaunt.

Der Chor einer Freundin gab ein Konzert. Der Gesang war wunderschön, es war sehr stimmungsvoll. Aber Alex hörte nicht zu. Er schlief neben mir auf der Bank, mit offenem Mund. Ich war genervt. Müde.

Adrian war unruhig, er kletterte auf meinem Schoß herum, rauf und runter, drehte sich ständig auf der Bank um. Seine dicken Winterstiefel stießen gegen Holz und Stein, das Geräusch hallte durch die Kirche. Ich stupste Alex in die Seite.

»Könntest du bitte mit Adrian rausgehen, wenn du eh nicht zuhörst«, flüsterte ich. »Er ist so unruhig.«

Er sah mich verärgert an. Sah ich denn nicht, dass er schlief?

»Bitte, geh raus mit ihm.« Ich zog eine Augenbraue hoch und schaute zum Mittelgang.

Alex konnte den Stiefel nicht finden, den Adrian sich vom Fuß geschüttelt hatte. Er suchte polternd unter der Bank. Unsere Banknachbarn guckten schon zu uns rüber.

»Wo ist der Stiefel«, fuhr er mich an.

Ich beugte mich vor, wischte mit der Hand über den unebenen Steinboden. Kein Stiefel. Wahrscheinlich war er in die nächste Bankreihe gerutscht. Adrian jammerte immer lauter.

»Geh trotzdem, dann eben ohne Schuhe.«

Der Zorn in Alex' Augen wuchs, nahm immer mehr Platz ein. Aus der Bankreihe hinter uns tippte mir jemand auf den Arm und zischte zur Ruhe ermahnend.

»Jetzt geh«, sagte ich und hielt ihm Adrian hin. »Nimm ihn, er ist müde.«

Alex drängte sich mit Adrian an mir vorbei und verschwand mit klackernden, wütenden Schritten und unserem weinenden Kind auf dem Arm Richtung Tür.

Es wurde wieder still.

Der Chor sang das Ave Maria, *die engelsgleichen Stimmen hoben mich empor. Ich streckte den Rücken und ließ die Schultern sinken. Gebt mir ein Zeichen. Ich war allein, und das fühlte sich gut an.*

Ich fühlte mich stark. In dem Augenblick war ich sicher, dass ich es schaffen würde.

Das war das Zeichen, dass es richtig war zu gehen.

Und jetzt. Gebt mir ein Zeichen, dass es in Ordnung ist, wieder anzufangen zu leben.

Ich muss Rut finden. Ich brauche sie.

31.

Auf den Sitzen vor Esther klettern zwei kleine Kinder herum. Sie plappern laut und beobachten sie neugierig über die Lehne und durch den Spalt zwischen den Sitzen. Das ältere Kind mag in Adrians Alter sein, das andere ein paar Jahre jünger. Die Mutter lässt sie gewähren, scheint offensichtlich nicht mitzubekommen, wie sehr sie die Umgebung stören. Mit zur Seite geneigtem Kopf ist sie tief in ein Buch versunken. Die Sitze wackeln unter dem Gehopse der Kinder. Esther vermeidet inzwischen den Blickkontakt oder sie anzulächeln, wie sie es anfangs noch getan hat. Sie hat sich wieder das Tagebuch vorgenommen, versucht, Ruts kurze Beiträge einzuordnen.

10. September 1955

Ich habe Grace photografieren lassen. Sie hat in ihren hübschesten Spitzenkleidern in der Wiege gelegen, das Gesicht fröhlich und zufrieden, die großen Augen verwundert der Kamera zugewandt. Der Photograph stand auf einem Hocker und hat sie von oben photographiert.

Sobald ich die Photographien habe, werde ich sie an meine Eltern schicken, zusammen mit einem weiteren Brief. Dieses Mal werden sie mir antworten, da bin ich sicher. Wenn Sie die Kleine sehen, müssen sie mir verzeihen.

Rinaldo hat eine Privatlehrerin für mich eingestellt, weil er unzufrieden mit meiner italienischen Aussprache ist und befürchtet, daß Grace sie sich von mir abhören wird. Mehrere

Stunden in der Woche muß ich dieses grauenvolle Weib ertragen, das mir für jeden Fehler mit einem Bleistift auf die Finger schlägt. Mir wäre es lieber, wenn Rinaldo mehr mit mir reden würde. Ich vermisse ihn. Seinen schelmischen, glücklichen Blick. Der scheint in Schweden unter der Eiche zurückgeblieben zu sein.

Wenn er das nächste Mal nach Hause kommt, werde ich ihn mit einer leckeren Käseplatte überraschen und in der Gartenlaube für uns decken. Vielleicht hat er dann ja mal ein bißchen Muße zum Erzählen. Und mit mir den Sonnenuntergang über dem See und die sich rosa verfärbenden Wolken zu betrachten.

Esther legt das Buch auf den Knien ab, um bei der Flugbegleiterin eine Tasse Kaffee zu bestellen. Vor dem Fenster breiten sich weiße Wattewolken zu einem Teppich aus. Die Flugreise zwischen Stockholm und Bergamo ist nicht lang. Aus heutiger Sicht war Rut also nicht weit von ihren Eltern entfernt. Wie unendlich traurig, dass sie den Kontakt abgebrochen hatten. Das kann Esther nicht verstehen.

Sie trinkt einen Schluck Kaffee und blättert weiter, liest die kurzen Alltagsbetrachtungen über Blumen und sonnengereiftes Gemüse, über himmlischen Geschmack und himmlische Düfte. Über Sehnsucht.

13. Dezember 1955, Lichterfest

Zuhause, in der Küche, wird jetzt gesungen. Herzerwärmende Lieder an einem dunklen Morgen. Brennende Kerzen und ofenwarme Safranschnecken. Frisch gerösteter Kaffee. Ich singe auch für Grace, und sie lacht, als sie meine Stimme hört. Sie kann jetzt fast alleine sitzen. Ihr rundes Bäuchlein kriegt kleine Wülste. Aus ihrem Mund kommen lustige Gurgellaute, sie hört ganz aufmerksam zu, wenn ich spreche. Als würde sie alles verstehen. Ich rede Schwedisch mit ihr, wenn Rinaldo nicht in der Nähe ist, damit sie die Sprache lernt und sich mit ihren Großeltern unterhalten kann, wenn sie uns besuchen kommen. Mutter hat einen langen Antwortbrief geschrieben, in dem sie vom Alltag auf dem Hof erzählt hat. Alles scheint wie immer zu sein. Das Leben geht weiter, auch ohne mich. Ihre Worte haben mich zum Weinen gebracht. Wie gerne wäre ich jetzt dort.

In all ihren Gesprächen an den Samstagen unter der Eiche hat sie Rut nicht ein einziges Mal über ihre eigene Einsamkeit oder Sehnsucht klagen hören. Warum? Es macht Esther traurig, dass Rut diese Gefühle nicht mit ihr teilen wollte, offenbar nicht genug Vertrauen hatte. Oder hat sie das Tagebuch mit zur Eiche gebracht, weil sie mit ihr darüber reden wollte? Sie muss sie unbedingt danach fragen, wenn sie sich wiedersehen.

Das Flugzeug ruckelt kurz und sofort leuchtet das Gurt-Symbol auf. Die Kinder in der Reihe vor ihr protestieren lauthals, als die Mutter versucht, sie auf die Sitze zu ziehen. Der Ältere wirft sich gegen die Rückenlehne und bringt Esthers Kaffeetasse zum Kentern. Sie reißt das Buch hoch, damit es nichts abkriegt und schiebt die Beine zur Seite, damit die tropfende Flüssigkeit nicht noch mehr Schaden anrichtet.

»Meine Güte!« Die Frau auf dem Sitz neben ihr seufzt und zieht eine Packung Taschentücher aus ihrer Handtasche. Sie wischt zuerst den Klapptisch ab und dann Esthers schwarze Hose.

»Entschuldigen Sie, vielleicht wollen Sie das lieber selber machen«, sagt sie lachend und hält Esther die Packung hin.

Esther nimmt sie dankbar an und tupft die Hose und den Sitz ab. Es bleiben weiße Papierfetzen am Stoff hängen.

»Das hab ich wohl verschlimmbessert«, sagt sie kopfschüttelnd mit einem strengen Blick auf die Kinder.

»Werden Sie am Flughafen erwartet? Von jemand Wichtigem?«, fragt die Frau.

»Ach was, nein.«

»Sicher? Sonst leihe ich Ihnen gern ein Kleid, ich hab eins im Handgepäck. Ich wollte mich am Flughafen umziehen, Hosen sind immer so warm.«

Sie wühlt in ihrer großen Handtasche, in der ein ziemliches Chaos herrscht. Esther bremst sie.

»Nein, das ist wirklich nicht nötig. Ich werde nicht erwartet. Und ich kann mich umziehen, wenn ich angekommen bin, kein Problem.«

Die Frau nickt und verstummt. Esther stopft die Plastiktasse und die feuchten Papiertücher in das Netz an der Rückenlehne vor sich und nimmt sich wieder Ruts Tagebuch vor.

24. August 1957

Graces Rosenstrauch ist so wunderschön. Es ist, als würde sie in ihm weiterleben. Fernando sagt, er hätte noch nie einen Rosenstrauch mit solcher Kraft wachsen sehen ohne das Zutun seiner Gärtnerhände. Ständig öffnen sich neue Blüten, perfekte rosa Rosen. Die Blätter sind kräftig und grün. Ich sitze den ganzen Tag bei ihr, jeden Tag, jede Stunde.

Esther liest den Absatz mehrmals. *Als würde sie in ihm weiterleben*, schreibt Rut. Ist Grace etwa tot? Ist sie als Kind gestorben?

Das Flugzeug geht in den Landeanflug. Esther sieht schneebedeckte Alpengipfel und rot gedeckte Steinhäuser näherkommen. Steile Weinhänge. Italien. Sie spürt eine innere Unruhe, weil sie so gar keinen Plan hat, wie es nach der Landung weitergeht. Sie hat kein Hotel gebucht und keine Ahnung, wo Rut sich befindet. Und ihr bleiben gerade einmal drei Tage, sie aufzuspüren. Das ist Wahnsinn. Alles ist Wahnsinn. Sie blättert weiter, will wenigstens noch eine Seite lesen.

10. September 1957

Er hat eine Nachricht geschickt, daß er nach Hause kommt. Aber ich will ihn nicht hier haben. Ich habe ihm ein Schlafzimmer auf dem Dachboden hergerichtet. Da kann er meinetwegen mit seiner Scham wohnen.

Er hat geschrieben, daß er nicht mehr trinkt. Daß er keinen Tropfen mehr angerührt hat, seit er mit der Kleinen im Boot rausgefahren ist. Ich habe allen Wein weggeschüttet und die Flaschen hinter dem Gewächshaus zerschlagen. Eine nach der anderen auf den Boden geworfen und dem Wachsen des Splitterhaufens zugesehen.

Ich habe ein paar von Graces Kleidern in sein Zimmer gehängt. Als Erinnerung an seine Schuld, von der er sich niemals wird freimachen können. Niemals.

Die Reifen setzen rumpelnd auf der Landebahn auf. Das Flugzeug schießt ruckelnd über den Asphalt, Esther stützt sich am Vordersitz ab. Die Mutter der beiden Kinder dreht sich um und sieht sie gereizt an. Die Frau neben Esther lacht.

»Na, die lebt ja wohl auch in ihrem eigenen kleinen Kosmos«, sagt sie leise mit einem Blick zu den auf den Sitzen auf und ab hüpfenden Kindern.

32.

Die Luft flirrt über dem Asphalt. Esther schwitzt in ihrem langärmeligen grauen Baumwollshirt, als sie in die Ankunftshalle tritt. Sie schielt auf die Uhr und denkt an Adrian, der jetzt gerade sein Mittagessen hinter sich hat. Bald wird Alex ihn abholen. Ob er ihn zur Begrüßung in den Arm nimmt und sich mit ihm im Kreis dreht oder ihm nur zunickt? Und kommt er pünktlich?

Sie versucht, die Gedanken abzustreifen, das Kontrollbedürfnis. Die Unruhe, die sie hartnäckig immer wieder heimsucht.

Werden sich seine Aggressionen irgendwann auch gegen Adrian richten?

Vor dem Terminal ist ein Taxistand. Ob die auch bis an den Comer See fahren? Sie hat keine Ahnung, wie weit es von Bergamo dorthin ist. Es ist schon peinlich, wie schlecht sie vorbereitet ist, und dass sie so gar keinen Plan hat, wie es ab hier weitergeht. Sie nimmt ihr Handy und sucht als erste Orientierungshilfe aus dem Wirrwarr heraus erst einmal nach Bus- und Bahnverbindungen in ein paar Orte am Comer See.

»Kann ich Ihnen helfen?«

Neben ihr steht ihre Sitznachbarin aus dem Flieger. Sie trägt jetzt einen kurzen schwarzen Rock und ein weißes Spitzentop und zieht eine große Reisetasche hinter sich her.

»Ach, hallo. Ja, vielleicht. Kennen Sie sich hier aus?«

Die Frau nickt.

»Ich denke schon. Ich bin durch meine Heirat hier gelandet und komme gerade von einer Besuchstour in Schweden zurück.«

»Wohnen Sie in Bergamo?«

Die Frau schüttelt den Kopf.

»Nein, ich wohne ein Stück entfernt am Comer See, in einem Städtchen namens Lecco.«

Esther strahlt sie an.

»An den Comer See will ich auch«, sagt sie aufgeregt.

»Zum Schwimmen?«, fragt die Frau lachend.

»Nein, ich will …«

»Ich heiße übrigens Carina«, stellt sie sich vor und streckt Esther die Hand entgegen. »Du kannst gerne mit mir fahren, wenn du zum See willst. Dann kannst du mir unterwegs mehr über deine Pläne erzählen. Und viele Hotels gibt es in der Gegend auch.«

Esther stellt sich ebenfalls vor, nickt dankbar und greift nach ihrem Rollkoffer, der sich auf dem rissigen Asphalt unberechenbar hin und her dreht.

Überall brechen kräftige grüne Halme durch die Teerdecke, in den Blumenbeeten vor den Häusern wachsen üppige Büsche, blühende Kletterpflanzen ranken an Hausfassaden empor. Es duftet intensiv. Kein Wunder, dass Rut diese Vegetation vermisst hat und sich im schwedischen Winter nach den ersten Blumen gesehnt hat.

»Machst du hier Urlaub?«, fragt Carina mit einem Blick über die Schulter.

Bevor Esther antworten kann, blinken vor ihr die Lichter eines Autos auf. Carina öffnet die Tür zur Rückbank und schiebt ihre große Tasche auf den Sitz.

»Bereite dich auf einen Hitzschlag vor, er hat eine Woche

in der Sonne gestanden«, sagt sie und setzt sich auf den Fahrersitz.

Sie startet den Motor und drückt hektisch den Temperaturregler an der Armatur. Esther schiebt ihr Gepäck neben Carinas auf die Rückbank und nimmt auf dem Beifahrersitz Platz. Bevor sie die Tür schließt, bewegt sie sie ein paarmal hin und her, um die abgestandene Luft herauszufächeln.

Carina setzt zurück und schlängelt sich langsam aus der engen Parklücke zwischen zwei anderen Fahrzeugen.

»Es ist ganz reizend, dass du mich mitnimmst. Ich hatte noch keinen echten Plan, wie ich zum Comer See kommen soll.«

»Das ist aber auch ein ziemlich vages Ziel.«

Carina gibt auf der steilen Straße Gas. Esthers Gurt spannt sich über ihrer Brust, als Carina eine Vollbremsung macht und laut flucht, weil sie eine Abfahrt verpasst hat.

»Verflixt, das lerne ich aber auch nie. Jetzt müssen wir einmal ganz ums Zentrum herumfahren.«

Sie steckt den Kopf aus dem Fenster und schaut in alle Richtungen. Dann legt sie den Rückwärtsgang ein und fährt mit durchgedrücktem Gaspedal die Steigung wieder hinunter. Esther stößt einen Schrei aus, aber Carina hat alles im Griff und biegt geschmeidig in die richtige Straße ein.

»Oder man macht es so«, sagt sie lachend.

»Wie lange lebst du schon hier?«

»Ein paar Jährchen, ich habe irgendwann aufgehört zu zählen. Lange. Und du? Was machst du hier so ganz allein?«

»Ich weiß nicht genau, wo ich anfangen soll.«

»Der Comer See ist groß, es gibt viele Städte um ihn herum. Lecco ist eine schöne Stadt, relativ ruhig. Nicht weit davon entfernt ist Varenna, viel kleiner und sehr malerisch, aber zu dieser Jahreszeit von Touristen überschwemmt. Ich wohne sozusagen mitten dazwischen. Nicht der schlechteste Ausgangspunkt, wenn du dich noch nicht für ein Ziel entschieden hast. Auf alle Fälle gibt es dort viele ordentliche Hotels.«

»Ich bin auf der Suche nach einer Freundin, die plötzlich verschwunden ist. Ich habe keine Ahnung, wo genau sie wohnt, nur, dass sie und ihr Mann in den Fünfzigern eine Villa am Comer See gekauft haben.«

Carina verschluckt sich vor Lachen, hustet und hält sich die Hand vor den Mund.

»Eine Villa am See«, sagt sie, als sie ihre Stimme wiedergefunden hat. »Das ist keine leichte Aufgabe. Ich hoffe, du hast viel Zeit mitgebracht.«

»Im Gegenteil.«

»Und du hast keine Adresse?«

»Nein, nur ihren Namen. Wenn der Nachname stimmt.«

»Hast du nicht gesagt, du suchst eine Freundin?«

Esther legt die Stirn in die Hände. Ihr Haar ist feucht von der Wärme, die Lüftung kühlt nicht wirklich. Sie kurbelt das Seitenfenster ein Stück herunter.

»Ja, das ist sie, aber … Sie heißt Rut. Und, das glaube ich zumindest, Ricci mit Nachnamen. Wenn sie den Namen ihres Mannes angenommen hat. Sie ist schon alt.«

»Bist du verwandt mit ihr?«

Esther lehnt sich zurück und richtet den Blick an den Autohimmel.

»Nein, wir haben uns zufällig kennengelernt. Sie hat mir den Winter über Gesellschaft geleistet, als ich ziemlich am Boden war. Und dann ist sie plötzlich verschwunden, ohne sich zu verabschieden. Wir hatten uns noch so viel zu erzählen, und ich habe das Gefühl, ihr etwas schuldig zu sein. Es ist ein bisschen wie ein Telefongespräch, das mitten in einer wichtigen Entscheidung unterbrochen wurde.«

Carina fährt unvermittelt von der Straße ab und bremst. Esther sieht sie erstaunt an.

»Ich kann nicht gleichzeitig fahren und mir solche hochspannenden Geschichten anhören. Komm, trinken wir einen Kaffee!«

Sie steigt aus dem Wagen, läuft auf die Beifahrerseite und öffnet Esther die Tür.

»Wenn du noch keinen echten italienischen Kaffee probiert hast, dann spätestens hier. Es gibt eine Menge Dinge, die toll sind an diesem Land, deine Reise wird in keinem Fall umsonst gewesen sein.«

Esther folgt Carina in das winzige Café, in dem es einen Bartresen und ein paar Stehtische gibt, mehr nicht. Hinter dem Tresen steht ein wohlfrisierter Barista im weißen Hemd.

»Espresso?«, fragt Carina, ehe sie sich zu dem Mann umdreht, um zu bestellen.

»Nein, lieber was weniger Starkes. Einen Cappuccino vielleicht.«

Sie lauschen schweigend der Geräuschkulisse der Kaffeemaschine. Esther stützt die Ellenbogen auf den Tisch.

»So, jetzt will ich mehr hören«, sagt Carina, als das Zischen verstummt ist und der erste Schluck Espresso ihre Zunge passiert hat.

»Da gibt es nicht viel zu erzählen«, antwortet Esther zögernd.

»Du suchst nach einer Person. Rut.«

»Ja, aber vermutlich war es voreilig hierherzukommen. Ich habe erfahren, dass sie und ihr Mann ein Haus am Comer See hatten. Und einer ihrer schwedischen Nachbarn meinte, dass sie zwischen Lidingö und Italien gependelt und zwischendurch mit einem lila Rollkoffer verreist ist. Viel mehr Informationen habe ich nicht.«

»Ein lila Rollkoffer, was für eine interessante Spur.« Carina schaut sie von der Seite an, ihre Mundwinkel wandern nach oben, aber sie hält das Lachen hinter zusammengepressten Lippen zurück.

»Das ist mir jetzt wirklich peinlich.«

»Ich mach doch nur Spaß. Was weißt du sonst noch?«

»Sie hat als junge Frau einen Italiener kennengelernt, den Sohn des italienischen Botschafters in Stockholm. Es hat sich alles sehr romantisch angehört, was sie erzählt hat, aber inzwischen bin ich mir nicht mehr ganz sicher, was ich glauben soll. In der italienischen Botschaft in Stockholm habe ich eine Frau getroffen, die die Geschichte ihrer Flucht nach Italien ebenfalls kannte. Sie sagt, dass sich damals beide Familien vehement gegen eine Heirat ausgesprochen hatten.«

»Wann war das?«

»In den Fünfzigern.«

Carina zieht die Augenbrauen hoch und legt den Kopf schräg.

»Wir haben also eine ältere Dame, die in den Fünfzigern in einer Villa am Comer See gelebt hat und mit einem lila Rollkoffer reist.«

Esther sieht sie mit ernster Miene und gerunzelter Stirn an.

»Vergiss den Koffer. Es ist einfach wichtig für mich. Ich möchte sie unbedingt finden. Ich habe ihr Tagebuch dabei, das ich nach ihrem Verschwinden an unserem Stammplatz gefunden habe. Darin schreibt sie vom See und den Bergen und ihrem Gewächshaus.«

Esther nimmt das schwarze Buch aus ihrer Handtasche und hält es hoch. Wie einen Beweis für das Gesagte.

»Du weißt aber schon, welches Jahr wir inzwischen haben?« Carina dreht sich zum Barista um und sagt etwas auf Italienisch, dann wendet sie sich schmunzelnd wieder Esther zu. »Ich brauche noch mehr Kaffee.«

»Ich würde sie so gerne finden«, sagt Esther entmutigt.

»Das verstehe ich, absolut. Sie scheint dir wirklich viel zu bedeuten.« Carina streicht Esther über den Handrücken. »Vielleicht kann ich dir bei der Suche helfen. Fahren wir zu mir nach Hause und reden dort weiter.«

33.

Carina fährt schnell. Sie beschleunigt, wechselt die Spur, überholt, fädelt sich wieder in der rechten Spur ein. Sie gibt ungleichmäßig Gas, als wollte sie das Auto vorwärtspumpen. Esthers Blick schweift über die vorbeirasende Landschaft. Malerisch grüne Felder, Bäume, Häuser, Menschen in Bewegung, Berge, Blumen.

»Die meisten Häuser direkt am Wasser gehören sehr reichen Menschen. Ist Rut reich?« Carina will mehr wissen.

Esther zuckt mit den Schultern.

»Keine Ahnung. Sie haben das Haus vor mehr als einem halben Jahrhundert gekauft, vielleicht war es da noch nicht so teuer?«

»Die Frau hat ja ganz schön Eindruck auf dich gemacht …«

»Mehr als das. Sie hat mir sozusagen das Leben gerettet, mich wieder zum Lachen und auf positivere Gedanken gebracht.«

Carina geht mit dem Tempo runter, bremst genauso pumpend, wie sie Gas gibt, als könnte sie den Fuß nicht still halten. Das Auto ruckelt. Sie blinkt und biegt auf eine schmalere Straße ab.

»Wir sind bald da. Siehst du den Fluss da unten? Der mündet bei Lecco in den See. Von dort ist es nicht mehr weit bis zu mir.«

Esther betrachtet die dichter werdende Besiedlung. Lecco ist eher eine Stadt als ein Städtchen. Sie fahren auf der Ringstraße um das Zentrum herum, und wenig später liegt die Stadt hinter ihnen. Sie fahren durch kurvige Tunnel am Wasser entlang. Die Bebauung lichtet sich wieder, reißt aber nie ganz ab. Die Grenze zwischen den kleineren Ortschaften ist nur an den wechselnden Ortsschildern zu erkennen.

»Gibt es hier noch Telefonbücher? Im Internet habe ich nichts über sie gefunden.«

»Wir können in den *Pagine bianche* nachschauen, wenn wir zu Hause sind, unserem Telefonbuch.«

»Ihr Mann heißt Rinaldo. Oder hieß.«

»Das sagtest du bereits. Lebt er nicht mehr?«

Esther bläst Luft zwischen den Lippen aus, bis es pfeift.

»Wenn ich das so genau wüsste. Auch da habe ich wohl nicht ordentlich zugehört.«

»Und offensichtlich keine Fragen gestellt.«

Carina fährt an den Wegrand.

»Steig schon mal aus«, sagt sie und zeigt zu einer kleinen Sackgasse neben einem schmalen grauen dreigeschossigen Haus. »Ich muss da parken.«

Esther schaut Carina dabei zu, wie sie sich in die enge Parklücke einfädelt, ein paarmal vor und zurück setzt, bis das Auto gerade steht. Dabei schrammt sie mit der Beifahrerseite an der Mauer entlang, was sie nicht aufhält. Das erklärt die grauweißen Streifen im Lack, die Esther beim Einsteigen aufgefallen sind. Offensichtlich ist Carina nicht zum ersten Mal das Präzisionsparken haarscharf danebengegangen.

Schließlich steht das Auto da wie ein Keil zwischen zwei Häusern. Esther kann sich ein Lachen nicht verkneifen, als sie sieht, wie Carina zwischen den Sitzen auf die Rückbank klettert. Als sie sieht, was Carina vorhat, läuft sie zum Kofferraum und öffnet die Klappe.

»Ja, das ist etwas unbequem«, sagt ihre Gastgeberin und streicht sich die Haare aus der Stirn. »Aber ansonsten ist das der perfekte Parkplatz für mein Auto.«

»Perfekt?«, fragt Esther mit hochgezogener Augenbraue.

»Immer noch besser als ein weiter Heimweg«, antwortet Carina und windet sich aus dem offenen Kofferraum. Sie wischt sich Staub von den Kleidern und richtet die blonden Haare, die ein bisschen aussehen, als wäre sie den ganzen Tag Ski oder Motorboot gefahren. Der Rock ist eine Nummer zu groß und entblößt einen Streifen ihres braun gebrannten Bauches.

»Da hast du aber Glück, dass du so beweglich bist. Und einen Kombi hast«, Esther schmunzelt und zieht ihr Gepäck über die heruntergeklappte Rückenlehne.

Das direkt an der Straße liegende Haus ist nur durch einen schmalen Gehweg von den vorbeifahrenden Autos getrennt. Als Carina auf die Tür zugeht, steht Esther zögernd mit ihrem Koffer in der Hand da.

»Komm rein«, sagt Carina und winkt sie zu sich. »Wir haben genügend Zeit, dir ein Hotel zu suchen.«

Esther macht ein paar Schritte auf sie zu.

»Bist du sicher, dass ich nicht ungelegen komme? Es ist mir ein bisschen unangenehm, einfach mit zu dir zu kommen. Was sagt dein Mann dazu, wenn du einfach Fremde mit nach Hause bringst?«

»Der ist selten zu Hause, arbeitet die meiste Zeit. Und sollte er nach Hause kommen, freut er sich bestimmt über schwedischen Besuch. Mach dir deswegen keine Sorgen.

Außerdem können wir reden, was wir wollen, weil er kein Wort Schwedisch versteht.« Sie lacht. »Komm, rein mit dir!«

»Du bist wirklich extrem gastfreundlich«, sagt Esther lachend. »Das ist ganz reizend, dass du mir helfen willst.«

»So was macht mir Spaß. Und heute Abend werde ich dich mit in ein richtig gutes Restaurant nehmen. Da können wir draußen sitzen und uns den ganzen Abend unterhalten, Wein trinken und hervorragend essen. Das musst du erleben.«

»Wenn ich nicht vorher Rut finde, weil ich dann den Abend vorzugsweise mit ihr verbringen würde.«

Carina verschwindet durch einen engen und unaufgeräumten Korridor ins Haus. Esther ist sich nicht ganz sicher, ob sie Carina richtig verstanden hat. Als sie mit einem Stapel Zeitungen und Kleidern auf dem Arm zurückkommt, steht Esther immer noch auf dem Fußabtreter.

»Jetzt komm schon rein. Fühl dich wie zu Hause. Du hast doch keine Angst, oder?« Carina greift nach Esthers Hand. »Versprochen, ich bin keine Axtmörderin. Nur ein bisschen unordentlich, tut mir leid.«

Sie hält Esthers Hand fest und zieht sie hinter sich her in einen Raum, in dem sie die Sachen auf einem Sofa ablegt. Es ist dunkel, alle Fenster sind mit Läden verschlossen, die nur schmale Streifen von Sonnenlicht durch die Lamellenschlitze hereinlassen.

Sie gehen weiter durch die randvoll gestopften Räume. Stühle, Tische, Schränke und Gewächse in großen Übertöpfen. An den Wänden lehnen Leinwände.

»Bist du Künstlerin?«, fragt Esther neugierig und betrachtet das Werk vor sich.

Carina dreht das Bild hastig um, um das grelle Motiv zu verbergen.

»Hobbymalerin. Ich habe nicht viel zu tun und muss irgendwie die Zeit rumkriegen.«

Esther dreht das Bild wieder um und sieht sich die Farben und Formen an. Die präzisen schwarzen Linien, die die Farbfelder voneinander trennen. Die Pinselstriche, die der dicken Ölfarbe eine grobe Struktur geben.

»Stellst du deine Bilder aus?«

Carina lacht laut und schüttelt den Kopf.

»Nein, niemals. Es sind inzwischen so viele, dass ich nicht mehr weiß, wohin damit. Mein Mann beschwert sich schon, vielleicht muss ich ein paar entsorgen, aber ich weiß nicht, welche. Sie bedeuten mir was.«

»Entsorgen? Bist du wahnsinnig, die Bilder sind fantastisch. Weißt du das nicht?«

Esther sieht sich noch andere Leinwände an. Ein in Blautönen gehaltenes Bild stellt sie auf einen Stuhl und macht ein paar Schritte nach hinten.

»Das habe ich an einem Heimwehtag nach der schwedischen Westküste und dem Meer gemalt«, sagt Carina. »Ich wollte mir das Meer *ermalen*, mit Wellen und Bewegung. Ich vermisse richtige Wellen, hier gibt es sie nur in Miniatur.«

»Das ist dir jedenfalls gelungen. Wellen so lebensecht zu malen, ist alles andere als leicht.«

»Ich habe lange geübt. Schau …« Carina zieht die obere Schublade einer Kommode auf und nimmt einen Stapel Aquarellskizzen mit verschiedenen Farbvarianten von Wellen und Meer heraus.

»Unglaublich«, murmelt Esther bei der Durchsicht der Blätter.

»Das sind nur ein paar stümperhafte Versuche«, sagt Carina und nimmt ihr den Stapel wieder ab.

»Das ist ja gerade das Unglaubliche.«

»Was meinst du?«

»Dass du eine echte Künstlerin bist, ohne dir dessen bewusst zu sein.«

34.

Die Küche ist der größte Raum in dem schmalen Haus. Unter der Decke hängen angestaubte Sträuße getrockneter Kräuter, zwischen denen sich Spinnweben gebildet haben, die im Sonnenlicht schimmern. Trotzdem verströmen die Kräuter einen intensiven, angenehmen Duft. Heimelig.

An den langen Esstisch passen sicher zehn Personen. In der Mitte stehen drei hohe Zinnkandelaber, bedeckt von dicken Klumpen geschmolzenen Wachses in verschiedenen Farben. Sie scheinen schon lange dort zu stehen und viele Essen vergoldet zu haben. Die große Tischplatte ist mit alten Zeitungen, Büchern, Umschlägen, Gläsern und Krümeln bedeckt. Carina wischt eilig mit einer Hand über die freie Fläche und wirft eine Handvoll Krümel in das Spülbecken. Die Zeitungen und Bücher stapelt sie wahllos übereinander.

»Hier räumt keiner auf, wenn ich nicht da bin«, sagt sie und hält eine schimmelige Zitrone zwischen Daumen und Zeigefinger hoch. »Ich wollte dir eigentlich eine Limonade anbieten, aber wir werden uns mit schlichtem Wasser begnügen müssen. Ich hoffe, das ist okay?«

Carina nimmt ein Glas aus einem Schrank, stellt es zurück und schlägt die Klappe zu. Ihr Blick wandert zu der Uhr über der Tür.

»Ach was, wollen wir nicht lieber ein Glas Wein trinken? Du bist schließlich im Urlaub und überhaupt. Und ich habe eh die ganze Zeit Urlaub«, sagt sie.

Esther folgt fasziniert den ausladenden Gesten ihrer Gastgeberin, die jetzt ein weites Blumenkleid trägt, dessen Stoff elegant im Takt ihrer Bewegungen mitschwingt. Es kommt ihr so vor, als würde sie sie schon lange kennen. Eine gute Freundin. Noch vor wenigen Stunden hat Esther mit unbekanntem Ziel allein am Flughafen gesessen, und jetzt ist sie hier.

Carina kommt mit zwei großzügig eingeschenkten Gläsern mit tiefrotem Wein an den Tisch. Sie setzt sich auf den Stuhl neben Esther und schüttelt die Sandalen von den Füßen.

»Hast du ein Telefonbuch greifbar?«, fragt Esther vorsichtig.

Carina lacht und streckt sich nach einem Laptop, der zwischen den Zeitungen auf dem Tisch steht.

»Mit dem Telefonbuch suchen wir ewig, lass uns lieber hier nachschauen«, sagt sie und klappt den Laptop auf.

»Im Internet hab ich schon gesucht, aber nichts gefunden.«

»Eine Suche direkt in Italien ergibt sicher andere Resultate. Wie heißt deine Freundin noch gleich?«

»Rut Ricci, gib Rut Ricci ein«, antwortet Esther eifrig.

Carina tippt schnell. Sie macht mehrere Suchanfragen und schaut mit zusammengekniffenen Augen auf den Bildschirm. Schließlich schüttelt sie den Kopf.

»Leider, keine Rut in irgendwelchen verborgenen Winkeln.«

»Bist du sicher? Das kann nicht sein. Darf ich mal?«

Esther zieht den Laptop zu sich und probiert verschiedene Schreibweisen des Nachnamens aus. Ricci mit einem c, mit ie am Ende. Nichts ergibt Resultate. Sie wechselt zu Facebook und probiert es dort.

»Auf den italienischen Seiten kommen bei der Namenseingabe tatsächlich viel mehr Treffer als in Schweden«, sagt sie mit Blick auf die Bildschirmliste der Personen, die Rut oder Rut Ricci heißen.

Carina zieht ihren Stuhl näher heran und sieht zu, wie Esther sich durch die Namensliste scrollt. Alle sind jung, die richtige Rut ist nicht darunter. Esther schiebt den Laptop weg und klappt ihn zu. Vor dem Küchenfenster fließt der Verkehr vorbei. Das Geräusch wächst in der Stille, es hört sich fast so an, als ob die Autos durch das Haus fahren. Carina reicht Esther das Weinglas.

»Skål«, sagt sie mit einem vorsichtigen Lächeln. »Bestimmt hat es trotzdem einen tieferen Sinn, dass du die Reise gemacht hast und hier bist. Weil wir uns begegnen sollten. Glaubst du nicht?«

Esther stellt das Glas auf den Tisch, ohne zu trinken. Sie steht auf und geht zur offenen Tür, bleibt auf der Schwelle stehen und streckt den Hals, um den See hinter den Häusern schimmern zu sehen. Er scheint rundum von Villen gesäumt zu sein.

»Du kannst nicht an alle Türen klopfen, falls du das gerade in Erwägung ziehst. Der Lago di Como ist groß, dementsprechend viele Villen stehen an seinem Ufer«, gibt Carina zu bedenken.

Esther stiert mit leerem Blick vor sich hin.

»Sie ist hier irgendwo, ich muss sie finden«, sagt sie tonlos.

»Komm wieder rein und trink einen Schluck Wein mit mir, dann sehen wir weiter.« Carina nimmt ihre Hand und zieht sie zurück in die Küche.

»Warum bist du so nett zu mir?«

»Warum nicht? Du sahst so traurig und verloren aus am Flughafen.«

»Ja, verloren trifft es ganz gut. Ich würde jetzt gerne in

ein Hotel fahren und mich ein wenig ausruhen und nachdenken.«

»Das regeln wir. Jetzt hast du ja mich als deinen Privatguide. Es gibt ein einfaches, hübsches Hotel nahe am Wasser. Ich rufe gleich mal an und frage, ob die ein freies Zimmer für dich haben. Wenn du nicht hier wohnen willst, natürlich, das kann ich dir auch anbieten.«

»Herzlichen Dank, aber ich wäre jetzt gern ein wenig allein.«

»Wir können ja später zusammen essen, essen musst du was. Ich kenne ein sehr schönes Restaurant direkt am See. Abends ist es dort besonders idyllisch mit der Beleuchtung auf dem Wasser.«

»Wie bei Fiona«, murmelt Esther vor sich hin.

»Bei wem?«

»Den Namen hat Rut in ihrem Tagebuch erwähnt. Fiona. Vielleicht eine Freundin. Kennst du eine Fiona?«

»Nein, mir fällt grad niemand mit dem Namen ein.«

»Und dein Mann? Kommt der mit ins Restaurant?«

Carina schüttelt lachend den Kopf.

»Das würde mich wundern. Er kommt sicher spät nach Hause, wenn überhaupt.«

»Was macht er?«

»Er ist ein ziemlich bekannter Dirigent und viel in der Welt unterwegs. Er ist für die nächsten zehn Jahre ausgebucht. Kannst du dir etwas Langweiligeres vorstellen? Jetzt schon zu wissen, was du die nächsten zehn Jahre tun wirst?«

»Habt ihr deshalb keine Kinder? Weil ihr keine Zeit für Sie hättet?«

Carina sieht sie verwundert an.

»Was? Doch, wir haben ein Kind, einen Sohn. Oder was

heißt Kind, er ist inzwischen erwachsen. Er tritt in die Fußstapfen seines Vaters, studiert an der Musikhochschule in Wien.«

»Ah, wie heißt er?«

»Adrian. Nach meinem Großvater mütterlicherseits.«

»Wirklich? Mein Sohn heißt auch Adrian.«

»Was für ein lustiger Zufall!«

»Ja, oder? Mein Adrian ist sechs Jahre alt. Mein kleiner Goldklumpen.«

»Sechs Jahre erst. Und wo ist er jetzt?«

»Bei seinem Vater.«

Esther zieht ihr Handy aus der Tasche und dreht Carina den Bildschirm hin.

»Ein hübscher Kerl. Und ein sehr schönes Foto.«

Esther dreht den Bildschirm wieder zu sich und streicht mit dem Finger über Adrians Wange. Carina beobachtet ihre Geste.

»Seid ihr frisch geschieden? Du und Adrians Vater?«, fragt sie.

Esther sucht im Bildarchiv nach dem Foto, auf dem Adrian über die Wiese rennt, mit der Eiche im Hintergrund. Sie hält es Carina hin.

»Jetzt fast zwei Jahre. Es ist furchtbar schmerzhaft, ihn nicht bei mir zu haben. Hier ist er auf Ruts Wiese. Rut und ich haben oft zusammen auf der Bank gesessen, an den Wochenenden, wenn Adrian bei seinem Vater war. Sie hat mir sehr geholfen und mich wieder auf positivere Gedanken gebracht. Ich kann dir nicht sagen, wie genau sie das angestellt hat, sie war einfach da. Und sie hat nicht geurteilt wie alle anderen.«

»Verstehe. Aber ich finde, dass du auch ohne eine alte Frau positive Gedanken und Spaß am Leben haben solltest.«

Carina streckt sich nach der Weinflasche. Esthers Glas ist noch voll, aber in Carinas ist nichts mehr drin. Sie schenkt nach.

»Sei nicht so hart zu dir selbst. Jetzt bist du hier, und gleich gehen wir zusammen zu dem Hotel und sorgen dafür, dass du ein hübsches Zimmer mit schöner Aussicht bekommst. Und heute Abend essen wir gut zusammen. Adrian geht es bestimmt gut. Beiden Adrians. Wir müssen es arrangieren, dass die beiden sich irgendwann kennenlernen, das wäre doch nett. Adrian, darf ich vorstellen, das ist Adrian.«

»Jetzt will ich erst einmal nur Rut finden.«

»Das habe ich schon verstanden. Wir hören uns mal ein wenig um. Immerhin haben wir schon drei Namen, Rut, Rinaldo und Fiona. Irgendjemand wird sie schon kennen.«

35.

Das Hotel ist eher eine Pension mit wenigen Zimmern. Esthers Zimmer liegt in der oberen Etage. Sie schließt die Tür mit einem an ein Holzstück mit aufgemalten Blüten geknoteten Eisenschlüssel auf. Die Einrichtung ist kitschig, ein Metallbett mit weißem Tüllhimmel und rosa Bettüberwurf mit Volants. Geblümte Läufer auf kühlen Steinfliesen. Ein kleiner Schreibtisch und ein Hocker. Der kleine Raum wirkt ziemlich vollgestopft. Eine Tür führt hinaus auf einen Balkon. Eine warme Brise zieht durch den offenen Spalt ins Zimmer. Esther legt ihr Gepäck aufs Bett und tritt auf den Balkon. Es ist alles so grün, so schön. Sie steht da und betrachtet die auf dem Wasser vorbeigleitenden Boote. Die Blumenkästen an dem Geländer quellen von üppig rosa blühenden Blumen über, sie betastet die Blätter mit den Fingern. Carina hat recht, der See ist groß und die Villendichte hoch. Wie soll sie Rut in der kurzen Zeit, die sie hat, finden? Die wenigen Fotos, die sie von Rut auf ihrem Handy hat, sind zu unscharf oder zu weit weg auf der Wiese aufgenommen. Kurz entschlossen holt sie den Block und den Bleistift von dem kleinen Schreibtisch. Es ist lange her, dass sie etwas anderes als lustige Monster für Adrian gemalt hat. Sie kommt einfach nicht mehr dazu, ihre Arbeit als Schulleiterin besteht hauptsächlich aus Verwaltung. Und für den Praxisunterricht ist inzwischen ihre Kollegin Sara verantwortlich.

Sie setzt sich auf den blauen Balkonstuhl. Der Kunststoff ist von der Sonne ausgeblichen, die Beine geben nach, als wollten sie gleich zusammenbrechen. Sie legt die Füße aufs Geländer und den Block auf die Oberschenkel und fängt an zu zeichnen. Strich für Strich skizziert sie Rut aus dem Gedächtnis. Die zusammengekniffenen Augen mit den Lachfalten, die auch zu sehen sind, wenn sie ernst guckt. Die hohen Wangenknochen, das lange Haar. Esther wischt vorsichtig mit dem Finger darüber, schafft Schattierungen, die die Züge deutlicher hervortreten lassen. Das Kinn gerät ihr zu ausladend. Sie versucht, es auszugleichen, aber danach ist es nicht mehr zu gebrauchen. Esther reißt das Blatt ab und zerknüllt es zu einem kleinen Ball.

Der zweite Versuch von Rut mit hochgesteckten Haaren schräg von der Seite wird besser. Aus der Perspektive sind Kinn und Hals einfacher. Die Augen sind nicht auf den Betrachter gerichtet und sehen ein wenig traurig aus, der Mund ist ernst. Esther wischt behutsam mit dem Finger über die Skizze, damit die Falten nicht so scharf sind. Sie lächelt das fertige Bild an. Das ist genau die Rut, wie sie sie in Erinnerung hat.

»Liebe Rut, willst du mir nicht verraten, wo du bist?«, flüstert sie.

Vielleicht weiß ja der Pensionsbesitzer etwas?

Sie läuft mit der Skizze barfuß die Treppe hinunter und hält sie dem Mann unter die Nase, der sie und Carina empfangen hat.

»Bella.« Er nickt anerkennend. Offenbar hat er ihr Englisch nicht verstanden.

»Kennen Sie diese Frau? Wissen Sie, wer das ist?«, wiederholt Esther.

Der Mann nimmt die Skizze aus ihrer Hand und sieht sie sich genauer an. Dann zuckt er mit den Schultern.

»Sie wohnt hier irgendwo, in einem Haus am See. Rut, Rut Ricci.«

Der Mann gibt ihr das Blatt zurück und fegt weiter.

»Tut mir leid, ich kann Ihnen nicht helfen. Hier wohnen so viele Menschen, die ich längst nicht alle kenne«, entschuldigt er sich.

Sie steigt wieder die Treppenstufen hinauf in ihr vollgestopftes Zimmer. Das Geräusch der gleichmäßig ans Ufer schwappenden Wellen gluckst herein. Eine Ecke von Ruts Tagebuch ragt aus der Handtasche auf dem Bett. Esther nimmt es mit auf den Balkon und sinkt enttäuscht auf den blauen Plastikstuhl. Sie hat jetzt fast alles gelesen, manche Abschnitte mehrmals, trotzdem schaut sie sich die kurzen Einträge noch einmal an. Ein Tagebuch ist für jeden anderen als den Schreibenden schwer zu verstehen, weil es eigentlich nicht für fremde Augen gedacht ist. Die Fragmente setzen eine Kenntnis des gelebten Lebens voraus. Sie schlägt zufällig eine Seite auf.

14. Februar 1958

Heute ist ein langer Brief von Mutter gekommen. Ihre unverkennbare Handschrift auf dem Umschlag hat mich richtig glücklich gemacht. Sie schreibt, Vater und sie hätten sich ausgesprochen und beschlossen, uns zu besuchen. Um »das reizende kleine Mädchen von dem Photo« kennenzulernen, das ich ihnen geschickt habe. Sie wissen noch nichts von dem schrecklichen Unglück. Sie glauben, dass Grace noch lebt. Ich werde nicht antworten und sie weiter in dem Glauben lassen. Es ist besser, dass sie niemals davon erfahren. Das ist das einzig Richtige.

Esther legt das Buch auf den Knien ab. Darum ist Rut nie nach Schweden gekommen, um ihre Familie zu treffen. Weil sie ihnen nichts von Graces Tod erzählen wollte. Wie furchtbar traurig, wie schwer zu verstehen.

Ein Windstoß fährt zwischen die Seiten des aufgeschlagenen Buches und blättert sie auf. Als Esther es zuklappen will, fällt ihr Blick auf den Brief, den sie zwischen die letzte Seite und den Buchdeckel geschoben und völlig vergessen hat. Das inzwischen wieder trockene Papier ist wellig. Die Tinte, mit der die Adresse geschrieben wurde, ist verlaufen. Sie erkennt ein R und einen längeren Namen dahinter, vielleicht Rinaldo. Der Straßenname ist unleserlich, aber hinter der ebenfalls verwischten Postleitzahl könnte Varenna stehen. Die Stadt hat Carina erwähnt. Ein großes V und zwei kleine n. Wohnt Rut dort?

Sie schiebt behutsam die Bleistiftspitze in die kleine Öffnung der verklebten Brieflasche, zögert dann aber. Das ist Ruts Brief, den sie ihr bei ihrem Wiedersehen zurückgeben sollte. Sie legt den Umschlag auf ihre Knie und schließt die Augen. Nickt ein.

Sie wird von einem Klopfen an der Tür geweckt. Ehe sie antworten kann, ist Carina schon hereingestürmt. Sie trägt jetzt ein eng anliegendes schwarzes Kleid und ist geschminkt, die Lippen leuchten knallrot.

»Was, noch nicht fertig?«, sagt sie mit einem schrägen Blick auf Esther, die noch immer in ihren Reisekleidern dasitzt.

»Oh, sorry, ich hab nicht … schon so spät? Ich bin wohl eingenickt.«

Carina nimmt die Skizze in die Hand, die auf dem Tisch liegt.

»Ist das Rut? Hast du das gezeichnet? Du bist echt gut, das ist absolut lebendig. So präzise könnte ich niemals zeichnen.«

Esther hält das Tagebuch hoch.

»Ich sehe sie immer vor mir, wenn ich ihre privatesten Gedanken lese. Fast so, als wäre sie bei mir.«

Carina nimmt ihr das Buch aus der Hand und blättert vorsichtig darin. Sie liest ein paar Sätze, verweilt auf der einen oder anderen Seite. Esther beugt sich vor und blättert zu dem Abschnitt mit dem Rosenstrauch.

»Lies das«, sagt sie.

Carina fährt mit dem Finger unter den Zeilen entlang, liest langsam.

»Oh, wie furchtbar, sein Kind zu verlieren«, sagt sie, als sie schließlich das Buch zuklappt. »Hat sie erzählt, was passiert ist?«

»Nein, aber ich glaube, dass die Kleine ertrunken ist. Sie hat mir nie etwas von ihrer Tochter erzählt. Ich habe ein paarmal nachgefragt, aber keine Antwort bekommen. Jetzt, wo ich weiß, dass sie gestorben ist, fühle ich mich so schäbig, weil ich so auf meinen eigenen Kummer fixiert war.«

»Da wird nachvollziehbar, warum sie dich auf bessere Gedanken bringen wollte. Dein Sohn ist ja noch am Leben.«

Esther steht auf und öffnet ihren Koffer.

»Ist das ein feines Restaurant?«

»Nein, aber es schadet ja nie, sich ein bisschen in Schale zu werfen. Zieh ein Kleid an, wenn du eins dabeihast. Ich warte unten«, sagt Carina und verschwindet durch die Tür.

Esther versteckt das Tagebuch und den Brief zwischen den Kleidern in ihrem Koffer. Ruts Bleistiftskizze faltet sie zusammen und steckt sie in die Handtasche. Vielleicht erkennt sie ja in dem Restaurant irgendjemand wieder.

36.

Auf dem Wasser schimmern rotgelbe Reste der letzten Sonnenstrahlen, als sie die Pension verlassen. Hinter den Bergen glüht der Himmel. Carina stakst mit hochhackigen Schuhen über das unebene Kopfsteinpflaster. Sie schleppt ein großformatiges, in Papier eingeschlagenes Bild mit sich.

»Was hast du damit vor? Willst du es mit ins Restaurant nehmen?«, fragt Esther ihre neue Freundin.

»Nein, natürlich nicht. Das ist für einen Freund, der auf halbem Weg wohnt. Es dauert nicht lange.«

»Du wirst hoffentlich gut dafür bezahlt?«

Carina bleibt stehen, um umzugreifen. Esther eilt ihr zu Hilfe. Sie heben es zwischen sich hoch.

Carina lacht. »Ich müsste ihm was dafür bezahlen, dass er es aufhängen will.«

»Willst du damit sagen, dass du deine tollen Bilder verschenkst? Mit denen du eigentlich eine Ausstellung machen müsstest?«

»Wie gesagt, das ist nur ein Hobby. Und ganz umsonst gebe ich sie nicht weg. Er lädt mich ab und zu zum Essen ein. Ich finde das einen guten Deal.«

Carina umfasst das riesige Bild, Esther unterstützt mit der Hand an einer Ecke.

»Was ist es für ein Motiv?«

»Berge in der Dämmerung, der Himmel rot leuchtend. Echter Kitsch, über den alle lachen. Aber ich liebe die Sonnenuntergänge überm See. Die Farben der Wolken, die Nuancen, die noch auf der Wasseroberfläche reflektieren, wenn die Sonne schon lange hinter den Bergen verschwunden ist. Und ihm gefällt das auch.«

Vor einer knallgrünen Tür bleibt sie stehen und lehnt das Bild an die Hauswand. Danach hämmert sie mit der Faust gegen die Tür.

»Ich hab ihm schon tausendmal gesagt, dass er eine Klingel installieren soll«, sagt sie, als sie ein zweites Mal härter gegen die Tür hämmert. »Aber er ist ein hoffnungsloser Bohemien, der totale Chaot.«

Irgendwann geht die Tür auf und ein lächelnder Mann mit kleiner runder Brille auf der Nase begrüßt sie mit ausgebreiteten Armen.

»Meine Lieben«, ruft er, als würde er Esther ebenfalls schon eine Ewigkeit kennen.

Esther schaut interessiert zu, wie Carina dem Mann in die Arme fällt und ihn auf die Wangen küsst.

»Das ist meine neue Freundin Esther. Ich habe sie auf dem Flug hierher kennengelernt«, sagt sie dann auf Englisch. »Nimm sie in den Arm, das braucht sie gerade.«

»Wer nicht. Und natürlich macht Sergio das«, sagt der Mann mit dröhnender Stimme und zieht Esther in eine feste Umarmung.

Genauso plötzlich lässt er sie wieder los und trägt das Bild in den Flur. Carina sieht ihn ungeduldig an.

»Mach schon das Papier ab«, drängt sie.

Aber Sergio schüttelt den Kopf, schnappt sich einen Mantel vom Haken und lässt das Bild verpackt stehen.

»Nicht jetzt, wenn ich so einen Bärenhunger hab. Ich möchte es mir mit Muße anschauen. Seid ihr mit Alfredos einverstanden?«

Carina nickt und beugt sich zu ihm vor. Sie flüstert, aber so laut, dass Esther hört, was sie sagt, und dabei zwinkert sie ihr zu: »Heute Abend brauchen wir viel Wein und viel Lachen«, sagt sie.

Danach reden die beiden auf Italienisch weiter. Carina gestikuliert und lacht. Sie scheinen sich sehr gut zu kennen. Esther schlendert hinter ihnen her zum Restaurant. Die Straßenlaternen spiegeln sich in dem glatten See. Einige Stege sind malerisch illuminiert, ein Segelboot hat eine Lichterkette um den Mast gewunden. Die Berge bilden eine dunkle Kulisse vor dem noch immer schwach violett gefärbten Himmel.

Es sieht genau so aus, wie Rut es beschrieben hat. Esther stellt sich vor, dass sie vielleicht genau in diesem Moment irgendwo ganz in der Nähe auf der Bank unter dem Baum in ihrem Garten sitzt.

»Sergio kennt Rut leider auch nicht«, sagt Carina auf Englisch, als hätte sie Esthers Gedanken gehört. »Ich habe ihn gefragt.«

Esther zieht die Schultern hoch, und Carina hakt sie unter.

»Allmählich sehe ich ein, was für ein unmögliches Unterfangen das ist«, sagt Esther resigniert.

»Da wäre ich mir nicht so sicher. Sergio meint, in seiner Kindheit wären viele Geschichten über Kinder kursiert, die im See ertrunken sind. Und dass eins dieser Kinder tatsächlich Grace hieß.«

Esther löst sich von Carinas untergehaktem Arm und läuft zu Sergio.

»Hast du tatsächlich Geschichten von Grace gehört?«, fragt sie aufgeregt. »Weißt du, was damals passiert ist?«

»Ich erinnere mich an den Namen, weil ich ihn so hübsch fand. Aber an viel mehr erinnere ich mich nicht. Es gab viele Geschichten von Kindern, die im See ertrunken sind. Vermutlich, um uns Respekt vorm Wasser einzuflößen und vom See fernzuhalten.«

»Aus Ruts Tagebucheinträgen lese ich heraus, dass sie ihrem Mann die Schuld am Tod der gemeinsamen Tochter gibt und ihm nicht verzeihen kann«, sagt Esther. »Bitte, grab in deinem Gedächtnis.«

»Tut mir leid. Ich kann noch nicht einmal garantieren, dass alles wahr ist, was sie uns damals erzählt haben. Wahrscheinlich wollten sie uns, wie gesagt, nur Angst machen. Grace ist im Grunde kein ungewöhnlicher Name.«

»Aber eine Grace, die im Comer See ertrunken ist, vielleicht schon.«

Das Restaurant liegt direkt am Wasser, in einem ebenerdigen Steinhaus mit großem Garten, in dem weit verstreut Tische stehen. Die Laternen in den Bäumen verströmen ein sanftes, warmes Licht.

Der Ober kennt Sergio und Carina, sie plaudern eine Weile, ehe er sie zu einem Tisch führt, an dem bereits zwei Frauen sitzen. Sie stehen auf, als sie Sergio und Carina sehen. Esther hält sich im Hintergrund, als sie sich mit einer Umarmung begrüßen. Sie stellen sich Esther mit ihren Namen vor, aber Esther hat sie gleich wieder vergessen. Sie lächelt steif und schüttelt ihre Hände. Sergio zieht einen Stuhl vom Tisch weg und überlässt ihr den besten Platz mit Blick aufs Wasser. Sie sitzt schweigsam daneben und lauscht stumm dem intensiven Gespräch der anderen, die sich auf Italienisch unterhalten, wild durcheinander reden und lachen. Eine der Frauen hat schwarze Farbe am rechten Daumen und Zeigefinger.

»Seid ihr alle Künstler?«, fragt Esther auf Englisch, worauf das Gespräch schlagartig verstummt.

Alle Blicke sind auf sie gerichtet, bis Carina die Situation mit einem Lachen auflöst und die Hände vor dem Gesicht zusammenschlägt.

»Nein, keine von uns ist Künstlerin«, sagt sie und kneift die Augen zusammen. »Wir versuchen nur, die Zeit totzuschlagen.«

»Bloß nicht das K-Wort nennen«, sagt Sergio mit strengem Blick über den Metallrand seiner Brille.

Seine Miene löst Gelächter bei den drei Frauen aus, doch Esther versteht die interne Pointe nicht. Sie nehmen ihren Gesprächsfaden wieder auf, und Esther beobachtet sie interessiert. Sergio hat einen hellblauen Farbstrich im Bart. Eine der Frauen trägt ein elegantes Seidenkleid, der Stoff glänzt im Schein der Kerzen.

»Ich bin Kunstlehrerin und liebe Kunst. Und ich war mit einem Künstler verheiratet«, sagt Esther zögernd.

»Und jetzt bist du nicht mehr verheiratet«, sagt Sergio lachend. »So kann es gehen. Du befindest dich in guter Gesellschaft. Mit Künstlern zusammenzuleben ist schwer, heißt es, umso mehr, da du selbst eine künstlerische Ader zu haben scheinst.«

»Und ob sie das hat. Ich habe vorhin eine Skizze von ihr gesehen, die war fantastisch«, sagt Carina eifrig.

Sergio hebt sein Glas. Die anderen tun es ihm nach. Außer Esther, die in ihrer Tasche nach der Porträtskizze von Rut sucht. Sie lässt sie stecken, als Sergio ihr auffordernd sein Glas entgegenstreckt, nimmt ihr eigenes und stößt mit ihm an.

»Auf die Liebe. Oder auf das, was davon noch übrig ist«, sagt er und nimmt mit geschlossenen Augen einen großen Schluck, begleitet vom spontanen Kichern der übrigen Gesellschaft.

37.

Chloé ist Schriftstellerin. Sie hat langes schwarzes Haar und einen gerade geschnittenen Pony, der fast ihre Augen verbirgt.

Sie ist die Zurückhaltendste in der Runde, eine Beobachterin, lässig zurückgelehnt mit dem Weinglas in der Hand. Als sie einige der von ihr verfassten Titel nennt, stellt Esther fest, dass sie den einen oder anderen schon in schwedischer Übersetzung gelesen hat. Chloés Miene hellt sich auf, als Esther ihr das erzählt.

Simona mit der schwarzen Farbe an den Fingern ist Modedesignerin in Mailand. Sergio wehrt Esthers Fragen mit einem Handwedeln ab, aber die anderen reden gerne über sich und alle durcheinander. Sie ziehen sich gegenseitig auf, frotzeln herum, und Esther fühlt sich ein bisschen wie unter Geschwistern. Vertraut und liebevoll miteinander, aber im ständigen Wettstreit um den eigenen Platz.

Sergio hat permanent seine Hand an Carinas Körper, auf dem Oberschenkel, am Arm, irgendwann legt er ihr den Arm um die Schultern, spielt mit einer Locke und streichelt ihren Nacken.

»Ist das nicht ein wunderbarer Abend? Das muss man genießen«, sagt er, als er Esthers fragenden Blick sieht.

Carina schiebt seine Hand weg und rückt ihren Stuhl ein Stück von ihm weg.

»Hör nicht auf ihn, er hat zu viel getrunken«, sagt sie verlegen. »Wir sind einfach nur Freunde, enge Freunde.«

»Sehr eng. Skål darauf«, erklärt Sergio und hebt sein Glas.

»Und wie ist es dir nach der Scheidung ergangen? Hast du eine neue Liebe gefunden?«, fragt Chloé erwartungsvoll über den Tisch gelehnt, das Kinn auf dem Handballen abgestützt.

»Oh nein, kein Interesse«, antwortet Esther, als müsste sie sich für etwas rechtfertigen.

»Warum nicht? So jung und gut aussehend, wie du bist.«

»Ich wollte die Scheidung nicht, hatte aber keine andere Wahl. Einmal heiraten reicht mir. Und ich bin nicht allein, ich habe ja meinen Sohn.«

»Dann bist du in Italien also nicht auf der Suche nach der Liebe?«, fragt Sergio mit einem Blitzen in den Augen. Das Gesprächsthema scheint ihn zu amüsieren.

»Nein, so bin ich absolut nicht.« Esther geht schon wieder in Verteidigungshaltung.

»Da bin ich ja beruhigt, dass du nicht so bist. Ich meine, Liebe, wer will schon so einen Scheiß!« Sergio hebt den Kopf und grinst sie an.

»Aus deinem Mund klingt das wie etwas, wofür man sich schämen muss«, sagt Chloé ernst und schlägt Sergio mit der Hand an den Oberarm.

»Aber so ist es doch«, entgegnet Esther. »Ich wollte nicht, dass es so kommt, habe mit der Einstellung geheiratet, dass es ein ganzes Leben hält. Vielleicht fühle ich mich deshalb wie … ja, eher wie eine Witwe als wie eine geschiedene Frau.«

Esther verheddert sich in ihrer Erklärung, hört selbst, wie wirr das klingt, und bekommt rote Wangen. Um den Tisch herrscht Schweigen, alle Blicke sind auf sie gerichtet. Simonas Mundwinkel zucken nach oben, aber sie versucht, nicht zu lachen. Dabei verzieht sich ihr Gesicht zu einer verkrampften Grimasse.

»Und ihr? Warum seid ihr Singles?«, fragt Esther, um die Stille zu beenden.

»Na, jedenfalls nicht, um fortan als Nonnen zu leben«, sagt Simona und kann nicht länger an sich halten. Sie bricht in schallendes Gelächter aus, ihre Augen füllen sich mit Tränen, die sie mit dem Handrücken wegwischt. Sie kriegt kaum noch Luft vor Lachen, und die anderen betrachten sie belustigt.

Das Lachen ist ansteckend, und am Ende lacht selbst Esther. Das ist unendlich befreiend, endlich fällt der Stress von ihr ab. Simona greift sich eine Serviette und tupft sich vorsichtig die Tränen aus dem Gesicht, das vor Anstrengung rot angelaufen ist. Die Haarspange, mit der sie das lockige Haar hochgesteckt hat, ist verrutscht. Unter den Augen ist die Mascara verschmiert.

»Hach je …« Sie seufzt und verschluckt glucksend den Rest des Satzes.

»Die Antwort auf diese Frage ist ganz simpel, wir waren unglücklich in unseren Beziehungen. Das ist kein Verbrechen und war so nicht geplant, darum geben wir auch niemandem die Schuld«, sagt Sergio.

»Waren wir damals wirklich unglücklicher als heute?«, fragt Simona immer noch kichernd.

»Auf mich wirkt ihr jedenfalls alles andere als unglücklich. Ich wünschte, ich könnte das durch eure Brille sehen. Dass es im Grunde so einfach ist.«

Esther trinkt einen großen Schluck Wein. Und gleich noch einen hinterher.

Carina beugt sich vor und streicht ihr über den Arm.

»Wir haben einander. Und wir haben Spaß, weil wir es uns wert sind. Komplizierter als so ist es tatsächlich nicht. Unglücklichsein in einer Beziehung ist doch wohl Grund genug«, sagt sie und lacht. »Wobei ich mich eigentlich nicht als unglücklich bezeichnen würde. Da mein Mann nie zu Hause ist, langweilt er mich bisher auch noch nicht.«

»Und für den Rest hast du ja mich«, murmelt Sergio kaum hörbar, als das Essen kommt.

»Ihr hört euch genau wie Rut an. Das muss an der Luft hier liegen«, sagt Esther und dreht ein paar Spaghetti mit der Gabel auf.

Sie schiebt die Gabel in den Mund und erlebt eine regelrechte Geschmacksexplosion.

»Mhm, was ist denn das?«

»Safran und Knoblauch. Geniale Kombination, oder?«, sagt Chloé.

Esther nickt und isst weiter. Antipasti, Spaghetti, gegrilltes Gemüse. Sergio stibitzt ein Stück Spargel von Carinas Teller, worauf Carina ihm auf die Finger schlägt.

»Ihr zwei.« Chloé verdreht die Augen und wendet sich an Esther. »Ich frag mich immer wieder, warum die beiden nicht miteinander verheiratet sind.«

Esther kaut und räuspert sich, dann greift sie in ihre Tasche, zieht die Skizze von Rut heraus und legt sie auf den Tisch.

»Könnt ihr mir vielleicht weiterhelfen? So sieht Rut aus. Ich habe nur zwei Tage Zeit und muss sie unbedingt finden. Sie ist verschwunden, bevor unser Gespräch beendet war. Es ist …« Esther macht eine Pause und denkt an Rut, die ihr Leben wieder mit Sinn gefüllt hat. Sie beißt sich innen in die Wange, um nicht loszuheulen.

»Es ist lebenswichtig, dass ich sie finde«, sagt sie schließlich.

»Mein Gott, lebenswichtig? Für dich oder für Rut? Dann haben wir wohl keine Wahl«, sagt Sergio und trommelt mit den Fingern auf dem Tisch, während er sich die Skizze ansieht.

»Wie heißt sie mit Nachnamen?«, fragt Chloé.

»Ricci, glaube ich. Und der Mann, mit dem sie verheiratet war, hieß Rinaldo. Die beiden hatten eine Tochter namens Grace. Und Rut hat eine Freundin mit dem Namen Fiona erwähnt.«

Sergio beugt sich vor und sieht sich das Bild noch einmal genauer an.

»Irgendwie kommt mir das Gesicht bekannt vor. Aber ich bringe es nicht unter …«, sagt er dann. »Und du hast keine Ahnung, wo sie wohnt?«

»Ich weiß nur, wie das Haus aussieht – oder in den Fünfzigern ausgesehen hat. Eine hellgelbe Villa mit blauen Fensterläden. Direkt am See, also hier, am Comer See.«

»Alles klar«, sagt Sergio und wendet sich an die anderen. »Dann wissen wir ja, wonach wir suchen.«

Er lehnt sich über den Tisch und gießt Wein nach. Simona nimmt die Skizze und betrachtet die alte Dame.

»Fiona«, murmelt sie.

Esther rückt näher zu ihr und zeigt auf das Gesicht, das sie gezeichnet hat.

»Nein, das ist Rut«, sagt sie bestimmt.

»Ja, schon klar, und ich kenne die Frau auf dem Bild nicht. Aber wenn Fiona im gleichen Alter ist wie Rut, dann glaube ich, dass ich weiß, wer sie ist. Und du weißt es auch, Sergio. Wir haben sie mal auf einem Fest getroffen, die Frau mit den Pfauenfedern. Ich versuche herauszukriegen, wo sie wohnt.«

Sergio lächelt breit.

»Und morgen statten wir ihr einen Besuch ab. Und retten Esthers Leben. Im Moment haben wir wohl nichts Wichtigeres vor, oder?«

38.

Esther torkelt vergnügt aus dem Restaurant, sie hat schon lange nicht mehr so viel Wein getrunken. Und so viel gelacht. Ihre Lippen fühlen sich ein wenig taub an, sie schmatzt ein paarmal. Ihr Körper ist ungewohnt entspannt. Carina hat sich bei ihr untergehakt. Sie haben beide die Schuhe ausgezogen und laufen barfuß über das Kopfsteinpflaster. Sergio geht ein paar Schritte hinter ihnen und summt eine Melodie. Als Esther unvermittelt stehen bleibt, läuft Sergio in sie hinein. Carina lacht.

»Was ist los?«

»Ich habe vergessen, Gute Nacht zu sagen«, nuschelt Esther mit starrem Blick. »Das ist mir noch nie passiert!«

»Kein Beinbruch, wir sind ja noch alle wach«, sagt Carina kichernd und zieht sie mit sich.

»Ich meine nicht euch, sondern meinen Adrian. Ich wünsche ihm immer, immer eine Gute Nacht, wenn er bei seinem Vater ist. Jeden Abend. Heute Abend habe ich es zum ersten Mal vergessen.«

Sie ist schlagartig nüchtern und durchwühlt ihre Tasche nach dem Handy. Es ist spät, weit nach Mitternacht. Adrian schläft längst. Und auf ihrem Handy sind keine verpassten Nachrichten oder Anrufe.

»Das wird er schon verwinden, oder?«, sagt Carina.

»Er ist es gewohnt, dass ich anrufe. Was, wenn er jetzt denkt, dass ich ihn vergessen habe oder dass er mir nicht wichtig ist. Oder dass mir was passiert ist.«

»Hallo, das ist doch Unsinn. Natürlich tut er das nicht, du bist seine Mama. Genieß lieber, dass du mal wieder Zeit für dich hast, das scheint dir gutzutun.«

Sie gehen weiter, Sergio nun mit über die Schulter geschwungenem Mantel ein paar Meter vor ihnen. Er biegt ab, als sie sich seinem Haus nähern, und wirft ihnen mit der freien Hand Luftküsse zu.

»Gute Nacht. Ich hupe, wenn ich morgen vor der Pension stehe.«

»Und was machen wir, wenn Simona nicht rausfindet, wo Fiona wohnt?«, fragt Carina und gähnt mit weit aufgerissenem Mund.

»Dann müssen wir wohl alle gelben Villen rund um den Comer See abklappern«, sagt Sergio mit ernster Miene.

Esther schwankt und lacht leise, als würde sie das durchaus als Möglichkeit in Betracht ziehen.

»Morgen Abend kannst du dann hoffentlich schon mit Rut zusammen essen und bist diesen verrückten Haufen los«, fährt er grinsend fort.

»Wir könnten doch alle zusammen essen. Ich fange an, euch zu mögen«, nuschelt Esther.

»Wie schön, wir mögen dich nämlich auch. Auch wenn du nicht so eine bist, die sich gerne scheiden lässt …« Sergio nickt vielsagend, dann dreht er sich abrupt um und summt wieder eine Melodie. So laut, dass es zwischen den Mauern der schmalen Gasse widerhallt.

Carina begleitet Esther durch den Garten der Pension und die ausgetretene Steintreppe hoch. Sie nimmt ihr den Schlüssel ab, schließt die Tür auf und folgt ihr ins Zimmer. Esther wirft sich in voller Montur aufs Bett. Die Decke über ihr dreht sich, alles schwankt. Sie fixiert die dicken, quer über ihr verlaufenden Holzbalken. Lauscht auf die Geräusche von draußen, vorbeifahrende Autos, Stimmengewirr, das Glucksen des Wassers ans Ufer. Es ist spät, aber die Stadt schläft nicht. Sie kann sich kaum erinnern, wann sie das letzte Mal so einen entspannten Abend gehabt hat. Ohne Adrian. Wahrscheinlich seit der Scheidung nicht mehr. Kann es sein, dass sie sich seit über einem Jahr nicht mehr allein und entspannt mit Freunden getroffen hat? Sie erinnert sich nur an die wenigen Male, wo sie eigentlich nur nach Hause wollte.

»Hier, trink ein Glas Wasser, bevor du einschläfst.« Carina reicht ihr ein Glas und setzt sich auf die Bettkante.

»Danke. Warum bist du so nett zu mir?« Esther setzt sich auf. Ihr Magen zieht sich zusammen, die Übelkeit steckt ihr wie ein Klumpen im Hals. Sie zieht eine Grimasse und rollt sich in Embryohaltung zusammen.

»Trink so viel Wasser wie möglich, dann geht es dir morgen besser, wenn wir zu unserem Abenteuer aufbrechen«, sagt Carina und bringt sie dazu, sich wieder aufzusetzen.

»Tut mir leid, ich hab schon lange nicht mehr so viel Wein getrunken, vertrage offensichtlich nichts mehr«, sagt sie und trinkt gierig das Glas leer.

»Dann war es ja mal wieder Zeit. Du solltest das Leben ein bisschen mehr genießen, nicht nur überleben.«

Esther legt sich wieder hin und stöhnt.

»Maßvoll genießen, nicht so, dass sich alles dreht«, sagt sie lachend und zeigt mit ausgestrecktem Arm zu ihrem Rollkoffer. »Kannst du mir das schwarze Buch aus dem Koffer geben? Es muss da irgendwo drin sein.« Ihre Zunge fühlt sich schwer an.

Carina schaut zwischen den Kleidern nach und fischt Ruts abgegriffenes Tagebuch heraus. Sie reicht es Esther, die darin blättert, bis sie findet, was sie sucht.

5. Juli 1955

Das Leben ist so schön. Und es ist noch schöner geworden mit Graces Geburt. Ich sehe seitdem die Welt mit anderen Augen. Ich genieße es, mit ihr auf dem Arm durch alle Räume des Hauses zu spazieren und aus den hohen Panoramafenstern in den Garten zu schauen auf ein Beet mit den herrlichsten Blüten in unterschiedlichen Rosatönen. Auf die drei kleinen Bäume mit den sorgsam zu runder Perfektion beschnittenen grünen Kronen. Und auf den großen Baum, struppig und wild, unter dem meine neue Bank steht, auf der Grace und ich an den Nachmittagen im Schatten sitzen. Ich blicke hinaus auf eine sattgrüne, dichte Rasenfläche, die Vater zum Jubeln brächte, wenn er sie sähe. Ich sehe den Zaun am Wasser, gusseiserne Schmiedearbeit zwischen dicken Steinpfosten, so wunderschön, daß er einen Schloßgarten einfrieden könnte. Ich sehe sanft hügelige Berge mit scharfkantigen Felspartien in dem satten Grün. Und weiße Wattewolken, die sich auf der blanken Oberfläche des Sees spiegeln. Heute ist die Aussicht so schön, daß es mir fast den Atem verschlägt. So fühlt es sich endlich wie mein Zuhause an.

Esther schlägt das Buch zu und sieht Carina an.

»Da beschreibt sie genau, wie es ausgesehen hat«, sagt sie hoffnungsvoll.

»Aber das könnte überall sein. So eine Aussicht haben die meisten Häuser am See, wie du ja selber gesehen hast.«

Esther schlägt das Buch wieder auf, liest leise ein paar Sätze.

»Wir sollten nach dem Zaun Ausschau halten, der scheint doch nicht so gewöhnlich zu sein.«

Carina lacht.

»Schlaf jetzt, Esther, und lass das Grübeln. Morgen sehen wir weiter. Alle Häuser am See haben Terrassen und Zäune und Stege und Treppen und sattgrüne Rasenflächen. So sieht es hier aus.«

Esther bleibt hartnäckig, sucht nach weiteren beschreibenden Stellen im Buch. Carina steht auf und geht zur Tür.

»Ich muss jetzt gehen. Wir sehen uns morgen. Hoffentlich ist das Bett bequem«, sagt sie.

»Bleib noch ein bisschen«, bittet Esther. »Hör dir das an …«

Sie fängt an zu lesen. Carina bleibt auf der Schwelle stehen.

2. November 1957

Auf dem Nachbargrundstück wird gebaut. Ich bin erschüttert. Alle schönen Bäume sind abgesägt worden, meine Aussicht ist völlig zerstört. Das Haus soll rosa werden. Abscheulich. Ein Protzbau.

Carina lacht und fährt sich mit den Fingern durchs Haar.

»Du hast recht, das ist ein Hinweis. Ein gelbes Haus neben einem rosa Protzbau. Das wird trotzdem nicht leicht, weil es hier haufenweise rosa und gelbe Häuser gibt. Bleibt zu hoffen, dass wir Fiona aufspüren und sie mehr Informationen hat. Wir werden dich bei der Suche unterstützen, versprochen. Wir haben verstanden, dass Rut dir viel bedeutet.«

Esther nickt dankbar, dreht sich auf den Rücken und schließt die Augen.

»Ich begreife nicht, warum sie verschwunden ist, ohne sich zu verabschieden. Das passt nicht zu ihr. Ich mache mir Sorgen um sie.«

»Sie hatte sicher einen triftigen Grund.«

»Aber dass sie die Wiese und das Haus verkauft, muss sie doch geplant haben.«

»Das kannst du sie fragen, wenn wir sie finden. Morgen. Und jetzt schlaf.«

Carina macht das Licht aus und schließt die Zimmertür hinter sich. Esther hört sie die Treppe hinunterlaufen. Mit dem Verebben der Schritte rückt der Schlaf näher. Das Tagebuch gleitet ihr aus den Händen.

Es herrschte Chaos, wie es bei Umzügen eben ist. Kartons überall. Der beißende Geruch frisch gestrichener Wände. Vor meinem inneren Auge hatte ich die Wohnung bereits fertig eingerichtet, lange, bevor ich sie endlich gekauft habe und einziehen konnte. Ich hatte mir genau überlegt, welche Möbel ich aus dem Haus mitnehmen wollte. Das kleine Sofa vom Dachboden. Den Teppich aus der Bibliothek im Erdgeschoss, den ich von meiner geliebten Großmutter geerbt hatte. Die Lampe aus dem Wohnzimmer, die ich nach langer Entscheidungsphase selber ausgesucht hatte.

Alex warf mir ständig vor, für alles zu lange zu brauchen. Er fällte alle seine Entscheidungen schnell und hielt das für das Maß aller Dinge. Ich wollte darüber nachdenken, sicher sein.

Darum habe ich auch lange darüber nachgedacht, wo Adrian und ich wohnen sollten. Ich konnte es vor mir sehen, wie schön es werden würde. Dass ich dort endlich zur Ruhe kommen würde. Das Sofa, der Teppich und die Lampe in einem noch nicht festgelegten Raum in einer noch nicht gekauften Wohnung wurden zur Ziellinie dessen, was ich gezwungen war zu tun. Nämlich dem Menschen, mit dem ich eigentlich den Rest meines Lebens hatte verbringen wollen, die schicksalsschweren Worte zu sagen: »Ich kann nicht mehr so weitermachen, ich will die Scheidung.«

Es war nicht geplant, weder der Zeitpunkt noch der Satz, der sich aus meinen Gedanken löste und laut ausgesprochen wurde. Es war ein spontaner Akt, mitten in der Nacht, mitten in einem unserer vielen Streits.

Ein Tropfen brachte das Fass zum Überlaufen, und ich habe die Worte gesagt, die ich schon so lange in meinen Gedanken gewälzt hatte. Von denen er nichts wusste.

Es wurde still. Beängstigend still.

Es ist schon merkwürdig. Materielle Dinge waren ein Grund für das emotionale Chaos in unserer Ehe. Und materielle Dinge haben mich am Ende innerlich geordnet und mir den Mut gegeben zu gehen.

Mithilfe meiner Träume und inneren Bilder von meinem neuen Zuhause habe ich den Mut gefunden, mich zu befreien.

Ich erinnere mich, wie die Umzugsleute das Sofa reingetragen haben und ich ihnen gezeigt habe, wo es stehen sollte. Es passte perfekt.

Dann waren wir allein. Ich schloss die Tür ab und rollte den Teppich vor dem Sofa aus. Betrachtete zufrieden das harmonische Zusammenspiel der Farben, wie sich die zwei Einrichtungsgegenstände von ganz unterschiedlichen Plätzen im Haus so selbstverständlich und natürlich zusammenfügten und mein neues Fundament bildeten.

Adrian spielte in seinem neuen Zimmer, das ich mit der gleichen Tapete und den gleichen Möbeln wie sein anderes Zimmer eingerichtet hatte.

Als er eingeschlafen war, packte ich eine Teetasse aus einem der Kartons aus, kochte Wasser auf dem neuen Herd und entdeckte eine halbe Tafel Schokolade in meiner Handtasche. Dann kuschelte ich mich mit dem dampfenden Tee auf das Sofa, saß einfach nur da in der Stille und Leere an diesem ersten Abend hinter verschlossener Tür, an dem niemand hereinkommen, streiten und alles infrage stellen würde.

Diesen Moment werde ich niemals vergessen, als mir klar wurde, dass ich in Sicherheit war und endlich eine ganze Nacht durchschlafen konnte, ohne geweckt zu werden. Ich war so erschöpft, dass ich nur Erleichterung fühlte. Die Tränen und Zweifel kamen später.

39.

Esthers Mund ist beim Aufwachen trocken wie die Wüste Gobi. Die Sonne blendet und sticht in den Augen, die bodenlangen weißen Gardinen tanzen im Windzug der offenen Balkontür. Sie sieht sich schlaftrunken in der ungewohnten Umgebung um. Als ihr aufgeht, wo sie ist, sinkt sie zurück auf das weiche Kissen. Sie lauscht dem von der Straße hereinströmenden Verkehrsrauschen, jemand hupt, ein anderer gibt Gas. Aus dem Garten sind leise Jazzklänge und Geschirrklappern zu hören.

Sie schwingt die Beine über die Bettkante und tritt auf den Balkon hinaus, um zu schauen, was dort unten los ist. Im Garten wird das Frühstück serviert. Die Gäste an den kleinen runden Tischen trinken Orangensaft und Kaffee, die Gesichter dem See und den Bergen zugewandt. Die Oberfläche kräuselt sich in einer leisen Brise. Dicht am Ufer gleitet ein Kajak vorbei, weiter draußen auf dem Wasser sieht es fast so aus, als würden die Personenfähre und ein Motorboot gleich kollidieren.

Sie zuckt zusammen, als unter ihr ein hellblauer, rostfleckiger Pick-up auf den Bürgersteig fährt und bremst. Auf der Ladefläche ist mit breiten Spanngurten ein Tisch festgezurrt. Die Hupe ertönt, und Sergio beugt sich aus dem Seitenfenster. Er winkt zu ihr hoch.

»Guten Morgen, Sonnenstrahl«, ruft er laut mit über den Kopf erhobener Hand, was die Gäste im Garten veranlasst, neugierige Blicke zu ihrem Balkon hochzuwerfen.

Hinter Sergios Schulter taucht ein zweites Gesicht auf. Carina trägt noch ihr Kleid von gestern, ihre Frisur ist zerzaust.

»Komm zu mir, wenn du ausgehbereit bist. Einfach nur die Straße hoch. Ich mach Frühstück«, ruft sie.

Esther nickt und winkt ihnen hinterher, als sie mit hustendem Motor davonrollen. Sergio drückt mehrmals auf die Hupe. Esther lacht. Was würde sie ohne die schräge Truppe machen? Was für ein Glück, dass sie im Flugzeug ihren Kaffee verschüttet und ein Gespräch mit Carina angefangen hat.

Auf dem Boden neben dem Bett liegt Ruts aufgeschlagenes Tagebuch. Der Brief ist wieder herausgerutscht. Sie hebt ihn auf und sieht sich zum zigsten Mal die verwischte Adresse an. Varenna? Rinaldo? Ro …? Was steht da?

Jetzt ist es mit ihrer Beherrschung vorbei. Sie reißt die Lasche mit dem Finger auf und faltet den Brief auseinander. Das ist Ruts Handschrift, und sie schreibt auf Schwedisch.

Mein lieber Roberto,

wie enttäuscht du von mir sein musst. Weil ich hier bin und du dort. Dass ich dich wieder einmal verlassen habe.

Die schwedischen Winter sind betrüblich lang, aber bald ist es überstanden. Die Blumen sprießen, die Vögel singen wieder. Das Licht kehrt zurück. Ich frage mich oft, wieso ich hier bin, wenn ich doch nur den ganzen Tag dasitze und vor mich hinstarre.

Warum überschüttet uns das Leben mit so viel Kummer?

Ich denke oft an das Haus am See. Sorge mich, dass der Keller wieder mit Wasser vollgelaufen ist oder es muffig riecht, wenn die Fenster zu lange geschlossen sind. Dass die Rosen im Gewächshaus vertrocknet sind. Dass der Garten verwildert.

Bist du zwischendurch mit den Mädchen dort gewesen? Vermissen sie mich genauso sehr wie ich sie? Ich sollte bei euch sein, ich weiß.

Es war zu anstrengend für mich in diesem Haus, wo Gabriella in allen Ecken steckt, so wie Grace. Es wurde zu viel für mich. Ich habe keine Luft mehr bekommen. Hier gibt es andere Erinnerungen.

Verzeih mir, Roberto. Verzeih mir, dass ich dich mit allem alleingelassen habe. Ich hatte nicht den Mut, es dir persönlich zu sagen, also schreibe ich diesen Brief. Etwas ist in mir zerbrochen, und ich weiß noch nicht genau, wie ich es wieder reparieren kann, kriege die Scherben nicht mehr zusammen.

Ich habe eine neue Freundin gefunden, sie erinnert mich an Gabriella. Randvoll mit Gedanken, genauso eine Grüblerin. Am Anfang war sie sehr niedergeschlagen, jetzt ist sie wieder etwas optimistischer. Sie hat mich hier festgehalten. Wir haben viel miteinander gesprochen.

Bald werde ich für immer zu euch zurückkehren. Die Zeit ist reif. Wir sehen uns wieder, wenn Graces Rosenstrauch zu blühen beginnt. Dann werde ich auf der Bank sitzen und euch erwarten. Mit frisch gebackenen Hefeschnecken und Saft.

Versprochen.

Mama

Roberto, Mama, Gabriella … Graces Rosenstrauch. Hat Rut einen Sohn?

Warum hat sie nie einen Roberto erwähnt? Und wer ist Gabriella? So viele neue Fragen. Das einzig Sichere scheint zu sein, dass Rut tatsächlich nach Italien zurückgekehrt ist.

Esther legt den Brief zurück auf den Boden und läuft ins Bad. Zum Duschen ist jetzt keine Zeit mehr. Sie wäscht sich das Gesicht, zieht ein T-Shirt und eine Jeans an und wirft einen kurzen Blick in den Spiegel. Die Ringe unter den Augen kommen diesmal nicht vom Weinen, sondern vom Lachen und vom Wein und von viel zu wenig Schlaf. Sie lächelt ihr Spiegelbild an, zuerst vorsichtig, dann immer breiter. Mit ein bisschen Puder und Rouge sieht sie gleich wacher aus. Sie ist aufgeregt. Jetzt müssen sie nur noch Ruts Haus finden. Damit sie hoffentlich ihre Sorgen um Rut endlich über Bord werfen kann und sie ganz bald schon ihre Unterhaltung wieder aufnehmen können.

Esther schnappt sich ihre Handtasche, den Brief und das Tagebuch und läuft die kurze Strecke bis zu Carina.

40.

»Sie ist hier!«, ruft Esther atemlos, als sie in Carinas Küche stürmt, ohne vorher anzuklopfen, und wedelt mit dem Brief vor Carinas Nase herum.

»Lies das«, sagt sie.

Carina schnappt sich ihre rote Kunststoffbrille von der Arbeitsplatte und liest leise.

»Roberto«, sagt sie laut, als sie am Ende angelangt ist.

»Kennst du einen Roberto?«, fragt Esther aufgeregt.

Carina reicht den Brief an Sergio weiter, der mit einer Tasse Espresso am Küchentisch sitzt. Sie zeigt auf die Namen.

»Fiona, Roberto, Gabriella«, liest sie vor und lacht. »Das ist gut, wir sammeln immer mehr Namen, immer mehr Hinweise.«

Sie klopft den Kaffeesatz in den Abfalleimer, spült das Sieb aus und füllt es mit frisch gemahlenem Kaffee. Die Espressomaschine brummt sonor.

»Willst du Milch?«, fragt sie. Esther nickt.

»Kein Abenteuer ohne Kaffee«, murmelt Sergio, schlürft die letzten Tropfen in sich hinein und hält Carina seine Tasse hin.

Auf dem Tisch steht eine Schale mit Keksen. Esther schiebt sich einen in den Mund. Er ist süß und trocken. Sie spült ihn mit einem großen Schluck Cappuccino hinunter. Dann steht sie auf und sieht die anderen beiden ungeduldig an.

»Wollen wir dann aufbrechen?«

Carina sieht Esther von der Seite an.

»Du holst dir einen Hitzschlag in der Jeans, es ist jetzt schon viel zu warm. Komm, ich leihe dir ein Kleid von mir.«

Sie zieht Esther hinter sich her ins obere Stockwerk. In Carinas Schlafzimmer stapeln sich Bücher und Zeitschriften. Die Kleider hängen auf Bügeln an den Wänden oder liegen in Haufen auf den Stühlen. Sie nimmt zielsicher ein blaues Kleid von der Gardinenstange, hält es Esther an und schüttelt den Kopf.

»Nein, die Farbe ist zu kalt für dich«, sagt sie und sucht ein anderes Kleid heraus, diesmal geblümt, das auch durchfällt.

»Zu brav«, sagt sie entschieden und wirft es aufs Bett.

Carina öffnet die Türen eines großen, alten Kleiderschranks, auf dessen blassgrauem Holz deutlich die Äderung durchscheint. An einer Tür hat sie Farben für einen Anstrich ausprobiert, drei grobe Pinselstriche in unterschiedlichen Blautönen. Carina fährt mit der Hand an der Bügelreihe entlang und bleibt an einem roten Hängerkleid mit dünnen Schulterriemen hängen.

»Perfekt«, sagt sie lachend und hält es vor Esther hoch. »Rot steht dir, du brauchst kräftige warme Farben. Fröhliche Farben. Zieh das über und komm dann wieder runter. Die Größe müsste hinkommen.«

Esther nimmt den Bügel entgegen. Carina geht zurück in die Küche und überlässt ihr das Schlafzimmer. Die Sonne fällt durchs Fenster in den Raum. Es ist schon so warm, dass der Jeansstoff an ihren Beinen klebt. Sie zieht Hose und T-Shirt aus. An der Innenseite der Tür hängt ein Spiegel. Sie stellt sich davor und betrachtet sich darin. Ihren Bauch mit der großen Kaiserschnittnarbe und den Schwangerschaftsstreifen. Sie streicht mit den Händen darüber, zieht die Haut nach hinten, dass der Bauch flacher aussieht, spannt die Bauchmuskeln an und zieht ihn ein. Die Brüste füllen den BH gut aus, der alt und etwas zu klein ist. An der Seite quillt weiche Haut aus einem kleinen Loch. Ihr Slip ist bequem mit großem Blumenmuster. Sie liebt Blumen, und außer ihr sieht schließlich niemand ihre Unterwäsche.

Sie zieht das Kleid über den Kopf. Es liegt über dem Brustkorb eng an und drückt die Brüste zusammen. Sie zieht es ein Stück nach oben, um den Spalt zwischen den Brüsten zu verdecken, aber dann ist es unten zu kurz. Sie gibt auf und dreht sich vor dem Spiegel hin und her. Der Viskosestoff fällt hübsch. Ein paar Haarsträhnen haben sich aus ihrem schnell hochgesteckten Knoten gelöst, und sie macht ihn ganz auf. Carina hat recht, Rot steht ihr. Es verleiht ihrer Haut einen weichen olivfarbenen Teint. Sie zerwuschelt sich das Haar mit den Fingern. Dann nimmt sie eine Spange von Carinas Nachtschrank und fasst die Haare von den Schläfen hinter dem Kopf zusammen. So sehen ihre Augen gleich wacher aus. Sie dreht sich ein letztes Mal vor dem Spiegel, ehe sie die Treppe hinunterläuft.

»Bist du fertig? Gut! Andiamo. Die Jagd auf die alte Dame kann beginnen«, sagt Sergio gut gelaunt, als er sie sieht.

41.

Sergio geht einmal um die Ladefläche herum und kontrolliert, dass der rustikale Tisch aus recycelten Brettern ordentlich festgezurrt ist. Er nickt Richtung Fahrerkabine.

»Steigt schon mal ein, ich muss den Tisch unterwegs noch kurz ausliefern.«

»Bist du Schreiner?«

Carina grinst sie an.

»Unter anderem. Er ist ein echter Allrounder.«

»Ich schlage mich so durch«, sagt Sergio lachend und hebt die Hände. »Und mache alles, was ich kann.«

Ein kleiner roter Flitzer holpert direkt hinter Sergios Pick-up auf den Bürgersteig. Chloé und Simona mit ihren großen Sonnenbrillen sind in eine lebhafte Diskussion vertieft. Simona sitzt am Steuer. Sie drückt noch einmal aufs Gas, als sie den Zündschlüssel umdreht, und der Wagen macht einen Satz nach vorn, ehe er steht. Sie schiebt den Kopf aus dem Seitenfenster.

»Nehmt ihr uns trotz Verspätung noch mit?«, fragt sie.

»Wir sind auch spät dran«, sagt Carina lachend und klettert in die Fahrerkabine neben Esther.

Sie fahren im Konvoi, Simona und Chloé dicht hinter Sergios Pick-up. Als Esther durch die längliche Rückscheibe nach hinten schaut, sind sie schon wieder in ihre Diskussion vertieft. Simona nimmt immer wieder die Hände vom Lenkrad und gestikuliert wild. Der kleine Wagen schlingert. So ohne Ton könnte man fast meinen, dass sie sich streiten.

Als sie an ein paar gelben Villen vorbeirauschen, zeigt Esther aufgeregt aus dem Fenster.

»Da, dort könnte es sein«, sagt sie.

»Das ist ein Hotel. Viele der Gebäude direkt am Wasser sind Hotels, die können wir überspringen«, erklärt Sergio und biegt unvermittelt von der Straße in eine enge Gasse ab. »Ich muss den Tisch eben ins La Jolla bringen«, erklärt er und zeigt zu einem Restaurant vor ihnen. In der Gasse fährt er sehr langsam wegen der vielen Touristen mit Rucksäcken und Kameras.

»Wir könnten die Gelegenheit nutzen, dort eine Kleinigkeit zu essen. Ihr Caprese ist ein Traum, Büffelmozzarella und sonnengereifte Tomaten«, schlägt Carina vor, streckt den Arm hinter Esther aus und legt die Hand auf Sergios Arm.

»Ihr wollt doch jetzt nicht ernsthaft was essen«, protestiert Esther. »Erst müssen wir Fiona finden und dann Rut. Danach können wir gerne irgendwo einkehren.«

»Wenn jemand Fionas Adresse kennt, dann Franco aus dem La Jolla. Er ist mindestens achtzig, wenn nicht hundert, und arbeitet immer noch. Und er kennt hier jeden.«

Der Wagen fährt ruckelnd auf den Gehweg und hält an. Carina zieht den Arm wieder zu sich.

Sergio löst die Spanngurte, als Chloé und Simona dicht hinter ihm parken. Das kleine Auto passt komplett auf den Bürgersteig.

»Lunchpause«, ruft Sergio und zeigt zu dem Restaurant. Chloé und Simona steigen laut palavernd aus. Sergio mischt sich ein, sie lachen. Dann streiten sie also nicht, sind einfach nur impulsiv und extrovertiert. Lebendig. So ganz anders als Esther, alle ihre Freunde oder Bekannten, als ihre Kollegen. Esther lauscht dem melodiösen Singsang der fremden

Sprache. Carina schiebt den Kopf zum Fenster herein, das Kinn auf die Unterarme gestützt.

»Willst du hier sitzen bleiben?«, fragt sie.

»Ich glaube, ja. Ich habe keinen Appetit und bin etwas gestresst. Ich habe nicht mehr viel Zeit«, flüstert sie und schluckt angestrengt.

Carina nickt verständnisvoll und geht, ohne weiter zu drängeln. Esther lehnt den Kopf an den aufgeheizten Kunstlederbezug und lässt den Blick über den See schweifen. Diese Idylle. Das satte Grün. Die malerischen Häuser. Die Blütenpracht. Rut muss das schrecklich vermisst haben in dem kalten und dunklen schwedischen Winter, dem sie, schwer nachvollziehbar, den Vorrang gegeben hat. Aber wer weiß, vielleicht sind die Winter hier ja auch grau und trist. Und vielleicht sehnt man sich mit zunehmendem Alter grundsätzlich nach dem Gewohnten und Vertrauten der Kindheit zurück, egal, wo man sich befindet.

Als das Gedankenkarussell kein Ende nimmt, öffnet sie die Beifahrertür und fühlt das Kopfsteinpflaster durch die dünnen Sohlen ihrer Schuhe, als sie aussteigt. Selbst die gepflasterten Gehwege hier fühlen sich lebendig an. Das Kleid flattert um ihre Beine, sie fühlt sich schön darin und wächst ein paar Zentimeter. Der Stoff reibt sanft und weich wie Seide über ihre Haut.

Die Freunde sitzen auf der Terrasse um Sergios geschreinerten Tisch. Es gibt mehrere solcher Tische, die sich nur durch den Farbton der Bretter unterscheiden. Einige scheinen schon länger dort zu stehen, andere sehen neu aus. Sergio hat seine Füße auf einen Stuhl gelegt. Als er Esther entdeckt, nimmt er sie herunter und zeigt auf ein Glas Roséwein.

Aber Esther bleibt stehen und zieht Ruts Porträt heraus.

»Habt ihr ihn schon gefragt?«

Carina nimmt Esther die Zeichnung aus der Hand und winkt sie hinter sich her, ihr ins Lokal zu folgen.

»Franco«, ruft Carina erfreut, als ihr ein kompakter Mann mit ausgestreckten Armen und funkelnden Augen entgegenkommt. Er küsst sie auf die Wangen, nicht ein- oder zweimal, immer wieder.

»*Amore mio*«, sagt er.

Er studiert ausgiebig die Skizze, die Carina ihm unter die Nase hält, während sie ihm alles erklärt. Er gestikuliert mit den Händen und redet laut und aufgeregt, zeigt über den See. Carina nimmt ihm die Zeichnung wieder ab und dreht sich zu Esther.

»Er sagt, dass er Rut kennt. Aber er hat sie schon lange nicht mehr gesehen und glaubt, dass sie tot ist.«

Esther sieht Carina an.

»Das liegt daran, dass sie so lange in Schweden war. Sie ist hier, da bin ich ganz sicher. Du hast es ja selbst in dem Brief gelesen. Frag ihn nach Ruts Adresse, oder ob er weiß, wo Fiona lebt.«

Carina wendet sich fragend an Franco. Er zieht einen Stift aus der Brusttasche und schreibt etwas auf einen Zettel, den er Carina reicht. Sie hält ihn hoch.

»Siehst du, es war doch ein guter Einfall, hier Rast zu machen. Wo Ruts Haus ist, weiß er nicht, dafür aber, wo Fiona wohnt. Er warnt uns allerdings, zu ihr zu fahren, weil sie wohl auf ihre alten Tage senil und ein echter Besen geworden ist.«

42.

Sergio hat seinen Arm um Carinas Schultern gelegt und lenkt mit der freien Hand. Sie lehnt ihren Kopf an seine Schulter. Esther streckt einen Arm aus dem offenen Fenster für ein wenig Abkühlung, aber die Außenluft ist genauso warm wie in der Kabine. Ihre Oberschenkel kleben an dem Kunstleder. Der Ventilator funktioniert nicht, und ihr Gesicht ist rot von der Wärme. Oder vom Wein, den sie zu ihrem Imbiss getrunken haben. Esther ist erstaunlich gelassen und kriegt nicht mehr bei jedem gelben Haus, das sie passieren, einen Adrenalinstoß.

»Wer weiß, ob das Haus inzwischen nicht in einer anderen Farbe gestrichen und gar nicht mehr gelb ist«, sagt sie und lacht.

Carina öffnet die Augen und blinzelt sie an.

»Fiona wird wissen, wo sie wohnt. Wenn wir sie finden, finden wir auch Rut.«

»Was weißt du über Fiona, Sergio?«, fragt Esther neugierig.

»Nur, dass sie ziemlich verrückt ist. Sie kennt Gott und die Welt und hat großartige Feste in ihrem Haus gefeiert. Simona und ich haben sie mal bei einem gemeinsamen Bekannten erlebt, vor vielen Jahren. Sie war betrunken wie eine Strandhaubitze und ist auf einer Mauer herumbalanciert. In Seide und Perlen gekleidet und mit einem Hut mit langen Pfauenfedern. Sie ist sehr exzentrisch.«

Sergio bremst vor einer hohen Steinmauer mit einem doppelflügeligen, lackierten Holztor, und Carina windet sich aus seiner Umarmung. Sie sehen sich an.

»Du oder ich?«, fragt Sergio.

»Du natürlich«, antwortet Carina und stupst ihn an. »Wer weiß, in welcher Stimmung sie ist.«

Esther und Sergio gehen zusammen zu dem Tor. Sergio drückt die Klingel. Mehrere Hunde beginnen zu kläffen, und es rauscht in der Gegensprechanlage. Sergio stellt sich wortreich auf Italienisch vor. Mittendrin knackt es, und die Gegensprechanlage verstummt. Esther drückt gegen das Tor, aber es geht nicht auf. Zu hören sind nur die immer noch kläffenden Hunde. Sie klingen zahlreich, klein und kiebig.

Sergio drückt ein weiteres Mal nachdrücklich die Klingel und auf den Knopf an der Gegensprechanlage. Es bleibt stumm.

»Sie macht nicht auf«, sagt Esther. »Aber wenn sie die Fiona ist, die Rut gekannt hat, muss sie aufmachen. Das ist unsere einzige Chance.«

»Wann geht dein Flug zurück?«, fragt Sergio.

»Morgen Nachmittag um zwei.«

Esther dreht sich zu Carina um, die im Pick-up sitzen geblieben ist. Chloés und Simonas Wagen parkt gleich daneben. Chloé lehnt an der Motorhaube ihres roten Flitzers und betrachtet sie.

»Sie macht nicht auf«, ruft Esther.

Chloé stößt sich von der Motorhaube ab und kommt zu ihnen.

»Lasst mich mal, ich habe eine Idee«, sagt sie.

Sie drückt mehrere Sekunden den Klingelknopf und aktiviert ein hitziges Summen. Als die Gegensprechanlage anspringt, sagt sie mit sanfter heller Stimme ein paar Worte ins Mikrofon.

Das Tor klickt direkt auf.

»Was war das denn jetzt? Was hast du gesagt?«, fragt Sergio.

»Dass wir Blumen abgeben wollen«, sagt Chloé mit einem triumphierenden Lächeln, bückt sich und pflückt ein paar dunkelrosa Dahlien aus dem Blumenbeet.

»Willst du ihr ihre eigenen Blumen bringen?« Esther lacht.

»Ich garantier dir, dass sie es gar nicht merken wird.«

Chloé knipst die Stängel mit ihren Fingernägeln auf gleiche Länge ab.

Esther pflückt unterdessen ein paar lange Gräser und reicht sie ihr.

»Hier, damit sieht der Strauß gleich professioneller aus.«

Die Schoßhündchen schwänzeln um ihre Füße herum. Sergio schimpft und scheucht sie mit wedelnden Armen zurück in den Garten, ehe er sich angewidert schüttelnd zu Esther umdreht.

»Ich hasse diese kleinen Tölen. Angoraratten«, sagt er.

»Gib's zu, du hast nur Angst vor ihnen.« Esther lacht und geht in die Hocke, um die Hunde zu tätscheln und zu streicheln, worauf sie sich schnell beruhigen.

»Kommt, gehen wir rein. Die Zeichnung von Rut hast du dabei?«, fragt Sergio.

Esther nickt und nimmt die Skizze aus ihrer Handtasche. »Aber wenn das die richtige Fiona ist, wird sie das Bild von Rut nicht brauchen, schließlich waren sie Freundinnen«, sagt sie.

»Schraub deine Hoffnungen lieber nicht zu hoch. Wir wissen nicht, wie sie drauf ist.«

Sie folgen dem Kiesweg, der von niedrigen Bäumen mit struppigen Kronen gesäumt ist. Zwischen den Bäumen wachsen Blumen in allen möglichen lila und rosa Nuancen. Und jede Menge Unkraut, das sich bis auf den Weg ausdehnt, wo es nichts zu suchen hat. Der Garten wirkt verwildert, als hätte dort schon lange niemand mehr seine pflegende Hand angelegt. Das graue Steinhaus am Ende des Weges gleicht mit seinem Turm auf der einen Seite einem Schloss. Die roten Fensterläden sind alle geschlossen, die Fassade bröckelt. Sergio klopft an die Tür, aber es kommt niemand, um aufzumachen.

Sie gehen über die braun vertrocknete Rasenfläche auf die Rückseite des Anwesens. Die Glastüren zur Terrasse sind sperrangelweit geöffnet, zarte Spitzenvorhänge tanzen im Wind. Chloé ist als Erste auf der Terrasse und ruft Fionas Namen mit derselben sanften Stimme wie an der Gegensprechanlage.

»Merkwürdig, sie weiß doch, dass wir hier sind«, sagt sie seufzend, als keine Antwort kommt, und verschwindet mit dem Strauß in der Hand ins Haus.

Esther und Sergio folgen ihr in einen überraschend hellen, sparsam möblierten Saal mit runden Steinsäulen und kunstvoll gestalteter Stuckdecke. Auf einer Chaiselongue liegt wie hingegossen eine alte und sehr zierliche Frau in einem langen rosa Seidenkleid mit mehreren langen Ketten in unterschiedlichen Farben um den Hals. Das graue Haar ist zu einem Knoten hochgesteckt und von einem weißen Hut mit breiter, welliger Krempe bedeckt. Sie schaut verträumt hinaus aufs Wasser.

»Signora Fiona«, sagt Chloé, beugt sich zu der alten Dame vor und haucht ihr einen Kuss auf jede Wange. Sie hält ihr den Blumenstrauß hin, worauf Fiona ihr signalisiert, ihn auf dem Tisch abzulegen.

Esther versucht, dem Gespräch der beiden zu folgen. Fiona erhebt sich, sie stützt sich auf die Rückenlehne und senkt den Kopf, als wäre ihr schwindelig. Dann setzt sie sich in Bewegung, ohne Sergio und Esther zu beachten.

»Sie ist die richtige Fiona, sie kennt Rut, die beiden sind befreundet. Sie will etwas holen, dass sie uns zeigen will«, erklärt Chloé.

Als Fiona nach einer gefühlten Ewigkeit zurückkommt, sitzen sie auf einer Reihe Stühle nebeneinander und schauen hinaus auf den See.

Fiona hat ein dickes Fotoalbum mitgebracht. Sie sagt etwas auf Italienisch zu Chloé, die auf Esther zeigt, ehe die alte Frau auf Englisch umschaltet.

»Sie sind also eine Freundin von Rut, sagen Sie?«

Esther springt von ihrem Stuhl auf und nickt bejahend.

»Gut, kommen Sie her, dann zeige ich Ihnen etwas«, sagt Fiona und schlurft mit kleinen Schritten zurück zu ihrer Chaiselongue. Sie sackt auf den Sitz und lehnt sich mit geschlossenen Augen zurück, bis sie wieder bei Atem ist.

»Diese Hitze«, klagt sie. »Ich weiß nicht wohin mit mir bei solchen Temperaturen.«

Sie nimmt die Beine ein Stück zur Seite und fordert Esther mit einem Handklopfen auf, sich zu ihr zu setzen. Dann schlägt sie das Album auf. Die Seiten sind mit kleinen Schwarz-Weiß-Fotos beklebt.

»Da, sehen Sie, das sind Rut und ich.«

Auf dem Foto sind zwei junge Frauen in glänzenden, taillierten Kleidern und mit glattem Pagenschnitt zu sehen. Sie sind unmöglich zu unterscheiden.

»Ist das Rut?«, fragt Esther und zeigt auf die Frau mit dem breiten Haarband.

Fiona schüttelt den Kopf.

»Nein, das bin ich. Wir waren uns damals sehr ähnlich, nicht wahr?«

»Sind sie eng befreundet?«

Fiona murmelt etwas Unverständliches und blättert weiter, zeigt ein Foto von einem Picknick. Sie sitzen auf einer Decke, im Gras neben ihnen spielen zwei Kinder.

»Ist das Grace?«, fragt Esther.

Fiona schlägt das Album zu.

»Woher wissen Sie von Grace? Rut hat nie mehr von ihr gesprochen, seit …«

Esther zögert mit der Antwort, will nicht preisgeben, dass sie in Ruts Tagebuch von Grace gelesen hat, jedenfalls noch nicht, das ist zu persönlich.

»Sie hat mir erzählt, dass sie schwanger war und eine Tochter bekommen hat, Grace. Viel mehr weiß ich nicht. Ist das Grace auf dem Foto?«

Fiona schüttelt den Kopf, schlägt das Album wieder auf und blättert rasch weiter. Als wieder Fotos von Festen kommen, hält sie Esther das Album hin. Die beiden blutjungen Frauen sind hinreißend und elegant gekleidet.

»Dann wissen Sie doch sicher auch, wo sie wohnt? Ich bin extra aus Schweden hierhergekommen, um sie zu treffen. Könnten Sie uns ihre Adresse geben?«

»Sie ist nicht mehr so häufig hier, habe ich gehört, sondern die meiste Zeit in Schweden. Hat wohl am Ende doch genug von Italien gehabt. Ich vermute, schon vor langer Zeit, was das betrifft. Aber den Absprung hat sie erst vor wenigen Jahren geschafft.«

»Ja, sie war den Winter über in Schweden. Aber jetzt ist sie wieder hier, ich weiß nur leider nicht, wo. Gehört ihr das Haus noch?«

Fiona zuckt mit den Schultern und streicht sanft mit einer Hand über den Einband.

»Was weiß ich. Ich habe sie schon seit bestimmt zwanzig Jahren nicht mehr gesprochen. Sie hat sich immer mehr zurückgezogen. Oder ich. Ich erinnere mich nicht mehr so genau.«

Die alte Dame wendet das Gesicht von Esther ab und kneift den Mund zu einem schmalen Strich zusammen.

»Zwanzig Jahre!«

Fiona steht auf und geht zu den anderen. Esther schnappt sich das Album und folgt ihr.

»Lebt sie etwa schon seit zwanzig Jahren nicht mehr hier?«

Fiona reckt sich, sieht aus, als wollte sie sich auf die Zehen stellen, und zeigt über den See.

»Ja doch. Sehen Sie das gelbe Haus dort drüben auf der Landzunge, hinter dem rosa Gebäude?«

Esther kneift die Augen vor der grellen Sonne zusammen und nickt.

»Da hat sie gewohnt. Wir konnten uns von den Stegen aus zuwinken. Mit dem Auto ist es weit, aber über den See ganz nah.«

»Hatten Sie ein Boot, um sich gegenseitig zu besuchen?«

»Nein, Rut hat eine Heidenangst vor Wasser, wie Sie ja sicherlich wissen, wenn Sie sie kennen.«

Fiona dreht sich um, ihre Ketten rasseln. Es sind so viele, als würde sie mit ihnen die gesammelten Dekaden ihres langen Lebens zur Schau tragen. Sie legt eine Hand an die Stirn.

»Das war furchtbar für sie. Ein nicht enden wollender Albtraum, so nah am Wasser zu wohnen.

»Nein, das kann ich mir nicht vorstellen«, widerspricht Esther lächelnd. »Sie ist am Meer aufgewachsen und liebt das Wasser.«

Fiona tätschelt ihre Wange. Die Haut ihrer verkrümmten Finger fühlt sich rau an.

»Meine Gute, wer auch immer Sie sein mögen, Sie kennen Rut offenbar nicht so gut, wie sie angeben. Schwindlerin. Und jetzt muss ich Sie bitten zu gehen, ich mag nicht länger mit Ihnen sprechen.«

Sie schlurft ohne ein weiteres Wort davon. Esther steht mit dem Album in der Hand da und blättert langsam durch die Erinnerungen einer entschwundenen Zeit. Elegante Menschen, Feste und Abendeinladungen. Rut taucht an vielen Stellen im Album auf, immer schick gekleidet und mit ernster Miene. Wo ist das Esther so vertraute Lächeln, das ihre Lachfalten geformt hat? Sie legt das Album weg und läuft hinter Fiona her.

»Ich bin keine Schwindlerin, ich kenne Rut. Ich weiß, was mit Grace passiert ist, dass sie ertrunken ist«, sagt sie und hofft, dass sie mit ihrer Schlussfolgerung richtig liegt.

Fiona hat die Treppe erreicht und zieht sich mit beiden Händen am Geländer Stufe für Stufe nach oben. Sie murmelt etwas auf Italienisch, wirkt aufgeregt. Ihre Stimme wird lauter.

»Sie sagt, dass sie die Polizei ruft, wenn wir nicht augenblicklich verschwinden. Ich schlage vor, dass wir jetzt gehen. Hast du die gewünschten Informationen?«

»Ich denke schon. Aus welchem Grund ist sie plötzlich so sauer? Ich versteh das nicht …«

»Das hat sicher nichts mit dir zu tun, sie ist einfach nur launisch und alt.«

Esther macht auf dem Absatz kehrt und läuft hinaus auf die Terrasse und die Treppe hinunter. Sergio folgt ihr.

»Was ist denn jetzt los?«, fragt Carina, die draußen gewartet hat.

»Sie hat gedroht, die Polizei zu alarmieren, wir sehen besser zu, dass wir Land gewinnen«, sagt er lachend und wedelt mit dem Arm.

Carina und die anderen laufen hinter ihm her, Simona barfuß, Chloé auf ihren hohen Absätzen. Sergio summt eine Melodie. Und Esther fühlt sich, als hätte sie Schmetterlinge im Bauch. Sie weiß jetzt, wo Rut wohnt, und wird sie ganz bald wiedersehen.

43.

Es sieht genau so aus, wie Rut es in ihrem Tagebuch beschrieben hat. Das gelbe Haus mit den blauen Fensterläden direkt am Wasser, daneben der rosa Klotz des Nachbarn. Sie haben das richtige Haus gefunden, Ruts Haus. Esthers Herz klopft, sie sitzt als Erste im Auto. Die anderen stehen palavernd und lachend auf der Straße. Esther beugt sich aus der offenen Tür und ruft.

»Wo bleibt ihr denn?!«

Das Palaver verstummt, Sergio öffnete die Fahrertür und lässt Carina einsteigen.

»Wie ist die Adresse?«, fragt er.

Esther geht auf, dass sie keinen Straßennamen von der alten Dame bekommen hat. Sie steigt wieder aus und zeigt ans andere Seeufer.

»Keine Ahnung, sie hat mir nur gezeigt, wo Ruts Haus liegt. Da drüben auf der Landzunge, es ist von hier aus zu sehen. Da kann es wohl nicht allzu weit entfernt sein«, sagt sie.

»Eine Adresse wäre hilfreich, da es vermutlich weiter weg ist, als es aussieht.«

»Ich konnte sie nicht mehr danach fragen, bevor sie uns rausgeschmissen hat.«

Sergio stößt Chloé in die Seite.

»Willst du nicht noch mal reingehen, wo du so ein Händchen mit älteren Damen hast.«

Allgemeines Gelächter. Hinter dem Tor kläffen die Schoßhunde.

»Ich habe euch gewarnt«, sagt Chloé und verdreht die Augen.

Esther lehnt sich in die Fahrerkabine und drückt auf die Hupe. Das Bellen der Hunde wird lauter, und sie springen mit kratzenden Krallen an dem Tor hoch.

»Auf geht's, ich kann fahren. Dann müssen wir eben suchen«, ruft sie und schiebt sich hinters Steuer.

Sergio gibt ihr den Zündschlüssel, und sie fährt mit im Kies durchdrehenden Reifen los.

»Probier es da vorne«, sagt Sergio und zeigt auf die Einfahrt zu einer schmalen Seitenstraße.

Esther blinkt und biegt ab. Da das alte Gefährt keine Servolenkung hat, muss sie richtig Kraft aufwenden. Keines der Häuser an der steil zum Wasser abfallenden Straße ist gelb. Auch sonst passt nichts zu der Beschreibung. Esther wendet am Wegende, muss mehrmals vor und zurück setzen. Simonas und Chloés kleiner Flitzer hat einen sehr viel kleineren Wendekreis. Sie warten am Wegrand, dass Esther an ihnen vorbeifährt.

»Über den See sah es so nah aus. Wo könnte die Landzunge sein?«, fragt Esther.

Sergio zieht eine alte Karte aus dem Handschuhfach, die er gründlich studiert. Er fährt mit dem Finger von Fionas Grundstück übers Wasser.

»Ich befürchte, dass wir diese Bucht komplett umfahren müssen«, sagt er und zeigt Esther, was er meint.

Esther erinnert sich an Fionas Worte.

»Fiona meinte, übers Wasser wäre es ein Katzensprung gewesen, um den See sehr viel weiter.«

Das Auto ruckelt, als Esther eine Steigung hochfährt. Als der Motor absäuft, schlägt sie verärgert mit der Hand auf das Lenkrad.

»Komm, lass mich wieder ans Steuer. Das alte Schätzchen ist nicht ganz leicht zu handhaben, wie du merkst«, sagt Sergio.

Esther zieht dankbar nickend die Handbremse und steigt aus, als Chloé und Simona hupend an ihnen vorbeifahren. Sie bleibt einen Moment auf der Straße stehen und schaut suchend über den See.

Carina sitzt an Sergio gelehnt da, als sie auf der Beifahrerseite ankommt. Er streicht ihr über die Stirn. Sie reden. Esther bleibt stehen und betrachtet die beiden. Ihre Nähe ist so anrührend. Wie Liebe sein soll. Und doch so verkehrt.

Carina setzt sich hastig auf, als Esther die Tür aufmacht.

»Warum seid ihr eigentlich kein Paar?«, fragt Esther, als sie eingestiegen ist. »Das solltet ihr sein.«

Sergio dreht den Zündschlüssel, und das sonore Brummen des Motors füllt das Coupé.

»Du weißt doch, wie das ist. Das Leben ist selten so leicht, wie es scheint«, flüstert Carina und küsst Sergio auf die Wange.

44.

Sie fahren eine lange Strecke, auf der Esther gründlich jedes Haus und jeden abzweigenden Weg studiert, den sie passieren. Plötzlich sieht sie durch den grünen Dschungel etwas Gelbes durchschimmern. Und kurz darauf entdeckt sie einen großen Baum mit ausladenden Ästen im Garten, darunter eine Bank, auf der jemand sitzt. Sie sieht nur die Beine und einen Schatten, der über den Rasen fällt.

»Da ist es! Fahr hier rein!«, ruft sie und wedelt aufgeregt mit den Händen.

Sergio macht eine Vollbremsung und biegt so schnell in die Einfahrt, dass es Carina und Esther gegen die Tür drückt.

»Da ist es! Da ist sie! Endlich! Halt an!«

Esther ist völlig aus dem Häuschen. Sie springt aus dem Wagen, noch bevor Sergio richtig angehalten hat, und läuft los. Das Haus sieht genau so aus, wie Rut es beschrieben hat. Ihr Herz sprengt ihr fast den Brustkorb, als sie sich dem Baum nähert. Die Bank ist mit Blick auf den See ausgerichtet. Sie sieht nur die Schulter der dort sitzenden Person. Weiter vorne auf dem Rasen spielen zwei kleine Mädchen in einem rosa und einem grünen Kleid.

»Rut, ich bin da«, ruft sie und hält in Erwartung der Antwort die Luft an. In Erwartung, dass sich Ruts freundliches Gesicht zu ihr umdreht.

Die Mädchen entdecken sie als Erste. Sie halten inne, zeigen in Esthers Richtung und sagen etwas auf Italienisch. Die Person auf der Bank dreht sich um.

Das ist nicht Rut. Es ist ein Mann. Er nimmt den großen Kopfhörer von den Ohren und sieht sie an. Sie steht da wie angewurzelt. Er erhebt sich von der Bank und kommt auf sie zu. Seine Augen sind gerötet. Er sagt etwas auf Italienisch, wechselt aber auf Englisch, als er sieht, dass sie ihn offensichtlich nicht versteht.

»Das ist privates Gelände«, sagt er müde und wedelt mit der Hand, als wollte er eine lästige Touristin abwimmeln.

Esther bleibt stehen. Der Mann kommt ihr irgendwie bekannt vor, seine Art, sich zu bewegen. Hinter ihr sind Stimmen zu hören. Sie wirft einen Blick über die Schulter und sieht ihre Begleiter. Simonas Blumenkleid flattert im Wind. Sie reden und lachen. Sie bremst sie, indem sie die Hand hebt.

»Sie müssen sich in der Adresse geirrt haben«, sagt der Mann.

Esther sieht den gusseisernen Zaun am Wasser und weiß, dass sie am richtigen Ort ist. Eines der Mädchen greift nach der Hand des Mannes und beäugt neugierig Esther und die anderen.

»Roberto?«, fragt Esther.

»Ja. Woher kennen Sie meinen Namen?« Sein Gesicht wird augenblicklich freundlicher, die Augen wacher.

»Ich suche Rut.«

»Was wollen Sie von ihr?«

»Ich habe sie in Schweden kennengelernt. Aber dann war sie plötzlich verschwunden, und ich habe mir Sorgen gemacht. Ich bin nach Italien gekommen, um sie zu suchen. Sind Sie … Ihr …«

Roberto nickt.

»Und wer sind die anderen? Sind das auch Freunde von

Mama?« Er zeigt auf die bunte Gruppe, die hinter Esther stehen geblieben ist.

»Nein, das sind meine Freunde. Sie warten sicher gerne hier draußen. Bitte, lassen Sie mich Rut treffen, nur ganz kurz. Ist sie im Haus?«

»Das ist nicht … Ich weiß nicht …«

Er bricht mitten im Satz ab und nickt ihr zu, ihm zu folgen. Er geht mit schleppenden Schritten über den Rasen vor ihr her, was so gar nicht zu seiner sportlichen Erscheinung passt. Er fährt sich mit den Fingern durch die braunen Locken und bleibt am Fuß der Treppe stehen, die ins Haus hochführt.

»Mama ist dort drinnen, aber nicht so, wie sie denken«, sagt er mit glänzenden Augen.

Ruts Sohn. Esther schämt sich für all die Fragen, die sie Rut nie gestellt hat. Dafür, dass sie erst aus dem Brief von Robertos Existenz erfahren hat.

»Ich heiße Esther«, sagt sie.

»Willkommen, Esther. Ich verstehe ein wenig Schwedisch, besser, als ich sprechen kann«, sagt er langsam und mit starkem Akzent.

Sie gehen die Steintreppe hoch und betreten durch eine imposante Glastür das Haus. Zwischen den dicht gestellten Möbeln ranken üppige Grünpflanzen die Wände hoch wie in einem Gewächshaus.

Roberto zeigt mit Tränen in den Augen auf eine meerblaue Urne auf einem Schrank. Esther schüttelt den Kopf und weicht einen Schritt zurück.

»Es tut mir leid, ich wusste nicht, wie ich es Ihnen sagen sollte. Das ist das Einzige, was von Rut aus Schweden zurückgekommen ist.«

Esther legt die Hände vor den Mund. Sie würde ihn am

liebsten anschreien, schluckt es aber herunter. Ihr Atem geht schneller. Roberto hat sich auf das Sofa gesetzt.

»Das kann nicht sein. Ein schwedischer Nachbar hat sie doch mit ihrem lila Reisekoffer gesehen. Auf dem Weg nach Hause, zu Ihnen«, sagt Esther leise. »Sie kann nicht tot sein.«

Geschockt wühlt Esther in ihrer Tasche nach dem Tagebuch und dem Brief. Sie will nicht glauben, dass Rut tot ist. Sie setzt sich neben Roberto.

»Was ist passiert?«, fragt sie leise.

»Sie haben sie auf der Wiese neben ihrem Elternhaus gefunden. Sie war alt, wahrscheinlich hat ihr Herz versagt. Ich weiß nicht, was sie ganz allein dort gemacht hat. Sie ist im letzten Jahr oft nach Schweden gefahren, wir haben uns deswegen gestritten.«

»Ist sie unter der Eiche gestorben?« Esther kriegt kaum Luft, ihre Lunge pfeift.

»Das weiß ich nicht.«

»Dort haben wir oft zusammen gesessen und uns über Gott und die Welt unterhalten. Aber nicht über alles, wie mir jetzt klar wird. Ich wusste zum Beispiel nicht, dass sie einen Sohn hat.«

»Dann haben Sie sie offenbar nicht gut gekannt.«

»Doch, wir haben uns jede zweite Woche gesehen, fast ein Jahr lang. Aber sie hat hauptsächlich von früheren Zeiten gesprochen, als sie jung war. Und ansonsten muss ich gestehen, dass es in unseren Gesprächen hauptsächlich um mich ging. Sie war so lebensklug und hatte so viel zu erzählen.«

Jetzt kann Esther ihre Tränen nicht mehr zurückhalten. Roberto legt eine Hand auf ihre Schulter, lässt sie dort liegen. Sie ist groß und fühlt sich warm an auf ihrer nackten Haut.

»Entschuldigen Sie, ich …«

Er unterbricht sie.

»Sie müssen nichts erklären, ich sehe auch so, dass sie Ihnen viel bedeutet hat.«

»Ich war sicher, Rut unter dem Baum sitzen zu sehen, und war so froh, sie endlich gefunden zu haben«, sagt Esther mit brüchiger Stimme.

Sie sitzen eine Weile schweigend nebeneinander. Lauschen den Stimmen aus dem Garten. Die Mädchen spielen mit Sergio, sie werfen einen Ball zwischen sich hin und her. Carina, Simona und Chloé sitzen auf der Terrasse und unterhalten sich. Roberto macht einen Anlauf aufzustehen, setzt sich nach einem Blick durchs Fenster aber wieder hin.

»Sind das Ihre Töchter?«, fragt Esther.

»Ja, meine Perlen.«

»Wohnen Sie mit Ihrer Frau hier?«

Er schüttelt den Kopf.

»Aktuell nicht, nein. Vielleicht werde ich hierherziehen. Mit den Mädchen. Ich weiß es noch nicht. Das ist Mamas Haus, aber jetzt wird es wohl … Meine Frau ist …«

»Gabriella.«

»Woher kennen Sie den Namen meiner Frau?«

»Sie ist tot.«

»Ja, danke, das weiß ich.«

»Entschuldigen Sie, das war taktlos. Aber standen Gabriella und Rut sich nahe?«

»Das … kann man so sagen.«

»Sie müssen es mir nicht erzählen, wenn Sie nicht wollen. Entschuldigen Sie meine Neugier.«

Esther sucht den Brief in ihrer Tasche und reicht ihn Roberto.

»Der Brief ist für Sie. Ich habe ihn auf der Wiese gefunden, unter der Eiche.«

Roberto schüttelt den Kopf, will ihn nicht annehmen.

»Ich ertrage nicht noch mehr Tod und Elend.«

»Das verstehe ich. Es ist furchtbar. Alle drei.«

»Was meinen Sie mit ›alle drei‹?«

»Den Tod von Rut und Gabriella. Und Grace.«

»Hat Mama Ihnen von Grace erzählt? Das wundert mich, wir durften nicht einmal ihren Namen erwähnen.«

»Sie hat mir auch nichts von Grace erzählt, nur, dass sie damals schwanger war. Ansonsten hat sie hauptsächlich von Rinaldo erzählt, und wie sie sich kennengelernt haben. Ich habe ihr aus ihren alten Tagebüchern vorgelesen. Und an dem Tag, an dem ich vergeblich unter der Eiche auf sie gewartet habe, habe ich dieses Tagebuch und den Brief gefunden. Wahrscheinlich ist es ihr aus der Jackentasche gerutscht, als sie …«

»Sie hat eine Weile dort gelegen, bis jemand sie gefunden hat.«

Esther legt die Hände vor die Augen. Ihr Magen krampft sich zusammen, sie schluckt.

»Ich hätte dort sein müssen.«

»Das konnten Sie doch nicht wissen.«

Esther nimmt das Tagebuch und streicht mit der Hand über den Einband, hält es fest.

»Hier drin hat sie etwas über Grace geschrieben. Als Rut so plötzlich verschwunden war, habe ich das Tagebuch gelesen und geschlussfolgert, dass Grace ertrunken ist.«

Roberto nickt.

»Ja, so war es. Rinaldo ist mit ihr im Boot rausgefahren. Er war wie üblich betrunken. Sie ist ins Wasser gefallen und ertrunken.«

Die Bestätigung ihrer bösen Vorahnungen erschüttert Esther zutiefst. Das erklärt dann auch Ruts plötzlichen Hass auf Rinaldo und die Bitterkeit, als sie den Brief verbrannt und die Halskette weggeworfen hat. Die nicht für sie, sondern für ihre ungeborene Tochter gedacht gewesen war.

»Der Anblick der spielenden Mädchen in ihrem Garten war für sie unerträglich, sie lebte in ständiger Angst, sie könnten ins Wasser fallen und ertrinken. Die Vorstellung, dass wir hier einziehen, hätte ihr nicht gefallen«, sagt Roberto.

Eines der Mädchen kommt angerannt, sie hat sich den Ellenbogen angeschlagen, die Haut ist grün von dem Gras, auf das sie gefallen ist. Sie weint. Roberto nimmt sie auf den Arm, und sie drückt ihr Gesicht in seine Halsbeuge. Nach einer Weile wird ihr Atem ruhiger, und sie hört auf zu weinen. Roberto nimmt sie auf den Schoß und streichelt ihr sanft über den Rücken.

»Wie alt ist sie?«, fragt Esther.

Roberto sagt etwas zu seiner Tochter, die den Kopf schüttelt und sich noch fester an ihn drückt.

»Cornelia ist sechs Jahre alt, und ihre Schwester heißt Mary.«

»Ich habe auch ein Kind«, sagt Esther. »Adrian. Er ist auch gerade sechs geworden. Sie würden sicher schön miteinander spielen.«

Roberto spricht mit Cornelia, die Esther neugierig mustert. Esther nimmt ihr Handy und zeigt den beiden ein Bild von ihrem Sohn.

»Das ist Adrian, er ist genauso alt wie du. Er lebt in Schweden, auf der Insel, wo deine Oma aufgewachsen ist.«

»Lidingö«, sagt Roberto lächelnd.

»Waren Sie schon mal dort?«

»Ja, einmal. Ich weiß genau, unter welcher Eiche Sie gesessen haben, ich war selber schon mit ihr dort.«

»Dann sind Sie der R. Ricci, der das Grundstück verkaufen will? Warum?«

»Warum nicht? Was soll ich mit einem Grundstück in Schweden?«

Esther presst die Lippen aufeinander, kämpft gegen die Tränen an. Sie wischt über das Display und zeigt ein paar Fotos, die sie auf der Wiese gemacht hat.

»Rut hat diesen Platz geliebt. In jeder Jahreszeit. Sehen Sie, wie schön es dort ist! Dort haben wir zusammen gesessen. Im Winter haben wir ein Feuer gemacht und zum Aufwärmen heißen Kaffee getrunken.«

»Sie ist dorthin geflüchtet, wenn sie es hier nicht ausgehalten hat. Dann zeigte sie die ersten Anzeichen einer Demenz, die schlimmer wurde, nachdem Gabriella nicht mehr da war. Sie war zunehmend verwirrt, hat Dinge durcheinandergebracht, Sachen vergessen. Ist Ihnen das nicht aufgefallen?«

»Nein, davon habe ich nichts gemerkt. Ich …«

»Sie konnte es gut überspielen, hat sich geweigert, zum Arzt zu gehen«, fährt Roberto fort. »Für sie war alles in bester Ordnung, weil sie sich schließlich kristallklar an alle Details von früher erinnern konnte. Sie war immer allein zurechtgekommen und weigerte sich, eine Schwäche zuzugeben.«

Esther nickt. Wahrscheinlich hat Roberto recht. Rut hat fast nur über alte Zeiten geredet, über alte Erinnerungen. Sie reicht ihm erneut den Brief.

»Lesen Sie das, wenn ich gegangen bin. Sie wollte Ihnen etwas Wichtiges sagen.«

Cornelia mag nicht mehr still sitzen. Sie rutscht vom Schoß ihres Vaters und läuft hinaus zu den anderen. Die Stimmen und das Lachen sind verstummt. Esther reckt den Hals, um etwas zu sehen. Simona sitzt da und schaut hinaus auf den See. Chloé macht Notizen in einem Büchlein. Carina und Sergio sind nicht zu sehen, vielleicht spielen sie irgendwo mit Mary. Sie steht auf.

»Sind Sie nur wegen Mama aus Schweden hierhergekommen?«, fragt Roberto.

»Ja. Und ein kleines bisschen auch meinetwegen. Es ging mir besser in ihrer Gesellschaft.«

»Sie sind herzlich zu der Trauerfeier eingeladen. Heute in zwei Wochen.«

Sie tauschen Telefonnummern aus. Esther nimmt ihn in den Arm, lange. Sie spürt seinen Herzschlag in ihrem Körper. Ihre tränennasse Wange hinterlässt einen feuchten Fleck auf seinem Hemd.

»Tut mir leid«, sagt sie leise und streicht mit der Hand über den dunklen Fleck.

»Ich würde mich freuen, wenn Sie kommen«, antwortet er. »Und Rut sicher auch.«

45.

Esther wird draußen von vier neugierigen Augenpaaren erwartet. Sie geht wortlos an ihnen vorbei über den Rasen in Richtung der parkenden Autos. Die anderen folgen ihr schweigend, als spürten sie instinktiv, dass etwas Unerwartetes passiert ist. Erst als sie bei den Autos angekommen sind, erzählt sie.

»Rut ist gestorben und nicht nach Hause gefahren, wie ich gedacht habe. Sie hat auf ihrer Wiese gelegen, bis sie jemand gefunden hat. Und das war nicht ich.«

Esthers Atem geht schneller. Carina nimmt sie in den Arm, und Esther legt den Kopf an ihre Schulter.

Sergio lehnt sich mit geschlossenen Augen gegen seinen Wagen. Die anderen sehen sie traurig an.

Esther schaut zum Garten hinüber. Roberto sitzt wieder auf der Bank unter dem Baum, die Mädchen toben über den Rasen.

»Das verlangt nach einem guten Essen. Und Wein«, sagt Sergio und schlägt die Augen auf.

»Ich kann etwas kochen«, sagt Carina und streicht Esther über die Wange. »Alles wird wieder gut, auch wenn es jetzt noch sehr wehtut.«

Esther wischt sich mit dem Handrücken die Tränen von den Wangen.

»Es war verrückt von mir hierherzukommen. Jetzt habe ich für nichts mein ganzes Geld verpulvert.«

Sie setzen sich in die Autos, und Sergio will gerade losfahren, als Esther plötzlich die Tür aufreißt.

»Halt, ich muss ihn noch etwas fragen … Fahrt ruhig los, ich komme schon irgendwie zurück«, sagt sie und schlägt die Tür hinter sich zu. Ohne eine Antwort abzuwarten, läuft sie los und bleibt erst vor der Bank stehen, wo Roberto mit dem Brief und dem Tagebuch auf dem Schoß sitzt.

Die Sonnenbrille kann nicht verbergen, dass er weint.

»Hier haben Mama und ich oft gesessen«, sagt er und räuspert sich.

»Zusammenzusitzen und sich zu unterhalten hat ihr gefallen«, sagt Esther und kann ihre Tränen auch nicht mehr zurückhalten.

»Ja, sie hatte so viel zu erzählen. Ich konnte mich nicht einmal von ihr verabschieden«, sagt er leise.

»Ich auch nicht. Eines Tages ist sie einfach nicht mehr aufgetaucht.«

»Sie wirkte immer glücklich, obwohl sie es wahrlich nicht leicht hatte im Leben. Und sie hat hart daran gearbeitet, dass es allen gut geht.«

»Ich war sehr niedergeschlagen bei unserer ersten Begegnung, aber sie hat mich wieder zum Lachen und auf positivere Gedanken gebracht.«

»Was meinen Sie mit positiveren Gedanken?«

Esther atmet tief ein.

»Ich weiß nicht. Sie war so … lebensbejahend und hat mich von meinem Kummer abgelenkt. Aber erzählen Sie mir lieber mehr aus ihrem Leben.«

Roberto bleibt ihr eine Antwort schuldig und streicht mit der Hand über das Tagebuch. »Es ist schön, ihre Worte hier drin bewahrt zu wissen.« Er blättert durch das alte Buch und fährt mit dem Finger über all die Worte, die Rut hinterlassen hat. »Das ist fast, als würde ich sie reden hören«, murmelt er.

»Ja, als würde sie neben einem sitzen.«

Er hört ihr nicht zu, ist völlig absorbiert vom Text. Esther denkt bedauernd, dass sie mit dem Tagebuch die einzige greifbare Erinnerung verliert, die ihr von Rut geblieben ist. Zum Glück hat sie es mehrfach gelesen.

»Hören Sie«, sagt Roberto und beginnt laut vorzulesen. Sein Schwedisch klingt sehr charmant.

16. September 1958

Seewasser duftet nach Wassermelone. Sonnengeküsste Haut schmeckt nach Sommer. Eine Baumkrone wird zum schützenden Dach.

Ich werde das Lachen und die vertrauten Momente auf der Picknickdecke in meinem Herzen bewahren. Für immer.

»Ich habe den Absatz viele Male gelesen und mich gefragt, mit wem sie wohl picknicken war«, sagt Esther.

Roberto blättert weiter. Das Papier ist so dünn, dass die Tinte im starken Gegenlicht durch die Seiten schimmert. Er hebt den Blick.

»Es endet lange vor meiner Geburt.«

»Gibt es vielleicht noch mehr Tagebücher?«

Er schüttelt den Kopf.

»Ich glaube nicht, beim Durchschauen ihrer Sachen habe ich jedenfalls nichts gefunden.«

»Vielleicht in ihrer Wohnung in Schweden? Haben Sie noch Zugang dazu?«

»Ja, ein paar Wochen noch.«

»Dann sollten Sie dort nachschauen, ob es noch mehr Tagebücher gibt.«

»Könnten Sie mir noch was aus diesem vorlesen?«, fragt er und hält ihr das Buch hin. »Mir fällt die schwedische Aussprache etwas schwer.«

Esther schlägt eine Seite auf.

15. Mai 1960

Heute bringen mich nicht einmal die Blumen zum Lachen. Ich bin im Garten herumgelaufen, habe Unkraut gezupft und gegossen. Die Sonne ist jetzt so stark, daß sie mir im Nacken brennt. Es ist Sonntag, und ich hätte mit in die Kirche gehen sollen, aber ich ertrage die Blicke der anderen nicht. Ich habe Kopfschmerzen vorgeschoben. Jetzt sitze ich an meinem kleinen Schreibtisch und grübele. Ich grübele, was die Zukunft bringen wird, ob es immer so traurig sein wird. Zwischendurch fühle ich mich wie in einem Gefängnis. Ich bin so froh, dem hin und wieder entfliehen zu können. Morgen fährt R wieder. Das ist gut.

Ein Hupen ertönt, und Esther bricht mitten in einem Satz ab. Die anderen stehen noch oben an der Straße und warten auf sie. Esther steht auf und winkt ihnen zu. Es ist warm, und sicher sind sie ungeduldig.

»Ich muss jetzt los.«

Roberto nimmt ihr das Buch aus der Hand.

»Natürlich. Aber es wäre schön, wenn wir uns wiedersehen und weiter unterhalten. Sie lesen sehr schön, klingen genau wie Mama.«

»Roberto, willst du nicht heute Abend mit uns zusammen essen? Wir haben noch so viel zu bereden. Und so wenig Zeit.«

»Das könnte schwierig werden, ich habe die Mädchen …«

»Warte kurz, ich bin gleich wieder da. Ich hole nur die Adresse«, sagt Esther und läuft zu dem parkenden Auto.

»Ich habe Roberto eingeladen, heute Abend mit uns zu essen«, sagt sie durchs offene Seitenfenster. Carina nickt. »Zu welcher Adresse soll er kommen?«

Sergio beugt sich über Carina, sucht im Handschuhfach nach einer Visitenkarte und schreibt Carinas Adresse auf die Rückseite. Esther läuft mit der Karte zurück zu Roberto.

»Ich würde mich wirklich sehr freuen! Und bring die Mädchen mit, einen späten Abend werden sie schon verkraften, oder?«, sagt sie und händigt ihm die Karte aus.

Nach einem kurzen Blick darauf steckt er sie zwischen zwei Seiten und klappt das Tagebuch zu. Er schiebt die Sonnenbrille über die Stirn in das braune, lockige Haar. Seine Augen sind gerötet, müde.

»Fleischklößchenaugen«, sagt Esther lächelnd.

»Wie bitte?«

»Ach nichts, das hat Rut immer zu mir gesagt.«

»Was?«

»Dass ich mich nicht für meine Fleischklößchenaugen zu schämen bräuchte. Oder eigentlich eher, dass es wenig bringt, über Vergangenes Tränen zu vergießen. Dass es immer besser wäre, die Sorgen von sich zu werfen und sich vorwärts zu kämpfen.«

»Das ist Originalton Mama. Sie wollte nicht über die anstrengenden Dinge reden, hat immer gekämpft. Aber das war nicht immer gut. Ich durfte Graces Namen nicht erwähnen. Oder Gabriellas. Sie war am Boden zerstört, als sie starb. Und sie wollte kein Wort davon hören, dass etwas mit ihrem Gedächtnis nicht stimmte.«

Esther sieht ihm in die Augen. Sie stehen schweigend voreinander. Roberto drückt das Tagebuch fest an seine Brust.

»Du wirst doch gut darauf aufpassen und es behalten?«

Er hält es ihr hin.

»Willst du es haben? Als Andenken? Schließlich hast du es gefunden, und dir hat sie es gezeigt.«

Sie macht einen Schritt zurück.

»Nein, das muss bei dir bleiben. Es käme mir falsch vor, die Aufzeichnungen deiner Mutter zu behalten. Aber versprich, ab und zu darin zu lesen und es niemals wegzuwerfen.«

»Wenn du mir versprichst, zu ihrer Beerdigung wiederzukommen«, sagt er lächelnd.

Esther zögert die Antwort hinaus.

»Wenn du versprichst, heute Abend zum Essen zu kommen«, antwortet sie und lacht. Dann dreht sie sich um und geht zurück zum Pick-up, ehe er eine Chance hat zu antworten. Sie winkt ihm durch die Seitenscheibe zu, als sie losfahren.

46.

»Die willst du doch sicher behalten, sie lag noch im Auto.«

Sergio legt die Skizze von Rut auf den Küchentisch neben die Lebensmittel, die sie auf dem Rückweg eingekauft haben. Die Ecken des Papiers sind vom häufigen Ein- und Auspacken verknickt. Carina reicht ihr eine Plastikhülle.

»Die Skizze musst du einrahmen und aufhängen, wenn du wieder zu Hause bist.«

Esther betrachtet die alte Frau auf ihrer Zeichnung, die Falten um die Augen und auf den Wangen, die sie so behutsam mit Bleistift gezeichnet hat.

»Ganz so hohe Wangenknochen hatte sie nicht«, sagt sie schließlich und verwischt die Konturen mit dem Finger. »Und die Lachfalten um die Augen waren tiefer, fröhlicher. Sie hat viel gelacht. Und ihr Haar hab ich auch nicht hundertprozentig getroffen.«

Simona beugt sich über den Tisch und stützt das Kinn auf die Hände. »Kann es sein, dass deine Erinnerung an sie sich verändert, seit du von ihrem Tod weißt?«, fragt sie und lehnt sich wieder auf ihrem Stuhl zurück. Sie zieht die Knie unter den langen geblümten Rock ihres Kleides.

»Wie meinst du das?«

»Der Tod schwächt manche Details ab, andere verstärkt er. Sie wird in deiner Erinnerung immer schöner werden. Am besten zeichnest du ein neues Bild von ihr.«

Esther nimmt das Bild und schiebt es vorsichtig in die Hülle.

»Aber dieses bewahre ich auf«, sagt sie. »Das bildet noch am ehesten die Wirklichkeit ab, die mir so gefallen hat.«

Esthers Augen brennen von der Schminke und dem Salz der geweinten Tränen im Laufe des Tages. Sie verschwindet auf die Toilette und wäscht sich mit Olivenseife und kaltem Wasser das Gesicht, das rot aussieht, nachdem sie es mit dem Handtuch trocken gerubbelt hat. Sie nimmt Carinas Puder und Rouge aus dem Badschrank und trägt jeweils eine Schicht auf. Dann fasst sie das Haar in einem festen Pferdeschwanz hinter dem Kopf zusammen. Jetzt noch ein Hauch roter Lippenstift. Sie sieht fast so aus wie früher, wenn Alex und sie Gäste zum Essen eingeladen hatten. Was oft der Fall war. Er war für die Planung und Details verantwortlich, sie dafür, dass die Gäste sich wohlfühlten und es ihnen an nichts mangelte. Er war der extrovertierte Unterhalter, der zu jedem teuren Jahrgangswein oder exquisiten Rum eine weit ausholende Hintergrundgeschichte erzählen konnte. Wo holte er die ganzen Geschichten nur her? Und waren sie alle wahr? Alles, was er anbot, war einzigartig und ganz besonders. Und die Gäste belohnten ihn dafür mit funkelnden, bewundernden Blicken. Durch sein charismatisches Auftreten fühlten sich alle auserwählt.

Esther fühlt sich nach wie vor unsicher ohne ihn. Ohne den Löwen, der sie bewacht. Alex Lejon, wie oft hatten sie über seinen passenden Namen gelacht.

Jetzt stand sie auf eigenen Beinen, musste alleine stark sein, die neue Situation akzeptieren.

Sie betrachtet ihr Spiegelbild. Sie hat Farbe bekommen in der kräftigen italienischen Sonne, ihr Teint sieht viel frischer aus. Sie schüttelt das Haar wieder aus und lockert es für mehr Volumen mit einer Hand auf. Dann lächelt sie sich an.

Sie fühlt sich trotz der Anspannung und der Trauer wohl in dem roten Kleid.

Das Essen steht auf dem Tisch. Eine Platte mit kaltem Aufschnitt. Schalen mit Oliven und Kapern. Salat mit würzigem Dressing. Reifer Käse in dicken Stücken und auf einem Schneidebrett, das Messer einfach ins Holz gerammt. Auf dem Herd köcheln diverse Töpfe.

Simona und Chloé sitzen am Tischende, wie üblich tief ins Gespräch versunken. Carina bewegt sich routiniert zwischen Herd und Tisch hin und her und stellt weitere Schalen mit allen möglichen Pastavariationen hin. Sergio fängt sie unterwegs in einer Umarmung ein und bohrt sein Gesicht in ihre Halsbeuge. Er liebt sie, das sieht man deutlich in seinem Blick.

Esther lässt sich auf einen Stuhl fallen, stellt ihr Weinglas auf dem Tisch ab und atmet die Essensgerüche ein. In den Leuchtern brennen Kerzen in starken Kontrastfarben, unterschiedlich lang, wie zufällig aus anderen Kerzenständern im Haus zusammengesammelt. Ruhige Jazzmusik strömt aus den Lautsprechern, entspannt schleppend.

Alle bedienen sich nach Gaumenlust und Geschmack von den Platten und Schalen auf dem Tisch, begleitet von genüsslichen Seufzern und Grunzern. Esther treibt die Wärme, die sie in dieser Runde spürt, die Tränen in die Augen. Neue Freunde, die sie vor wenigen Tagen noch nicht hatte. Sie ist nicht allein, und sie ist keine Mutter ohne Kind. Sie ist Esther. Endlich ist sie wieder sie selbst.

Das Abendessen ist so ganz anders als die pompösen Veranstaltungen, die Alex und sie arrangiert haben. Und doch so perfekt. Es gibt keine Leinenservietten und keine Menüfolge. Keine kreativ angerichteten Portionen. Hier wird nicht wohlerzogen gewartet, bis alle am Tisch sitzen. Das ist nicht nötig. Hier dürfen alle sein, wie sie sind. Hier gibt es Liebe. Das reicht.

Sie essen und lachen und reden durcheinander. Carina wird für ihre Kochkünste gelobt. Esther betrachtet sie fasziniert, ihr Teller ist noch leer. Sie schielt zur Uhr und trinkt noch einen Schluck von dem zimmerwarmen Rotwein. Roberto verspätet sich, wenn er überhaupt kommt. Vielleicht ist er mit seinen Mädchen zusammen eingeschlafen, als er sie zu Bett gebracht hat.

»Das Essen reicht auch für eine zweite Runde«, sagt Carina, als hätte sie Esthers Gedanken gelesen. »Jetzt iss was.«

Sie reicht Esther eine Schüssel mit in Safran angebratenen goldgelben Fusilli mit dünnen Grünkohlstreifen.

»Wahrscheinlich kommt er gar nicht mehr«, sagt sie und zuckt zusammen, als ihr Handy piept.

»Ist was passiert?«, fragt Carina besorgt, als Esther sich mit einer Hand gegen die Stirn schlägt.

»Oh nein, jetzt hätte ich Adrian heute schon wieder vergessen. Was für ein Glück, dass Alex ein Foto geschickt hat.«

Sie zeigt den anderen das Foto von dem im Gras sitzenden, lachenden Adrian mit einem Katzenjungen auf dem Schoß. Er schaut direkt in die Kamera, das Haar windzerzaust, die Augen strahlen.

Mein kleiner Liebling, wie glücklich du aussiehst. Gute Nacht, mein Schatz, schreibt sie als Antwort, als es laut an der Tür klopft.

47.

Seine Locken stehen auf einer Seite ab, als wäre er sich vor der Tür noch mal mit der Hand durchs Haar gefahren. Er wirkt nervös, sein Blick flackert. Das graue Hemd ist knittrig und nur halb in die Jeans gesteckt. Er überreicht Esther eine eckige Holzschachtel.

»Entschuldigt die Verspätung, aber die Mädchen wollten sich nicht von der Babysitterin ins Bett bringen lassen.«

Als Esther die Schachtel mit beiden Händen entgegennimmt, beugt er sich vor und begrüßt sie schüchtern mit einem Wangenkuss.

»Mamas Lieblingsschokolade«, erklärt er, als sie die Schachtel umdreht.

Esther zeigt diskret auf Carina.

»Vielleicht solltest du ihr die Schokolade überreichen, sie ist die Gastgeberin. Ich bin ja nur zu Besuch«, flüstert sie ihm zu.

Carina zieht Roberto in die Küche, ehe Esther ihm die Schokoladenschachtel zurückgeben kann.

»Schön, Sie hier zu haben, Ruts Sohn, und dass wir Sie trotz der traurigen Umstände gefunden haben. Mein herzliches Beileid«, nimmt sie ihn freundlich in die Runde auf und tauscht ihren Teller gegen einen neuen aus. Sie lädt Roberto ein, sich neben Esther zu setzen, die ihn neugierig von der Seite betrachtet. Er hat Ruts gerade und schmale Nase geerbt. Und das Lächeln. Aber er wirkt mit seiner Nervosität ein wenig fremd in der ausgelassenen Runde. Schweißperlen glänzen auf seiner Stirn.

Sergio gießt ihm Wein ein, und er trinkt dankbar einen großen Schluck.

»Erzählen Sie, Roberto«, sagt Chloé neugierig. »Wussten Sie von Ruts und Esthers Freundschaft?«

Roberto räuspert sich.

»Nein, ich hatte keine Ahnung. So wie Esther nichts von meiner Existenz wusste. Kaum zu fassen. Aber Mama hat sich schon immer ganz genau überlegt, was sie wem erzählte und was nicht.«

»War sie schon immer so geheimnisvoll?«, fragt Esther aufrichtig interessiert.

»Nein. Sie war eine Meisterin darin, unangenehme oder anstrengende Dinge zu verdrängen. Sie hat ihr ganzes Leben dafür gekämpft, dass es allen gut geht.«

Esther sieht ihn neugierig an.

»Wobei sich unangenehm und anstrengend weniger auf sie und eher auf mich bezieht, wenn ich ihr beispielsweise in den Ohren gelegen habe, zum Arzt zu gehen. Ich hätte sie nicht so drängen sollen, vielleicht war es ja halb so wild mit ihrem Gedächtnis. Nach Gabriellas Tod hat Mama es hier einfach nicht mehr ausgehalten.«

Roberto verstummt. Chloé beugt sich nach vorn und stützt sich auf die Ellenbogen.

»Gabriella war Ihre Frau?«

»Ja, aber für Mama war sie wie eine Tochter.«

»Vielleicht warst du ja ein Ersatz für Gabriella, Esther?«, sagt Chloé.

Esther sieht sie unsicher an.

Roberto trinkt noch einen Schluck Wein und räuspert sich.

»Das ist gar nicht so abwegig. So wie ich immer dachte, dass Gabriella ein Ersatz für Grace war, für die Tochter, die

Mama verloren hat. Mama war ein wunderbarer Mensch, voller Liebe und Wärme, aber …«

»… sie war nicht bei dir, als du sie am dringendsten gebraucht hast?«, fragt Esther sanft.

»Ich konnte die Lücke, die Grace hinterlassen hat, nie füllen«, sagt er bedrückt und fingert am Fuß des Weinglases. »Gabriella und Mama standen sich sehr nah, sie haben sich ohne Worte verstanden, haben die gleichen Interessen geteilt. Das war schön anzusehen.«

Es wird still um den Tisch. Sergio wählt etwas fröhlichere Musik und dreht die Lautstärke hoch.

»Der Tod ist eine traurige Angelegenheit, und man sollte ihm nicht zu viel Platz in seinen Gedanken einräumen«, sagt er an Roberto gewandt. »Was für Musik mögen Sie? Ist das okay?«

Roberto nickt.

»Mama liebte Jazz«, sagt er und rollt die Ecken der Serviette auf. »Sie hat die Musik gerne so laut aufgedreht, dass sie aus allen Fenstern strömte.«

»Was für eine märchenhafte Umgebung zum Aufwachsen«, sagt Chloé verträumt. Sie sitzt immer noch vornübergebeugt, die Unterarme auf dem Tisch.

»Bestimmt, aber ich bin erst mit neun Jahren dorthin gekommen.«

»Mit neun Jahren erst?«, fragt Esther stirnrunzelnd. »Jetzt bin ich verwirrt. Deine Eltern haben doch schon vor Graces Geburt dort gewohnt.« Esther sieht ihn mit zur Seite geneigtem Kopf an.

»Mama hat dort gewohnt. Ich bin bei den Nonnen am anderen Seeufer aufgewachsen. Sie hat mich oft besucht, und ich habe schon geahnt, dass sie meine Mutter ist, weil wir uns so ähnlich waren. Aber sie hat nie mit mir darüber gesprochen, was mich verunsichert hat.«

Roberto schiebt den Stuhl vom Tisch weg, als wollte er aufstehen, aber er lehnt sich nur zurück, atmet tief ein und verschränkt die Hände vor der Brust.

»Rinaldo ist nicht mein Vater. Sie hat mich von einem anderen Mann, was er ihr nie verziehen hat. Als er davon erfahren hat, hat er sie bis zu meiner Geburt in das Kloster verbannt. Danach hat er von ihr verlangt, mich dort zurückzulassen und wieder nach Hause zu ziehen.«

Esther findet wie die anderen keine Worte für das, was Rut und Roberto durchgemacht haben.

»Die Stimmung zu Hause war offenbar nicht sehr erbaulich, solange Rinaldo noch lebte, weil es für beide unmöglich war, einander zu vergeben«, erzählt Roberto weiter und sieht Esther an. »Ich habe nie erfahren, wer mein biologischer Vater ist. Das ist mein großes Lebensgeheimnis. Mama hat mich sofort zu sich geholt, nachdem Rinaldo gestorben war, und danach haben wir zu zweit hier gelebt. Es gab nie wieder einen anderen Mann, für sie war es das Wichtigste, mir ein gutes Leben zu ermöglichen. Und sie hat sich geweigert, mir den kleinsten Hinweis zu meinem Vater zu geben. Ich habe trotzdem die Hoffnung nie aufgegeben, dass sie es mir irgendwann erzählen wird. Aber jetzt ist es zu spät.«

Ich wollte ihn von Anfang an vor allem Bösen beschützen. Immer an seiner Seite sein, ihn immer stützen. Das habe ich versprochen, als ich ihn das erste Mal im Arm gehalten habe, dieses kleine Bündel, das mich mit großen dunklen Augen angesehen hat. Aber ich habe mein Versprechen gebrochen. Ich bin nicht immer an seiner Seite. Viel zu oft nicht. Heute nicht.

Ich habe ihm die Geschichte von dem goldenen Faden erzählt, mit dem unsere Herzen verbunden sind, der so stark und dehnbar ist, dass er unendlich in die Länge gespannt werden kann, wenn es sein muss bis zum Himmel und zurück. Dieser Faden ist und wird uns immer verbinden. Selbst wenn wir tot und begraben sind. Wie Kinder eben sind, hat er neugierig gefragt, was passiert, wenn jemand den Faden mit einer Schere durchschneidet oder mit einer Säge. Ich habe ihn beruhigt, dass das nicht geht, weil der goldene Faden aus einem so haltbaren Material ist, das niemand ihn zerstören kann.

Adrian liebt diese Geschichte und kann sie gar nicht oft genug hören, um sicherzugehen, dass das, was ich sage, auch wirklich stimmt. Dass der Faden zwischen unseren Herzen wirklich fest sitzt. Und ich werde nicht müde, ihm die Geschichte immer und immer wieder zu erzählen. Dass der Faden auch da ist, wenn er bei seinem Papa ist. Dass er nur ganz leicht mit seinen Fingern daran zu tippen braucht, damit ich spüre, dass er an mich denkt. Und dass es immer so sein wird, auch wenn er irgendwann einmal von zuhause ausgezogen ist. Immer.

Manchmal geht mir durch den Kopf, dass ich nicht so wichtig bin, wie ich es gerne glauben würde. Dass auch ohne mich alles laufen würde. Dass meine Trennungsangst seine nur verstärkt. Aber er fühlt sich sicher und vertraut darauf, dass der Faden zwischen uns immer da ist, egal, ob wir zusammen sind oder nicht. Darum lacht er, wenn wir uns verabschieden, so wie er lacht, wenn wir uns wiedersehen. Ich lache auch und sage: »Viel Spaß dir! Bis ganz bald!«, während mein Herz sich zusammenkrampft. Aber das versuche ich, nicht zu zeigen.

Ich könnte nicht mehr ohne ihn leben. Ich denke an Rut und Grace. Die bodenlose Trauer, dieses schwere Schicksal. Diese Tragödie. Dieser Abschied für immer.

Ich kann nicht weiterschreiben, es zieht mich in ein tiefes dunkles Loch. Aber ich will wieder glücklich sein, lachen. Wie lange wird sie anhalten, die Trauer um die verlorenen Tage? Geht es allen Menschen so oder nur mir?

48.

Rut kannte diese Sehnsucht nach ihrem Kind und die tränenreichen Abschiede nach ihren Besuchen im Kloster. Das eine Kind hatte sie verloren, das andere durfte sie nicht behalten. Esther weiß vor Fragen nicht, wo sie anfangen soll. Chloé und Roberto unterhalten sich, aber Esther bekommt nicht mit, worüber. Ihr Kopf arbeitet auf Hochtouren. Sie denkt an die gemeinsamen Stunden und Gespräche mit Rut unter der Eiche. Warum hat Rut Roberto mit keiner Silbe erwähnt?

»Esther, hallo!«

Sie zuckt zusammen, als Simona eine Hand auf ihre Schulter legt.

»Willst du auch einen Kaffee?«, fragt sie.

Esther schüttelt den Kopf und unterbricht Robertos und Chloés Unterhaltung.

»Wie ist Rinaldo gestorben?«

Roberto sieht sie an und nickt Chloé entschuldigend zu.

»Herzversagen. Er hat viel getrunken, viel zu viel. Und sie haben sich nie wirklich wiedergefunden.«

»Ich kriege dieses Bild einfach nicht zusammen mit dem, das Rut von Rinaldo gezeichnet hat. Sie hat von ihm immer nur gesprochen, als wäre er die große Liebe ihres Lebens gewesen.«

Roberto nickt. Er dreht einen Löffel zwischen den Fingern, den Blick auf die Tischplatte geheftet.

»Das war er sicher auch, irgendwann einmal. Und Mama wollte sich am liebsten nur an die guten Zeiten erinnern. Aber er hat ihr nicht gutgetan, er hat sie enttäuscht und verraten, ihr den Alkohol vorgezogen. Die tragische Spitze war das Unglück mit Grace. Und dass er ihr dann noch ein Kind, mich, weggenommen hat. Beide haben je eine Etage in dem Haus bewohnt, und sie haben in den letzten Jahren vor seinem Tod kaum noch ein Wort miteinander gewechselt. Es wäre natürlich besser gewesen, sie hätten sich scheiden lassen, aber das war damals nicht so einfach, und sie wollten vermutlich den Skandal vermeiden, den eine Trennung unvermeidlich bedeutet hätte.«

»Ich kenne tatsächlich nur die Geschichte ihrer Begegnung auf Lidingö, die mit Ruts Flucht nach Mailand endete. Bis zu ihrem Leben danach und dazu, dass Rinaldo ihre gemeinsame Tochter auf dem Gewissen hat, haben wir es nicht mehr geschafft!«

Roberto fällt der Löffel aus der Hand und schlägt klirrend gegen die Tasse. Das fröhliche Jazzstück ist zu Ende. Das Gespräch verstummt. Und auch das Lachen.

»Es war ein tragischer Unfall. Und er wird auch Höllenqualen gelitten haben. Darüber habe ich viel nachgedacht, seit meine Töchter auf der Welt sind«, sagt er mit gesenktem Blick. Er nimmt den Löffel wieder auf und dreht ihn zwischen den Fingern.

»Wir haben beide gekämpft, versucht, die neue Situation zu akzeptieren, zu vergeben«, sagt sie tonlos und steht auf. Die Platten und Schüsseln auf dem Tisch sind leer. Sie stapelt die Teller übereinander und stellt sie in die Spüle. Carina erhebt sich ebenfalls und hilft ihr. Die anderen greifen ihre Unterhaltung wieder auf. Ein neues Stück fängt an, ruhige und melancholische Töne. Sergio summt mit, während er die Playlist auf seinem Handy durchforstet.

»Ich bin völlig groggy und werde allmählich mal ins Hotel rübergehen«, sagt Esther und geht zu Roberto.

»Ja, es ist spät, ich werde auch aufbrechen. Ich fahre dich gerne zum Hotel.«

»Danke, aber das kurze Stück schaffe ich gut zu Fuß.«

Er macht einen Schritt auf sie zu, vielleicht, um sie zum Abschied zu umarmen. Sie senkt den Blick und sieht seine nackten Füße, die leicht nach innen gerichteten Zehen. Als sie den Blick wieder hebt, streicht er ihr sanft über den Arm. Seine dunklen Augen sehen traurig aus.

»Wir verabschieden uns jetzt nicht. Wir sehen uns wieder, versprich es, komm zu der Beerdigung. Wir können uns schreiben, telefonieren und mehr über Mama reden. Ich habe so viel zu erzählen, und du doch sicher auch.«

Esther nickt und schiebt die Füße in die ausgetretenen Ballerinas im Flur. Sie klemmt die Handtasche unter den Arm, beugt sich vor und winkt den anderen zu.

»Schlaft gut. Und herzlichen Dank für eure Unterstützung heute«, sagt sie und geht hinaus in die laue Nacht.

49.

Esther streicht mit der Hand über die üppig grünen Kletterpflanzen, die Teile der Mauer überwuchern, als sie an ihrer Pension vorbei an den See spaziert. Der Mond malt einen breiten, schimmernden Silberstreifen aufs Wasser. Es sind kaum noch Leute unterwegs, sie sieht nur ein ineinander verschlungenes Paar auf einer Bank und ein Stück entfernt eine Gestalt mit Kinderwagen. Vielleicht eines der Babys, die nicht schlafen wollen, und ein müder, nachtwandelnder Elternteil.

Eine Mole aus bunt zusammengewürfelten großen Steinblöcken ragt vor dem schmalen Streifen Sandstrand ins Wasser hinein. Esther balanciert so weit hinaus, wie es geht, schüttelt die Schuhe ab und setzt sich hin. Sie reicht mit den Füßen nicht ganz bis zum Wasser und rutscht weiter vor, hält sich gut mit den Händen fest. Am Ende taucht sie die Zehen in das überraschend kalte Wasser.

»Fall nicht rein.«

Esther zieht sich rasch wieder nach oben, als sie Robertos Stimme hinter sich hört. Sie steht auf und zieht das Kleid über die Beine.

»Meinetwegen brauchst du nicht aufzustehen. Ich hab dich von der Straße aus gesehen«, erklärt er und kommt zu ihr herüber. Er setzt sich oberhalb auf den Stein, auf dem Esther eben noch gesessen hat und lässt die Beine über die Kante baumeln. »Das ist hier die perfekte Einstiegsstelle, falls du Lust auf ein Bad hast.«

Esther setzt sich neben ihn, zieht die Knie vor den Brustkorb und legt das Kinn darauf.

»Oh nein, das ist mir zu kalt. Und zu dunkel, dunkles Wasser ist unheimlich.«

»Findest du?«

Roberto wirft kleine Steine, versucht, sie flitschen zu lassen, aber sie versinken mit einem dumpfen Platschen. Er hebt einen größeren Stein auf und sieht ihn von allen Seiten an.

»Sie müssen platt sein«, sagt Esther, springt runter in den Sand und sucht dort nach einem einigermaßen flachen Stein. Sie zieht den Arm nach hinten, geht ein wenig in die Knie, schwingt den Arm wieder vor und lässt den Stein über die Oberfläche flitschen.

»Eins, zwei, drei, vier, fünf«, zählt sie zufrieden mit und setzt sich wieder neben Roberto.

»Wolltest du nicht schlafen gehen?«, fragt er und macht einen neuen Versuch mit einem runden Stein, der mit einem Glucksen versinkt. Esther lacht.

»Du wirfst zu hoch, zu fest.«

»Jaja. Aber das Werfen an sich macht auch Spaß.«

»Jetzt klingst du wie Rut.«

»Ich weiß.«

Ein paar Vögel gleiten übers Wasser, schwarze Silhouetten dicht über der Oberfläche, vielleicht sind es auch Fledermäuse auf der Jagd nach Insekten. Sie schauen schweigend dem Schauspiel zu.

Roberto wirft einen neuen Stein, der platschend versinkt, und lacht.

»Wusstest du, dass es einen Platz im Garten gibt, an dem sie Porzellan zerschlagen hat?«, sagt er.

»Wie bitte?«

»Da ist jetzt ein richtiger Scherbenberg.«

»Du machst Witze.«

»Nein. So hat sie sich abreagiert, um nicht bitter und gehässig zu werden wie so viele andere, hat sie gesagt.«

Roberto wirft eine Handvoll Kiesel in die Dunkelheit, die klickernd auf die Wasseroberfläche treffen. Dann greift er nach ihrer Hand, steht auf und zieht sie mit hoch.

»Komm, wir fahren dorthin, ich zeig es dir.«

»Und was sagen deine Töchter dazu?«

»Die schlafen, eine Freundin übernachtet bei ihnen.«

Er zeigt zu einem roten, von braunen Spritzern bedeckten Jeep am Straßenrand. Auf dem Dach sind eine Leiter und ein paar runde Stahlbehälter festgezurrt.

»Bist du auch Schreiner wie Sergio?«, fragt Esther neugierig, als sie sich den Sand von den Füßen wischt und in die Schuhe schlüpft.

Er schüttelt lachend den Kopf.

»Nein, bin ich nicht.«

»Was machst du dann?«

»Ich filme. Dokumentarfilme, Abenteuer.«

Im Wageninnern herrscht ein ziemliches Durcheinander an Kabeln, leeren Verpackungen und Kaffeebechern. Roberto stopft das Zeug eilig in eine Plastiktüte.

»Sorry, ich komme gerade von einem Dreh zurück. Dann sieht es immer so aus.«

Esther zuckt mit den Schultern und steigt auf der Beifahrerseite ein. »Mach dir keinen Kopf, ich komm nie dazu, mein Auto aufzuräumen.«

»Was macht dein Mann? Habt ihr noch mehr Kinder?«, fragt Roberto sehr direkt. Er lässt den Wagen ein paar Meter rollen, ehe er den Zündschlüssel dreht. Der Motor stottert, ehe er anspringt.

»Der Vergaser ist verdreckt, wir waren oben in den Bergen, wo es ziemlich schlammig war«, kommentiert Roberto den aufjaulenden Motor beim Gasgeben.

»Es gibt nur Adrian und mich.«

»Nur? Na, das ist doch auf alle Fälle besser, als ganz allein zu sein.«

Esther lacht.

»Du bist eindeutig Ruts Sohn, Zweifel ausgeschlossen. Willst du mich nicht fragen, wieso ich geschieden bin?«

»Nein, warum sollte ich? Du hattest sicher deine Gründe und brauchst dich nicht zu rechtfertigen. Außer, du bestehst darauf, natürlich.«

Es ist dunkel in Ruts Garten, als sie ankommen. Roberto fährt auf das Grundstück, schaltet den Motor aus und rollt so lange weiter, bis das Auto von selber hält.

»Das habe ich immer gemacht, wenn ich spät nach Hause gekommen bin, um Mama nicht zu wecken, und weil ich zu faul war, vom Eingangstor zu laufen«, sagt er.

Er öffnet die hintere Klappe, nimmt eine große Taschenlampe heraus und verschwindet zwischen den Büschen hinter dem Gewächshaus. Esther folgt ihm. Schon auf dem Weg fühlt sie Unebenheiten und Kanten durch die dünnen Sohlen ihrer Ballerinas. Roberto ist stehen geblieben und beleuchtet einen von Unkraut überwucherten und mit trockenem Laub bedeckten Hügel aus zerschlagenem Porzellan. Blau, geblümt, weiß, rosa. Esther bückt sich und hebt ein paar Scherben auf.

»Sie hat also hier hinter dem Gewächshaus gestanden und Porzellan zerschlagen? Verrückt. Wo hat sie das ganze Porzellan herbekommen?«

»Von Flohmärkten oder von Bekannten, die altes Geschirr ausrangiert haben. Das war wohl ihre ganz spezielle Form von Therapie. Aber sie hat auch noch etwas anderes damit gemacht. Komm, ich zeig es dir.«

Roberto streckt die Hand zur Dachrinne des Gewächshauses hoch und tastet dort nach einem Schlüssel. Dann winkt er sie hinter sich her auf die Vorderseite.

»Hier, schließ du auf. Ich möchte, dass du zuerst reingehst. Der Lichtschalter ist gleich rechts neben der Tür.« Sie nimmt den Schlüssel aus seiner Hand.

Im Innern duftet es schwach nach Rosen und Erde, die Luft ist warm und feucht. Esther tastet nach dem Lichtschalter. Hunderte kleiner Lämpchen leuchten auf, die wie ein Sternenhimmel unter der Decke verteilt sind. Die Stützbalken sind mit zu hübschen Mustern zusammengesetzten Porzellanscherben dekoriert, die bis zu den Fenstern weiterlaufen und über den Boden. Die Beete sind von Mustern und kleinen Figuren gesäumt, die Rut aufwendig aus dem zerschlagenen Material geformt hat. Ein Schmetterling, ein Vogel. Die Scherben der Trauer und Verbitterung sind zu etwas Neuem, Schönem geworden.

»Das war so etwas wie ihr persönliches Kunstprojekt«, sagt Roberto und schiebt sich an ihr vorbei, um weitere Lampen einzuschalten, die in den Beeten zwischen Sträuchern mit weißen und rosa Rosenblüten leuchten.

»Ich habe ihr mit der Lichtinstallation geholfen. Schön, oder?«, sagt er zufrieden. »Das hier war ihre Glücksoase, an die sie sich gerne zum Nachdenken zurückgezogen hat. Manchmal auch mit mir zusammen, aber meistens mit Gabriella und den Mädchen. Sie hat es geliebt, mit ihnen hier zu sitzen, wenn wir zu Besuch waren.«

»Das kann ich verstehen.«

Ein Schauer durchrieselt Esther.

»Wegwerfen und neu anfangen«, sagt sie.

»Wir beide, unsere Generation, wir haben eine Wahl, die Mama nicht gehabt hat. Sie musste durchhalten, und das hier hat ihr dabei geholfen.«

»Hast du ihren Brief gelesen?«

Er nickt. Esther streckt die Hand aus und legt sie auf seine.

»Es ist so traurig, dass sie nicht mehr da ist, so schwer zu begreifen.«

Er zieht seine Hand weg und steht auf.

»Aber sie ist nicht ganz weg. Es gibt jede Menge Filme von ihr. Sie hat gesprochen, ich habe gefilmt. Ich habe schon lange vor, das Material für eine Dokumentation über ihr Leben zusammenzuschneiden. Willst du was davon sehen? Ich habe den Laptop im Auto. Wir könnten es uns hier gemütlich machen und ihr zuhören.«

Esther nickt, zieht die Beine auf den geräumigen Korbsessel und unterdrückt ein Gähnen.

Roberto kommt mit dem Laptop und zwei Decken zurück. Er breitet eine Decke über ihr aus und stellt den Laptop auf einen kleinen Beistelltisch. Der Bildschirm springt an und da ist sie, quicklebendig. Rut. Sie lächelt den Betrachter an, winkt, dreht sich im Kreis und läuft mit der Kamera im Gefolge über den Rasen.

50.

Als Esther mit steifen Knochen auf dem Sessel wach wird, heizen die Sonnenstrahlen bereits das Gewächshaus auf. Ein schwacher Lufthauch zieht durch das aufgestellte Dachfenster. Im Sessel neben ihr, aufrecht und mit ausgestreckten Beinen, schläft Roberto. Den Kopf in den Nacken gelegt und den Mund leicht geöffnet. Der Bildschirm, der ihnen Ruts Alltag und schöne Erinnerungsmomente gezeigt hat, ist schwarz. Esther steht leise auf, um ihn nicht zu wecken, und geht barfuß hinaus auf den noch taufeuchten Rasen. Mit ihrem eigenen Tagebuch und einem Stift spaziert sie hinunter zum Steg. An einem Eisenpoller liegt ein kleines Ruderboot vertäut, das Tau ist mürbe und von schwarzem Schimmel überzogen. Es scheint schon eine ganze Weile nicht mehr benutzt worden zu sein. Die Ruder hängen ordentlich verstaut an Haken an der Stegkante.

Esther schlägt das Notizbuch auf, voller Erinnerungen an den Mann, von dem sie sich getrennt hat. An ihre destruktive Ehe. Sie schreibt und starrt auf die letzte Zeile, malt die Buchstaben mehrmals mit blauer Tinte nach, bis sie so dick sind, dass sie ineinander übergehen.

Er weigerte sich, unsere Scheidungsunterlagen zu unterschreiben. Ihm war mein Entschluss, ihn zu verlassen, völlig unbegreiflich. Er argumentierte, dass er Adrian ein solches Dokument mit seiner Unterschrift ersparen wollte. Es sollte klipp und klar bezeugt werden, dass ich und niemand sonst unsere überwältigende Liebe zerstört hatte. Und Adrians Familie.

Dass es meine Schuld war, meine Schuld ganz allein. Diese Wahrheit hat er mir so lange eingebläut, bis ich sie zu meiner Wahrheit gemacht habe.

Ich bin jetzt endlich in der Lage zu erkennen, wie die Kontrolle durch ihn sich nach und nach eingeschlichen hat. Das ist nicht über Nacht passiert, war nicht einfach zu erkennen oder zu verhindern. Oder zu verstehen. Angefangen hat es mit vermeintlich fürsorglichen Kommentaren zu meiner Garderobe. Wie wunderschön ich wäre, und dass noch ganz andere Kleider zu mir passen würden. Zu meinem Auftreten. Dass ich bei dem Essen zu extrovertiert gelacht und alle mich angesehen hätten. Ob mir das nicht aufgefallen wäre? Natürlich sage er das alles nur aus Sorge um mich. Weil er wolle, dass seine Freunde mich mochten. Dass ich mich einfügte. Weil er mich vor Fettnäpfchen bewahren wolle.

Ich habe das alles fälschlicherweise für Liebe gehalten.

Und ich habe mich angepasst. Habe mich mit jedem Lob von ihm stärker gefühlt. Ich bin gewachsen, er hat mich wachsen lassen, in eine bessere Richtung gelenkt. Schöner, sozialer, beliebter. So habe ich es empfunden.

Ich wurde so, wie er mich haben wollte. Das ist das, was passiert ist. Ich habe mich selbst ausgelöscht, meine Bedürfnisse seinem Willen untergeordnet. Jetzt brauche ich meine Notizzettel, um wieder zu mir selbst zurückzufinden, dem Ich, das ich mag. Sonne im Gesicht an einem Wintertag. Sand zwischen den Zehen. Jogginghose, Tee und Schokolade auf dem Sofa. Ich schreibe alles auf, was mir einfällt, alles, was mich glücklich macht. Alles, was ich bin und nicht er.

Sehr deutlich wurde es, als ich versucht habe, ihn zu verlassen. Seine Macht über mich, der Besitzanspruch. Ich habe ihm gehört und ihn beleidigt, wenn ich uns infrage stellte.

Erst da kam die Gewalt ins Spiel, auch wenn sie unterschwellig immer da war, als Drohung, was passieren könnte. Das verstehe ich jetzt.

Und so kann ich nicht leben.

Ich hatte keine Wahl. Es war nicht meine Schuld, und es war richtig, ihn zu verlassen.

Das ist ab jetzt mein Leben, nur meins. Ich bin stark.

* * *

Sie spürt mit jeder Faser, dass das, was sie geschrieben hat, wahr ist. Alex wird immer in ihrem Leben sein, ihre gemeinsame Zeit und alle Erinnerungen daran. Aber die Vergangenheit soll sie nicht länger ausbremsen. Alex darf keinen Einfluss mehr auf sie haben. Das wird sie nicht mehr zulassen.

Sie atmet tief ein. Es ist ganz still. Die Sonnenstrahlen tanzen über das Wasser, erwecken es zum Leben. Das Buch liegt schwer auf ihrem Schoß, gewichtig. Sie schiebt es zögernd von sich, Stück für Stück. Zu guter Letzt verpasst sie ihm einen Schubs und sieht es über die Stegkante fallen. Die

Seiten flattern im Windzug. Das Buch landet aufgeschlagen auf der Seeoberfläche und treibt darauf, bis das Wasser in die Papierporen dringt und es ganz langsam in die schwarze Tiefe zieht. Sie starrt auf die Wasseroberfläche, die wieder glatt wie ein Spiegel wird, dreht den Stift zwischen den Fingern. Alle Worte, alle Erinnerungen, die sie darin festgehalten und gewälzt hat, sind jetzt weggeworfen und nicht mehr da.

Sie spürt förmlich, wie der Druck in ihrer Brust nachlässt, sie atmet ein und hebt den Blick. Über den Bergen hängt ein dünner Dunstschleier.

Das ist ab jetzt mein Leben, nur meins. Ich bin stark.

51.

Sie hört ein Handy klingeln. Es ist ihres. Sie springt auf und läuft zurück zum Gewächshaus. Als sie ankommt, ist auch Roberto wach. Er hält ihr Handy ans Ohr.

Carina, mimt er mit den Lippen und redet weiter auf Italienisch. Esther streckt die Hand aus und wartet, dass er ihr das Telefon gibt.

»Hast du die Nacht mit Roberto verbracht? Wie nett«, sagt Carina munter, als sie Esthers Stimme hört.

»Es ist anders, als du glaubst. Er hat mir nur Ruts Gewächshaus gezeigt, und wir sind einfach auf zwei Sesseln nebeneinander eingeschlafen.«

»Was einem so alles passieren kann …«

»Aber in diesem Fall ist es die Wahrheit. Ehrlich.« Esther prustet los.

»Aber sicher doch. Soll ich dich zum Flughafen fahren? Wann geht dein Flieger, musst du nicht bald los?«

Esther nimmt das Handy vom Ohr und schaut aufs Display. Es ist halb zehn.

»Oje, schon so spät. Der Flieger geht um zwei Uhr. Willst du mich wirklich fahren? Das ist ja echt lieb. Ich komme so schnell wie möglich, muss nur noch meine Sachen aus dem Hotel abholen.«

Esther schnappt sich ihre Handtasche. Roberto sieht immer noch verschlafen aus. Die oberen Hemdknöpfe sind geöffnet und die Ärmel hochgekrempelt.

»Musst du jetzt gleich los?«, fragt er.

»Mein Flug geht um zwei Uhr, viel Zeit habe ich nicht mehr. Dabei würde ich so gerne noch ein bisschen bleiben und mehr über Rut erfahren. Und mir das Haus angucken.«

»Meinetwegen gerne.«

»Ich befürchte, dass dafür die Zeit zu knapp ist.«

Roberto klemmt den Laptop unter den Arm und wedelt mit dem Autoschlüssel.

»Komm, ich fahr dich.«

Esther lässt den Blick schweifen, als sie aus dem Gewächshaus kommen.

»Willst du ihre Asche nicht lieber hier im Garten verstreuen?«

Roberto bleibt stehen und sieht sie an.

»Ihre Asche hier verstreuen? Nein, es wird eine richtige Beerdigung mit Sarg und so.«

»Aber das … sie ist doch schon …«

Esther zögert, will sich nicht zu sehr einmischen.

»Hat sie mit dir über das Sterben gesprochen? Hat sie dir gesagt, was sie sich wünscht?«, hakt sie vorsichtig nach.

»Was meinst du damit, ›was sie sich wünscht?‹«

»Na ja, für ihre Beerdigung …«

»Nicht, dass ich mich erinnere. Wir haben nie direkt über den Tod gesprochen. Sie ist verbrannt worden, weil das die unkomplizierteste Art war, sie nach Hause zu überführen. Ich habe vor, die Urne in einen Sarg zu legen, so dass niemand was merkt. Die Leute hier sind etwas empfindlich.«

Roberto schiebt sich hinters Steuer und schlägt die Tür zu. Beim ersten Startversuch stottert und sirrt der Motor. Roberto springt wieder raus und fasst sich an die Stirn.

»Mist, ich hab vergessen, ihn an einem Gefälle zu parken«, murmelt er.

»Soll ich anschieben?«

»Vergiss es, das ist viel zu schwer.«

Roberto läuft zu einem Unterstand und kommt mit einer Spraydose zurück.

»Ich hab noch Startgas aus meiner Mopedzeit gefunden, vielleicht hilft das«, sagt er und öffnet die Motorhaube. »Könntest du dich ans Steuer setzen und starten?«

Als Esther den Zündschlüssel dreht, springt der Motor direkt an.

»Wird wohl Zeit für ein neues Gefährt.« Roberto seufzt und bittet Esther, auf den Beifahrersitz zu rutschen, damit er selbst ans Steuer kann. Er duftet süß, vertraut irgendwie.

»Erzähl mir noch mal, wie Rut und du euch kennengelernt habt«, sagt er, als sie auf die Straße abbiegen.

»Rein zufällig. Ich hab gern unter der Eiche auf der Wiese gesessen und über mein Leben nachgedacht. Und eines Tages ist sie dort aufgetaucht. Wir haben eine Unterhaltung angefangen und konnten nicht mehr damit aufhören.«

»Sie war so gerne im Freien, weil für sie die Natur das schönste Gemälde war.«

»Stimmt, sie war bei jedem Wetter dort.«

»Hat sie je über jemand anderen als ... Rinaldo gesprochen?«

»Denkst du an deinen Vater?«

»Ja, ich wüsste furchtbar gern, wer er war. Aber sie hat sich geweigert, es mir zu sagen.«

»Wir haben hauptsächlich über die Zeit gesprochen, als sie jung war. Ich wusste ja noch nicht einmal von deiner Existenz.«

»Am Ende war sie ziemlich verwirrt.«

»Davon habe ich nichts gemerkt.«

»Sie hat sich immer weiter zurückbewegt, hat nur noch von früher gesprochen. Zwischendurch hatte sie kleine Blackouts, hat die Namen der Mädchen vergessen oder den Eindruck gemacht, dass sie sich fragte, wer sie sind. Ich habe es gesehen, obwohl sie versucht hat, es zu überspielen.«

»An mich hat sie sich bei jedem Treffen erinnert.«

»Es freut mich, dass du ihr Gesellschaft geleistet hast.«

Esther knetet die Hände auf ihrem Schoß.

»Ihr größter Horror war die Vorstellung, nach ihrem Tod begraben zu werden«, sagt Esther ausatmend, als würde sie etwas Verbotenes sagen.

»Ihr größter Horror? Was weißt du darüber? Hat sie das zu dir gesagt?«

»Ja, hat sie. Das war ein Thema zwischen uns.«

»Natürlich soll sie eine Grabstelle bekommen«, murmelt Roberto. »Wo sonst sollen die Mädchen und ich um sie trauern? Sie wird neben Gabriella liegen, damit die beiden wieder vereint sind.«

Esther verkneift sich einen Kommentar und blickt auf die vorbeirauschende Landschaft. Roberto schaltet das Radio ein, eine traurige Melodie strömt aus den Lautsprechern.

»Erzähl mir von deinen Filmen. Wann hast du damit angefangen?«, fragt Esther in dem Versuch, das Gesprächsthema zu wechseln.

»Mama hat mir eine Kamera geschenkt, als ich bei den Nonnen war, damit ich jeden Tag ein paar Fotos mache, und die hat sie dann entwickeln lassen.«

»Bestimmt wollte sie so an deinem Alltag teilhaben. Was für eine schöne Idee.«

Roberto nickt und biegt an einer Kreuzung ab.

»Hat es ihr gefallen, von dir gefilmt zu werden?«

»Anfangs nicht so, aber sie hat sich dran gewöhnt. Und rumgealbert. Du hast es ja gesehen.«

»Ja, es war schön, das zu sehen. Vielleicht solltest du ein paar Abschnitte bei der Beerdigung zeigen.«

Roberto schüttelt den Kopf.

»Ich bin mir nicht sicher, ob das die passende Gelegenheit dafür ist. Aber ich bin wirklich froh, dass ich diese Filme von ihr habe, die ich mir immer wieder ansehen kann«, sagt er und hält vor Esthers Pension. Er lässt den Motor laufen. Esther öffnet die Tür.

»Vielleicht hat sie ja wirklich noch mehr Tagebücher in ihrer Wohnung auf Lidingö. Darin gibt es möglicherweise Hinweise auf deinen Vater.«

Roberto lacht.

»Willst du mich zu einer Reise nach Schweden überreden?«

»Oh ja, dann kannst du dich noch einmal persönlich davon überzeugen, warum du etwas so Schönes wie die Wiese nicht einfach verkaufen solltest.«

Esther beugt sich zu ihm hinüber und gibt ihm einen flüchtigen Wangenkuss, ehe sie aus dem Auto steigt.

»Danke, dass du mir das Gewächshaus und die Filme gezeigt hast«, sagt sie.

52.

Das Verkaufsschild an der Wiese steht noch da. Heißt das etwa, dass es noch keinen Käufer gibt? Das Gatter ist noch immer mit einem Vorhängeschloss verriegelt. Sie hebt Adrian darüber. Er strampelt mit den Beinen in der Luft, und sobald seine Füße den Boden berühren, rennt er los zu der Schaukel an der Eiche. Esther klettert hinterher. Sie ratscht sich den Oberschenkel an dem am Gatter angebrachten Stacheldraht. Die Härchen an ihren Beinen stellen sich auf. Eigentlich ist es zu kalt für Shorts, obwohl es jetzt nicht mehr lang bis Mittsommer ist.

Vor fast einem Jahr ist sie Rut zum ersten Mal begegnet. Sie streicht mit der Hand über den Stamm der Eiche, fährt mit dem Finger über die beiden Rs in Ruts Herz. Die fehlenden Buchstaben G und R malt sie unsichtbar mit dem Finger. Und streng genommen gehört noch ein Initial dorthin. Robertos Vater. Wer war er? Einer der vielen Männer, die Rut bei Fionas großartigen Festen getroffen hat? Wurde Roberto in einer Sommernacht gezeugt, unter freiem Himmel? Oder bei dem beschriebenen Picknick? Esther lässt sich von ihrer Fantasie mitreißen. Als sie Adrian schreien hört, schreckt sie jäh hoch. Er hat sich das Knie aufgeschrammt, es blutet leicht. Sie läuft zu ihm und geht in die Hocke, setzt ihn sich auf den einen Oberschenkel. Dann pustet sie an seinem Knie, küsst ihn auf die Wange und wischt die Tränen mit dem Zeigefinger weg.

»Schau mal, ein magischer Tropfen«, sagt sie und hält die Zeigefingerkuppe mit einer Träne vor seinen Mund. Er bläst sie weg. »Jetzt kannst du dir was wünschen, was auch immer.«

»Was auch immer?«

»Was auch immer du willst. Aber ganz leise, damit nur die Engel es hören.«

Adrian kneift die Augen zu. Als er sie wieder öffnet, bewegt Esther ihre Finger vor ihm.

»Und? Ich glaube, du hast dir einmal ordentlich Durchkitzeln gewünscht, stimmt's?«, fragt sie und nähert sich ganz langsam seinem Bauch. Er quietscht laut und springt lachend von ihrem Knie.

»Nein, Quatschemama«, sagt er und schüttelt energisch den Kopf.

»Na, ich bin mir nicht sicher …«, sagt Esther grinsend und steht auf. Sie tut, als ob sie ihn fangen will, und er läuft kreischend vor ihr davon. Als sie an der Schaukel vorbeikommen, schlägt er mit der Hand dagegen.

»Dumme Schaukel«, sagt er.

»Dumme Schaukel«, wiederholt Esther und küsst ihn auf den Kopf. »Ganz bald tut es auch nicht mehr weh, wie immer.«

Es weht ein Wind vom Meer, ein kühler, kräftiger Wind. Die Wasseroberfläche ist zackig aufgeraut, immer höhere Wellen schlagen gegen das felsige Ufer. Adrian rennt kreuz und quer über die Wiese, hin und her, als würde er mit sich selbst Fangen spielen.

Esther macht ein Foto von ihm. Im Wind flatterndes Haar. Lachender Mund. Sie dreht sich um und schaut aufs Meer. Macht auch davon ein Foto und schickt es an Roberto.

Sicher, dass du das hier verkaufen willst?

Sie setzt sich auf die Bank und wartet auf die drei blinkenden Punkte, die verraten, dass Roberto antwortet. Sie muss nicht lange warten.

Bist du gerade dort? Was für ein schönes Foto.

Sie lächelt, als sie seine Antwort liest, und antwortet direkt.

Ja, wir sind hier. Adrian wollte unbedingt zu der Schaukel an der Eiche. Das müssen wir ausnutzen, ehe jemand ein neues Haus dort baut.

Sie klickt das Bild von dem über die Wiese laufenden Adrian an und schickt es hinterher.

Sehr schön. Hast du auch Fotos von Mama?

Esther hat die wenigen Fotos von Rut mit einem Herzchen markiert und zu Favoriten gemacht, obwohl sie aus viel zu großer Entfernung aufgenommen oder etwas unscharf sind. Ihr fällt jetzt zum ersten Mal auf, wie müde ihre alte Freundin auf dem letzten Bild aussieht. Müde und mager. Sie wählt ein Foto aus dem Herbst, auf dem Rut lacht und die Krone der Eiche rotgelb über ihr leuchtet. Roberto antwortet mit einem weinenden Emoji, auf das Esther mit einem Herz antwortet.

Sie war ein ganz besonderer Mensch.

Sie wartet vergeblich auf eine Antwort von Roberto.

Am Himmel ballen sich dunkle Wolken. Esther ruft Adrian zu sich.

»Komm, lass uns schnell losgehen. Damit wir es noch vor dem Regen nach Hause schaffen.«

Sie schiebt das Handy in die Tasche, nachdem sie kontrolliert hat, dass der Ton eingeschaltet ist. Am Gatter angelangt, fallen die ersten Tropfen. Sie hebt Adrian darüber und stellt ihn auf der anderen Seite ab. Dann schwingt sie erst das eine, dann das andere Bein hinüber, diesmal ohne sich zu kratzen. Adrian hüpft wie gewohnt in jede Pfütze auf ihrem Weg. Das Wasser spritzt an seine nackten Beine. Sie nimmt ihn an der

Hand und zieht ihn hinter sich her. Der Regen fällt immer dichter, und ihre dünnen Kleider sind schnell durchnässt.

Es wird Abend, bis Roberto antwortet. Esther döst in eine kuschelige Decke eingewickelt auf dem Sofa. Sie fröstelt immer noch nach dem Spaziergang im Regen. Adrian schläft.

Es gibt jetzt einen Kaufinteressenten. Das Angebot ist gut, der Makler meint, ich sollte es annehmen.

Sie starrt auf die Worte auf dem Display. Will laut protestieren, ihm ein fettes Nein mit ganz vielen Ausrufezeichen schicken. Wütende Emojis. Will das Handy an die Wand werfen.

Statt zu antworten, sucht sie nach einem günstigen Flug nach Italien. Aber Last Minute ist inzwischen furchtbar teuer geworden.

Sie kontrolliert ihren Kontostand. Für diesen Monat hat sie keine Reserven mehr. Also loggt sie sich in ihr Fondssparbuch ein und verkauft Anteile von dem, der am meisten gewachsen ist.

Danach bucht sie mit ein paar wenigen Klicks ein Ticket nach Mailand.

Ich habe gerade ein Ticket gekauft und komme zur Beerdigung. Ich flehe dich an, bis dahin nicht zu verkaufen. Bitte, lass uns noch einmal darüber reden.

53.

Esther tastet nach ihrem Handy. Es ist spät, sie ist neben Adrian eingeschlafen. Roberto hat noch nicht geantwortet. Sie hat überhaupt keine Nachrichten, weder von ihm noch von irgendwem sonst.

Du hast das Grundstück doch noch nicht verkauft?, schreibt sie nervös.

Keine Antwort. Sie schreibt weiter.

Die Gründe erkläre ich dir, wenn ich da bin. Versprich mir, noch zu warten und nicht zu verkaufen.

Bitte.

Sie merkt Panik in sich aufsteigen und kann nicht aufhören, weitere Nachrichten zu schreiben.

Es gibt einen triftigen Grund, dass du das Grundstück noch ein bisschen behalten musst. Ich habe eine Idee.

Nur noch ein bisschen länger.

Immer noch keine Antwort. Esther zählt im Stillen von achttausend in Siebenerschritten abwärts. Das soll die effektivste Art sein, das Gehirn zu entspannen, hat sie irgendwo gelesen.

Sie atmet tief und langsam ein und aus, das Handy krampfhaft in der Hand. Sie stiert auf den Bildschirm, wartet auf die drei Punkte. Warum antwortet er nicht?

Alles in Ordnung bei dir?

Endlich fangen die Punkte an zu flackern. Er ist da. Er hat ihre Nachrichten gelesen.

Alles gut. Ich bin gerade bei Filmaufnahmen. Rufe dich

morgen an. Das Grundstück ist noch nicht verkauft. Mach dir keine Sorgen und schlaf jetzt.

Esther atmet erleichtert aus und kuschelt sich fest an Adrian, der ganz entspannt und tief schläft.

Sie schickt ein Emoji mit Herzaugen an Roberto. Kurz darauf plingt es wieder.

Ich verspreche, mir deine Idee anzuhören.

Sie liest die kurze Nachricht immer und immer wieder. Er ist da. Und er versteht ihre Unruhe.

Danke!

54.

Esther wacht vom Handyklingeln auf. Adrian liegt neben ihr, den Kopf auf ihrem Bauch. Sie flüstert verschlafen in den Hörer.

»Hab ich dich geweckt? Das war ein langer Filmtag, wir haben die ganze Nacht durchgemacht und sind jetzt gerade fertig geworden. Ich wollte mich wenigstens kurz melden, bevor ich schlafen gehe.«

Roberto mischt sehr charmant ein paar schwedische Wörter in sein Englisch. Esther rutscht ans Kopfende und lehnt sich an die Wand. Adrians Kopf liegt jetzt auf ihren Oberschenkeln.

»Kein Problem. Warte kurz.«

Sie hebt Adrian von ihren Beinen, schleicht ins Wohnzimmer und setzt sich im Schneidersitz auf das Sofa.

»Sorry, Adrian schläft bei mir im Bett, ich wollte ihn nicht wecken«, sagt sie mit ihrer gewöhnlichen Stimme.

Roberto lacht.

»Mein Bett ist auch immer voll. Irgendwann landen die Mädchen immer dort. Sie schlafen schlecht ... seit ihre Mutter ...«

»Verstehe. Aber es wird ihnen sicher nicht schaden, in deinem schön kuscheligen Bett zu schlafen.«

»Als Kind war es immer mein größter Wunsch, von meinen Eltern ins Bett gebracht zu werden und angekuschelt an sie einzuschlafen.«

Esther sucht nach den passenden Worten.

»War es sehr schlimm im Kloster?«, fragt sie schließlich.

»Es war sehr anders, speziell. Ein Schlafsaal mit vielen Kindern, strenge Nonnen.«

»Konntest du ihr das verzeihen?«

»Aber ja, sie hat später alles für mich getan, um die verlorenen Jahre zu kompensieren.«

»Außer dir zu erzählen, wer dein Vater ist?«

Er brummelt etwas Unverständliches.

»Ich habe inzwischen ihr Tagebuch gelesen«, sagt er.

»Wie hat sich das angefühlt?«

»Schon irgendwie seltsam. Ich suche in jedem Satz nach Hinweisen über ihn.«

Esther ruft sich die Passagen ins Gedächtnis, die sie so oft gelesen hat und fast auswendig kann.

»Könnte es der Mann gewesen sein, mit dem sie gepicknickt hat? Erinnerst du dich an den Abschnitt, den wir zusammen gelesen haben? Das klang sehr verliebt.«

»Aber das war Jahre vor meiner Geburt. Glaubst du nicht, dass es noch andere Männer gab?«

Esther hört ihn blättern, dann beginnt er zu lesen.

2. November 1960

Es ist noch immer warm. Heute haben wir einen Ausflug in die Berge gemacht. Ich habe den Hut getragen, den er mir zum Geburtstag geschenkt hat. Mit der breiten Krempe, die mich vor der Sonne und neugierigen Blicken schützt. Wir haben in einem hübschen Restaurant mit Blick übers Tal Rast gemacht. Er hat meine Hand gehalten, als wir an unseren Tisch gegangen sind. Als wäre ich seine Frau.

»Das hört sich sehr romantisch an. Und es könnte doch durchaus derselbe Mann von dem Picknick sein. Er hat ihr Geburtstagsgeschenke gemacht, das scheint also keine kurze Romanze gewesen zu sein.«

»Zwischen dem Picknick und dem Ausflug ist mehr als ein Jahr vergangen.«

»Warum sollen sie sich nicht über einen längeren Zeitraum getroffen haben? Wieso gehst du davon aus, dass sie mit verschiedenen Männern ausgegangen ist?«

»Du hast vollkommen recht, warum sollte sie das tun? Aber ich befürchte, dass wir wohl niemals erfahren werden, wie es wirklich war.«

»Ich kann mir gut vorstellen, dass sich in ihrer Wohnung noch mehr Hinweise finden.«

»Ja, das denke ich auch. Würdest du für mich dort nachschauen, wenn ich dir den Schlüssel schicke?«

»Ja klar. Ist seit ihrem Tod niemand mehr dort gewesen?«

»Nur die Polizei. Und die meinten, dass alles ordentlich ausgesehen hätte.«

»Bist du denn gar nicht neugierig, wie sie hier gelebt hat?«

»Mach ein paar Fotos, damit ich es mir vorstellen kann.«

»Gerne. Ich gehe dorthin, sobald ich den Schlüssel habe. Was ich noch fragen wollte: Wo ist eigentlich Grace begraben?«, wechselt Esther das Thema.

Roberto räuspert sich.

»Ich weiß es nicht, habe nie danach gefragt. Wir haben nie über Grace gesprochen. Beim Kloster, dachte ich. Ich habe nach ihrem Grabstein gesucht, weil ich dachte, dass Mama vielleicht neben ihr begraben werden will, bin aber nicht fündig geworden.«

»Es sei denn, dass Grace gar nicht …«

»Die Beerdigung ist ja hauptsächlich für uns Hinterbliebene«, fällt Roberto ihr bestimmt ins Wort, um deutlich zu machen, dass er in diesem Punkt keine Ratschläge will.

Esther schweigt und schaut raus zu den grünen Birken vor dem Fenster.

»Wolltest du mir nicht eigentlich sagen, wieso ich die Wiese nicht verkaufen soll?«, fragt Roberto, als ihm ihr Schweigen zu lang wird.

»Weil es dort einzigartig schön ist.«

Sie hört förmlich sein Schmunzeln am anderen Ende der Leitung.

»Und weil du sie noch für Ruts innigsten Wunsch brauchst«, fährt sie fort. »Ich werde es dir erklären, wenn ich zur Beerdigung komme. Und ich bitte dich, bis dahin nichts zu unterschreiben. Du wirst verstehen, warum.«

55.

Der Schlüssel kommt in einem braunen Polsterumschlag. Dabei liegt eine weiße, rechteckige Karte mit einem einfachen R. Keine Adresse, kein Gruß. Esther schiebt die Hand in das Kuvert und sucht nach mehr, aber da ist nur der Schlüssel.

Ein Schlüssel ohne Absender oder Anschrift ist gekommen. Ich nehme an, der ist von dir?

Die Antwort kommt umgehend.

Wunderbar, ich wollte ihre Anschrift nicht dazuschreiben, falls er in falsche Hände gerät. Hast du sie mal zu Hause besucht?

Esther schreibt ihm, dass sie Rut immer nur auf der Wiese getroffen hat, worauf er ihr den Straßennamen und eine Hausnummer schickt.

Heute schaffe ich es wahrscheinlich nicht mehr, weil bald Essens- und danach Schlafenszeit ist.

Esther merkt seiner knappen Antwort die Enttäuschung an.

Ok.

Gleich darauf kommt noch eine Nachricht.

Morgen dann?

Esther schaut zu Adrian, der mit dem Tablet auf dem Sofa sitzt. Er dreht es wie ein Lenkrad hin und her, als würde er Auto fahren, hochkonzentriert. Neben der Spüle wartet ein Stück tiefgefrorener Fisch auf die Zubereitung. Sie packt ihn zurück ins Eisfach.

»Wollen wir heute mal Hamburger essen?«, fragt sie.

»Mit Fanta«, sagt Adrian und strahlt sie an. Das ist sein Lieblingsessen.

»Nein, mit Milch, weil heute Mittwoch ist. Aber mit Pommes.«

Adrian springt vom Sofa und läuft im Kreis um sie herum.

»Jajaja«, jubelt er und hüpft wie ein Flummi auf und ab.

Esther schiebt ihn hinaus in den Flur. Ehe sie die Jacke anzieht, schreibt sie Roberto noch eine kurze Nachricht.

Wir fahren doch jetzt hin. Ich melde mich, sobald wir dort sind.

Sie bestellen ihr Essen in dem kleinen Imbiss im Kyrkväg. Die wackeligen Holztische im Freien sind fleckig vom Frittieröl und voller Krümel. Esther wischt die Tischplatte mit der Hand ab und breitet ein paar Servietten als Tischdecke darauf aus.

Sie zeigt Adrian den Schlüssel, während sie auf das Essen warten.

»Das ist der Schlüssel von Ruts Wohnung«, erklärt sie ihm. »Wir fahren nach dem Essen dorthin und ...«

»Essen wir Zimtschnecken mit Rut?«, fragt Adrian glücklich strahlend.

Sie stockt kurz, als ihr klar wird, dass sie ihm noch gar nicht erzählt hat, dass Rut nicht mehr bei ihnen ist.

»Sie wohnt nicht mehr hier«, sagt sie stockend. »Sie ... sie ist jetzt ein Stern am Himmel.«

»Aha. Ist sie tot?«, fragt Adrian mit ernstem Blick.

Esther treibt es die Tränen in die Augen. Sie nickt.

»Wir können doch heute Nacht rausgehen und ihr zuwinken. Damit sie sich freut«, sagt Adrian.

Esther zieht ihn an sich und umarmt ihn ganz fest.

»Ja, das können wir machen.«

Es riecht muffig in der Wohnung, als sie die Tür öffnet.« Trotz der Jalousien vor allen Fenstern hat die Sonne die Räume ordentlich aufgeheizt. Die Wohnung ist sparsam möbliert. Ein Einzelbett in dem kleinen Schlafzimmer und ein Sofa in der offenen Wohnküche. Decken und Kissen mit rosa Bezügen, geblümte Gardinen. Gestreifte Flickenteppiche auf dem Boden. Ein kleiner Fernseher und ein Buchregal. Esther schaut sich alle Gegenstände in dem Regal an, Bücher und Nippes.

Beim Überfliegen der Buchrücken sieht sie nur schwedische Autorinnen und Autoren: Selma Lagerlöf, August Strindberg, Moa Martinson, Hjalmar Söderberg. Edel eingebundene, alte Ausgaben. Sie schlägt ein jüngeres Buch von Bodil Malmsten auf, in dem Rut ein paar Zeilen unterstrichen und mit Anmerkungen am Rand versehen hat. »Wichtig«, steht an einer Stelle, »wahr« an einer anderen. Sie stellt das Buch zurück. Das rote Sonderangebotspreisschild leuchtet auf der Rückseite.

Auf einem Regalbrett stehen viele kleine Porzellanfiguren. Hunde, Pferde, Schwäne und Katzen in Grüppchen auf einer weißen Spitzendecke.

»Was suchst du?«

Adrian stellt sich neben sie und nimmt einen Porzellanhund aus dem Regal.

»Gefällt er dir? Du kannst ihn sicher haben. Aber ich frag sicherheitshalber Roberto.«

»Die gefallen mir alle«, sagt Adrian, nimmt noch ein paar Tiere und spielt ganz behutsam mit ihnen auf dem Boden. Er bellt und maunzt, ahmt ihre Stimmen nach. Esther setzt ihre Suche nach alten Tagebüchern fort, öffnet Schubladen und Schrankfächer, ohne etwas zu finden außer ein paar Zeitschriften, einem Notizblock, einer Lupe und einem Tablettenschuber mit aufgedruckten Wochentagen und sorgfältig notierten Tageszeiten. Es liegen noch ein paar Pillen darin.

Neben dem Bett steht ein halbhohes Regal, auf dem gerahmte Fotos stehen. Auf einem ist ein Brautpaar zu sehen, die Frau im langen weißen Kleid hält einen Rosenstrauß in der Hand. Braut und Bräutigam schauen mit ernstem Blick in die Kamera. Auf den Fotos, die Rut ihr von ihren Eltern gezeigt hat, waren sie schon älter, aber Esther ist sich sicher, dass das Birger und Alva sind.

Esther öffnet die Foto-App mit den Favoriten auf ihrem Handy, wo immer noch ihr Hochzeitsbild gespeichert ist, das sie eigentlich längst löschen wollte. Sie hält die beiden Aufnahmen nebeneinander. Statt in die Kamera zu schauen, sehen Alex und sie sich in die Augen. Glücklich lächelnd. Sie klickt es eilig weg und macht stattdessen ein paar Fotos von den gerahmten Bildern und schickt sie an Roberto.

Wir sind jetzt in Ruts Wohnung. Diese Fotos stehen neben ihrem Bett.

Von Roberto oder den Mädchen sind keine Fotos dabei. Vielleicht waren die auf Ruts Handy gespeichert.

Wer ist das in dem Goldrahmen?, fragt Roberto zurück.

Esther beugt sich zu dem Rahmen vor, in dem ein Mann mit lockiger Haarmähne auf einem umgekippten Baumstamm sitzt, im Hintergrund ist ein See zu erkennen. Er hat die Ärmel seines Hemdes hochgekrempelt und trägt breite Hosenträger. Er sah nicht aus wie der junge Rinaldo, den Rut ihr auf einem alten Foto gezeigt hat, aber sicher ist sie sich nicht. Deshalb macht sie eine Nahaufnahme und schickt sie Roberto.

Das ist nicht Rinaldo, stimmt's?, fragt sie.

Das Handy klingelt. Es ist Roberto.

»Hallo, hej. Schön, dass du anrufst«, sagt Esther.

»Nein, das sieht nicht nach ihm aus. Rinaldo hat seine dunklen Haare immer zurückgekämmt«, sagt Roberto nachdenklich, nachdem er sie begrüßt hat. »Und ich kann mir nicht vorstellen, dass sie sich ein Bild von Rinaldo neben das Bett gestellt hätte. Hier gab es kein einziges Bild von ihm. Vielleicht …«

Esther betrachtet den Mann mit der Lockenmähne noch eine Weile. Das markante Kinn und das Lächeln auf seinen Lippen. »Du glaubst doch nicht, dass …?«

»Ich weiß es nicht. Steht auf der Rückseite irgendein Hinweis oder Name, wer das sein könnte?«

Esther biegt die dünnen Metallzungen hoch und nimmt das Foto vorsichtig heraus. Da steht tatsächlich etwas, ein Vorname und eine Jahreszahl. *Eric, 1965.* Und ein kurzer, wie nachträglich mit einem anderen Stift dort hingeschriebener Satz, den sie nicht entziffern kann.

»Hallo, bist du noch dran? Steht da was?«

Esther kneift die Augen zusammen, um besser zu sehen.

»Ja, da steht *Eric, 1965*. Der Rest ist leider nicht lesbar. Es ist Italienisch, glaube ich. Ich bringe es mit, wenn ich komme. Vielleicht kannst du lesen, was da steht.«

»Ja, bring alle Bilder mit, die du findest. Und gerne auch alle Notizen, Tagebücher, alte Briefe.«

»Was passiert mit den übrigen Sachen?«

»Ich habe eine Entrümpelungsfirma beauftragt, die entsorgen den Rest.«

56.

Adrian ist bei seinem Papa. Das eingecheckte Handgepäck ist halb gefüllt mit Erinnerungsstücken aus Ruts Wohnung. Esther vertreibt sich bei einer Tasse Cappuccino die Wartezeit bis zum Boarding. Sie wischt mit dem Zeigefinger den über den Tassenrand quellenden Schaum weg, genießt es, sich mal ganz entspannt nur um sich selber kümmern zu müssen.

Dieses Mal fliegt sie nach Malpensa bei Mailand. Carina hat ihr eine Zugverbindung geschickt, weil niemand sie am Flughafen abholen kann. Aber sie hat Esther angeboten, diesmal bei ihr wohnen zu können, und ihr ein Abendessen versprochen. Beim Gedanken an ihre neuen Freunde muss sie lächeln. Sie freut sich schon auf das Wiedersehen. Auf die lebhaften Diskussionen, das Lachen. Und auf die Musik.

Sie nippt an dem Kaffee, der noch nicht nach Italien und Carinas aromatischen Kaffeebohnen schmeckt.

In dem kleinen Rollkoffer neben ihr liegt ihre ordentlich gefaltete Beerdigungsgarderobe. Schwarzes Jackett und Rock, schwarze Pumps. Dazu eine weiße Seidenbluse und eine Perlenkette, die sie von ihrer Großmutter geerbt hat. Aber sie hat auch ein großgeblümtes Kleid eingepackt. Für den Fall. Weil Rut nicht dunkel war, sondern ein heller Mensch. Glücklich trotz aller Schicksalsschläge, die sie erlebt hat. Und sie hat Blumen geliebt. Sie hofft sehr, dass Roberto auf keinen strikten Dresscode besteht und seiner Mutter so gedenken will, wie sie war.

Direkt vor der Fahrt zum Flughafen hat Esther noch einen

Strauß Wildblumen auf der Wiese gepflückt, der jetzt mit einem feuchten Tuch und einem Gefrierbeutel um die Stängel in einer Tüte in ihrer Handtasche liegt. Falls die Blumen die Reise nicht überstehen, wird sie sie trotzdem über Ruts Grab verstreuen.

Bist du auf dem Weg? Kannst du schreiben?

Roberto und sie haben seit ihrem Abschied jeden Tag telefoniert oder geschrieben, sie hat sich richtig an den regelmäßigen Kontakt gewöhnt. An dieses Gefühl, dass jemand immer da ist.

Ja. Ich sitze am Gate und warte aufs Boarding.

Sie schickt ein einsames Sonnen-Emoji hinterher, als die Antwort auf sich warten lässt.

Rot oder rosa?

Sie zieht die Augenbrauen hoch.

Was?

Die Blumen? Welche Blumen hätte sie wohl am liebsten, rote oder rosa? Oder lila?

Esther denkt kurz nach. Welche Farbe passt am besten zu Rut? Hatte sie eine Lieblingsfarbe? Sie gräbt in ihrem Gedächtnis nach, welche Farbe Graces Rose hatte, von der Rut in ihrem Tagebuch geschrieben hat, kann sich aber nicht erinnern.

Schau im Tagebuch nach, wo sie Graces Rosenstrauch beschreibt. Nimm die Farbe.

Danke, da hätte ich auch draufkommen können. Sie sind rosa und blühen gerade.

Er schickt ein Foto von dem Rosenstrauch, der die Steinwand hochrankt und mit rosa Blütenköpfen übersät ist. Grace lebt in der Rosenpracht weiter, die Rut all die Jahre gepflegt hat.

Wunderschön! Du könntest doch einen Strauch für Rut daneben pflanzen. Das wäre doch ein schöner Grabersatz.

Die letzten Worte löscht sie wieder, Buchstabe für Buchstabe, um ihn nicht unnötig aufzuwühlen.

Welche Farbe?, schreibt er umgehend zurück.

Gelb!, antwortet sie, weil es sich so selbstverständlich anfühlt.

Gelb wie die Sonne.

57.

Bei jeder Geldausgabe verkrampft sich ihr Magen. Das läppert sich ganz schön zusammen bei so einer Reise. Ein Taschenbuch hier, ein Schokoriegel da, ein Getränk, ein Kaffee. Und nun noch die Zugtickets. Und alles von dem Geld, dass sie eigentlich für außergewöhnliche Anschaffungen und für Adrian zurückgelegt hat. Er wächst so schnell und braucht ständig neue Sachen. Es fällt ihr furchtbar schwer, das Geld für etwas anderes als ihn oder dringend Notwendiges auszugeben. Esther rechnet während der Zugfahrt die gewissenhaft in ihrer Geldbörse gesammelten Quittungen mit dem Taschenrechner ihres Handys zusammen und schließt die Augen, als sie die Summe sieht.

Die Blumen in ihrer Handtasche lassen die Köpfe hängen. Es ist einfach zu warm. Rut würde sicher schmunzeln über ihren ungeschickten Versuch, ihre Wiese mit nach Italien zu bringen. »Weg mit dem alten Kram«, würde sie wahrscheinlich sagen, »schmeiß alles weg, das dich an Dinge erinnert, die du vermisst.«

Sie hält den Strauß über den Abfallbeutel an der Seite ihres Sitzes, bereitet sich innerlich darauf vor, ihn loszulassen. Aber in letzter Sekunde überlegt sie es sich anders und steckt ihn zurück in die Handtasche. Wenn Roberto Ruts Urne tatsächlich auf dem Friedhof begraben lässt, soll sie wenigstens ein paar Blumen von der Wiese mit in ihr Grab bekommen. Vielleicht gehen ja ein paar Samen in der Erde an und wachsen auf ihrem Grab.

Der Zug rollt langsam in den Bahnhof ein. Sie hört ihre aufgeregten Stimmen schon durch das offene Zugfenster, ehe sie ganz stehen. »Esther, Esther!«, rufen sie. Sie beugt sich hinaus und winkt ihnen zu. Als der Zug mit kreischenden Reifen endgültig zum Stehen kommt, öffnet Esther bereits die Tür.

Sergio ist als Erster an der aufgleitenden Zugtür. Sein Hut verrutscht bei ihrer überschwänglichen Umarmung. Chloé und Simona sind auch da.

»Carina kümmert sich zu Hause ums Essen«, erklärt Sergio, als er Esthers suchenden Blick sieht.

»Wie schön, dass ihr mich abholt. Ich war schon ein bisschen nervös, ob ich den Weg finde«, sagt sie und begrüßt Chloé und Simona mit einem Wangenkuss.

Sergio legt den Arm um ihre Schultern, als sie zum Ausgang gehen. Wie üblich parkt sein blauer Pick-up halb auf dem Bürgersteig vor dem Bahnhof. Er hebt Esthers Gepäck auf die Ladefläche, ehe sie sich zusammen auf die Sitze quetschen, Chloé auf Simonas Schoß, mit dem Rücken an die Seitenscheibe gelehnt. Esther fühlt sich gleich wieder von lautem Geplapper und Lachen umarmt und ist froh, am Ziel ihrer Reise zu sein und sie alle wiederzusehen.

Ihr Handy piept.

Angekommen?, schreibt Roberto.

Ja! Möchtest du auch zu Carina kommen? Das Essen ist bald fertig.

Die Antwort lässt auf sich warten. Sergio singt zur Musik mit. Chloé und Simona fallen in den Gesang ein. Die Fahrerkabine füllt sich mit falschen Tönen. Esther lacht, den Blick auf das Display geheftet.

Endlich kommt eine Antwort.

Ich muss bei den Mädchen bleiben. Die Beerdigung ist morgen um zwei Uhr. Wir sehen uns dann dort.

»Kommt er?«

Chloé sieht sie über den Rand ihrer auf der Nasenspitze sitzenden Brille an, als Esther das Handy auf die Knie sinken lässt.

»Nein, er muss bei seinen Mädchen bleiben«, sagt sie.

Obwohl sie natürlich Verständnis hat für seine Situation, ist sie traurig, dass er nicht kommen kann.

58.

Esther und Carina treffen sich mitten in der Nacht in der Küche. Beide mit zerzausten Haaren und verschlafenem Blick. Draußen ist es noch dunkel, nur der Schein der Straßenlaterne erhellt den Raum.

»Kannst du auch nicht schlafen? Ist das Schlafsofa zu hart?« Carina gähnt und öffnet den Kühlschrank.

»Nein, gar nicht, mir ist nur so warm. Und die ganze Situation ist einfach so traurig«, sagt Esther.

Carina schenkt Saft in zwei hohe Gläser und reicht eines davon Esther.

»Gruselt es dich vor der Beerdigung?«

Esther nickt und setzt sich an den Küchentisch.

»Ja, aber für Roberto und seine beiden Töchter muss es noch viel schlimmer sein.«

»Das ist schon irre, dass du sie mit deiner Hartnäckigkeit tatsächlich gefunden hast. Es ist so schön, dass du dabei sein und dich von Rut verabschieden kannst, dass du jetzt weißt, was passiert ist«, tröstet Carina sie.

Esther fährt mit dem Zeigefinger über den Glasrand, immer im Kreis.

»Sie wollte auf keinen Fall begraben werden. Das hat sie mir gesagt, und ich fühle mich irgendwie verantwortlich, dass ihr dieser letzte Wunsch erfüllt wird. Frag mich nicht, warum. Aber ich möchte, dass ihre Stimme gehört wird«, sagt sie schließlich.

»Menschen in der Erde zu vergraben ist schon ein seltsamer Brauch. Hast du Roberto davon erzählt, weiß er davon?«

»Ich habe es versucht, aber er meint, dass eine Beerdigung eigentlich eine Zeremonie für die Hinterbliebenen ist.«

»Womit er nicht ganz unrecht hat. Hier werden die meisten Verstorbenen in Särgen begraben. Mir fällt kein Fall ein, wo die Asche vergraben oder gar verstreut wurde wie bei uns in Schweden.«

»Ich will einfach nicht, dass sie sich in das fügen muss, was andere bestimmen, wie sie es schon ihr ganzes Leben lang getan hat. Ich wünsche ihr ihren freien Willen, das hat sie verdient.«

»Esther, sie ist tot.«

»Das weiß ich … aber … Sie war für mich da. Und jetzt will ich für sie da sein. Das ist das Letzte und Mindeste, was ich für sie tun kann.«

Esther trinkt einen großen Schluck von dem kalten und süßen Saft. Die Kälte breitet sich in ihrem Brustkorb aus.

»Mhm, lecker.«

Carina hält fragend die Karaffe hoch.

»Selbst gepresst, schmeckt viel besser als gekauft. Noch ein Glas?«

Esther nickt und hält Carina ihr Glas hin.

»Wieso wohnst du noch hier? Warum bist du noch verheiratet?«

Carina verdreht die Augen.

»Gute, aber schwierige Frage. Man trennt sich hier nicht so ohne Weiteres. Und für uns funktioniert es so. Auf unsere Weise.«

»Hast du nicht das Bedürfnis, mit Sergio zusammenzuleben? Weiß dein Mann von ihm?«

Carina lacht.

»Wir haben eine Abmachung. Er hat seine Abenteuer, ich hab meine.«

»Das klingt bedrückend. Verletzt ihr euch damit nicht gegenseitig? Fragst du dich nicht, was er auf seinen Reisen treibt?«

»Überhaupt nicht. Wir sind gute Freunde. Und wenn unser Adrian von der Uni nach Hause kommt, sind wir beide hier. Er hat seinen sicheren Familienhafen. Und wenn mein Mann weg ist, habe ich Sergio, die Liebe. Und mein Mann … geht seinen Weg.«

Esther reibt sich die Augen. Sie denkt an die Zeit mit Alex, seine Eifersucht, die so unbegründet war. Sie hat ihn nie betrogen, trotzdem hat er sie dessen beschuldigt, immer wieder.

»Ich versuche, noch ein bisschen zu schlafen«, sagt sie und steht auf, stellt das leere Glas in die Spüle und geht zurück zu dem ausgezogenen Schlafsofa.

»Wenn es dir so wichtig ist, solltest du noch mal mit Roberto über die Beerdigung und Ruts Asche sprechen.«

»Ich weiß nicht. Ich will ihn nicht aufregen und mich nicht zu sehr einmischen. Ich habe bisher keine Idee, wie ich es ihm am schonendsten beibringen kann.«

»Vielleicht, indem du ihm eine gute Alternative aufzeigst.«

Esther bleibt stehen und dreht sich um.

»An was denkst du dabei?«

»Zum Beispiel, wo und wie du die Asche verstreuen würdest, wenn die Urne nicht beigesetzt wird. Hast du dir darüber Gedanken gemacht?«

Esther nickt eifrig.

»Ja, da habe ich eine ganz konkrete Idee. Okay, ich werde noch einen Versuch machen, mit ihm zu reden«, sagt sie.

59.

Die ersten Sonnenstrahlen schummeln sich durch die Fensterläden herein. Esther ist schon lange wach und wälzt sich hin und her. Ihr ist immer noch warm, das Unterhemd klebt an ihrer Haut. Irgendwann gibt sie es auf, wieder einzuschlafen, und geht hoch ins Bad, um zu duschen. Als sie wieder zurück ist, kommt gerade eine Nachricht von Roberto.

Wach?, schreibt er knapp.

Ja. Wie geht es dir?

Sie lässt das Handtuch fallen und legt das Handy auf die Bettdecke. Es ist noch zu früh für die Beerdigungskleider. Während sie sich ein T-Shirt überzieht und sich auf das Sofa setzt, hat Roberto zwei neue Nachrichten geschickt.

Ich bin traurig.

Hast du die Fotos aus Mamas Wohnung mitgebracht?

Esthers Blick wandert zu der Tasche mit den Sachen aus Ruts Wohnung.

Ja, ich hab alles dabei. Ich komme gerne bei dir vorbei, wenn du magst?

Gerne. Soll ich dich abholen?

Im Haus ist es still. Carina schläft noch. Esther schleicht in die Küche und sieht auf der Arbeitsplatte nach. In einer Keramikschale liegen die Autoschlüssel.

Nicht nötig. Carina hat sicher nichts dagegen, wenn ich ihr Auto leihe. Bist du zu Hause? Wie ist die Anschrift?

Wir haben in Mamas Haus übernachtet. Findest du her?

Ich denke schon. Bis gleich.

Esther nimmt die Tasche mit Ruts Sachen. Die gerahmten und losen Fotos, den Notizblock, Rinaldos Liebesbriefe und den Schmuck, den sie im Badezimmer gefunden hat. Sie legt eine Nachricht für Carina auf den Esstisch und schleicht aus dem Haus. Draußen ist es feucht, der See und die Berge sind in dichten Nebel gehüllt.

Sie rollt langsam rückwärts aus der engen Parklücke, ohne an den Seiten entlangzuschrammen. Dafür setzt sie geräuschvoll mit dem Unterboden auf der hohen Gehsteigkante auf. Sie bleibt halbwegs auf der Straße stehen, ehe sie einen neuen Anlauf wagt. Noch ist kein Verkehr, alle schlafen noch. Sie fährt zügig die kurvige Straße am See entlang, durch die Tunnel, vorbei an den idyllischen kleinen Ortschaften.

Roberto erwartet sie im Garten, auf der Bank unter dem Baum. Er winkt, als er sie kommen sieht. Esther betrachtet ihn neugierig. Das Gesicht hinter der Stimme war so gegenwärtig in den vergangenen Wochen. In allen Nachrichten, die sie sich geschickt haben. Es fühlt sich an, als wären sie schon ewig befreundet. Sie setzt sich neben ihn und stellt die Tasche ins Gras. Er lächelt sie an.

»Schön, dass du gekommen bist.«

»Schlafen die Mädchen noch?«

»Ich glaube schon.«

Esther zieht das gerahmte Foto mit dem elegant gekleideten Paar aus der Tasche.

»Das sind meine Großeltern«, sagt Roberto. »Sie haben sich richtig in Schale geworfen.«

»Sie sehen nicht sehr glücklich aus.«

»Ich glaube, früher war es üblich, auf Fotografien ernst zu gucken.«

»Das sollte für Hochzeitsfotos untersagt sein.«

Roberto nimmt ihr das Bild aus der Hand und sieht es sich genauer an. Er lächelt. »Aber ihre Augen sehen glücklich aus.«

»Ruts Erzählungen über sie klangen so, als ob sie glücklich miteinander gewesen sind.«

Er nimmt den Notizblock und blättert darin. Rut hat viel herumgekritzelt. Auf einer der Seiten steht nur ein einziges Wort. Einsamkeit. Nicht ein Mal oder zwei Mal, sondern viele Male, in krakeliger Schrift, Zeile um Zeile. Über die Worte hat Rut eine einzelne Rose mit dornigem Stängel gemalt.

»Wie traurig«, sagt er.

Esther nickt.

»Aber sie war nicht einsam, sie hatte ja mich.«

»Und mich.«

»Vielleicht hat sie Angst vor dem Tod gehabt?«

»Angst, einsam unter einem Grabstein vergessen zu werden?«

»Sie wird nicht vergessen werden, und sie ist nicht allein. Sie wird neben Gabriella liegen«, sagt Roberto. »Ich werde das Grab pflegen und sie besuchen, so lange ich lebe.«

»Sie hat einmal zu mir gesagt, sie würde sich wünschen, dass ihre Asche im Wind verstreut wird. Das hat sie mit so viel Nachdruck gesagt, dass ich es mir gemerkt habe.«

»Ja, das hast du bereits gesagt …«

»Du könntest die Asche auf der Wiese verstreuen, die sie so geliebt hat. So käme sie am Ende wieder nach Hause.«

»Das hier war aber auch ihr Zuhause.«

Sie schauen schweigend über den See, auf dem der Bootsverkehr zum Leben erwacht. Die Sonne steigt immer höher.

Der Rahmen mit dem alten Hochzeitsbild steht neben ihnen auf der Bank.

»Warst du mit Gabriella verheiratet?«, fragt Esther schließlich.

Er nickt, und in seinen Augen wird ein Funke entfacht.

»Wir haben hier geheiratet«, sagt er und zeigt zu dem Anlegesteg.

»Nur ihr zwei?«

»Oh nein, mit vielen Gästen, Freunden und Bekannten. Wir haben im Gras getanzt, die ganze Nacht. Mama hat eine Rede gehalten.«

»Was hat sie gesagt?«

»Alles Mögliche, sie hat gerne Reden gehalten, die Zuhörer zum Lachen gebracht. Sie hat gesagt, dass wir unsere Liebe wie einen Schatz hüten und einander vertrauen sollen. Dass wir uns immer vor Augen halten sollten ...«

»... wie schön das Leben ist«, beendet Esther den Satz und lacht. »Ist das gefilmt worden?«

»Ein Freund hat die Hochzeit gefilmt. Wir können es uns irgendwann mal anschauen, wenn du magst.«

»Ich dachte lange Zeit, Rut hätte ein glückliches Leben gehabt. Ich hätte nicht gedacht, dass das so ganz anders war.«

Roberto sieht sie fragend an.

»Was meinst du?«

»Was sie alles durchgemacht hat, Dinge, die ich erst im Nachhinein erfahren habe. Grace, Rinaldo, du. Dass sie dich nicht bei sich haben durfte, als du klein warst. Dass sie nicht noch einmal heiraten durfte.«

»Ja, sie hat es nicht leicht gehabt. Aber sie war trotzdem glücklich.«

»Wie hat sie das geschafft?«

»Hat sie jemals mit dir über ihre Arbeit gesprochen?«

»Nein, ich bin davon ausgegangen, dass sie Hausfrau war, habe in Verbindung mit ihr nie an eine arbeitende Frau ...«

Roberto steht auf, greift nach ihrer Hand und zieht sie von der Bank hoch.

»Komm, ich zeig es dir.«

Sie gehen in den Raum mit den vielen Grünpflanzen.

»Sie hatte ihre Galerie hier im Haus«, sagt Roberto und geht auf eine geschlossene Tür zu. Er gibt eine Zahlenreihe in das Codeschloss ein.

»Galerie? War sie Künstlerin?«, fragt Esther überrumpelt.

Roberto lacht.

»Nein, das war sie nicht. Sie war Kunsthändlerin, hat gekauft und verkauft. Sie hat Kunden empfangen und Ausstellungen im Haus organisiert. Ich kann nicht sagen, wann genau sie ernsthaft damit angefangen hat. Ich glaube, als sie knapp bei Kasse war und eins der Gemälde von Rinaldos Eltern verkauft hat. Kunst war ihr Metier, sie war immer auf der Suche nach den schönen Seiten des Lebens.«

Der Raum hinter der Tür ist weiß und unmöbliert. An den Wänden hängen ein paar wenige Gemälde. Eine Wand ist ganz leer.

»Diese Bilder hat sie behalten, nachdem sie ihre Tätigkeit vor ein paar Jahren an den Nagel gehängt hat.«

Esther läuft an den Bildern vorbei. Viele zeigen lokale Motive mit Bergen und Seen, daneben gibt es ein paar abstraktere. Sie bleibt vor einem Bild mit der Silhouette eines Körpers auf einer Art Blumenbett stehen.

»Sie hat Künstler hier wohnen und malen lassen. Manche sind Monate geblieben. Im Garten gibt es ein kleines Atelier.«

Esther studiert den Pinselstrich, beugt sich vor, um die geschickte Komposition jeder einzelnen Blüte genauer zu untersuchen. Die grellen, stark kontrastierenden Farben, die in ihrer Verschmelzung ein Muster bilden. Sie liest den ihr unbekannten Künstlernamen.

»Bist du Kunstliebhaberin?«

Esther nickt und tritt ein paar Schritte von dem Bild zurück.

»Ich war lange Kunstlehrerin. Kunst ist mein Leben.«

»Wie schön, da passt du ja perfekt hierher«, sagt Roberto lachend.

»Dieses Bild ist faszinierend. Es ist wirklich seltsam, dass wir beide die Kunst so lieben und nie darüber gesprochen haben. Ich wünschte, wir hätten das voneinander gewusst.«

»Bestimmt habt ihr euch deshalb auf Anhieb so gut verstanden. Seelenverwandte. So was spürt man.«

»Ja, vielleicht war es das.«

Esther dreht sich im Kreis, sieht vor ihrem inneren Auge Carinas und ihre eigenen Bilder an den Wänden. In ihrem Innern beginnt ein Traum, Form anzunehmen.

»Was hast du mit diesem Raum vor? Willst du hier weiter Ausstellungen machen?«, fragt sie.

Roberto zuckt mit den Schultern.

»Keine Ahnung. Nein, ich denke nicht. Ich habe keine Ahnung von Kunst.«

»Aber ich. Ich könnte dich unterstützen … Nur wenn du willst, natürlich.«

Cornelia kommt völlig verschlafen und mit im Nacken verfilzten Haaren in den Raum geschlichen und klammert sich an Robertos Bein. Roberto nimmt sie auf den Arm und küsst sie auf die Wange. Sie ist schüchtern und versteckt ihr Gesicht an Robertos Hals.

»Ich werde dann mal zurückfahren, falls Carina das Auto braucht.«

Roberto nickt und streichelt Cornelia übers Haar.

»Und wir frühstücken jetzt. Und dann schicken wir Oma rauf zu Mama, damit sie ihr Gesellschaft leisten kann. Da wird sie sich freuen«, sagt er zu seiner Tochter.

Esther treibt die Trauer der beiden Tränen in die Augen. Sie umarmt sie beide und macht sich auf den Weg.

60.

Alle sind schwarz gekleidet, auch Esther. Das Blumenkleid hat sie sich dann doch nicht getraut anzuziehen. Die Wiesenblumen liegen verwelkt in ihrer Handtasche. Es hat nichts mehr genutzt, sie bei Carina ins Wasser zu stellen. Sie will sie trotzdem über Ruts Grab streuen, vielleicht geht wenigstens ein Teil der Samen in der Erde auf und bringt neue Blumen hervor.

Roberto steht im Schatten eines Baumes vor der Kirche. Er trägt einen strengen schwarzen Anzug und eine Sonnenbrille. Seine Locken sind ordentlich gekämmt. Er ist von einer Traube Menschen umgeben, die Schlange stehen, um ihm mit Wangenküssen und Umarmungen ihr Beileid auszudrücken. Die Mädchen spielen trotz des traurigen Anlasses ausgelassen mit anderen Kindern auf dem Rasen. Ein paar Strähnen haben sich aus ihren geflochtenen Zöpfen gelöst.

Esther steht etwas abseits und betrachtet die vielen Menschen, die um Rut trauern. Carina hat sie auf schmalen Nebenstraßen durch die Berge zum Friedhof gefahren.

Roberto hat sie noch nicht entdeckt. Sie beschließt, direkt in die Kirche zu gehen, möchte sich seinen und Ruts Bekannten und Freunden nicht aufdrängen. Mit gesenktem Blick geht sie auf den Eingang zu.

Der hübsch geschmückte Sarg steht im Chorraum der Kirche. Er ist von rosa und gelben Blüten in unterschiedlichen Größen übersät. Sie lächelt bei dem bunten, fröhlichen Anblick. Genau wie Rut war.

Sie sucht sich einen Platz am äußeren Rand der hinteren Reihe. Roberto sieht sie im gleichen Moment, als er eintritt, und begrüßt sie mit einer Umarmung.

»Setz dich doch zu den Mädchen und mir«, flüstert er ihr zu und zieht sie mit sich.

»Ist die Urne in dem Sarg?«, flüstert sie zurück.

Roberto lässt ihre Frage unbeantwortet, vielleicht hat er sie nicht gehört. Er lässt sie zuerst in die Bankreihe rutschen, dann die Mädchen. Sie beugt sich über die Köpfe der beiden.

»Was passiert hinterher damit?«

»Was meinst du?«

»Nach der Trauerfeier. Was passiert dann mit dem Sarg?«

»Der wird ins Grab hinuntergelassen«, sagt er mit traurigem, starr geradeaus gerichtetem Blick. »Die meisten ihrer Freunde hier sind sehr traditionell und fänden es sicher nicht gut, dass sie verbrannt worden ist, das ist hier nicht üblich. Wir müssen ein bisschen mogeln.«

Esther nickt. Sie faltet fest die Hände, als die Orgel einsetzt. Ihr Magen zieht sich zusammen, als sie zu dem blumengeschmückten Sarg hinübersieht.

Sie lehnt sich zurück und beißt sich innen auf die Wange, um die Tränen zurückzuhalten. Sie atmet tief ein und aus. Der Pfarrer predigt, Esther denkt nach. Sie sieht sich den Sarg genau an. Den Sarg mit der Urne. Den Sarg mit Rut. Jetzt ist es zu spät, um Ruts letzten Wunsch zu erfüllen. Esther schließt die Augen und lauscht der melodischen Litanei des Pfarrers, von der sie kein Wort versteht.

Der Gottesdienst ist lang, die Bänke sind hart und unbequem. Esther rutscht hin und her. Sie spielen keinen schwedischen Sommerpsalm. Das hätte Rut bestimmt gefallen, denkt sie.

Roberto sitzt aufrecht und mit ernster Miene neben den Mädchen. Trotzdem strahlen seine von tiefen Lachfältchen eingerahmten Augen. Die Furchen erinnern sie an Rut.

Roberto hat eine Hand auf Cornelias Knie gelegt, und beide Mädchen halten sie, jede von ihnen zwei Finger. Sie sehen traurig aus mit ihren blassen Gesichtern und großen blanken Augen. Vielleicht fühlen sie sich an die Beerdigung ihrer Mutter erinnert.

Esther wird aus ihren Gedanken gerissen, als Roberto aufsteht, um mit fünf anderen Männern den Sarg nach draußen zu tragen. Sie bauen sich neben den Tragegriffen auf.

Esther steht ebenfalls auf und streicht den schwarzen Rock glatt. Die Luft in dem dunklen Kirchenraum ist warm und abgestanden. Cornelia und Mary gehen mit einer älteren Frau weg. Sie hält ihre Hände, offenbar kennen sie sich gut. So viele Leute, die um Rut trauern, und keinen von ihnen hat Rut je mit einer Silbe erwähnt. Haben sie ihr nichts bedeutet? Oder waren sie so wichtig für sie wie Sergio, Chloé und Simona für Carina?

Sie beobachtet die Gäste, die einer nach dem anderen die Kirche verlassen. Irgendwann steht nur noch ein älterer Mann in der Kirche und wischt sich mit der Hand über die Augen. Als sie ihm im Vorbeigehen zunickt, wendet er den Blick ab.

Die Trauergemeinde ist auf dem Weg zu der Grabstelle im hinteren Teil des Friedhofs, wo im Schatten eines Olivenbaumes ein Grab ausgehoben ist. Als die Männer den Sarg absenken, ruft Esther laut: »Nein!«

Sie geht zu Roberto und legt eine Hand auf seinen Arm.

»Bitte …«, mimt sie mit den Lippen.

»Nicht jetzt. Wir reden später,« schneidet Roberto ihr das

Wort ab. Er schüttelt ihre Hand ab und fährt fort, den Sarg langsam auf den Grabgrund zu senken.

Esther lässt den Blick über die Versammlung schweifen. Alle sehen sie fragend an. Sie räuspert sich, um etwas zu sagen, bremst sich aber, als sie Robertos Blick begegnet. Sie würde am liebsten vor Scham in Grund und Boden versinken. Da fallen ihr die welken Wiesenblumen in ihrer Tasche ein. Sie geht am Grabrand in die Hocke und verstreut sie über dem Sarg.

»Ich habe Blumen aus Schweden mitgebracht, die müssen mit«, stammelt sie und lächelt Roberto und die anderen angestrengt an.

61.

Der Pfarrer fächelt Weihwasser über den Sarg, wirft eine Schippe Erde hinterher. Sagt etwas. Dann ist die Zeremonie vorbei.

Die Gäste verteilen sich. Esther bleibt stehen. Roberto ebenfalls. Er drückt seine Töchter links und rechts an sich. Sein Blick sucht Esther. Sie fingert an ihrer Tasche und kämpft mit dem Gleichgewicht in den unbequemen Schuhen.

»Waren das Blumen von ihrer Wiese?«, fragt er, und sie nickt verlegen. Senkt den Blick. Steht stumm da.

»Die waren ziemlich verwelkt«, sagt er schmunzelnd.

»Hm«, murmelt sie.

Roberto prustet leise los.

»Du bist echt ein schräger Vogel. Ich kann verstehen, warum Mama dich mochte«, sagt er.

»Warum?«

»Weil du so dafür kämpfst, dass ihr Wunsch erfüllt wird.«

»Genau, und sie wollte auf keinen Fall begraben werden. Ich hätte ihr so gewünscht, dass sie ihren Willen bekommt.«

»Aber sie lebt nicht mehr. Sie ist nicht mehr bei uns.«

»Doch, sie ist bei uns. Hier.« Esther tippt sich an den Kopf. »Solange wir uns an sie erinnern, wird sie nicht ganz tot sein. Ich höre noch immer ihre Stimme.«

»Ah ja, und was sagt die?«

»Dass sie verstreut werden will.«

Esther schnieft und schlingt sich die Arme um den Bauch. Er sieht aus, als würde er noch etwas sagen wollen. Doch dann spricht er nur auf Italienisch mit seinen Töchtern und drückt ihnen den Autoschlüssel in die Hand. Sie laufen zum Parkplatz davon.

Eine laue Brise bringt Bewegung in die Zweige der Bäume, Schatten huschen über den sonnengetränkten Boden. Esther hebt den Kopf, sieht den blauen Himmel durch das Blattwerk. Sie weint.

»Warum kannst du ihr nicht ihre Freiheit geben?«, fragt sie.

»Ihre Freiheit? Was meinst du damit?«

»Sie hat ihr ganzes Leben nur für andere gelebt.«

»Sie hat auch für sich selbst gelebt. Darin war sie gut. Sie war glücklich hier, und wir hatten ein gutes Leben zusammen«, sagt Roberto.

Auf einer Bank hinter der Grabstelle sitzt der alte Mann aus der Kirche. Seine Locken sind grau, die Schultern hängen. Er hat die Hände über dem Schoß gefaltet und starrt mit leerem Blick ins Nichts.

»Wer ist das?«, fragt Esther mit einem dezenten Nicken.

Roberto folgt ihrem Blick und zuckt mit den Schultern.

»Ich habe keine Ahnung.«

»Sollen wir ihn vielleicht fragen, ob wir ihn irgendwo absetzen können?«

»Das ist keiner von Mamas Freunden oder Bekannten. Ich habe ihn noch nie gesehen.«

Er geht ein paar Schritte Richtung Parkplatz und winkt den Mädchen zu, die auf dem Rasen spielen.

»Die Gäste warten. Wir müssen los. Kann ich dich mitnehmen?«

»Carina kommt gleich, sie hat in der Nähe einen Spaziergang gemacht.«

»Es freut mich, dass du gekommen bist. Komm später noch bei Mama vorbei. Es gibt Torte, massenhaft Torte, und dann können wir auch weiterreden.«

Er greift nach ihrer Hand, aber sie verabschiedet sich mit einer langen Umarmung von ihm.

Es ist plötzlich ganz still, als er zu seinem Auto geht.

Sie schlendert gemächlich noch einmal zu dem offenen Grab und muss Roberto widerwillig rechtgeben, dass der Platz unter dem Baum mit Aussicht auf den See und die Berge sehr malerisch ist.

Der alte Mann hat sich von der Bank erhoben und steht mit gebeugtem Kopf am Grab und schaut hinein. Esther stellt sich neben ihn.

Auf dem Sarg sind kleine Erdhaufen verteilt, die der Pfarrer und die Gäste ins Grab geworfen haben, dazwischen liegen die verwelkten Wiesenblumen. Und unter der dünnen Schicht Blumen und Erde ist Rut. Das, was von ihr übrig ist.

Der Mann schnieft leise. Sie wendet sich ihm zu.

»Sprechen Sie Englisch?«, fragt sie.

Er nickt.

»Ich heiße Esther. Waren Sie und Rut gute Freunde?«

»Oh ja. Vor langer, langer Zeit«, sagt er traurig und sieht sie an.

Diese mandelförmigen grün-braunen Augen hat sie schon einmal gesehen. Ihr Blick wandert zu seinen schütter gewordenen grauen Locken.

Sie wird aus ihren Gedanken gerissen, als ein Auto auf den Parkplatz biegt. Aber es ist nicht Carina, die sie abholen kommt, sondern Roberto, der noch einmal zurückkommt. Sie schaut von dem Mann zum Auto und wieder zurück zu dem Mann.

»Eric?«, fragt sie.

Er nickt.

62.

Roberto ist aus dem Auto gestiegen und kommt über den Rasen auf sie zu. Esthers Herz klopft laut in ihrer Brust.

»Woher kennen Sie meinen Namen?«, fragt der alte Mann verdutzt.

Esther lässt seine Frage unbeantwortet und legt eine Hand auf seinen Arm.

»Warten Sie hier. Nicht weggehen, bitte«, sagt sie und läuft Roberto entgegen, der etwas blau Glänzendes in den Händen hält und sie anlächelt. Sie kneift die Augen zusammen, um zu erkennen, was das ist.

»Die Urne«, sagt sie perplex, als sie voreinander stehen.

»Ja, ich habe es nicht über mich gebracht, sie in den Sarg zu stellen, und habe sie im Auto gelassen. Ich habe viel über das nachgedacht, was du gesagt hast. Über Mamas Wunsch. Und ich finde es auch wichtig, ihr den zu erfüllen. Das hat sie verdient«, sagt er.

»Ist der Sarg leer?«

»Nein, es steht eine andere Urne darin. Eine, die sie nicht mehr geschafft hat zu zerschlagen.«

Esther lacht.

»Warum hast du mir das nicht gesagt, als du gesehen hast, wie traurig mich das macht?«

»Bei der Beerdigung mit all den Trauergästen konnte ich nicht darüber sprechen. Und ich war ehrlich gesagt auch einfach unsicher, ob es richtig war, das zu tun. Ich wollte es dir später erzählen, wenn wir in Ruhe reden können und nicht so viele Trauergäste auf mich warten, aber als ich gesehen habe, wie dich das mitnimmt, hab ich mich ganz mies gefühlt. Also bin ich umgekehrt.«

»Und was wirst du jetzt damit machen?«, fragt Esther.

Roberto schüttelt den Kopf.

»Ich hatte noch keine Zeit, darüber nachzudenken. Es war alles sehr hektisch.«

»Also, ich wüsste da was.«

»Die Wiese bei der Eiche?«

»Ja, das würde Rut garantiert gefallen. Danke, dass du mir zugehört hast. Und ihr«, sagt Esther, nimmt ihm behutsam die Urne aus der Hand und drückt sie an den Bauch. Sie atmet erleichtert auf. In ihr löst sich ein Knoten.

Roberto schaut über ihre Schulter zu dem alten Mann, der auf seinen Gehstock gestützt am Grab seiner Mutter steht.

»Der ist ja immer noch da.«

Esther nickt und denkt an das gerahmte Foto neben Ruts Bett von dem Mann mit der Lockenmähne auf dem umgestürzten Baumstamm. Sie weiß, wer er ist. Seine und Robertos Augen sind Kopien voneinander.

»Du erinnerst dich an das Foto im Goldrahmen aus Ruts Wohnung auf Lidingö? Von dem Mann auf dem Baumstamm am See?«

Roberto nickt und setzt sich in Bewegung. Esther folgt ihm.

»Er heißt Eric. Ihr zwei solltet euch wohl mal ausgiebig unterhalten.«

EPILOG

Sie sitzen auf der Bank unter der Eiche. Es ist ein bewölkter Septembertag, Regen hängt in der Luft, der Wind zaust im Haar. Das Laub über ihren Köpfen spielt eine raschelnde Melodie. Ruts Urne steht zwischen ihnen. Adrian, Cornelia und Mary spielen auf den Felsen. Sie werfen Steine ins Wasser. Ihr Lachen und Geschrei hat die Enten verscheucht, die Rut immer gefüttert hat. Esther hat einen Korb mit Hefeschnecken, Keksen, Kaffee und Saft mitgebracht.

Sie zeigt hoch zu Ruts Herz.

»Hat sie dir das gezeigt?«, fragt sie.

Roberto streckt sich und fährt mit dem Finger über die Rinde.

»Ja, sie hat mich einmal mit hierher genommen. Uns. Gabriella und ich waren noch jung und wollten bald heiraten.«

»Rut und Rinaldo. Hier hat alles begonnen.«

Er nimmt ihre Hand, zieht sie von der Bank hoch und geht mit ihr auf die andere Seite der Eiche. Dort zeigt er ihr ein kleines, in einen der dicken Äste geritztes Herz, fährt mit den Fingern darüber.

»Ich hab mich schon gewundert, von wem das ist. Dann ist das also eures?«, sagt Esther und lächelt.

»Ja, das ist Gabriellas und mein Herz.« Roberto lacht.

Das Herz ist klein, viel kleiner als die zwei auf der anderen Seite. Die schrägen Buchstaben sind unterschiedlich groß.

»Es ist kaum noch zu erkennen. Wir hatten nichts Scharfes zum Ritzen dabei«, sagt Roberto mit traurig belegter Stimme.

Esther stellt sich auf die Zehen und streicht über die Buchstaben, fährt sie mit dem Zeigefinger nach. Er hat recht, das R ist viel deutlicher zu ertasten als das G, das fast unter der wachsenden Rinde verschwunden ist.

»So viel Liebe und Trauer an einem Ort«, murmelt Esther.

Roberto geht zurück zur Bank. Er wischt sich kurz über die Augen, hebt die Urne hoch und drückt sie an die Brust.

»Wo?«, fragt er.

»Sollten die Kinder nicht dabei sein?«

»Sie spielen so ausgelassen da unten. Ich finde, sie haben genug Tod und Trauer erlebt.«

Esther streicht über den Urnendeckel.

»Glaubst du nicht, dass es Rut gefallen würde, hier auf der Wiese verstreut zu werden, begleitet von fröhlichem Kinderlachen?«

Roberto schraubt den Deckel ab und holt tief Luft. Er schließt die Augen und steht still da.

Esther muss lachen, weil ihr in dem Moment die Worte einfallen, die Rut beim Wegwerfen der Halskette gesagt hat.

Roberto sieht sie mit empört hochgezogenen Brauen an.

»Du lachst, wenn wir die Asche meiner Mutter verstreuen wollen?«

»Tut mir leid. Aber es ist schon lustig, weil sie genau hier, an dieser Stelle, mehrfach zu mir gesagt hat, dass man alle alten Dinge wegwerfen sollte, die einen an Gewesenes erinnern und mit Trauer erfüllen. Und jetzt stehen wir hier …«

Roberto lacht auch. Er streckt eine Hand nach ihr aus und zieht sie an sich. Dann neigt er die Urne.

»Mach's gut, liebe Mama«, sagt er und lässt die graue Asche in die Luft rieseln. Der Wind erfasst sie und zieht sie mit sich. Auf dem Weg zu den Kindern verteilt sie sich in der

Luft. Bald sind die kleinen Flocken, die einst Rut waren, nicht mehr zu sehen.

Die Kinder laufen laut lachend zwischen den Büschen und Sträuchern hin und her, als Roberto die leere Urne auf die Bank stellt. Er sucht im Korb nach einem Messer, mit dem er ein großes Herz genau zwischen Ruts und Esthers alte Herzen in den Stamm der Eiche ritzt und es mit ihren Initialen füllt: E und A und R und C und M. Er legt eine Hand an den Stamm und lehnt den Kopf an den Arm. Esther stellt sich hinter ihn und streicht mit einer Hand sanft und tröstend über seinen Rücken. Sie fühlt, wie er das Weinen zu unterdrücken versucht.

Die Kinder kommen angerannt. Sie wollen Hefeschnecken und Saft und durchwühlen aufgeregt den Korb. Esther breitet eine Decke auf dem Gras aus, aber keiner will auf der Decke sitzen. Sie quetschen sich alle zusammen auf die Bank. Kichern, plappern durcheinander. Rut und Rinaldo sind auch dabei. Und Gabriella. Und Alex. Alle sind sie da.

Und die Eiche steht noch.

Wir kommen uns nahe.
Wir geben und wir nehmen.
Spinnen Fäden im Netz des Lebens.
Goldene Fäden. Dünne Fäden.
Es schmerzt, wenn sie zerreißen.
Wenn wir andere verletzen, im Stich lassen.
Wenn der Traum platzt.
Wir klammern uns fest.
Baumeln hilflos im Vergangenen.
Halten durch.
Oder lassen los und bleiben im Gedankenkarussell
hängen, was vielleicht hätte sein können.
Lassen uns von der Schuld auffressen.
Niemand kann vor der Vergangenheit fliehen,
aber man kann wählen, wo man sein Nest bauen will.
Lass es ruhen. Lass los.
Du bist stark.

SCHLUSSWORT

Wo wir uns trafen ist eine fiktive Geschichte. Alle Charaktere und Ereignisse in diesem Buch sind einzig und allein meiner Fantasie entsprungen.

Die ernste Dimension in der Geschichte liegt mir aber sehr am Herzen, die große Trauer und Verzweiflung, wenn eine Beziehung aus welchen Gründen auch immer nicht funktioniert und auseinanderbricht. Die unerträgliche Sehnsucht nach einem Kind an den Tagen, wenn es beim anderen Elternteil ist. Wenn einen der Glaube daran verlässt, jemals wieder nach vorne sehen zu können. Wenn einen die Erinnerung an all das quält, was gut war, und man sich deshalb ständig selbst infrage stellt.

Während der Arbeit an diesem Roman habe ich mit vielen Menschen gesprochen, die eine Trennung oder Scheidung hinter sich hatten, um ein möglichst facettenreiches Bild zu bekommen. Einen großen Dank an euch alle, ihr wisst, wen ich meine. Jede Trennung und jede Scheidung ist anders, ich habe sowohl Geschichten über destruktives Verhalten und Gewalt wie auch über herzlich verbundene Freundschaft gehört. Allen gemeinsam ist aber wohl die scheinbar endlose Trauer, die es verdient, ernst genommen zu werden.

Wenn du gerade damit kämpfst, dich neu zu orientieren oder eine destruktive Beziehung zu beenden: Du bist nicht allein, es gibt viele Stellen, wo dir geholfen werden kann.

Hier ein paar Anlaufstellen, die nicht schaden können, wenn man sie kennt:

Bereitschaftsdienst Mitmensch
TelefonSeelsorge
Pflegedienst
Psychiatrische Notfallambulanz
Frauennotruf

Ich will einen herzlichen Dank richten an:

Julia Angelin, Anna Carlander, Josephine Oxelheim, Marie Gyllenhammar und euch alle bei Salomonsson Agency, die ihr immer an meiner Seite seid und mich unterstützt.

Johan Stridh, Teresa Knochenhauer und Karin Linge Nordh für die unerhört konstruktive Arbeit beim Redigieren und Veredeln des Manuskripts.

Niklas Natt och Dag und Fredrik Backman, weil ihr mir in meiner kreativen Angst beigestanden habt, an dem Tag, als ich es am dringendsten gebraucht habe.

Rebecka Edgren Aldén für unsere guten Gespräche über das Schreiben und das Leben.

Carl Nilsson, weil du dir die Zeit genommen hast, meinen ersten Entwurf zu lesen. Und für deine immerwährende Inspiration und Herausforderung.

Alle meine Verlage, weil ihr so hart daran arbeitet, meine Worte Leser*innen in der ganzen Welt zugänglich zu machen. Und weil ihr mich immer wieder daran erinnert, wie ähnlich wir Menschen eigentlich ticken, unabhängig von unserer kulturellen und geografischen Zugehörigkeit.

Meine fantastischen Leser*innen für euer Interesse und das Teilen vieler schöner Gedanken und Bilder. Das bedeutet mir sehr viel.

Die Bibliotheken, die es in meiner Kindheit gegeben hat. Ohne euch hätte ich vielleicht nie den Eingang in die verzauberten Bücherwelten gefunden. Danke für die unglaublich wichtige Funktion, die ihr erfüllt. Mögen alle Politiker aller Parteien und in allen Ländern das begreifen.

Linda Centerskog, weil du mich hin und wieder von meinem Schreibtisch loseist. Am Ende wird schon alles gut werden, meinst du nicht?

Meine wunderbare Familie. Mama, Papa, Geschwister, Schwäger*innen, Nichten und Neffen und der kleine Geschwisterenkel.

Herzallerliebster Oskar, für alles Schöne, was wir haben und noch haben werden. Ideen für neue Abenteuer werden uns nicht ausgehen, oder?

Die Autorin

Sofia Lundberg wurde 1974 geboren und arbeitete als Journalistin in Stockholm, bevor sie sich ganz dem Schreiben von Büchern widmete. Mit ihrem Debütroman »Das rote Adressbuch« wurde sie zur internationalen Bestsellerautorin. Ihr vierter Roman »Wo wir uns trafen« erzählt von der heilenden Kraft der Freundschaft und davon, wie unterschiedlich Glück aussehen kann.

Von Sofia Lundberg außerdem lieferbar:

Das rote Adressbuch
Ein halbes Herz
Der Weg nach Hause
Was du mir bedeutest

(Alle Romane sind auch als E-Book erhältlich.)